中

黄金链

常书欣 著

浙江文艺出版社

目 录

001　第四十一章
　　　新桃换旧符

008　第四十二章
　　　思量又几度

014　第四十三章
　　　市井可堪扶

021　第四十四章
　　　翻手定前途

028　第四十五章
　　　针尖对麦芒

035　第四十六章
　　　一波三折荡

041　第四十七章
　　　三声泪沾裳

048　第四十八章
　　　横行意气涨

054　第四十九章
　　　大道走偏锋

061　第五十章
　　　翻转洗如澄

068	第五十一章 风波复又平
075	第五十二章 锦鲤龙门腾
082	第五十三章 隔山打猛牛
089	第五十四章 辣手摧杨柳
096	第五十五章 细水要长流
103	第五十六章 险途多缪缪
110	第五十七章 瓜前不纳履
117	第五十八章 舍熊掌取鱼
123	第五十九章 颜色倾悍女
130	第六十章 他山石攻玉

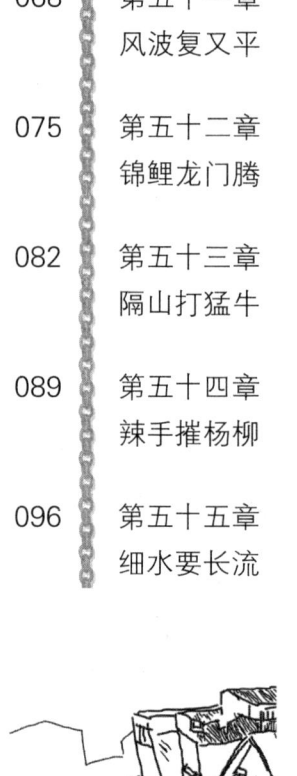
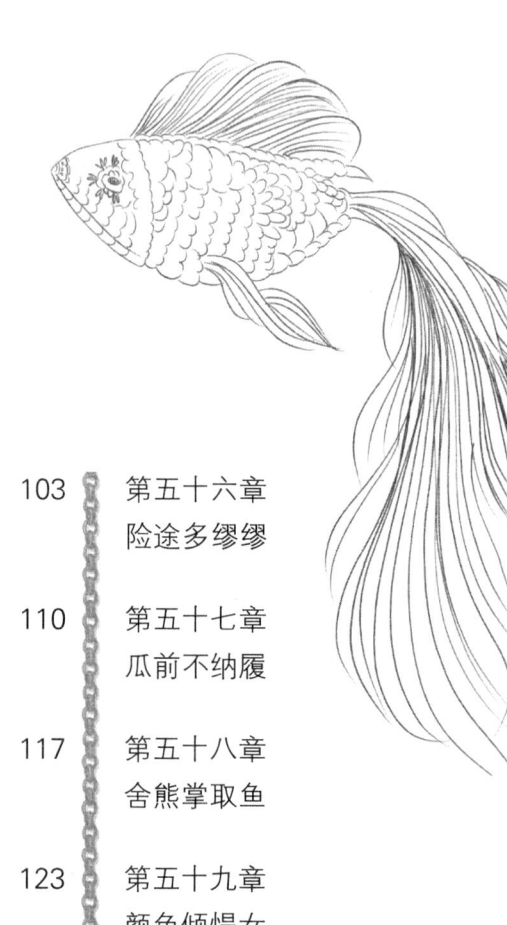

137	第六十一章 草肥蛇出洞		
144	第六十二章 将军夜引弓		
152	第六十三章 诡谲风云涌		
160	第六十四章 天地有大同	174	第六十六章 生死一线撑
167	第六十五章 海上共潮生	181	第六十七章 扶摇为鲲鹏
		188	第六十八章 金塘水失衡
		194	第六十九章 一笔画先河
		201	第七十章 有失必有得

208 第七十一章 辘辘远行辙

216 第七十二章 炙手势可热

223 第七十三章 落井易下石

231 第七十四章 孽重难插翅

238 第七十五章 水落鱼潜迟

245 第七十六章 面授双机宜

252 第七十七章 黑云压城摧

259 第七十八章 金山漫天水

265 第七十九章 潮水声声退

272 第八十章 春风十八回

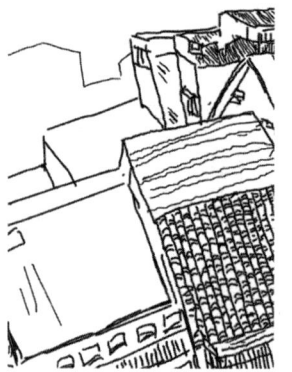

第四十一章
新桃换旧符

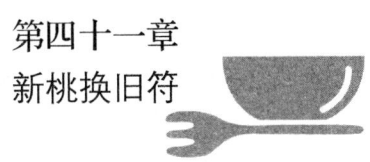

宿醉醒不可怕,可怕的是床上还躺着另外一个人。金虞先爬起来,差点一脚把顾非踹地上去。她倒不是在纠结谁睡了谁、谁应该负责的问题,而是天已经快黑了。

金虞看着顾非慢条斯理地穿衬衣,打领带,把头发梳得一丝不苟。跟他比,电视上那些涂脂抹粉的小鲜肉,简直弱爆了好不好?

这才是真正的穿衣显瘦,脱衣有肉。

金虞足足盯了两分钟,顾非没好气地问了她一句:"还不穿衣服走人,你他妈的想啥呢?"短短一天时间,顾非已经进化到了出口成脏而毫不自知的程度。

"没睡了你,我觉得可惜呀。"金虞媚眼斜飞,一副女流氓的气质。她从床上爬下来,迅速地去穿衣服。

顾非脸一红,无言以对:和一个女流氓,能有什么话好说的?

讲真,顾非准备了整整一箩筐安慰的话。比方说金虞的继父继母挑刺的功夫堪比吃烤鱼,比方说大过年的回家不能住在家里只能住在宾馆,比方说他们一家子在这片儿的名声比较奇怪。

金虞没有一个在意的,完全没有顾影自怜的意味。

按照一般的犯罪心理学分析,这样的人,绝对会长成危害社会的不良少年。而她,却是一心一意考上了警校,还孜孜不倦坚持考了很多年的警察。

这和她应有的人生轨道,似乎不太相符。

十年,能为一件事情坚持整整十年,还是在没有任何成果之下,应该是真爱吧?

物价飞涨,就算是在十八线小城市边上买个房子,也会掏空普通人一辈子的积蓄。但是金虞她妈是个能耐人,房子不光翻新了,院子还足足有别人家的两倍大,一半租出去给商场的人当仓库又赚了一把。

一个合格的村霸,不光要特别能怼,特别能战斗,还得攒下来殷实的家底。要是没有家底,只能称之为流氓,不能称之为村霸。

金虞的爸妈,都属于这一挂的。

院子外面贴着鲜红色的大对联,院子里飘荡着浓郁的煮肉的香味。金虞的继父是个家庭煮夫,把家里收拾得井井有条。

只不过金虞还没有进门,就被这个戴着围裙、两手油腻的男人拦下来了。这男人点头哈腰地给顾非发了一支烟,谄媚得特别疏离。

这不是在迎财神,而是在送瘟神。

"你看你们两个人就要结婚了,有了自己的家,还回来这里蹭饭,不太合适吧?"这男人看金虞往里面张望,又给拦住了,"小金鱼,我知道你从小就能把城管撵得满街跑,帮着你爸捉猪,街面上那些打游戏、打台球的小混混都管你叫姐,厉害得很。但是我不想让我的两个小孩以后跟你一样。咱们各过各的,别来往了。"

一字字,一句句,都像是扎在人心上。

金虞面无表情,只眼神凶狠。这男人看多了,也不怕:"别看了,你妈不在,打麻将还没有回来。"金虞眼里的心气泄了。

"别费劲了,你考不上警察的。一个小混混,怎么可能成得了警察?现在当混混没前途,我们的生意是我们的,将来也没有你的份。你赶紧趁这个当口,结婚吧。"

这可能也是她妈的意思。金虞的脸色铁青铁青的。这男人颇有几分得意:省城的科长又怎么样?这种不油滑不世故的人,根本就没有前途。

"妈!"金虞突然眉开眼笑,甜甜地叫了一声。她的继父下意识地往后看,什么都没有。金虞趁机弹跳起来,给了他一记糖炒栗子。

这男人抄起一个漏勺来,就要打金虞,但是被顾非拦了下来:"阿姨根本就没有不让小金鱼进门,你这是在撒谎。"

"我就是不让她进来,怎么着了?一家子的女流氓!我的两个孩子将来跟着去监狱?"这个男人急得跳脚,张牙舞爪,拿着漏勺就要往金虞的身上扔。

顾非干净的羊毛西装上被蹭了热猪油,很快凝结成了长长的一道白色印子。他挡在前面,想要把理说清楚,让金虞进去。身后的金虞却是拉了拉他的衣角,用只有两个人能听清的声音说:"我们走吧,算了。"

不等着顾非上来,金虞就自顾自沿着街道远远地走了。她的背影,看起来孤单又寂寥。顾非这才注意到,其实为了回来过年,金虞穿了裙子和呢子风衣,甚至把头发扎了起来,还化了淡淡的妆。

但是,她无业、大龄、行事风格硬气,并没有得到任何人的承认。

顾非冷冷地看了这个男人一眼,男人被吓得打了一下哆嗦,有点担心顾非会动手。但是顾非转身就去追金虞了。

"此地不留爷,自有留爷处。走,吃我爸爸的去。"金虞的脸上神采飞扬,眼里却是带着三分的冷意。

顾非想要说话:离开这里,回省城,到经侦局的值班室过年去。但是金虞眉开眼笑,拉住了顾非的手,眼里柔情似水,辛辣如同呛口小辣椒。

顾非想起了昨天晚上的酒,百转千回,如同刀子划过了咽喉,令人有一种难以言状的神奇体验。

这是,一个女孩子的吻。

顾非只觉得自己大脑里一片空白。唇齿相依,滋味非凡,一秒万年。金虞的脸在他的眼里,那些硬挺的棱角,那些看起来深深浅浅的小雀斑,都有了柔光的加持。

他的手在金虞的腰上虚虚地抱了一下,想不到这个小妞看起来高挑有劲,腰这么软。他当然不会告诉金虞,豆腐吃了不少。

你以为一身正气的顾非就不怕挨揍吗?

金虞拉着顾非的手,朝着村子的另一边飞快地跑过去。沿着马路,在村子的另外一头,就是金虞她爸的家。这也是个能耐人,老花旦在家里卖起了烟酒副食,做起了过往司机的生意,烟酒比别的店里走得快多了。

只是金虞还没有进门,一盆洗脸水就泼出了院门,接着传来女人尖酸的声音:"我就知道,你和你妈一样,便宜非得占尽了!"

随之而来的,是从门里面飞出来的一大把花花绿绿的人民币。老花旦用她吊着的尖嗓子配着唱词时惯用的兰花指指着金虞的鼻子:"只听说过嫁闺女收彩礼钱的,没听说过还要钱的。你是想要招赘吗?"老花旦口吐莲花,硬生生地把金虞逼出去三米远。

两万块钱,刺痛了老花旦的神经。尤其是金虞每次回来,都能把家里搅得天翻地覆。这一次她带了这么一个白面小生来,老花旦打算出出气,不相信金虞能当着这么优秀的男人面,什么事都干得出来。

反正,肯定是老死不相往来了。

呵,老死不相往来最好。

钱落了一地。金虞头回一言不发,像是灵魂抽离了一样地看着她的继母。而她的继母,就那么不负众望地,手指头快戳到金虞的脸上去了。

周围的邻居都在忙着过年,看热闹的人少,造成的压力也比较小。顾非几次想要阻止这个女人继续骂人,但是老花旦泫然欲泣,一副恩客爽完了不给钱的尴尬表情。而金虞又让他不用管,她只在最后关头来了一句:"女人之间的战争,你就不要管了。"

顺带着,她还撸了一下袖子。

老花旦大惊失色,转身就没了那股刻意的灵动飘逸,一闪就进了门。新安装的防盗门发出刺耳的一声,然后听到里面上了锁。

金虞的继母,看来很害怕和金虞动手。

"你这么厉害?"顾非问,他也被金虞带歪了节奏。这家伙被人骂得都快直不起腰了,居然还能笑得这么开心。

金虞摊了摊手:"看来咱们今天的年夜饭,是没得吃了。"

顾非表示:无所谓,你开心就好。但是金虞的面部表情管理艺术,可能实在是太丰富了,居然让人一点都看不出真正透骨的悲伤。

他们两个人刚走出去没几米远,就看到两个小孩和金虞的继母又开了防盗门,弯着腰,插秧一样地把掉在外面的钱捡了回去。

小孩奶声奶气地问金虞:"姐姐,你不要你的钱了吗?"

金虞没有回答,只是步子走得更快了。

夜色朦胧,两个人坐在县城的公园里,看着一个个烟花爆竹嗖嗖地飞到天上,开出五颜六色光彩夺目的花朵。

年夜饭是托宾馆服务员煮出来的速冻饺子,再加一整箱的啤酒。

"你的继父继母,为什么都很讨厌你?"在半醉半醒的状态下,顾非问出了这个问题。

"你明明能看出来。"金虞用牙咬开一瓶啤酒,对着瓶子吹。

"因为你有可能挤占他们的生存空间,还可能造成不可挽回的麻烦。所以在他们可以做到的范围之内,就要不断地对你进行打压。"顾非根据自己看过的书,进行了简单的分析。

"哪有那么复杂。"金虞盘腿坐在坚硬的花岗岩上,掰着手指头,一件一件地给顾非讲。她只有五六岁——顾非可能还没有出生的那时候,县城里刚刚开始城市管理,取缔小摊位。那时候,她就跟在卖肉的父母摊位附近,只要看到城管来,就大喊一声:警察叔叔不要抓我。以此来吸引警察的视线,给父母争取跑的机会。

屡试不爽。

后来父母分开了,各自有了家庭,但是她的父母已经习惯了她的帮忙。于是,两家各住一天,帮着看店铺,走货。

曾经有个送货方少给了一千块钱,她抬手就给了对方一个巴掌。

第四十一章

这市面上的缺斤短两、偷梁换柱，海了去了。在互联网移动支付功能还没有推出的时候，家家户户都有可能收到假钱。这最大的送货方和这么个小丫头起了冲突，大打一架。后来派出所、公安局的人都来了，供货方被拘留了好几天。

这是她年少时候最深刻的印象。大家都觉得，菜市场的村霸，后继有人了。但是继父继母不高兴，总觉得她是个坏孩子，于是从中挑唆，告她的黑状，让她的爸妈教训她。

顾非听了揶揄她："你还好意思说别人挑唆？你自己倒好，打群架，在政教处写检查的纸有一尺厚。你让我相信你是个好孩子，还是算了吧。"

不过，我好像确实很喜欢坏孩子。

顾非没有说出来，但是他看着金虞的眼神已经透露了这一点。

"我那时候不是年轻不懂事吗？还不许人年少轻狂了？一失足成千古恨了，行不行？不过老天就算再给我一个机会，我也不想像你那么活着呀。"金虞摊了摊手，大马金刀地坐着，看起来痞气十足。

这二十年，差不多就是和继父继母、亲爸亲妈斗智斗勇的二十年。小时候，她看到戴着大盖帽的城管就害怕，怕父母的小摊子被收走。她那时候就想成为大盖帽，要抓坏人，不抓好人。

这一想，就是十几二十多年过去了。她也终于能分清城管和警察的区别。

"如果我当了警察，一切就都会不一样吧？"金虞的两行热泪滚滚流下来。这世上，总有很多人路过，只是赠人空欢喜。

金虞并非非要回来这一趟不可，但是她回来了，可惜年夜饭的饭桌上没有她的一双筷子。

做一个被认可的好孩子，不要被人觉得会带坏了下面的弟弟妹妹，这就是她很朴素的愿望。微乎其微却求而不得，大概就是人生最苦恼的地方了。

"曾经有个最好的芭蕾舞舞蹈家在招选门生的时候，一定要招走投无路、除了跳舞再无糊口途径的人，而有个教授在招研究生的时候不招成绩最好的学生，反而挑中上的。

"池局说，我们需要的是轻装上阵，又没有退路的人。

"既然你想要，不如放手一搏。"

直到现在，顾非才终于明白，为什么金虞在穷困潦倒的时候，对于几乎是日进斗金的收水工作那么排斥。

在金虞每完成一桩委托后，经侦局的人都去了当事人的家里，面对面地了解其中的情况。从李子璇到霍连胜，再到被高荣森逼迫的那十几个当事人。

金虞能敏锐地抓到李子璇性格不够强势、张金金色厉内荏的特点，不但担了风险,最后居然还一分钱不要。

李子璇说,金虞很享受在她家里吃饭的感觉,看着她和她妈吃饭,就能发呆一样地看个把小时不眨眼。

而在霍连胜的案子里,霍连胜自己都难以说出对出轨的妻子的感情。只要他年轻漂亮乖巧的小妻子能回头,他真的能立刻不计前嫌。但是偏偏没有人给这个梯子,他要面子,被卡着不上不下,难受得很。三十来万他倒是不在乎,但是他很在乎下半辈子的生活呀。

金虞给他解决了这个大问题,霍连胜对金虞的任务完成度满意得不得了。

而另外十个当事人,也给了金虞极高的评价。他们不熟悉这个科技智能社会,怕还债的路途遥远,而金虞只用了短短几天时间就搞定了。她没有那么多复杂的合同,也没有那么多吹得天花乱坠的保证。

最后,那十个人简直要把金虞当成了自己的宝贝闺女,但是这个妞偏偏谢绝了后续当事人的当面致谢。

她渴望那些真实的温情,却又回避。

大概,是因为求而不得。

"我想要呀!"金虞的手在空气里虚虚地握了一下,什么都没有抓到。她拿着手机,反反复复地看了半天,她爸她妈没有一个人给她打电话。

当年红极一时的"你妈喊你回家吃饭",其实是一种莫大的幸福。

她的父母,是真的把她当成了一根废柴,扔哪儿都能遗忘了。

"你让我去给池清源当特情,像是孙悟空被上了紧箍咒一样?还是算了吧。"金虞摇了摇头,眼里颇有几分恐惧。

"我从前一直以为,池局让你参与其中,是对一个女孩子前途的不负责任。但是到今天我才发现,你确实是最合适的人。"顾非如是说。

从反对,到觉得金虞能行,再到现在觉得非她不可。他一直都是坚定不移的人,从未变化得这么快过。他自己都有些惊讶。

只有金虞这种在流氓环境里长大的人,才知道怎么和流氓打交道。也只有她这种内心有所牵绊和追求的人,才不会一头扎进钱堆里被人拐了去。

她像是女娲补天剩下的最后一块五彩石,有了她,这一份计划才天衣无缝。

生路?

绝路?

新年的钟声悄然响起,十八线小城市的鞭炮声不绝于耳。金虞的思绪也像是在这爆竹声中一岁除的氛围里,被炸得四分五裂。

十年了。

人总需要做一件事情来证明自己的价值,然后被周围的人认可。她想要的就是那一身警服。在这个跨年夜里,金虞重新拿起了手机。

另一边,还在灯下对照案卷的人抬眼看了看手机,有些惊讶。这个妞行事虽然乱七八糟,但是骨头是真硬,还从来没有因为想要工作和他说过一句软话。

对于这个电话,池清源接得很慎重,可能又要面临一场巅峰谈判。然而,接起来后,那边却传来音短意长的一句:"我想好了。"

第四十二章
思量又几度

在一连串此起彼伏、震耳欲聋的鞭炮声里,金虞的声音听起来低沉、沙哑,带着微醺,像是一阵风就能给吹散了。

换句话说,就是池清源觉得不太真实。这个妞的前科太多,滑不溜秋的,从来没有吃过亏,遇到任何人都敢硬杠过去。

面对这样一个人,池清源的心里多了几分思量。

他有点担心,怕被这妞涮羊肉一样地给涮了。毕竟这种在社会上混了多年,像蟑螂一样顽固的人,什么事都干得出来。

其实池清源原本是想表扬一下金虞的思想觉悟一下子就提高了不少,但是话在脑子里拐了几个弯,总觉得说出来像是骂人的,干脆就不说了。

嗯,也就她,能把所有慎重的大事都弄得很不慎重。

"想好了?"池清源问。

"嗯。"金虞答。

"回来吧。"池清源叹气的声音轻飘飘的,带着点埋怨。

"嗯。"金虞这下子居然带了点小猫呜咽的腔调,像是小孩受了委屈,当爸的说一句"你回来吧",她的委屈就能像食物一样被消化掉。

挂了电话,金虞突然有了小人得志的情绪,对着皓月仰天长笑了两三声,然后看着顾非。顾非心里有点发毛,这妞高兴得就差没有揪着他的耳朵就地来一场"公园有嘻哈",秀一下自己有多开心了。

"你们单位多缺流氓呀?我以为进去多困难呢,没想到池清源一点没和我讨价还价。我说了同意,他立马就让专车来接我了。你说这轻易得来的工作,是不是不太稳当?"神采奕奕的,好像刚才那个悲伤失意的人根本就不是她。

给根尾巴就能上天的货色。

顾非翻了一个白眼:"还专车?除了省厅十九个正处级重要单位的领导配车

配司机，一般小一点的分局局长，哪怕和处长接近平级，也自己开车。你知道不知道，很多派出所的所长都是骑摩托车的。还给你配个车，你咋不上天呢？"

似乎他也受到了"抬杠对身体好"的病毒感染，只觉得和金虞怼这一下比较开心。

这妞是不是傻？

金虞的电话漏风那么厉害，他真没有听到池清源说给金虞派个车带回来。金虞整个人像是被火燎了尾巴的猫，龇牙咧嘴，咋咋呼呼的，似乎满脸都写着：生人勿近，挠人不负责。

顾非才不和这么只张牙舞爪的螃蟹计较，他拿了一根烟，点燃以后看向漫天绚烂的烟花。

他算想明白了，有些人，就连悲伤都和一般人不太一样。像金虞这种人，哪怕是痛彻心扉，也不可能像文艺小青年一样在大雨天里拼命地狂奔。让她自怨自艾、一把鼻涕一把泪地哭诉这个社会的不公，更不可能。

顾非脑海里如浮光掠影，曾经见过的无数张面孔一张一张地在脑子里飘过去。最终，只有金虞的脸像是落地生根了一般，顽固地久久不散。

他从未见过，比金虞还要硬气的人。

然而，他还没有想明白呢，电话就响了：池局。金虞在旁边煽风点火："快接呀，你放心吧，肯定不是给你拜年的。"

当警察的，最怕在休息时间领导突如其来的关心，一般不是备勤就是突发事件。

顾非狐疑地接起来，池清源的声音听起来非常开心，先跟顾非说了新年快乐，然后就问："你有没有空，去把金虞接回来？"

金虞做了一个鬼脸，手比画着V字，口型：你看，我说我有司机吧？

顾非无声地做了一个口型：滚。然后，他对着电话说："好的，池局，保证完成任务。"

开天辟地头一次，顾非觉得自己的智商好像被侮辱了。

呵呵，他成了被指派给金虞的司机？他满腹狐疑地看着金虞，犹不解气，但是这个妞只是当着他的面，把一罐罐的啤酒拆开，咕咚咕咚地喝了下去，一边喝着一边说："你开车不能喝酒，我就都喝了。别浪费，一罐四块钱呢。"

他能和这种人计较吗？

和一个广场舞大妈的好苗子计较？

他是怎么和这种人混到一起的？他看着金虞把酒一罐一罐地喝下去，竟无言以对。一开始，他对金虞真的是抱有深深的同情，但是到了现在，他发现这个妞根本就不需要任何人的同情。

这个世界上，有一种人，不管什么样的生活都能被她过成段子。

金虞,就是这种人。

顺带着,她还能让别人的生活跌宕起伏。

有一对小情侣偷偷摸摸地过来,抱着互相啃来啃去,似乎女人的脖子是武汉精武辣鸭脖,男人的脸是油炸五香大鸡排。两个人被监控拍了个正着却浑然不自知,更看不到在这儿的金虞和顾非。

顾非的脸有点红了。他念的是正儿八经的警校,在警校里只要穿着警服,就连正常恋爱的小情侣互相牵个手都不行。只要被拍到或被风纪处抓到,就会有写不完的检查,交不完的检讨。顾非读书的时候年纪很小,对于这样的场面,他不太确定,自己到底是应该在这里默默地看着他们进行下一步,还是应该提醒他们一下,去找个没人看得到的地方把没有干完的活干完。

有点纠结。

但是在金虞的词典里,犹豫、纠结所占篇幅甚少。

金虞拍拍屁股站起来,烟灰弹了一丈远,狠狠地咳嗽了一声,一口唾沫吐了老远。那对小情侣被这突如其来的声响吓得魂不附体,触电一样地离开了对方软绵绵、热乎乎的身体。她流里流气的,吓跑了来这里风花雪月的小情侣。尤其是那男的看了一眼,赶紧对女的说:"快走,金虞带了个男的在这儿。"

那女的一听到金虞的名字,撒丫子跑得更快了。

顾非皱了皱眉头:这一家人在这片儿成了名人?顾非表示非常尴尬,金虞却不觉得尴尬。

"我小时候吧,我爸妈的名声你知道的,小孩都怕我。我上了初中高中以后,偶尔兜里缺钱,会兼职一下学校里的某些治安方面的活儿。你也知道,比较惹人……"金虞好意思这么编瞎话,顾非可不好意思听,能把收保护费说得这么婉转动听的,除了金虞,这世上恐怕也真的找不到第二个人了。

顾非说:"靠,我怎么和你这样的人成了朋友?"他掏出车钥匙,就要去开车。

"你说我是你的男朋友,还是女朋友呢?"金虞一点不关心前途的问题,只纠缠着顾非玩文字游戏。

这在顾非看来,非常无聊。凭着简简单单的文字陷阱,就想要套他的话?

金虞的问话里,没有朋友这个选项。这是想要在侮辱了他的智商一次之后,再来侮辱一次吗?他的阅历很浅,对于人情往来只是尽善尽美,却没有那么多的未卜先知。

但是玩智商游戏,金虞实在还是太嫩了:"对你而言,回岚梧市明明是一次可以改变命运的选择,而你却嘻嘻哈哈没个正行,是在掩饰你内心的焦躁不安吗?"

比金虞高出一头的顾非在下定义的时候,有着神祇一般的笃定。

第四十二章

金虞哑然,被拆穿了。她眼中的慌乱一闪而逝,在不说恶心词语、用书面语扯皮的时候,她就落在了下风。

扳回一城,欧耶。

顾非拿着钥匙,还没有意识到自己错过了一个女朋友,得意扬扬地扬了扬手,对着跟在身后的金虞说道:"我开车,你掏油钱。记得准备一百块钱。"

金虞暗骂了一句:国家单位里除了蛀虫都是小气鬼。然后,她颠儿颠儿地跑到了车上,一上车就把顾非的警帽戴在了自己的脑袋上,幽幽地问了一句:"你说我什么时候能戴上这样的帽子呀?"

顾非发动车,用关爱智障的眼神看着金虞:"下辈子!"

金虞火了,要不是有安全带绑着,她这一百多斤的肉就砸顾非胸膛上了:"你是觉得我凭自己的本事根本就进不了警察这个行业吧?你给我等着,我会证明给你看的。"

顾非叹了一口气,一脚踩油门。车冲出去几米,看着这妞的脑袋在椅背上磕了一下,他说:"你能不能搞清楚状况,这是一顶男式警帽。女警的帽子不是这个制式。"

金虞尴尬地笑了笑,把顾非的大盖帽捧在了怀里,睡得格外开心。

口水流了一脸,不知道她在梦里馋什么。

金虞睡过去之前,只看到了车大灯把整个路照成了暖黄色,前途一片光明坦荡。她探着身体往后看了一眼,无论如何都看不到后面黑暗一片的路。

人生,哪有走回头路的呢?

从来没有。

当新年的钟声响起时,车缓缓进入岚梧市,跨过大桥,直奔经侦局的方向而去。滔滔岚江水奔腾而去。金虞醒过来,看着窗外的高楼大厦。

她不是个文艺小清新的人,反反复复地问着顾非很俗的问题。

"你说大红本现在只保障七十年的产权,并没有土地的产权。那七十年之后,房子到底归谁呢?商住两用公寓五十年的产权,五十年以后万一我还活着,房子已经到期了,怎么办?"

顾非表示:"我是经济犯罪侦查局的科长,不是城市建设和住房管理局的。"

"但是我就是想知道呀。"金虞嘟囔着,像是一个极其缺乏安全感的小孩在撒娇。男人对女人的撒娇,完全没有抵抗力,哪怕金虞比顾非大了好几岁。

"这根本不是你现在能考虑的问题,基本属于无解。"顾非如是说。

"为什么?"金虞凑过来,女孩子的味道混着酒气,有将人蛊惑得神魂颠倒的

魔力。顾非握着方向盘的手，紧了紧。

"因为你现在根本就买不起房子，工作五年后也买不起。"顾非面无表情。

金虞撇撇嘴，脸上的笑意像花儿一样开到了心里："你怎么知道？"

顾非转弯，这个有了三分醉意的妞差点一头栽到了他的怀里："因为我已经工作第五年了。"当新年的钟声响起时，就是他入职的第五年。

除夕夜的经侦局，值班的民警也早早地在值班室睡了。其实大过年的肯定没有需要经侦局出面的经济案件，经济案件很少有紧急到这种情况的时候。倒是派出所和医院现在是真的忙成了狗。派出所的民警这几天处理最多的就是鞭炮把车帮子、发动机、轮胎、玻璃等物品炸废了，当事人报警，要赔偿。医院的急诊科接到最多的就是熊孩子玩鞭炮，把自己的五官或四肢给炸了，又或者是把别人的五官或四肢给炸了。

别看过年，他们其实比平时还要忙。

经侦局暗下来的灯，被人一盏一盏地拉亮了，一直亮到了最高层。这和节能环保无关，而是一种仪式感。

池清源也常常在休假的时候临时收到开会的通知，有些会议是其他人主持的，有些会议是他自己主持的。然而那些大大小小的会议和今天的这场会议完全不同，他甚至有些不太能分清主客了。

他和金虞之间，倒没有上下级之间必须严格服从命令听指挥的冷冰冰的条例，也不会像私人企业那样斤斤计较于付出和回报的比例。

池清源的家里没有熬夜守岁的习俗，家人都已经熟睡，现在出来，并不算是牺牲了家庭。

他早早地坐在了办公室里，看了看表，等候着金虞的到来。他透过自己的办公室朝着外面的高楼大厦看过去，平安天下，灯火辉煌。

整个世界，展现出喜乐祥和的气息。

池清源的烟抽了一根又一根。桌子上只有一份合同。他不知道该怎么和金虞解释，其实他根本没有完整的计划。

在滇缅一带，特情会选择扮成买家去抓卖家，或者是扮成卖家去抓买家，再不成就是扮成大佬手底下的马仔。一切都是有目的有组织的可预见性行动，即使是长期潜伏，也是身负重任，有针对的目标。

但是金虞这个，没有呀。

池清源要怎么说服金虞去完成这个看起来不可能完成的任务？让她一路去把高利贷幕后的支持者都抓出来，就像是说：小金鱼，我在大海里丢了一根针，你去给我捞出来。

不但不可能捞出来,小金鱼还可能会被其他的大鱼给吃掉。

金虞并非走投无路的亡命之徒,她只是被现实所迫,迫切地想要寻找自己在这个社会上的价值。而人能吃生活的苦,却未必能吃学习和冒险的苦。

成与不成,五五之数。

池清源并没有指望这一个电话,就能板上钉钉地把事情都决定下来。烟灰缸里的烟头渐渐堆满,即使金虞在最后一刻还会变卦,池清源依旧拿出了十足的诚意。

这是金虞第一次进入像池清源这个级别的建制单位领导的办公室,她脸上的表情看起来很轻松,长途的劳碌也不曾让她看起来困顿。她轻快地和池清源打了个招呼,似乎她不是在面对一个生死攸关的大棋局,而只是在商量一个绝无仅有的旅游的好机会。

金虞一坐下,就看到了桌上有关特情的文件。这份文件比她之前在车上看到的还要厚,拿在手中颇有分量,比她之前在车上拿到的那寥寥几张纸重得多。

池清源和顾非还没来得及解释这份合同里面的权利和义务,金虞就直接翻到了最后一页,利落地签上了自己的名字:金虞。

"你有没有考虑过后果?"池清源微笑着问。

"甲方乙方之间,甲方是爸爸,我还有得选吗?肯定都是对我不利的条件。我哪个行业都混过,警察这个行业也不会有例外的。"金虞摆了摆手,直接把笔帽合上。那一刻,她身上似有侠客厮杀之后刀剑入鞘的从容。

顾非看着金虞的目光中难得地有了欣赏。

池清源手指轻扣桌子:"你确定你已经想好了?如果失败,你会一无所有,失去所有的一切。"

金虞努力装出无所谓地笑了笑,眼里有一丝兴奋,又有一丝落寞一闪而过:"说得好像我有什么可失去的一样。"

一无所有的人,怕失去什么呢?

此时此刻,所有人都不知道。她签下这几页纸的合同,就像是蝴蝶扇动了翅膀,将会引起一场席卷九州大地的超级飓风。

此时此刻的风眼里,还是一片平静。金虞转着手里的笔,问池清源:"我什么时候开始干活?"

"现在。"池清源如是说。

一石激起千层浪,狭小的办公室陡然之间气氛凝滞了。

第四十三章
市井可堪扶

　　从池清源的办公室出来,已经是晨光熹微,天空中飘起了淅淅沥沥的小雨。立春已过,春寒料峭。顾非拿过来一把伞。
　　天街小雨润如酥,路上更是行人少。
　　金虞哈了一口气吹在手上,像是接了一口能长生不老的仙气一样,趁着温度搓了半天手。她哆哆嗦嗦地缩着脖子,像个毛没有长齐的猴子,一直站在原地跺脚。
　　顾非嫌弃得不行:"你能不能有点风度? 这儿有那么冷吗?"他嘴上想要和金虞保持距离,身体却很诚实地在脱西装外套了。
　　"天气不冷,是这个案子冷。"金虞不但不要顾非的外套,还从他的伞下走了出来,伸出手对着他比画了一个休止的手势。
　　顾非想要往前一步打伞的手生生地止住了。金虞走出伞下,朝着门外跨了一步。
　　隔着一道伸缩门的门槛,他在经侦局的这一边,金虞在临近川流不息的马路的另一边。他的头顶还有伞,那边雨水已经顺着金虞的脸流了下来。她神采飞扬的眼睛里,带着浓重的笑意,似乎是这个寒冷的季节里唯一的太阳。
　　顷刻之间,风雨同舟就被一道窄窄的门槛割裂成了两个完全不同的世界。
　　金虞语气轻快,眼角眉梢流转着曼妙的风情:"我没有伞。我现在要开始跑了。千万不要想不开来追我哦。"
　　说完,不等着顾非回答,她就转身,用手挡着头,飞快地跑进了雨里。顾非想要往前跨一步,想要去追金虞,但是脚抬了抬,又收了回来。
　　雨一直下,风一直吹。
　　顾非掬了一捧凉沁沁的雨水,舍她其谁?

"东坡呀,咱们打台球去吧?"百无聊赖的这位睡到了中午,起来一边吃着外卖,一边给死党打电话。确认过发际线,这是真的秃了一半,两边的毛被自欺欺人地撩过来,还是遮不住中间锃亮的脑袋,反射着大瓦数灯泡的美丽光辉。

"打个屁呀,我倒是想打你。"那边的语气倒是有点冲。

"新开了个会所,咱们去看看那儿的嫩模?"马实像个哆啦A梦,有无数个选项能给人提供。他吃得有点饱,站起来后,肚子挡住了视线看不清鞋子的颜色。

是该减肥了。

"看啥看?再不开张,老子就要成了会所里的嫩模了。"马奋的态度一如既往地恶劣。其实他这人长得也很恶劣,一脸的络腮胡子,肚子上、大腿上的毛厚得都快能当毛衣了,再加上粗胳膊粗腿,整个人像那人猿泰山。

如果遇到什么突发的紧急情况,他们这半路凑成一双的哥俩,能直接把人一屁股给坐得怀疑人生。

但是眼下,这哥俩已经在怀疑人生了。

比如,我是谁,我应该做什么,我能做什么?上一次思考这些深奥的问题,是在没入行吃不饱饭的时候。眼下,这居然又成了他们首要思考的大问题。

"生意嘛,总有淡季和旺季。眼下刚过了年,年龄大点的年轻人有年终奖,有工资,暂时不急着和咱们打交道。年轻的学生又刚刚收了一大笔压岁钱,还拿了不少生活费,过年以前还疯狂地抢购过一批东西,现在也不是他们缺钱的时候。所以咱们现在的生意惨淡,也是很正常的。等到了六月份,一个个地毕了业,既没有钱付房租、水电和外卖,又找不到挣钱的工作,到时候就有咱们忙的了。"

马实很乐观,一口一个牡蛎,吸溜吸溜吃得爽翻了。

在吃货的世界里,只要银行账号里还有钱够付一顿好吃的外卖,就不算是山穷水尽。

他就很不能理解马奋,愁个屁呀。

"那也不能惨淡到这个份上吧?"马奋原本是躺在床上的,现在激动地一跃而起,擂了两下床板,差点把床板给擂塌了。

这两位还真不是无业游民,是正儿八经的职业收账人。原本他们一直活跃在菜市场、小吃市场、网吧附近,靠着收点市场管理费一类的勉强度日。后来有一天,他们发现靠着勤劳地收保护费不能够发家致富,但是靠着帮人要账能迅速积累起职业生涯的第一桶金,他们就迅速地改行了,于是不光兜里有钱了,还撑起了从前供不起的爱好:嫖赌抽。

"那能怎么样?"马实问。

"找赵葫芦去。"马奋从床上弹下来,觉得晦气得不行。这大过年的,他床上

都好久没人了。路过洗头房和洗浴中心,那些以前打得火热的妞都以为他有了什么难言之隐。

其实他的难言之隐非常简单,只有一个字:穷。

马奋也觉得没问题,吐了最后一个牡蛎壳,拿着手机就出门了。

真不是这哥俩效率高,其实他们两个人懒得要死。只是挂在脖子上的一圈饼子眼看着就要吃完了,不得不出来谋一条生路。

从大年初二一直到了正月十五,哥俩还没有开张呢,天天吃老本,吃得底都快要塌了。

他们说的赵葫芦,就是捷爱催的保安头子话事人,赵捷。这个矮矮的敦实的人见谁都是一脸的好脾气,其实背地里阴坏阴坏的,拐了每天勾肩搭背的好兄弟的老婆,真不是人干的事儿。实在没有生意的时候,人家还能创造生意,鼓励大家的七大姑八大姨来借款,然后兄弟们一窝蜂地上门去要钱。

赵捷有一句名言:虽然兔子不吃窝边草,但是肥水更不能流外人田哪。借谁的不是借,还谁的不是还?有这点生意,还不如咱们自己做了呢。

鉴于这人的馊主意从来不在台面上好好说,久而久之,大家都叫他"赵葫芦"。

现在的通信发达,大家干的事情又说不上多光彩,能不见面就不见面,天寒地冻的也懒得跑一趟,都在手机上完成转账和布置任务。

这两匹马在大马路上会合了。两个人一拍脑袋,居然忘了捷爱催的地址。他们已经有大半年没有去过捷爱催的办公室了。

马实腆着肚子:"靠,你连人家在哪儿都不知道?"

马奋的络腮胡子被雨打湿了,像是一件湿漉漉的围巾贴在脸上。他更冷一点,牙齿磕得作响:"说得好像你知道一样。除了大保健,你在其他地方见过赵葫芦?"

电话打了好几遍,就是没人接。

哥俩确认过眼神,觉得自己可能被这个闷坏闷坏的赵葫芦给坑了。

感谢发达的电子地图,两个人在一个小时以后,终于打到一辆小黑车,到了捷爱催的门店门口。捷爱催的盘子不算很大,在一个批发市场附近的普通小区底下。一溜的刀削面店、理发店、二十四小时便利店,把个捷爱催的门脸挤成了一小块。普通人不沾黄赌毒没有用钱需求的,可能在这个小区里住了五六年,都没有意识到这个小破公司到底是干什么的。

马实和马奋哥俩看到这个门脸,喜极而泣。

他们差点以为捷爱催已经倒闭了,赵捷被人江湖追杀再也不能露面了。老实说，他们这个层面还接不到订单，得靠着赵捷这种真正的地头蛇，才能知道哪儿有生意。

两匹马挤着往捷爱催的门脸里面挤。门店底下只有一个值班的前台，楼上才大有乾坤。看样子，赵捷这两年是赚了不少钱，这么个招待人充门面的地方居然又装修了。

马实爱吃，马奋好嫖，所以两个人看待事物的点就不太一样。马实揉着肥厚的肚子，像是怀孕怀了八九个月，上楼吭哧吭哧的："瞧这地板砖，一块一千块以上呢，能吃多少小龙虾呢？"马奋深以为然，撸着大胡子上的水："这一块地板砖，就够睡一个不错的妹子了。"

听得底下的小前台脸上一抽一抽的。

对了，这小前台是个男的。赵葫芦认为男的心理素质比女的好。万一遇到点突发情况，事儿还没有解决呢，万一水汪汪的娘们先哭了，他的人可就丢大发了。

不过这一个是看起来快要生了的凶巴巴的肥货，另一个是一脸胡子、野人一样的人猿泰山，细皮嫩肉的男性小前台还是觉得自己受到了惊吓，拿着手机噼里啪啦地赶紧给赵捷发信息。

说是为了能更好地管理生意，其实是舍不得租房子，赵捷硬是在捷爱催的楼上给自己用隔板弄出来一间小房子来睡觉，天天蹭公司的暖气、空调和热水。因为只有他能收编流氓，所以上头的人对他占这种小便宜的行为就睁一只眼闭一只眼了。

赵葫芦现在还在梦里，被吵醒后一脸不耐烦，没好气地回了一句："看把你吓的，没出息的。"然后他火速穿好衣服，想要赶紧跑。

马实是个肥货，马奋是个人猿泰山。两个人一屁股能把他坐进急救室，不跑还等着和这哥俩聊人生吗？

我呸，当然是跑了。

但是，当赵捷一开门，还没有把裤带系好时，就看到了摸着圆滚滚肚子的马实和胡子拉碴像个野蛮艺术品的马奋。

赵捷堆起笑来："两位兄弟最近在哪儿发财？"

"你不给我们介绍财路，我们去哪儿发财？"马奋不爱笑，一脸密匝匝的胡子。这么多年，也就只有他一个人保住了发际线。

每一个胖子都是潜力股，古人诚不我欺。

赵捷一板一眼地解释："刚刚过完年，各大公司也才刚刚开了账本，私人的业务现在没法开展，也是有道理的……"

那边马实这个胖子就号叫起来了,杀猪一样:"赵葫芦,你把我们两个人当猴子耍了,你把我们的蛋糕给别人吃了!"

胖子凑近赵捷的办公桌旁,哗啦啦地把桌子上的账本翻扫了一遍。那些太大的业务,他们也没有什么兴趣,公对公又太复杂,他直接找私人的账目。

然后胖子就发现,原来不是过完年业务量上不去,而是他们的业务全被别人半路上用三板斧摘了桃子。

是可忍孰不可忍,叔可忍婶不可忍。胖子一跃而起,像是个硕大的足球,朝着赵捷就扑了过来。赵捷一看坏了,赶紧关门。结果三合板的门也被这胖子撞开了口子。

马实和马奋两个人都是打架的好手,而头脑发达的人四肢肯定简单,一对一还有点胜算,两个人一起上,赵捷就架不住了。

"你赔我的满汉全席!"

"你赔我的小嫩模!"

……

两匹马你一拳我一拳,直把赵捷所有的脾气都打没了。收水的人互相都清楚,嘴上的话不能信,说出来的都是骗人的,不如直接打两拳来得老实。

毕竟是吃到了嘴里的肥肉,都不会吐出来。

马实和马奋已经做好了翻脸的准备,打算把自己街面上的人拉出来,和赵捷的人干上一架,一战成名之后换一个场子,继续收水。

不然,白白被人截了和,他们以后还怎么混?

不打赵捷的脸面,他们的脸面就在岚梧市的地盘上磨不开了。

"别打了!别打了!老子前段时间天天被姓金的那个女流氓揍,现在你们两个也来揍我,这日子没法过了……"

赵捷抱着头往外面窜。马实和马奋两个人都捕捉到了他话里的信息,还真的又有人来了?他们还没有反应过来,赵捷就拿了一个扳手,朝着他们的腿上扫过来。

两个人一时没有防备,直接趴在了地上,疼得全身上下的力气似乎都被抽干了,龇牙咧嘴地站不起来。赵捷叉着腰,挥舞着扳手:"给老子滚,一对蠢材!再不滚,我就报警了!"赵捷用扳手指着门口。

两匹马犹自不甘心地问道:"姓金的,谁呀?"

赵捷一阵肉疼:"你打听打听,那家伙把高荣森的生意搅黄了,一个月少进十来万的账呢。"还真不是老子卸磨杀驴,有本事,你们也去高荣森那里拿投名状?

这么两个胡搅蛮缠的家伙,赵捷还真的不怕。

但是那个姓金的,一想到这个人,赵捷就觉得自己的脚底下寒气噌噌地往上冒。一着不慎,自己可能真的会卷铺盖离开岚梧市这块地界,而且还是小半辈子回不来的那种。

两匹马面面相觑,早就听说有人在年前搅和了高荣森只贷不收充吃利息的生意。因为大家都不熟,又碍着高荣森的面子,被算计了的高三烂一伙又在拘留所里蹲着,这件大事就一直只在默默地发酵着,没有得到太多的关注。

但是这把火,现在已经烧到这里了吗?

"再来捣乱,我放姓金的出来咬你们!"赵捷恶狠狠地指了指门口。

两匹马又丢下一箩筐的脏话,看起来气势非常地离开了捷爱催。实际上,他们心里也是十五个吊桶打水——七上八下:唉,来了一个抢饭的?呵,赵葫芦都敢拿警察来威胁人了?

地界上的流氓都没有什么情谊,两匹马搭伙也是因为一个追一个堵能提高收钱的效率。他们现在只有一个想法,不管姓金的是从哪儿来的,都得干死她。

不过,在找姓金的之前,他们首先应该给自己找一份其他的活儿。另一个许久没有联系的备选,进入了他们的考量范围:

方星海。

只不过跟着捷爱催,他们两个人作为一个催收单位,可以拿到佣金的绝大部分,而且挂着合法的牌子,勉强还能算个正经的营生。方星海那里只有一帮三教九流的地痞流氓,连个门脸都没有,更别说签正式的合同了。跟这么个人混一块,只能给人当小弟,所以在不缺饭吃的时候,两匹马一般不怎么和他打交道。

"难道只能给这人打下手了?"马实揉了揉肚子,老大不情愿。但是这边得把姓金的干死才能继续,也不太划算,现在他们连折腾的本钱都没有。

赵捷那个家伙,眼睛里只有钱,才不管给他干活的是姓金还是姓马。

"打下手算什么,就算打飞机也得上呀。"马奋已经联系了方星海。

结果,这个长袖善舞,上可和达官贵人把酒言欢引为知己、下可和三教九流称兄道弟蛇鼠一窝的能人,居然也在倒苦水:"我他妈的也小半个月没有开张了。奇了怪了,大家的案子现在都处理得这么文明了吗?"

方星海的名言就是:我们不生产钱,但是钱需要我们,我们就是金钱的搬运工。

现在貌似,金钱的搬运,已经不需要他了。

马实和马奋本着想找一份好工作的初衷,赶紧把自己遇到的情况告诉了方星海。和方星海做生意的都是大客户,不是一般的私人散户能比。

方星海哑然:"真有这种人吗?"他混了这么多年,是从小弟爬上来的。他自己就已经是业内的佼佼者了,还有比他更厉害的?

他立刻给关系比较亲近的几个人打电话,最终从郭蘅芜那里套来了一个消息:"姓金的? 金虞,以前我这儿的临时工,被我开了就改行了。怎么啦?"

方星海嗓子里的火差点冒出来:一个月两千块的临时工工资,我给你行不行? 不要把这只疯狗放出来害人呀。

但是面对这么一个颇有影响力的女老板,他还是只能彬彬有礼:"郭总慧眼识人,手下尽是精兵强将,我对这位很有兴趣,能不能把她的资料给我发一下? 改天我请郭总吃饭。"

金虞刚刚给郭蘅芜放了话:我现在找工作就像大龄剩女找婆家,能相看的越多越好。

更何况,方星海是个小开呢,交际面极广。郭蘅芜莞尔,立刻把金虞的资料发了过去。

其实,在这边接收资料的方星海暗戳戳想的是:倒是让我看看是哪个脸大的挡了我的财路,看我不把她的脸给打烂!

第四十四章
翻手定前途

两眼一睁,开始竞争。装备竞赛,不仅仅发生在各大拥有核武器的强国之间,也不仅仅发生在大草原上的狮子和羚羊之间,还存在于所有活着的生物个体之间。金虞相当积极,在完成了本月的绩效之后,大晚上的也加班活跃在了步行街的街道上。

过完年后,专案组的任务陡增,此处已经不能称为经侦局专案组,而是混合办案组了。刑警和经侦,不一样颜色的制服、警号和标牌混在一起。在岚梧市省城,各大办公单位隔不了几百米就有一家。在不出警不需要穿制服的时候,专案组组长池清源让大家别穿制服上班。

为了方便加班,这处小院的办公室后面就是宿舍,不少人已经把吃喝穿用的生活用品全部搬了过来。

赵倩妮经过了春节三天美好假期的滋养,精神抖擞。司晴却是无精打采地靠在椅背上,脸都小了一圈。两个人一交流,赵倩妮笑得格外豪放:"我那些亲戚老说我没时间带娃,但是他们的孩子和我的孩子根本就不能比,吃饭吃不多,考试就那点分数,就算打架都不如我的两个孩子团结。我的孩子说以后要当警察,像我,还能上电视。"

三天的时间,她美美地秀了三天孩子,当完了英雄母亲,又风风火火地杀回来继续当英雄警察,继续好好工作给两个孩子当榜样。

司晴愁的也是孩子:"八岁的孩子,混世魔王。"司晴不知道该怎么说:她的孩子在蛋糕里藏了一串鞭炮,然后把鞭炮当成蜡烛给点了。围在中间的孩子们,脸上、新衣服上被喷得全是奶油,当场就哭了四个,到现在还有三个小姑娘死活不愿意下楼出门呢。现在小区的家长们看到他们一家,像是看到了仇人一般。

司晴这三天干了点啥?

她领着自己的熊孩子,挨家挨户地给人家道歉去了。这事到现在还没有完呢。

　　这两个人说的熊孩子，吸引了快下班的其他人的注意，大家加入了讨论。池清源却是顺手打开了监控，——出于关爱一下下属的意思，结果看到了一个熊孩子。对比之下，刚才说的几个熊孩子，根本就是小孩子在过家家。

　　其他人的视线，也被吸引到了大屏幕上。

　　此时此刻，步行街那里正发生一场混战。领头的金虞手里拿着不知道什么东西，后面呼啦啦地追上来一拨人，目测是把周围所有等公交车的乘客都吸引了过来，公交车只能开着一辆空车走了。

　　这才是真正的混世魔王。

　　他们把个下班时间挤得水泄不通的步行街搞得像是在游行，池清源看得有点摸不着头脑。他都想打电话让当地的派出所维持秩序了。

　　"靠，这是大事呀，她在干什么？"司晴的眼睛一下子就亮了，担忧得不行，就怕后面这么多人追到了金虞，会把她给吃了。

　　"她在撒钱！"顾非眼尖，看到了地上花花绿绿的纸片被人抢，镜头拉得太远看不清面值，但是可以确定那肯定是钱。

　　这妞是钱多了，烧得慌吗？

　　一日不见如隔三秋，士别三日当刮目相待。有段时间没有见到这个妞了，她的所作所为依旧令人大跌眼镜。池清源的手指头轻轻地敲击着桌面。

　　她到底想干吗呢？

　　事实上，后面这些人跟了一下就不跟了。公交车周围的几百号人围观了不到三分钟，就散了，一口一个神经病地骂着金虞。

　　他们手里拿着的是一张张面额为五十的冥币："神经病呀，害得老子还得重新去排队等公交。"

　　但是金虞笑得贼开心，一边伸着脑袋看着四面八方活动起来的人群，一边把剩下的没有撒完的"钱"直接放在了连帽风衣的帽子里。

　　制造这么一场轰动效应，其实花不了几个钱。一百块钱就能从小贩那里买到一麻袋的冥币，好用得很。这黑灯瞎火的，不少人都会上当，她就这么在大马路上装成兜儿开口了一跑，呼啦啦地就围上来一群人。

　　这可害苦了在公交车站附近讨生活的三个兼职小偷的流氓。

　　镊子的手又长又细，入行就是下手取货的好材料，都干了十来年了，起起落落，糊口几乎没问题。但是金虞天天来这里搅和，他已经将近一星期一票都没有干成了。

镊子的手上有的是力气,把手上的骨头捏得咔咔响,眯着一双眼睛,朝着金虞走过来:"我说小金鱼,你这事做得不地道,我们已经帮你弄了一伙人去围高荣森,也帮你把高三烂那伙人弄到了派出所里去。咱们银钱两清,你不能再来找我们的麻烦。"

你当我们吓大的？打你一顿就老实了。

"我们从来做坏事不留名。"长相平淡无奇的刘二峰从另一个方向围了上来。被断了财路,肉疼呀。

铁塔一样的结巴,老鹰抓小鸡一样,张开了双臂。金虞就被彻底围死了。他不能说话,一说话其他人就会笑场,严肃地教训人的场面就会黄了。

眼看着三个人的拳头就要砸上来,金虞没有躲的意思。她笑着指了指自己的头顶上,像是指着一个帮手。事实上,这东西比任何一个帮手都好用:"别打,这里刚装了摄像头。"

三个都在派出所里有过备案的人抬头一看,靠,什么时候这儿也多了一个摄像头？他们赶紧把拳头撤了,装模作样地揉了揉头。好险！如果被抓进去了,错过了正月十五最热闹的这几天,损失怎么补得回来？

但是金虞这个妞,三番五次地来搅局,搞得他们一天到晚尽赔钱了。

"这地儿是个监控盲区,也是司机的视线盲区,老有人在这儿碰瓷。所以这片儿的派出所的人偷摸在这里安了一个摄像头,你们不知道吧？等你们把我打了,或者是在这里把人偷了,派出所办案的水平是不怎么样,但是他们为了完成硬性指标,也得来抓你们呀。"

十步偷一车,千里不留瓶,真不是传说。

跨区域办案和跨区域追捕,都很有难度,所以手机钱包丢了找回来的概率相当低。但是遇到了有案底的,又或者抓人的任务刚下来,抓他们就成了顺理成章。

金虞大大方方地走到了他们面前,伸着脑袋,吃定了这三个人没一个敢动手。她越发得意起来,做了几个鬼脸,另外三个人的脸都气绿了。

"我是个收账的。你们收账又偷东西,我怕你们连累了我。白天答应得好好的,说只收账不偷,晚上就出来干私活了？"

金虞的架子摆得无法无天,已经把自己当成了三个人的老大。

笑话！第一次合作之前,她就拿了这三个人偷东西的证据:人赃并获再加一段小视频。送到派出所去,两万块钱能让他们几年出不来,好好地在大牢里慢慢琢磨自己失败的原因。

而通过这段时间的合作,他们每天都有几百块钱的进账。

一心想当斜杠青年，可能一不小心会成了二货青年。金虞这是在逼着三个人表态呢：再来步行街上偷东西，可就别怪她翻脸不认人了。

金虞又不是没有在派出所里实习过，民警在每个月任务刚下来的那几天，最喜欢的就是抓青皮蛋子，摸出来葫芦顺出来瓢，一拎一串，能把街面上的偷儿梳头发一样地梳一遍。

她现在四面树敌，可不想再被派出所的民警给盯上。

她还没有自信到被判几个月的拘留，池清源能拉下脸皮，放下身段，扛起风险去捞她。这也太玄幻了。

镊子的眼睛骨碌碌地转着，心里在一遍遍算账：偷一票多少钱，风险多少，偷几次可能被抓住一次，抓住后可能被失主按住打一顿放了，也可能被扔到派出所去拘留几天。但收水也不是万无一失，可能要自己搭钱去外地，可能遇到同样蛮横的职业挡债人，手指头都可能会保不住。

镊子想了半天，还是舍不得放弃自己的本职专业，改行太不容易了。刘二峰是个墙头草，两边儿一直看，自己拿不定主意。反正不管干什么，他都是在别人的带领下，不管是偷东西还是收水，都是跟在大佬后面吃灰的命。

他在摇摆，不知道是跟着两个大哥偷东西去，还是跟着金虞收水去。

镊子看着结巴，结巴是三个人里面智商最高、心思最细腻、最能拿主意的人，他盘算了一下："不不不不……不偷……了。"

三个字，说得不容易。

"我……怕，被你弄……进去。"结巴酝酿半天，才说出来这么一句话。

早在今天中午，郭薇芜就给金虞打了招呼，有人打电话探她的底。而且捷爱催的赵葫芦还让她明天去郊区的农民房里收一笔钱。

她从来不相信，这个世界上有"巧合"这种事情发生，所以做事就是要紧锣密鼓马不停蹄，不然最后怎么被人拍死的都不知道。

"我给你发个地址，明天早上带上二十个人跟我走。"金虞拿出手机来，顺带着从兜里又掏出来三个手机。

这下，三个人全都傻眼了，赶忙在自己身上摸了一遍。他们的手机都不见了。此时此刻，他们看着金虞，才有了三分敬畏之心。

"我看镊子技术不错，观察了几天。刚才在路上咱们三个挤一块的时候，我便活学活用试了一下，感觉还不错。"金虞如是说，顺带着把三个手机轻飘飘地扔了出去。

三个人各自拿到了自己的手机，嘴里的口水都快要咽不下去了。

也就是现在，他们才确定了，金虞所说的"再偷一次，就把你们送到派出所里关几年"这话是真的。

拿着还带着体温的手机，三个人只觉得心里有一股凉意升了起来。他们的手机被偷的时候，完全没有一个人注意到。什么时候偷的，用的是什么手法，全然没有一点头绪。也就是说，他们赖以为生的手段，已经被金虞完完全全地掌握了。

他们在街面上混了小十年，还不如金虞这个刚来一个月的。他们不是被同龄人打败了，而是被后起之秀打败了。那种深深的挫败感让他们对自己的职业再也没有了自信。这种职业天花板的焦虑，才让人觉得窝火。

不过，还好有收水。收水和偷东西不一样，是现在的新大陆。三个人现在反而还有些庆幸，总算还有一条退路，不然如果金虞来步行街上抢饭吃，他们可就真得退休了。打开手机之后，金虞群发给三个人的消息弹了出来，他们看到最后几个字"收到回复"后，都下意识地回复了"收到"。

路灯下聚在一起的四个人，迅速地散去四个方向。池清源在车里看了半天，按照一般的逻辑，三对一，那个被抓到的人都会狠狠地挨一顿胖揍。

但是从目前的情况看来，反而像是那一个人揍了其他三个人。

奇哉怪也。

顾非开着车，和池清源两个人慢悠悠地看着电子地图上的信号，远远地跟了上去。自从金虞签了特情合同，她就从群租房的小区搬了出来，独自租了一个城中村的小单间。

至于地点，金虞没有告诉他们，他们也无从得知。警察的智商也被金虞侮辱了一把，这妞不知道从哪儿搞了一张假身份证租的房子，从派出所登记的系统里，根本就找不到她的信息。

呵，滑不溜秋的泥鳅。

只是，当车子停在巷子外面时，令人惊讶的一幕发生了。顾非和池清源两个人明明白白地看到，向不同方向散去的金虞和刘二峰两个人又在巷子里会合了。

金虞从兜里掏出来一沓东西给刘二峰，是钞票。

刘二峰数了数，心满意足地拿着钱装进了口袋，脸上洋溢着幸福的笑容，径直朝着另外一个方向走了。

这都能私下交易？

等到刘二峰不在视线范围内后，金虞接到了池清源的电话。然后她掉头，朝着池清源的车走过来，整个人蹦蹦跳跳的像个麻雀，完全没有小白领上班一天后的劳累。

金虞弯下腰先打了个招呼，眼睛里顾盼生姿，神采飞扬，朝着顾非斜飞了一个夸张的媚眼。这个年轻的小科长一下子就脸红了。

池清源云里雾里,上车之后让金虞解释了一遍。

"你收买了其中一个人去给你偷另外两个人的手机?"这一手也太大胆了吧?起码池清源就想不到还能这么干。

"对呀,你能收买我给你找高利贷的信息,我为什么不能收买一个人帮我撑场子去?"这叫照着葫芦画瓢,活学活用。

金虞对于自己的这一手非常满意,总算是解决了人才招聘的大事。

池清源干瞪眼:"你就不怕被拆穿了以后挨揍?"

"就他们仨那胆儿,要真的敢揍我,就不会现在还在大街上混温饱了。现在什么时代了,信息时代,山寨手机都不见一个。手机设了密码,防盗手段又层出不穷,大家都把钱放在手机里,无纸币化出行,偷那点钱都不够吃饭的。偷了带身份识别码的手机,又不敢压手里,只怕给警察定位了,出货那么快,原价三千块钱的能拿三百就不错了。"

听金虞这口气:那仨混得还不如我呢,跟在我后头吃灰的命。

"都半个月了,有什么消息没?"池清源肯定不会在这上面和金虞扯皮,他一个经侦局局长,不至于和一个女流氓学怎么出卖其他流氓的手段吧。

倒是顾非听得津津有味,像是发现了新世界一样,不插嘴,但是把金虞说的都记下来了。

"普通单位试用期三个月,事业单位试用期半年,你们警察和公务员试用期一年。我才来了几天呀,多给点时间,先让我保住命。"金虞的意思:你们专案组那么多人,外围那么多分局和派出所,不一样一无所获?

呵,想占点嘴上的便宜教育她一下,都没有这个机会。

专案组的人并没有闲着,从李改平的关系网散出去,正在一层一层地找相关的经济犯罪线索和投资钱款去向。

双管齐下。

池清源笑了笑:"互勉,互勉。之前说的都有效。"如果金虞意识到了危险,可以随时退出。

"还没有做呢,别先想着失败呀。"金虞掰着手指头,已经开始盘算明天的那场硬仗。

这妞的心灵鸡汤水准非常高,不然不至于这么多年了都没有改行。和她聊几句,都会让人觉得精神为之一振,似乎这世上就没有她办不成的事情。还好她没有被传销组织拐走,不然真成了祸害。

至于下一步的行动,池清源没问出来,金虞说自己又不是未卜先知的半仙,只是个吃泥萝卜的,要一边擦一边吃。

池清源想要的,是整个岚梧市地面上高利贷的催收现状,以及这些大大小小的催收组织背后的资金来源。如同剥洋葱一般,经侦局通过正规渠道打了许多次交道,付出的代价不小,都是所获甚微。但是案子已经不等人了,现在需要行非常之法。

金虞并没有觉得池清源的胃口太大,反而一口应承了下来。

这几个月的收账生涯,已经让她的胆子肥了不少。她在一处繁华的街口下了车,然后骑了一辆自行车往城中村过去。她到底还是没有把自己住的地方告诉池清源。

也没有告诉顾非。

小舟从此逝,沧海寄余生。

马无夜草不肥,夜色下拼命加班扩充装备的,肯定不止金虞一个人。一辆黑色的奔驰车正在微微震动着——不是在车震,而是三个人的笑声引发了共鸣,使车微微地震动着。

就连方星海这个小开都忍不住大笑道:"哈哈哈哈,原来是这么个玩意呀!"

第四十五章
针尖对麦芒

金虞,二十九岁,晋西省一个县城的穷鬼。这穷鬼的脑子还被驴踢了,在十几个手机App上借了钱,大大小小的款项加起来有三十万了。这胆大包天的家伙,居然还是个女人。同时符合这几个条件的,在岚梧市地面上也是一抓一大把。透支未来的人多了去,长了一张凤姐的脸,妄图撑起范冰冰的气质来。

凤姐身上砸三十万,那也还是凤姐呀。

搞笑的是,这三十万,她没有拿来买房买车,而是洗浴桑拿小酒吧一条龙地逛过去,点过夜店的少爷,泡过银泰的小嫩模,顺带着还拉了一帮狐朋狗友。

说得好听点叫作享受生活,说得难听点叫作傻子瞎花钱。那六千六一晚上的宾馆,和一两千的也没多大区别。

还真把那些小额贷款公司当成了印钞机,花钱像烧钱?

钱花完了,这姐就没地儿嘚瑟,灰溜溜地爬回来收账了。

方星海和马实这些人收账还有些考量,比如必须要将收回来款项的百分之二十作为佣金,比如太远的太霸道复杂的活坚决不干。

这姐倒是荤素不忌,饥不择食,什么样的人都敢惹,什么样的案子都敢上。

这是给债务逼急了。

"原来我以为是个天才呢,现在才发现就是个二货。"憋屈了半个月的马奋笑得格外开心,在空调车里把肚子掀起来,肚子上一层黑色的毛像毛衣一样。

"天才和人才,不就差个'二'吗?依我看,打一顿,赶出去就行了。现在可是小额贷款的红利期,等过了这个村,可就没有这个发财的店了。"马实啃着熏肉大饼,吃得满嘴流油,方星海嫌弃得不行,但是这胖子太胖了,一脚踹不出去。

"这事交给我来办吧。"方星海笑够了,一锤定音,手握在方向盘上,有一种手握天下的自信。他扬了扬脑袋,刘海甩了甩,已然成竹在胸。

而另一边,镊子、结巴和刘二峰三个人回到了自己的住处,立刻打电话去拉人头。

如果对方是农民工,那开场白就是:"兄弟,明天早上有活儿没?我给你介绍一个,保准钱多事少不累人,一上午站着看东西就行,七十块钱怎么样?"

如果对方也是地痞流氓,那开场白就是:"兄弟,明天早上能起来不?帮着兄弟去撑个场子,不用动手,一个不认识的人,要是打起来了你就赶紧跑,不连累人。七十块钱,来不来?"

如果对方是七拐八绕介绍来的学生,又是另一段开场白:"兄弟,明天上午没课吧?按小时结算,一小时十五,跟着我们去坐场,和你们替人上课差不多,不费脑子不费手。"

电话一个一个地打,不到半个小时,三个人就联络了二十个人。他们又商量着雇了三辆面包小黑车,来把那些人都装进去。三个人也要去,打群架这种事情不管搁哪儿,都是难得一见的大手笔。但是自从跟着金虞这个通吃的主,已经是第二次纠集这么多人了。

三个人兴奋得一晚上睡不着,不知道面对的会是高荣森那样的小老板,还是硬杠硬的小流氓。

不过跟着出手大方的金虞,确实比在步行街这片儿赚得又稳又多。

金虞明显淡定得多。她在没有灯的过道里蹭到自家门口,摸黑开了门开了灯,然后开了电视机找到一个警匪电视剧,拆开一袋辣条,心满意足地开始享受夜晚的生活。

租住的房子在三楼,过道里的窗户和对面的楼只有两米的距离,如果有人敢过来揍她,她能用刘翔跨栏的姿势飞出窗户,然后把搁板一撤,再也没有人能抓住她。

就在金虞拎着一根辣条吃得津津有味的时候,门突然被敲响了。她整个人悚然一惊,这新搬过来的地方,她是当成了安全屋在使用,没有告诉过任何人。

谁?

金虞立刻把电视机调成了静音,但是她的手机突然之间响了,上面晃着一个熟悉的人名,金虞的心七上八下地抖了一下。

顾非。

金虞把电话挂断,然后去打开门。穿着像个学生的顾非粲然一笑,如星如月。金虞一开门,就看到了顾非高大瘦削的身影,他这个年纪,大概还会再长一截。

顾非闪进来,顺带着把门上的广告单拿进来。

"你为什么不把广告单拿下来呢?广告单一直插在门把手上,小偷会以为家里没人进来偷东西的。"广告单一展开,上面是五颜六色的理财产品,从买农产品到买电子货币不一而足,还有各种各样小游戏的推荐。

花花绿绿的,像是超市的宣传海报,这种颜色组合最能吸引广大中老年人。

"除了手机是我的,这些二手家具都是房东的,贼的眼得多瞎,才能偷到我这里来?"金虞给顾非倒了一杯水,也从桌子上拿起广告单来看,她两眼放光,"原来现在炒的比特币,长这个样子呀。看起来和美元差不多,也是绿色的,没有我们红色的人民币好看。"

顾非一脸尴尬,咳了两声:"比特币不是这个样子的。"

"那比特币长什么样子?"金虞又问。

"比特币是一种虚拟货币,没有真实的面额和可触摸的介质,并不能像美元和人民币一样放在口袋里,也就是说你只能打开你的电脑,在某个类似于文件夹的电子钱包里找到一行代码一样的序列。"顾非解释了一下。

金虞觉得自己的脸有点红。呵,比特币这种玩意就是来侮辱我的智商的吗?

"这个东西很重要,我得带回去好好研究一下。这属于经侦局可以调查的、银监会等机构可以监管的金融骗局。"

顾非把这一页广告单折起来放在了口袋里,一本正经地普及了半天关于比特币的知识。金虞不理不睬,智商碾压了不起呀?你们还不是得靠着我摸着石头过河拆桥吗?

其实,她正拿着手机在"百度"比特币。

顾非意识不到其中的尴尬,孜孜不倦地把比特币给金虞普及了一遍。任何和金融有关的词语和事件,都能引起他的兴趣,尤其是这种在我国冷门但是在全球投资市场上火爆的新起币种。

"与大多数货币不同,比特币不依靠特定货币机构发行。它是一个叫中本聪的个人或者机构在2008年提出的,它依据特定算法,通过大量的计算产生。比特币经济使用整个P2P网络中众多节点构成的分布式数据库来确认并记录所有的交易行为,并使用密码学的设计来确保货币流通各个环节的安全性。P2P的去中心化特性与算法本身,可以确保无法通过大量制造比特币来人为操控币值。基于密码学的设计,又可以使比特币只能被真实的拥有者转移或支付。这同样确保了货币所有权与流通交易的匿名性。比特币与其他虚拟货币最大的不同,是其总数量非常有限,具有极强的稀缺性。该货币总数量曾在四年内不超过1050万个,之后的总数量被永久限制在2100万个……"

顾非是个有名的图书馆,任何一份生涩难懂的资料交到他的手里,都能被背下来,然后在某个需要的场合侃侃而谈,引来众人的惊艳。这已经成了他成长和工作过程中浓墨重彩的经历,收获了太多的羡慕嫉妒恨。

金虞暗戳戳地翻了好几个白眼:"停停停!你背得再好听,我也听不懂呀。比特币和我们的案子有什么关系,要了解吗?"

顾非的心灵鸡汤灌起来,也是溜得很:"学习知识不是为了马上用,而是需要用到知识的时候,我们有这方面的知识储备。"

"你是怎么发现我住在这里的?"金虞又问。

"排除法呀,我看着你的自行车进来了。然后去查了这栋楼各住户的水电煤气费,在这里的大部分是务工的两口子带着孩子,肯定要做饭,而你从来不做饭,煤气费肯定没有交过。这片的房子普遍没有暖气,壁挂炉靠煤气带动,空调靠电。你每天都在外面跑,电费、水费肯定也很少。三样加一起,你又是一条单身狗,租的房子肯定还很小。"

顾非一板一眼地说着。他对于自己的判断相当自负,他总是能用最少的线索无限还原事实的真相。如果不是身份气质和市井距离太远,这个有着浓浓求知欲的年轻科长,是最合适下放到基层去历练的。

金虞听了一遍,描述得非常准确,这根本就是找贫穷单身狗的节奏呀。

不过金虞从来都不是轻易认输的人,她眼珠子一转,立刻有了新的主意。她把门一开,就把顾非推了出去:"我有个东西落在了楼下,你帮我拿上来,找不到就别回来了。"

顾非一头雾水,被推出去老老实实地下楼去找东西了。事实上,这租来的一楼房底下空空的什么都没有,只有楼上几十户人家停的电瓶车、摩托车和自行车。难道是让他在底下扛一辆车送上去吗?顾非恍然大悟,又跑上楼,金虞已经把门关了。

"我什么都没有找到。"

金虞已经在继续看电视了:"找不到就对了。"

温文尔雅的顾非在面对金虞时频频失控,一年飙不了十句脏话的他利落地脱口而出:"我靠。"找不到就别回来了,意思就是不让他回来了。

这妞喜怒无常呀!

顾非觉得自己的智商再一次被这个妞侮辱了,而且还是被摁在地上摩擦:"你为什么要借那么多钱,万一还不了了怎么办?"

"把帽子扔过墙,人才会更加拼命地想要翻过墙。"金虞和顾非,依然隔着一道窄窄的门槛。

他高智商、不食人间烟火、彬彬有礼的人设,在金虞的面前碎了一地。离开这个熙熙攘攘的城中村,顾非心情复杂。

但是走出去后看着满天星光,回望帘子后头那个小小的人影一下子把灯关了,他就释然了。

她说了,她没有伞,要在雨里奔跑。

万叶丛中过,片叶不沾身,她有这个能力。

电视综艺节目里传来一阵阵欢快的嘻嘻哈哈声音,辣条解决了一包,她又拿起来一包。金虞从来不会把悲伤和焦虑写在脸上,她靠咀嚼和综艺来缓解压力。

新接到的这个任务,比较特殊呀。

事主年纪不大,只有二十岁,女,在大学城里上学,却欠下了足足五万块钱。这相当于一个普通大学生包括学杂费、住宿费、生活费在内两年的开销了。

一般的催收方式都是先文后武。先通过电话好言好语地要,再通过电话挨个地骂,都不行了才会让地痞流氓上场骂。

这个二十岁的小姑娘,已经被逼到这一步了吗?

心多大呀。

鉴于一大帮作息不规律的无业人员熬夜打游戏,起床时间都在中午以后,所以要账的时间也人性化地被安排在了九点以后,大家互相照顾一下嘛。让金虞意外的是,麻旦旦上门了。

这软萌的胖子向来奉行能坐着决不站着、能躺着就决不坐着的原则,攒下来一身软绵绵的肥肉。除了上厕所,金虞从来没见过这个胖子脚挨地。据麻旦旦自己讲,他这一生腿动得最快的时候,就是和王者赛跑逃避追捕,最后还给逮了回来。这已经不是个吃货,而是个饭桶了。他一天三顿外卖,量大得惊人,送外卖的小哥一度以为店里有五个人要吃饭,送来的餐品里面每次都放了五双筷子。直到有一次看到桌子上的罐头瓶里塞满了一次性筷子,快递小哥才恍然大悟:麻旦旦一个人能干掉五个人的饭。

动嘴就是为了吃饭和骂人,动手就是为了打游戏黑人和指指点点。就这么一个家伙,居然会骑着一辆矮墩墩的摩托车,跨越大半个岚梧市来到她这里。金虞一度以为自己是在做梦。这是麻旦旦能干出来的事儿?

他不嫌累得慌呀?

这个肥腻的下巴有三叠的胖子匍匐着从摩托车上下来:"妹子,给哥点个菜,饿得没劲儿了。"

"旦旦哥,你来这儿干吗呀?"麻旦旦有很多的不良嗜好:比如入侵别人偷偷放在酒店里的摄像头,看真正新鲜出炉的小视频;比如入侵别人的网站后台——

但也就是进去看看，什么也没有更改，什么也没有拿走，美其名曰"哥在磨炼技术"。

这些都是金虞这种对互联网技术完全不懂的人没有办法理解的。

当然，对于麻旦旦能找到她这里，她可一点也不奇怪。搞技术的人总有奇奇怪怪的算法，能从信号的运动轨迹里算出来一个人活动的半径，再进行概率排除和确定，最后得出一个比GPS定位还要精准的位置。

刚好，金虞正拿着手机在小卖部买辣条和烟。

"哥来给你个助攻，保准送好几个人头过来。"麻旦旦从摩托车上下来，背上的双肩背包里放着他用的大号笔记本，拿出来拉风霸气得很。

这种野路子的电脑高手，一点都不矫情，只要给个电脑，再开个手机热点连接上，一秒钟就能切换到工作状态。

麻旦旦真的盘腿坐在了低矮的摩托车上，宽大的车座椅也是根据他的体形改造过的。他得意扬扬地给金虞指着页面上的几个红色绿色的点："就凭这幅图，哥吃你一个月你都不冤。这个绿色的点是那个二十岁的姚雪，旁边的这四个，分别是四家贷款App找来的催收人。你现在是第五家。"

原来如此呀。金虞恍然大悟，忙不迭地把手机拿出来让麻旦旦点菜。

早看出来姚雪这妞肯定是拆了东墙补西墙，没想到她把天花板都给拆了。没有技术方面的支持，金虞仅凭自己看到的信息，颇有些束手束脚。

"是王者他们让你来的？"两个人在二十四小时便利店里找了一张桌子，面条、盖饭、小笼包，堆了满满一桌子，麻旦旦心满意足地吃着。

"不不不，是我自己想要捞点外快。听说你干这个老挣钱了。你知道吗，一个程序员，从早上九点工作到第二天凌晨三点，一个月才三万的工资，而且过了三十四岁还可能会被老东家以极低的价格收购股份后辞退，太可怕了。打死我都不可能去给那些公司打工的，打死都不可能的。"

一边说着一边擦了擦嘴边的油，麻旦旦神神秘秘地问金虞："听说你收账很赚钱的，一单好几万，一星期就能完成一单？"

"你听谁说的？"金虞心立马放下了。

"郭总呀。"麻旦旦倒是不见外，"早年郭总和人竞争，让我把对方的电脑弄蓝屏了，对方拿不出方案来，这才败了。"麻旦旦说得无所谓，一口一个小笼包往嘴里塞着，像是在吃饺子。

金虞拨弄了一下手里的一次性筷子，低着头看不出来表情。

"广告行业水很深的。大家都在拼刺刀，能上什么方案就上什么方案。"麻旦旦继续补充。

"你还真把人家的电脑弄蓝屏了?"金虞反问,有点不太确定。

"对呀。哥是黑客,又不是小白脸。"麻旦旦眉毛一挑,把一笼包子的最后一个塞到了嘴里,"你可不能把到手的钱给推出去。"

"知道,针尖对麦芒,绝对没有退路。"金虞眼底寒芒一片,如同满天飘洒的冰凉的雨。办法,早在昨天晚上就想好了。

当断则断,当断不断反受其乱。

第四十六章
一波三折荡

麻旦旦和王者这样的互联网从业者,不是深山里的程序员,而是都市里的手工帝。大伙下了面包车后围观麻旦旦的神操作,就像一群学渣在围观学霸徒手开平方,瞠目结舌。

姚雪这样的钉子户早就进了各大贷款App的黑名单,麻旦旦手里也有一份完整的她的资料。某个App已经读取了她的通讯录,按照时间顺序将当天联系过的电话号码捋一遍,再进行定位,就会发现目前有七个人围在姚雪的旁边。

麻旦旦肥胖的手在电脑上敲了一下:"我的乖乖,三缺一打麻将的场面都没有这个热烈。这丫头是真的想要作死呀。"

自己作死,神仙都拦不住呀。

这小姑娘居然在不同的App上借了三十几万。金虞微微张了张嘴,三十几万,原来捷爱催报过来的五万块,仅仅只是冰山一角。

这七个电话号码的主人都是男的,麻旦旦拿出自己的手机来:"接下来,我要给他们发一个是男人都无法拒绝的东西。这可是我珍藏多年的好东西。"

金虞捂脸,非礼勿视。

麻旦旦把一个压缩好的较小的动态小黄图发了出去:"一条彩信一块钱呢,这可是下了血本的。"发完图片等了一小会儿,这边麻旦旦的手机上显示那七个人已阅。

麻旦旦的手不停,在键盘上噼里啪啦作响,将那七个人的通讯录又拉出来,再如法炮制进行定位。如此往复,最后确定了此时屋子里一共有十二个人,外面还有五个人,分别属于四拨人。从通讯录的分析上来看,三拨是三人组,一拨是七人组,分配不太均匀。

金虞一边看着图,一边拿着纸笔将现有信息画了下来,根据附近建筑的比例还原了房间的大小,琢磨这些人的势力分配。

这个比例和分配,很值得怀疑。

金虞早想到了会是这样的结果,但是想不到情况已经复杂和糟糕到了这样的程度。她把人聚了过来,指着图纸上的人头开始分配任务:"等会儿,我们这样……"

这里是刚刚搬到了城市郊区的大学城,大学城里面现代化设施迅速搭建,象牙塔的纯白风情款款而来。但是大学城外面还是乡村,平房和大棚菜错落分布着,非常有我国的乡村特色。

麻旦旦感慨着:"这么多年了,最大的遗憾就是没能够上一次大学,没能够谈一场校园恋爱。"因为他的神操作,他已经成了众人眼里的男神,大家恨不得拜倒在他快撑破了的运动裤下。他这么说话,竟然也没有引起众人的侧目,反而是纷纷附和。

有时候,未必颜值就是正义,技术也是正义。

"你就算上了大学,也未必能谈恋爱呀。我可是警校毕业的,我们那届的那个校区里,一共一千零三十个毕业生,只有三十个女生,我大学四年都没有谈恋爱呀!"金虞一摊手。

"那是因为你是个性别为女的汉子。我和你不一样,哥是爷们儿,纯的。"麻旦旦骄傲地撇撇嘴,他已经按照约定在目标农民房外面的大棚菜地边上猫着腰蹲下了。把包包垫在屁股底下,盘腿坐下,电脑放在了膝盖上,他对着众人做了一个万事OK的手势。

本来笨拙的动作,因为有了技术的加持,看起来潇洒得很。

另外二十多个人都把手机检查了一遍,他们要注意麻旦旦发过来的位置信息,又同时打开了同一个软件。大家都在一个群里面,实时交流战况。

金虞已经把要账的档次拔高了好几个水准。要账就像打仗,一定要确保战则必胜,又能全身而退。只要有一次被弄到派出所里去,就算她输。

输了,意味着出局,意味着自此以后,和她想要的那个位置再也没有任何关系。

这世上,大多的事情可以卷土重来,但是在梦想的面前,没有人输得起。

到了门口,金虞飞起一脚,直接把门踹开了。里面冲出来两个人,都是凶巴巴的大汉,一看就特别能打,属于晚上如果打顺风车就绝对没有小姑娘敢上去坐的类型。呵,送见面礼的两颗人头,居然也是好好筛选过的。他们一个人的手里拿着板砖,一个人的手里拿着钢筋条,在门被踹开后,直面金虞扑过来。后面还有两个人也挤着要出来打金虞。

不过很明显,这两个人对于金虞上来就踹门,也是很蒙的。

收账这么长时间,一直用的都是很巧妙的耍赖斗嘴撕脸皮的模式,还是头一次碰到这么野蛮的硬碰硬打架。但躲不过的,早晚有这样的时候。

要不是早有准备,今天就要被人在这儿打成植物人了。想想都后怕,要是昨天晚上早早睡了没有去找人,今天她就得躺医院里休息去。

这世上的事情,真是一分钟都偷懒不得,生活会想方设法地狠狠地甩一个耳光过来。

打赢了派出所见,一战成名。

打输了医院见,同样一战成名。

四家贷款App的人都在里面,根据麻旦旦调查过后的说法,岚梧市地面上最能打的职业收水人,今天来了三分之一。

双方没有一句废话。金虞后退一步,两边八个人立刻围上来。其中四个人围住了那个拿着板砖的,两个人弯下腰,配合得天衣无缝,瞬间把他搬了起来,还有一个侧面迎过来,直接夺了他手里的板砖。板砖哥像是老虎被拔了牙一样,被四个人直接抬了出去,扔到了大棚菜地底下。他还想要爬上来,为首的镙子抄起一块板砖砸了下去,狠狠地骂了一句:"滚!"

收水,求财不送死。眼看着这二十多个人气势汹汹,对方就尿了。大棚菜地底下的这位,连滚带爬地朝着另一个方向赶紧跑。

拿着钢筋条的也就摆谱装个样,这么小的地方,这么粗的钢筋条根本就施展不开。结巴是个铁塔一样的汉子,从前练过的,一把没有夺成功,但是他一脚飞出去把钢筋条踹得卡住了门框。那横着的钢筋条阻挡了其他流氓蹿出来。

麻旦旦像是打游戏打嗨了一样,已经破译了这里的无线网密码,直接入侵了监控系统。农民伯伯的智慧无穷,而且非常跟得上时代,为了防止别人偷他的大棚菜,在道路沿线也装了监控:"各单位注意,各单位注意,有人翻窗户进去,手持钢筋条以及调料类似物,目测是芥末油和辣椒面。注意防护和回撤。"

因为麻旦旦的加入,战斗场面变得格外激烈。二十多个人像是打了鸡血,用夺来的钢筋条把对方堵在了沙发后面。

金虞的先声夺人,镙子的快手,再加上结巴的大力出奇迹,使得队伍的情绪高涨。镙子拿着钢筋条,直接把对方拿辣椒面和调料面的手给打了,一边把人家的东西砸碎了,一边还调侃人家:"我也不是故意的。要不你晚上吃饭的时候,再去超市买点调料吧?贵不贵,哥用不用赔?"辣椒面和芥末油还没派上用场,玻璃瓶就掉在地上碎了一地,它原本是作为杀伤性武器出场的,但是落幕的方式却非常滑稽。

镊子的话音一落,对方几个人像是受到了羞辱,但是金虞这边二十来个人肯定不怕那么几个人,人墙都能把那些人堵死了。

镊子、结巴和刘二峰几个人不厚道地笑了。原本打算暗地里收拾金虞的几个流氓,都快要哭了。

尤其是那个组织策划这件事情的汉子蹲在墙角,委委屈屈道:"你们哪儿来的呀?我就是想挣个辛苦钱,怎么那么难哪?"

"我们?我们是职业收水人呀。"镊子说话利落,围着剩下的几个人,就是不让他们走,像是调戏小姑娘一样调侃他们,"你看你那屄样。"

那人哭得更伤心了。

细问才知道,他原来是岚梧市地面的一个职业收水人,跟着一个小开收水人方星海混。因为他姓白,但是长得太黑,大家都叫他白加黑。这名不但好记,听上去还像是两个人,还能增强点气势。

基本上形成了我方四个人围着对方一个人打的形势,这种压倒性的优势给人一种错觉,像是对方才是受害者。

金虞在混战开始往里面走的时候,姚雪躲在沙发后面大呼小叫。现在的小女孩,哪里见过这种打起架来能把家里所有的瓶瓶罐罐砸得稀巴烂的架势。这比地震还可怕,说不定辣椒面、芥末油不长眼就飞到了她的脸上,说不定有人的板砖和钢筋条一时没有拿好会误伤友军。

姚雪还真的挨了一下,脸上浓浓的妆像是水土流失的黄土高坡,被眼泪冲得千沟万壑的。她如女鬼一样,瘫在沙发上没有了一点力气。

金虞蛮横地把她拉了起来:"你给我过来!"

姚雪像是全身的骨头都软了,直接被金虞拖着走。金虞叹了一口气,恨铁不成钢。这种一挨打就腿软,被人训几句就吓得魂不附体的小姑娘,是怎么做到从那么多App上借钱的?

她吃了什么胆,不怕还不上被真正的黑势力秋后算账吗?

那边白加黑正在一五一十地交代着:姚雪从丽人贷App上借了三万块钱去隆胸,有大半年了,之前断断续续地在还利息。本金拖了三个月没有还上,一直到上个月,他们才接受了这个案子,来这里打算说服姚雪去KTV上班,挣的钱用来抵债。

而另外两个挨了打、心态还比较好的收水头头,也是一样的说法。一个说姚雪借了一万块钱去拉双眼皮,一个说姚雪借了四万八去做抽脂手术。

而利滚利下来,早就不是当时借钱的数了。

麻旦旦早就进来了,听一会儿笑一会儿:"哈哈,世界上怎么有这么傻的女人,借了几十万去整容?快让我看看她整成了什么样子?"

麻旦旦挤进来看着姚雪。姚雪哇的一声,吓哭了。

这时候,外面传来了一阵警铃。大家你看我我看你,都是一脸的不可置信,谁报的警?再数了一遍人头,才发现对方的十几个人跑了将近一半。

用脚指头想也知道,肯定是跑了的人报了警。

一般地痞流氓打架斗殴,大家都默认不让警察参与进来。看到警察出现,就一窝蜂地散了,更不要说是报警让警察来掺和。

在这样的开阔地带,这么多人根本就跑不了。大学城派出所值班的四个民警进来了。原本在地上蹲着的白加黑像是被打通了任督二脉一般,嗖地站了起来,朝着警察就扑了过去。他抱着警察的大腿开始哭诉,颇有秦香莲见到了包公控诉陈世美的阵势:"警察同志,这些人要轮奸那个小姑娘。我们想要见义勇为,结果被打了,你要为我们做主呀。"

大家都没有预料到是这样的结局。二十几个人都觉得自己的天灵盖被狠狠地击了一下,没想到峰回路转还有这么一下子。

万万没想到呀。

镊子火了:"你他妈的属猪的呀?倒打一耙倒是挺溜!"

一石激起千层浪。双方开始了辩论,都指责对方囚禁了美丽的女孩,说自己才是来这里英雄救美的。就连结巴都推推搡搡的,要为自己正名。

白加黑的表演一气呵成,没有卡顿,很明显不是急中生智,而是早有预谋。显然就算是诬赖,他也要好好地恶心人一把,毕竟要是能把这些人都弄到派出所去拘留几天,也算是他的功劳。

更何况,他是真的有撒手锏。

监控早就装了自毁装置,在金虞这些人进入五分钟以后,监控的电脑芯片就烧坏了,没有备份。白加黑看了一眼姚雪,姚雪也在看着他。

谁说的跟着金虞收水没有风险,现在这风险巨大好不好?

四个民警的态度都不太友好,警惕地看着这不到三十平方米的客厅里围了将近四十号人。这么多人在一块,能有好事才怪了呢。

民警扶了扶胸前的执法记录仪,环视一圈,指着还在沙发上哆嗦半天没有缓过来的姚雪:"别吵吵,当事人,那女孩子,你过来。你自己说说,这到底是怎么回事?"

金虞深深地吸了一口气,扶着腿还在发抖的姚雪走了过来。

此时此刻,不管是镊子、结巴这二十几个人,还是白加黑那十几个人,都屏住了呼吸。当事人姚雪的供词,决定着他们这两拨人谁才是有罪的一方。

时间像是被轻易地定格,流逝得极其缓慢。姚雪的手在脸上抹了一把,不自然的双眼皮上眼线糊了,笑起来僵硬得比哭还要难看。

所有人,包括警察,都在期待着姚雪嘴里的实话。

白加黑成竹在胸:"妹子,我们可是在帮你呀,你别不识好歹。"

金虞赶在警察之前,扫了白加黑一个白眼。白加黑只觉得脊背上发凉,这女孩子看着普通,哪儿来那么重的杀气?

笑话,她从小到大帮着她爸妈杀了多少猪和鸡鸭,小动物临死之前的鬼哭狼嚎听了多少。这种场面镇得住她吗?

不可能。

姚雪抹着眼泪,用袖子把脸上的妆擦了下来,反而比化着妆的时候看起来顺眼多了:"警察叔叔,我欠了很多钱。他们逼着我现在还,我不是不还,只是现在还不起而已。我希望他们能给我一段时间,我肯定会还的,但是他们让我现在就还,还不了,就逼着我去洗浴中心和KTV上班。如果我不去,他们就要把事情弄得人人皆知,要让我的爸妈和学校的老师同学都知道,还要让我因为征信记录不良而毕不了业……"

不得不说,在这么一个男人堆里,年轻女孩子的眼泪还是有很大杀伤力的。

为首的那个年纪大些的警察压着怒火扫了一圈屋里站着的高高大大的男人,用尽量温和的语气问道:"是谁在逼你?"

空气陡然间又紧张了几分。白加黑颇有些得意,挺直了腰杆和金虞对视了一眼,似乎下一秒他就能把金虞送到派出所里去。

今天的事,要是他打不过金虞,那就报警。反正这是稳赚不赔的好买卖,回去之后钱照拿不误,只是白白挨了顿打,让人觉得憋屈。

金虞的视线看向别处。

"是他们,是他们逼着我!是他们不想让我活了!"姚雪歇斯底里地指着白加黑的鼻尖,像是一只发狂的猫突然间炸毛了。

金虞的嘴角微微弯起来。

这个剧情翻转得太快,白加黑始料未及。之前说好的,如果警察来了,就免去姚雪的利息,让她指证金虞。反正这个收水的母夜叉已经在岚梧市办了二三十个业务,把人都惹遍了。

但是,姚雪在这个关键的节点上,居然站在了金虞这边。

为什么?

这个女人的脑子坏掉了吗?

第四十七章
三声泪沾裳

绝境之下,人的求生欲望特别强。白加黑立刻着手捞他的救命稻草,觍着脸,皮笑肉不笑,道:"妹子,这些人是来向你收钱的,我们是来保护你的……"

姚雪的脸色变了变,她这种女孩子一看就是只会读书,十指不沾阳春水,别说挨打,就连挨骂都很少。白加黑的手段她知道,她的视线不敢对上去。

这是真的怕挨揍呀!

刚才说的那几句话,就已经用光了她身上所有的力气,现在腿还在微微发抖。

姚雪看了看金虞,还在掂量着。她想找一根粗大腿抱上去,先把眼下的危机给解决了。这个女人,能行吗?女人呀!

金虞冷冷地瞥了一眼:这厮货,丫的想反水呀。金虞这才意识到,自己好像进来之后还没有动过手,这小姑娘是把自己当成了不会打架的文明人。

在姚雪开口之前,金虞眼睛盯了她一眼,她下意识地捂住了嘴。在所有人都期待着姚雪说话的当口,金虞抄起一个凳子直接摔在了白加黑的身上,又飞起一脚。这个方向和角度,所有人都没有一丝丝防备。

谁能想到,这个女人会当着警察的面突然发难?

就连麻旦旦都没有想到,晃了一下神:这种场合,撒泼卖萌求放过,才是正常程序呀。他都和警察打了多少年交道了,倒买倒卖人家的二手电子数码产品,被逼得都吃胖了。

这妞怎么往警察的枪口上撞上去了?不是正常的出牌顺序呀,也没见着刚才有人打了她的脑袋呀。

结实魁梧的白加黑从来不吃亏,该打就打,从来不含糊。虽然女人这一下对他杀伤力没多大,但是人也朝着后面栽了一个屁股蹲儿,坐在了地上。白加黑连骂带混,捡起地上的钢筋条,就要和金虞打:"没有天理了。我们来这里帮忙,还

要挨打,你当着警察的面打人!"

眼看着白加黑就要扑过来,金虞双腿分开,负手而立,霸气地站在中间,颇有一夫当关万夫莫开的气势。

姚雪又给镇住了。

有一个领事的警察出去叫增援,另外三个在里面维持秩序。警察拿着防暴棍,一开始让人蹲下,但是还没有来得及,金虞就弹簧一样地跳了出来,让人猝不及防。

白加黑不上不行。他也带了人来,真被这个妞压一头,以后他在这儿就没得混了。这是面子问题,哪怕被拘留几天,也不能让大家吃完饭没事了都在绘声绘色地讨论他被一个女人揍得躺在地上爬不起来。眼看着第二场打架斗殴就要开始了。

收拾谁也不能收拾我妹妹呀!

金虞这姿势摆得好看,但是真的不抗揍呀。一棍子下去,脑袋就要开花了呀。麻旦旦心一横,两百来斤一下子就扑在了白加黑的小腿上:"我求求你放过我们吧。我们真的没钱了,她爸工资卡都押你们那儿了,她妈急得都住院了,她亲哥哥已经和她家里断绝关系了……我们已经走投无路了,你别再逼了!"

笑话,麻旦旦的演技可是和派出所的民警打了十来年交道练出来的。演技过关,就能回家喝酒吃肉,过不了关,就只能进拘留所里吃糠咽菜。

可比那些流量小花们演得卖力得多了。

镊子、结巴他们三个是人精里的戏精,演技也是在大街上偷了好几年磨砺出来的。要从少妇的牛仔裤后兜里脸不红心不跳地掏出手机,这也需要专业水准的好不好?

这三个人也号上了:"这日子没法过了。利滚利,三千变一万,谁能挣那么多钱呀!"

他们带来的二十个人,一拍脑袋,一看就知道这是在甩锅了。此时不甩,更待何时?为了七十块钱被坑进派出所,不可能!永远不要小看群众的力量,他们铆足了劲儿,劈头盖脸开始骂白加黑这些人搞小额贷款害人。

经过了五年在社会大学里殿堂级的深造,金虞学会了抓重点。她没有去抱白加黑的大腿,而是去抱了警察的大腿,大眼睛一眨巴,水汪汪的一片:"警察同志,你要为我妹妹做主呀。她现在被逼得都不敢上学了,就是这些人天天跟在后面骚扰。你们再不出手,她恐怕今年就得退学了。你们也知道,高考就是千军万马过独木桥,考这么个大学不容易呀……"

说着,一滴泪从强作坚强的脸上缓缓滚落。

坚强的人落泪，更让人觉得珍贵。

三个警察拿着防暴棍维持秩序："都蹲下，蹲下。"虽然他们是按照流程控制现场，但是对金虞这些人的态度比对待白加黑他们的态度温柔多了。

金虞转过头，语气很温柔："小雪，别怕，一五一十地和警察说清楚！"姚雪却吓得倒退了一步，因为金虞的脸色很难看，分明就在说：你如果敢瞎说一个字乱咬人，我连那个男人都敢打，更何况你！

姚雪刚才想的还是：姐姐你这么善良，我做了迫不得已的事，你也不会怪我吧。现在，她那点想法全没了。

"警察叔叔，我被这些人逼得没有活路了！"姚雪被吓得哇的一声哭了，一件一件诉说这些人给她家里打电话要钱，还把她的脸PS到了AV女优的身上到处发，她现在连一个朋友都没有了。

不一会儿，来了两辆依维柯，把所有人全部塞到了车上。年轻的民警一边安抚着哭得上气不接下气的姚雪，一边调侃着："你们这些社会的败类呀，一点不知道珍惜社会的公共资源。我们所里一年才几个经费？出这么两辆车，光油费和机场高速费就花了小三百块钱呢。"

大学城派出所里民警有三十人，辅警四十人，再加上看门的和食堂做饭的，大大小小一共有八十人。将近四十个人的嫌疑队伍进来后，把个派出所挤得满满的，搞得像某些领导下乡似的。

户籍处新来的两个女民警探着头看了半天，开始交头接耳。人家对于这样的场面，并不陌生。

"又一个因为贷款App出事的女大学生。"

"本月第五个了吧？"

"一点不让人省心。一个个光念书一毛钱不赚，比我们这些上班的用的东西都好，能不出事吗？"

"民事纠纷，咱们想管也管不了呀。就算是管了一时，也不能剁了他们的手，让他们别再去借款呀。"

……

姚雪瘫在椅子上，既然站定了金虞，就再也不能反水了，否则可能会引来白加黑和金虞的混合双打。她就那么一把鼻涕一把泪地控诉着网贷给她带来的种种危害：

"我现在为了还贷款，一天三顿饭只能吃食堂，连个外卖都不敢点……"做笔录的民警内心：学生吃食堂不是正常的吗？自己来到这里就没有点过外卖，在大学城附近，光配送费就伤不起。

"我为了还贷款,这个月连件衣服都没有买,现在穿的还是去年的旧款……"民警内心:我都不记得上次买衣服是什么时候了,单位集中采购的"五服"就挺好,春夏秋冬四季再加备勤训练服,根本没有穿自己衣服的时间。

"我为了还贷款,把我用的键盘都卖了。两千三的键盘,三百给卖了……"正在敲电脑的民警内心:单位集中采购的键盘,批发价应该不超过两百块钱吧?还是前辈的前辈的前辈用过的。

呵,这哪是来报案的,简直是来炫富的!

闹事双方打了,但是打得很有原则:没有折胳膊断腿,轻伤的也没有。派出所民警见这种欠债不还的事见得太多了,各打五十大板,对白加黑一帮人就是教育加罚款:欠债还钱天经地义,都知道现在欠钱的是大爷,但是也不能暴力催收呀,这是犯法的。没看见我们的标语是"扫除一切黑恶势力"吗?

对金虞一派就是:要拿起法律的武器保护自己,不能以暴制暴呀。这么多人,你是想弄个群体性事件蹲监狱去?

对姚雪,派出所的民警真的都懒得搭理。现在的年轻人都怎么了?不是信用卡欠一堆被银行撵着跑,就是在各种乱七八糟的App上网贷赌债欠一堆。

在民警眼里,赌棍和瘾君子,不论男女,都是惯犯。想要劝他们重新做人是不可能的,肯定都是转头就重操旧业。

民警仔细看了一下姚雪的脸。呵,赌棍和瘾君子又多了一个朋友:整容的来了。听说整容也会上瘾,凭借着在痕迹科实习过的经验,民警一眼就看出来姚雪的五官全被刀子过了一遍。

呵,又一个没救的。

"好好学习,出来找个正经工作。紧的钱先还一还,天无绝人之路,可别把自己的前途给断送了。"民警捋了捋思路,掏出来一堆意味深长的话,一副恨铁不成钢的惋惜表情。

姚雪哇哇哭着。她原想着能把白加黑拘留两天也行呀,那起码能太平一个星期吧。结果白加黑和她前后脚就被放了出来。

小姑娘的袖子都哭湿了。

姚雪本来想着自己欠了那么多钱,应该能被拘留几天,总不至于白加黑还能追她追到派出所里来吧。后来她才知道,附近的小偷、吸毒的、赌博的都被提溜了过来,派出所的拘留室完全没有他们这些网贷人的位置呀。

姚雪最后才想着去追金虞。

金虞俨然成了二十几个人的头儿,瘦削高挑的女孩子在这些男人中间显得格外帅气。她拿着手机正在给大家分钱:"谢谢哥几个给我面子,不然我今儿就得上医院里躺着去了。我也是刚来收水,没有其他的门道,工资翻倍,只希望大家别觉得跟着我受了委屈。"

这些人都是从步行街拐来的三个小偷找的,说好了就是来撑场子,结果差点打起来。大家心里都有点后怕,钢筋水泥板砖这些东西不长眼,下次不来了……

但是镙子、结巴和刘二峰三个人看热闹不嫌事大呀。在步行街偷东西,被抓到的概率和全身而退的概率可以说是五五分,他们觉得今天惊险又刺激:"纯属意外。和平年代,哪能天天打架?我们跟着小金鱼混了几个月,走了三四十趟,只有这一次遇到了动手的时候。要是天天打架,我们也尿呀。"

"可说好,下回要是打架,我们就跑了。要不是认识这么多年了,刚进来我们就跑了。"拿着手机的学生党心满意足地看着一百四十块钱到账。

现在工作不好找,毕业了月工资也就三千五,超市促销一天八十,备课两天讲课一小时一百。但是来这儿看了一上午热闹,就能拿一百四呀。

这活儿,能干。也是看着没危险,他才坚持到了最后。都是三个攒局的人在打,他们就是凑个人头,顺带着把那些和他们一样来凑热闹的人给撑跑了。

又没有真的打起来,也没有真的造成社会危害,和黑势力小流氓属性不沾边。

二十几个人的队伍在路上停下。姚雪哭哭啼啼地过来拉住了金虞的手:"姐姐,我不敢回学校了。你能不能收留我?我是真的怕了!"

金虞眼睛斜飞,瞟了一眼姚雪,把自己的手抽了回来。

二十多个血气方刚的男人看金虞都是美女,更何况姚雪的脸整得还不错。麻旦旦赶紧让大家散了:"该干吗干吗去,你们想替这妞还钱呀?三十好几万呢,加上利息,起码五六十万。谁想要来接盘?"

本来有想要英雄救美的,一听到好几十万的钱款,吓得赶紧溜。刘二峰撇撇嘴,和镙子说:"六十万,够在我家里那边娶三个媳妇了。"

"可不能娶这么个败家玩意。"

……

顷刻之间,路上就只剩下了金虞和姚雪两个人。姚雪怕是不知道金虞家里的传家宝就是抬杠吧?碎碎念对金虞根本没用。

她卖萌卖惨,金虞呛她:"你要是心再狠点儿,别隆胸了,去泰国变性,我可能还会对你有点兴趣。"

她道德绑架,金虞呛她:"我和白加黑没啥区别,收你五万还给捷爱催,我抽一万。再哭,我把你送洗头房去。"

她要赖往上贴,金虞一个侧身,姚雪自己摔在了地上。

"我求求你帮帮我!"

姚雪坐在地上,手磕破了一层皮,因为哭了好几次,双眼皮都肿得不明显了。她看出来了,白加黑比那些一个一个打电话收账的人厉害,但是金虞比白加黑厉害呀。

姚雪不敢哭,也不敢纠缠,她用袖子把脸上最后的泪水擦去,袖子已经湿了一半。

金虞向前的脚步停下来,抬起头看了看天空。她没有回头看姚雪:"你自己站起来。"这个世界上,自己不想站起来的人,没有人能扶得起来。

烂泥在地上,不但没有人扶,还怕蹭着脏了手。

她管,但是要用她自己的方式。

专案组里司晴正在值班,按照时间顺序日常梳理案件。金虞和白加黑硬碰硬,派出所做了登记,作为民事纠纷直接汇总到了经侦局的卷宗里。

大学生老赖,也成了一个新的名词。开会的基本论调都是哀其不幸怒其不争。

"金虞介入到美人贷了?"池清源拿过司晴手里的档案。司晴喜忧参半,她担心金虞会违法犯罪,不管是打砸抢,还是打架斗殴欺诈偷盗,只要犯了一样,都会给她竖起一道进不了体制大门的围墙。

现在,她也把金虞当成了自己人,怕金虞会在冲动之下做出自毁长城的事情。

李改平的案子,远比预估的要复杂。这个做担保的李改平,只有高中文化,趁着改革开放的春风,把自己的生意做到了东三省去,从承包工程修房子修小区到铺路建厂子,不一而足。名下的公司欠了银行两个亿,他和他老婆名底下各自有三千万和一千万的欠款。

他老婆早在一年前就跑了,现在人在欧洲。留下他在这里善后。

至于造出来的那个楼,是烂尾楼,没有人住,晚上人还要绕着走,电费都半年没交了,连个灯都没有。倒是有流浪汉住在里面,一有人去就惊跑了,什么信息都问不到。就这个,还是三个民警坐着火车,花费了将近一个星期带回来的信息。人困马乏,其中一个民警水土不服拉肚子,到现在还没有缓过来。

诈骗案不好破,症结就在于异地办案,时间和财力、物力上都限制颇多。

案子的进展让大家都不太满意。相比之下,金虞这边节奏明快,像割韭菜一样,成效颇大。

白旗山,人称白加黑,早年给人看工程、抢地盘。在岚梧市小额贷款业务声名鹊起之后他就改行了,是资格最老的流氓之一,案底相当厚。办案的民警们曾经调侃,他一个人就能撑起一场司法考试卷子上所有的案例分析——什么程某欠款逾期半年,被白某非法拘禁一星期,问:白某犯了什么罪,应该承担什么样的责任?什么某地正在搞工程招标,白某威胁三家公司的老总弃标,自己拿了五万塞给办事人员,问:白某犯了什么罪?

如此事例,不胜枚举。他是派出所的常客,一直行走在谋财害命的边缘,但至今没有获得超过十年的刑期,算是个厉害的主。

池清源对这个人印象颇深。

白旗山现在的业务,集中在放高利贷和收高利贷,依托于几家App,瞄准了社会上和学校里的女性用户群体。

如果金虞能从白旗山这里撕开口子并取而代之,就相当于和岚梧市明面上那几家放高利贷的搭上线了。

她,又会怎么做呢?

第四十八章
横行意气涨

"智商和智慧,有时候不是指同一种属性。王者和顾非专业性极强,靠的是智商。金虞每一次收账,都能全身而退,靠的是智慧。你仔细看看这份案卷。"

看其他的案子是工作,要严苛谨慎。但是看金虞的案子,大概就是在消遣,像是在看侦探剧找线索,心态比较轻松。

池清源对于自己用合同签下来的这个下属,非常满意。

郭蘅芜曾经想过下手,但是她下手的时候,金虞已经不想要她的合同了,不然广业传媒现在早就换了牌子成为广业催收。

司晴坐在池清源的对面,案卷都要从她的手中过第一遍进行筛选。只有直接对金虞负责的几个人,才知道现在金虞已经成了专案组放在地面上的眼睛。但是司晴还是不太明白,光凭和白旗山之间这次的交手,就能看出前途一片大好?

同样一份案卷,她怎么就看不出变好趋势,只能看到风险?

找流氓站台,这叫作抖机灵;找流氓打架,这叫作智障。金虞是嫌外面的日子不舒服了,想进局子里劳改吗?

不是司晴的业务能力不强,而是金虞的所作所为超出了她的业务范围。他们经常和贪官污吏斗智斗勇,国企里面的蛀虫也拉出来不少,有态度强硬的,有手法圆滑的,但都是摆在桌面上的文斗,在玩钻漏洞的文字游戏和藏金银的捉迷藏游戏。

司晴觉得自己也是见过世面的,雇凶打击报复什么的也处理过。

但是和流氓合作,她是大姑娘上轿——头一回呀!

就金虞这号人,就算是进了警察队伍,十之八九也是个小错误不断、大错误没有的警痞。一旦扔到地面上,那就是个女流氓,能直接撸袖子下场去撕。

司晴揉了揉头,觉得自己头上的筋直跳。这种打着合法名义的贷款App,线上线下分开,不好操作呀。万一被反咬一口,金虞可能真的得在局子里思考人生去了,池清源还不能去捞她。

前途堪忧。

但是池清源看金虞却是前途一片光明,他神经松弛,靠在椅背上:"只有经过大量的分析才能总结出规律。之前我们一直觉得金虞的要账手法没有规律可循,且百战百胜,其实不是这样的。我比对了她后来经手的二十七件案子,发现她做事喜欢速战速决,最快的一天同时处理了三件,用的最损的办法就是挂个传染病的牌子蹲在人家食品店的门口。"

司晴还是觉得,池清源说得有些太笼统了。

"拭目以待吧。"池清源如是说,把这份案卷压在了手底下。

目前,专案组的主要工作也不在这里。那些担保公司跑路,当家做主的人欠下银行和其他金融机构上千万的钱,而钱的去向五花八门。

比如,被股市吃了。连新三板、挂牌、IPO都分不清的人,股指、期指都敢赌,一股脑地把各方凑起来的钱都投了进去。

按照顾非的说法,买股票还不如把钱攒起来等着买四年一场的世界杯。

王者问顾非为什么,顾非解释道:"四年跳楼一次,总比天天跳楼强。在期货市场,买黄金的从来没有见过他的黄金,买玉米大豆的也没有见过他们的农产品。买球的起码能看见球员踢了一个巨假无比的球。"

顾非拿着另外一台电脑做记录,再用软件进行分析比对,查看各大跑路公司之前投入的账目,手法娴熟得像是他们之前去过的兰交所大户室里的操作员。

"有这个技术,你怎么不去炒股?"这不是自己的专业强项,又需要多年的知识储备,王者干脆帮助顾非搭建比对脚本,并不参与股票数据的直接分析。

双剑合璧,珠联璧合。在专案组的人看来,他和顾非两个人都是天才。

"当局者迷,旁观者清。"顾非的手噼里啪啦地敲在键盘上,王者看得一脸迷醉。王者记得自己刚到派出所实习的那一年,有个病人死活要报警举报自己的医生,理由是:那医生上班的时候炒股。

事实上,穿着白大褂的医生在派出所里哭笑不得,一直在解释自己没在上班时间炒股,而是在看病人的心电图。

王者看股票的趋势和分析图,就像那个把心电图看成股票K线的病人。他没研究过那么多的股票,怕忍不住想要下手去实践,工资不够,往里面扔的可都是老本,不如好好写软件更划算。

他掉头去联系麻旦旦。

"居然有人为了整容,借那么多钱?"王者觉得经侦局就是一个神奇的单位,他已经有些年头没动摇过的"三观",现在哗啦啦地碎了一地。

跟着麻旦旦,总能在犄角旮旯的苍蝇馆子里发现令和尚都想还俗的人间美味。金虞在这片儿也晃荡了很久,无论如何都没想到这里居然有这么美味的一个羊肉馆子。

砂锅里炖了三斤肉。金虞原本觉得两个人会被撑死,但是在半个小时以后,她又要了三斤。姚雪也坐在旁边,不下筷子只喝汤,频频给麻旦旦抛媚眼,麻旦旦笑眯眯地问一句:"整了下巴,是不是对嘴巴也有影响?"这小姑娘又羞又气,但是恶心词语真的不如麻旦旦懂得多,硬生生地被气走了。

麻旦旦心满意足地下筷子,又捞了一斤肉在自己碗里:"少了一个抢饭的,美呀,给那个饭桶吃了多浪费。"

金虞看着只觉得好笑:"你们这些人,都是凭本事单身的吧?咋一点都不会怜香惜玉?"

麻旦旦义正词严地摇了摇头:"你看你白活了这么大岁数!有爱情吗?日久生情那是权衡利弊,一见钟情那是见色起意。她看上哥这身肉了吗?八成是想把肉卖给哥。"

金虞可没有那么好心,要给姚雪找个巨额债务接盘的主。她也拿着长筷子,从砂锅里面捞羊肉吃。

天灵盖都被激荡出一层层的薄汗,整个人像是被打通了任督二脉一样畅快。金虞在想着怎么能解决掉白旗山这个麻烦。理论上,这次她能抽到一大笔手续费,而且还能得到金主的青睐有加。

手握重金的金主,才是她拼命的目的。

现在做坏人竞争都这么激烈,比找工作还难,一天到晚要抢别人的饭碗。她手里的这些单子,不再是池清源提供的法院光明正大的委托单,而是从催收公司接到的单子。

谁知道这暗中砸了多少人的饭碗,有多少人虎视眈眈地盯着她想要整她?白旗山根本就不像是来和姚雪要钱的,像是来收拾她的。

关于这点,金虞有自知之明。

而麻旦旦和王者正在电话里胡吹乱侃。

"还有人开发了借钱做手术再帮介绍工作还钱的一条龙服务,哥改天带你消费去。会所嫩模,都是照着明星的样子整出来的。哥带着你,你带着钱,就连奥黛丽·赫本那样的都能给你找到。你梦中情人的大眼睛小细腰皮裙丝袜钢管舞,应有尽有……"麻旦旦像个皮条客一样给王者介绍着整容一条龙的业务,肥水不流外人田，不能便宜了其他人。

王者拿着电话走出了办公室，怕引来其他同事的侧目。尤其是顾非，明明能面不改色地看着贪官手机里情妇的小视频，一件一件地对戒指、手镯、耳环这些东西估价，但是真的聊到了这种话题，他居然会脸红心跳。

更别说办公室里的其他几个经侦都是女孩子。白子玲刚从警校毕业出来，见到任何案子都像小孩子进了游乐园或者见鬼了一样。

"这不是脑子有病吗？"王者觉得不可理喻。

"长得丑是病呀，不然为什么整容的地方都叫整容医院。有病就要治，没钱治病就借钱呀。"金虞吃得满嘴流油，随口插了一句。

王者觉得这个角度清奇，无懈可击："但是蠢无药可医呀！"

"等着，哥给你弄实锤。"麻旦旦挂了电话之后，却是和金虞商量，"哥觉得这事悬，这五万块钱不好要出来，要不咱们换个简单的？现在医院里都流行医闹呀，咱们蹲医院里去找几个保安吃吃饭，联系一下家属，来钱快得很。"

金虞泪奔，和麻旦旦这样的货色一起建设社会主义是白瞎了："哥呀，女娲补天的大石头，都补不上你的脑洞呀。"

要是之前签了卖保险的五年合同，她早就成了岚梧市桃花源区的分区经理了好不好？现在的那个经理贷款买了个二手的小房子结婚了，业绩还不到她之前的一半。要是之前签了搞健身房的合同，她现在早就圈了钱装修好几遍了，就算赚不到盆满钵满，起码一身疙瘩肉的健身教练男朋友也能换几个了吧？

现在倒好，我屁颠屁颠地来这儿端屎盆子？

不过，等金虞酒足饭饱出了门，却看到门口的一个姚雪变成了四个人。四个年轻的女孩子样貌、身材都不错，再加上衣服和首饰都亮闪闪的，妆容也正好，很吸引人的目光。

也因为年纪小，被路过的人多看几眼，她们就往后一缩。

到底还是小孩子呀。

现代社会的纸醉金迷通过互联网直接被推到了每一个人的面前。焦虑无处不在，所有的一切都被标上了价码放在了价值的两端，进行贩卖和兜售。

年少气盛，在"三观"没有完全构建起来的时候，偶有失手和错误是很正常的。但是这个社会的容错率越来越低，没有进到好高中没有碰上好的师资，就会和大学失之交臂。而没有上大学，就没有进入社会上挑选好的工作岗位的机会。

偶有例外，万里挑一。

只有需要引流打广告的公众号和没有被社会教训过的愣头青，才会抓着姚雪的手说：你整容是不对的，你借钱是不对的，你不好好上学是不对的，你对得起

老师吗？你对得起学校吗？

姚雪四个人看到金虞出来，立刻踩着高跟长筒靴子，小跑过来。大冷天也不影响女孩子爱美，其中两个穿着丝袜和毛衣，嘴唇青紫，打了个哆嗦。

"你们三个给她送钱来了？五万，捷爱催的账单就了了。"金虞一摊手，在四个人的眼皮子底下过了一遍。另外三个人面面相觑，有些埋怨地看着姚雪：你不是说找到了能和白加黑对抗的人吗，怎么还管我们要钱？

不由自主地，四个人都捂住自己的钱包，怕金虞抢似的。

麻旦旦看得直笑，这四个没有见过世面的丫头片子，是把小金鱼当成了救苦救难的观世音菩萨了吗？金虞厉害起来，可比只会拉皮条的白加黑还阴损。

"我们挣再多的钱，也填不上这个窟窿呀。陪吃陪喝陪唱歌，挣几百块钱，就被抽一半的中介费。到手的一半交利息，再剩下的钱，才算是还了本金。但是本金的利息也是天天在涨，这什么时候是个头呀？"一个尖脸的妹子一张嘴就是一副隐形牙套，金虞以前给莆田系的专科医院发过广告，知道钢圈的牙套几千块一副，而这隐形的牙套要好几万一副。

这妹子看起来格外清爽，眼里是浓浓的惧意，连带着气色都差得很。看来这昂贵的隐形牙套和一身价值不菲的名牌，并没有给她的生活带来高质量的改变，反而是比宫斗还精彩的危机。

金虞后退一步，面无表情。她又不是种马文的男主人公，到处捡花魁回去私藏。那爱好，真没有。

另一个妹子甚至引用了庄子的话："一尺之捶，日取其半，万世不竭。美人贷根本就不可能让我们把钱还完的。"

"你们自己去和平台商量，和我说有什么用？"金虞转身就走。呵，要个账，还要成了救世主。这不符合她的人设，她应该是个谁都惹不起的女流氓才对。

她连自己的工作都搞不定好不好？

金虞转身就走，恶狠狠地留下一句："你们年轻漂亮，我手底下搬砖的小弟都是山沟里来的，要不要给你们联系几个连公路都没有通的村子？保准美人贷找的这些催收人找不到你们，就连你们自己都跑不出来。"

姚雪四个人吓得往后一缩，噤若寒蝉，不敢再跟着金虞。姚雪把自己的包朝着金虞走的方向砸了一下："我以为大家都是女人，你会帮我们一把！"

金虞转过身，只翻了一个白眼："第一个拿你练手？！"

姚雪吓得都不敢去捡自己的包。

麻旦旦呸了一口，和金虞坐上了出租车。他知道金虞一直都想当警察，有些不理解："你看你哪像个要当警察的？派出所的民警可助人为乐了。"

"能把自己压缩到十个G,像件商品一样打包出售,任人挑拣,这样的人说出来的话,我一个标点符号都不会相信的。谁知道她们会不会像人贩子一样,掉头就和白加黑合作去了?要是把我拐卖到跑都跑不出来的大山深处,我可不想过几年弄些像《嫁给大山的女人》那样的感人事迹出来。"

四个女孩子在十字街头分道扬镳。对于金虞不帮她们这件事,并没有太过失望,毕竟她们自己已经让很多人失望过了。她们是在一个还钱群里认识的,本来想着团结起来把金虞拉进她们的阵营来,但是很明显,金虞不吃这一套。

她们只好唏嘘半天,散了。

尖脸的女孩子打通了捷爱催赵捷的电话:"赵哥,那女的铁石心肠呀,求不来。我可是来了,这个月的利息,我就不还了,您不能失信呀。"

赵捷松了一口气:"知道了,再给你介绍个好工作。"就怕这个帮法院收过账的妞正义感爆棚,要帮着这些人赎身。

姚雪买了一杯热饮拿在手里暖着,给白旗山打了电话过去,端着几分小心:"我给那女的下套了,那女的死活不上钩。你们别骚扰我了,我家里下个月就能把钱筹过来。"

文化素质稍微有点次的女孩子一个电话打到了会所,把她见到的金虞的所作所为都说了一遍,那边深沉而富有磁性的声音响起,只是淡淡地回应:"知道了。"接着又是掩饰不住的冷哼一声,意思是:我以为是个什么玩意呢,不过如此。

这女孩子只觉得如释重负。

只有一个女孩子没有打电话,一边哭着翻出一张皱巴巴的一块钱,一边挤上了回学校的公交车。

麻旦旦一拍脑袋,对呀,这才是真正的流氓思维:"这四张破嘴,没一个能相信的。那咱们今天的人工费还赔了大几千呢,够吃多少顿羊肉火锅了?"

金虞吹了吹指甲,脸上的戾气一闪而过:"去捷爱催,砸了他的场子!"

"啊?"麻旦旦双手护胸,觉得金虞有点太野蛮了。关键是赵捷的手底下也养着一群肌肉发达手脚利索的保安,打起来很吃亏呀。

金虞搓了搓手,又把手上的骨头摁得咔咔响。司机师傅往后看了一眼,有点怕自己遇到了个打劫的。

"哼,让我去要五万块钱,差点我就被白加黑打了。我就不信赵捷没有把我给卖了。不给他点厉害尝尝,当我是个纸糊的老虎,只会跟在大佬后头吃灰?"

第四十九章
大道走偏锋

麻旦旦一捂肚子,又浓又粗的眉毛耷拉下来,挥舞着大胖手:"司机,在前面的公共厕所停一下,我的屁股想吐。"

金虞满脸黑线,别看胖子平时一动不动如佛,逃跑的时候那是有多远就能滚多远。然后,在下一个路口,如果以上帝的角度俯视,就会看到金虞在后面撵着麻旦旦,软萌的胖子双手提着裤带,脚不沾地,一点不比金虞的速度慢。

金虞真的无奈了,流氓队伍不好带呀。要是安庆泽那个杠精,吴刚那个送外卖的,再加上老实人王亚平,三个人肯定是蹲在街口,连奶茶都不会多要一杯,耐心得像是听领导讲话一样地把金虞的意思听明白了,然后去执行。

但是在大街上靠着坑蒙拐骗捡来的三个步行街上的惯偷,不管是手艺高超的镊子还是墙头草刘二峰,逃跑的速度只会比麻旦旦快,不会慢。至于那个特别能打的结巴,靠着身高腿长身形像铁塔,恐怕只会把另外两个人丢下,跑得更欢实。

这就是正规军和流氓的区别。

正规军现在被池清源收编了在经侦局里当协警,只剩这帮无法无天的流氓和金虞混成了搭子。大道走偏锋能不能派上用场,这得看命。

心累呀!

至于张大发和孙简两个人,他们是普通人,过年返乡去了,金虞没有联系他们,因为不想拉两个正常人进来蹚浑水。

上次在小区门口和五个流氓打了一架,金虞其实是有些后怕的。另外几个住在群租房里的姑娘,连和卖菜的大妈砍价都不熟练,如果流氓上门闹事,肯定会被吓得半死。金虞索性就搬到了乱七八糟的城乡接合部。

不愧是混了这么多年的麻旦旦,脚底抹油的技术杠杠的。

金虞追了几十米,不追了,吼了一嗓子:"事成分你十万块!"这一喊出去,街上上百号人都对着金虞猛回头。

他们不光看了看金虞,还看了看麻旦旦:两个精神病,说不定就是精神病医院里跑出来的护士和病人。侧目之后,纷纷远离。

麻旦旦却是颠儿颠儿地又回来了,不带喘气的,两眼放光。十万呀,岚梧市地面上的人均月工资也就三千多。就算是年薪十万的,扣了税和交给包租婆的,过年能带着三万块钱回家就不错了。

"你炸金花也炸不出来十万呀!"

"赵捷挣得比咱们多吧?至于连个房子都租不起?他买两套房子用来收租都没问题吧?他的钱都用来放贷,说明放贷肯定比当房东还爽……"金虞掰着手指头,把为什么要砸场子、怎么砸场子、砸了场子的好处一股脑地说了出来。

"以前,我觉得你是美少女战士。"麻旦旦深以为然。

"现在呢?"金虞问。

"我觉得你是美少女壮士。"麻旦旦竖起大拇指。

金虞笑,笑得有点难看。呵呵,没成了美少女烈士就不错了。规规矩矩地在岚梧市的地盘上混了五年的温饱,这一放飞自我,她自己都敬自己是条汉子。

这一男一女,一胖一瘦两道身影消失在城市的逆流之中——肯定不是大隐隐于市,而是去找合适的帮手了。他们打算紧锣密鼓地赶紧把下一步要占的坑位都给占足了。

这是一个竞争压力无比巨大的时代,就连赌球输了上天台都要排队。腿再不快点,人家又在家里把陷阱布置好了守株待兔呢。软萌的胖子一听说有钱赚,像是闻见了腥味的猫,一边走一边打电话,争分夺秒。

磨刀不误砍柴工,隔着空气,不用见人,都能感受到磨刀霍霍。

时间,从来不等人。

赵捷真没有闲着,把出去办业务的保安们都叫了回来。其实就这么个小破公司,哪用得着那么多的保安,连个保险柜都没有,前台还是个男的,保护什么呢?美其名曰是保安,其实就是以合法的名义养着一群收高利贷的地痞无赖,以此保证在和老赖比谁更赖的时候不落下风。

姚雪把电话打回来,说金虞完全没有鸟她们四个,自顾自地直接就走。他一听当时就后悔了,小开方星海动动手指头,他就忙断了腿地给布置人力物力,就是想多拿几个单子。

但是有命挣钱,也要有命花呀。

赵捷像是被踩了尾巴的猫,绕着圈子团团转。因为金虞刚打了一个电话过来,话说得霸气无匹:"你当我不敢打你?等着!"说完就挂了。

这妞什么事都干得出来!霍连胜的账,那也是闹得满城风雨,谁不知道她是逆行差点撞车同归于尽才把钱要了回来。

赵捷,十几年前,还没有扫黑的时候,他是给人看煤矿的。那时候扛着左青龙右白虎的文身,附近KTV洗浴中心会所的人,都认识他。

现在居然被一个女人威胁,脸往哪儿搁?

前台梁林是公司里唯一的大学生,也是这帮人里面唯一一个不会张嘴"尼玛"闭口"卧槽"的,他看着赵捷接了电话就把出去要账的人都叫了回来,大冷天的出了一身汗,不由心里一紧。

他把台面上的手机和笔记本电脑都收起来,把原本穿的棉拖鞋也换成了运动鞋。要是流氓们真的打起来,他打算不管三七二十一先跑。不管是挨打还是被抓到派出所,都很难看的好不好?这可是头一回有人打上门来,他试探性地问:"赵总,一个三十岁的老女人有什么好怕的?"

"不要命的女人才可怕!"赵捷眼里凶光毕露,准备硬碰硬,把这个娘们收拾得服服帖帖。

狠人,才可怕。

赵捷越发看梁林不顺眼了,自己当时是怎么把他给招进来的?客户的名字"仇琚尹伊"都念不准,现在的大学怎么尽生产文盲了?给工商税务消防写的上报材料,更是一塌糊涂,连"筶寻簸箕消防栓"也不会写。

眼看着天光沉下来,保安们陆陆续续地赶回来,乌压压地把个本来就不大的小两层店面挤满了。赵捷越发火大:今天金虞那妞要是没有上来找事,老子明天先开除了梁林祭天庆祝一下。

方星海来了。这个留着飞机头、在大冷天里依然坚持穿着九分裤、韩版西装的小开,一下自己那辆奔驰就钻到了开着地暖的店里。他像领导带着米面粮油下乡慰问一样,相当潇洒:"我保证让这个妞哪儿来的滚回哪儿去!"

两个原本相互竞争的人,难得一起放下了成见。方星海暗戳戳地出着一个一个馊主意,让赵捷总算是露出恶婆婆般的欣慰笑容。

在地皮上混得风生水起的,也就是江面上蹦跶的小鱼。千年的王八万年的龟,都在最深处藏着呢。

方星海也下场了。

利益之争,没有人会退缩。

美人贷这个案子将何去何从,不光是经侦局的池清源百忙之中会抽空关心一下,司晴也在全程跟进。这种灰色的打着P2P平台名义的小额贷款交易App,连征信资格都没有,应该被取缔,但是现在执法部门因为责任归属不明确,还没有出手。

司晴原本一直在等着金虞的电话。她觉得在这个当口,金虞和地头蛇已经撕破了脸,会需要光明正大的帮助和商量。然而司晴守了一晚上,她的电话都没有响起。

说不清是该欣喜,还是落寞。

金虞真的可以独自应对?

汇丰小区高档公寓,上下两层加起来有将近四百平方米,上下打通了用旋转扶梯连接起来。巨大的落地窗外就是滔滔岚江水,夜幕落下,华灯四起,四面写字楼上的LED广告灯散作满河星,一眼望去繁复奢靡。

燕卓尔喜欢的,却是简简单单的风景,比如这大客厅中间直径五米的锦鲤池。里面有两条肥美的大鱼,目测一条就有五斤重,缓慢地游动着,吞食着人丢下去的饼干,慵懒又贵气。

燕卓尔的旁边站着一个中年人,这个中年人显然就没有那么好的耐心了。他随手把一整片饼干扔了进去,两条争食的鱼溅起一地水花,他问道:"鱼上钩了吗?"

燕卓尔的语气始终是淡淡的,脸上带着疏离的笑容:"子非鱼,焉知鱼之乐、鱼之思?"

对于即将爆发的战争——不管是群殴还是单挑,斗智还是斗勇——燕卓尔似乎都不太上心,却又事无巨细地了解了一遍。

在地面上混,跟在企事业单位熬资历一样,位置就那么几个,腾出来才能让新人补上去。

无非是板凳上换个人,紧张什么?

紧张的人是马实和马奋这两个不是亲兄弟胜似亲兄弟的流氓。

他们和白旗山在一块,正坐立不安呢。只要那个妞眼皮子浅得拿走不该拿的,就直接上去群殴,这道理不管放在哪儿,都没有人敢说不对。

但是消息像是便秘了一样,始终传不回来。

白旗山尤其生气:"老子今天都没有找娘们使劲儿,就想着用拳头在那个死丫头片子身上招呼,怎么能一点动静也没有?"

至于蹲金虞租来的房子,有人看着,完全没用,既没有看到人回来,也没有看到灯亮。

守株待兔的、草蛇灰线的、老谋深算的,能用的人手,全都出来了。甚至还有人查了一下本地的二手车租赁市场,问有没有金虞这种丧门星长相的租了卡车、叉车或铲车。

万一这是个报复社会的,可就不好了。

年关一过,郭蘅芜的业务不但没有扩张,反而有了萎缩的迹象。这倒不是她的业务能力有问题。开会的时候,策划捧着新的意向书,正在征询她的意见:"郭总,我们这三年争取下来的客户,其中五家破产了,造成我们今年的业务量锐减……"

天要下雨合作方要破产,能有什么办法?郭蘅芜抚额,手里转着笔,把已经倒闭了的五家企业从自己的客户表格里画去了。再也不会有视线投向这五家失败的企业。

"不光要做光明眼镜这种大客户的单子,或者理工大学这种学校的单子,也要适当地考虑一些新兴行业。当然,创业园区的那几个烧钱赔钱的小公司,不算是新兴行业。比如现在专门搞小额贷款的P2P平台,全国已经上线的App超过了两千个,前景非常好,尤其是他们从来不欠账。C2C的发展就相对薄弱一些,集中在几个电商巨头的手里……"说着,郭蘅芜像是想到了什么,站起身去打电话。

这一次打出去的电话却不是在联系燕卓尔,而是方星海。

企业想要活得长,就要路子宽,荤素不忌。

郭蘅芜要是没点手段,她的广业传媒别说拿到投资和业务了,恐怕也会变成那五家倒闭企业中的一家,然后在别的公司的会议上,被当成反面教材来分析。抑或是,就像刚才那样,直接被一笔画去,再不会出现在下一次开会的内容中。

郭蘅芜原本只是想问一下,美人贷的投放广告页面还需不需要她继续提供。毕竟这个App有点损。它让十八岁到三十五岁的女性拿着身份证拍一张自己的照片上传,之后就会有人通过视频通话来确定贷款额度。

在郭蘅芜看来,这和直接卖去洗浴中心发廊也没什么区别了。要说唯一的区别,就在于那些是一锤子的买卖,这个买卖比较复杂。

算了,想那么多干什么,干什么不是在卖笑?郭蘅芜堆起一张笑脸来,终于打通了方星海的电话。那边一口价报了今年的广告量,顺带着问郭蘅芜:对金虞这个人了解多少?

方星海大倒苦水:这姐要账的手段一流,砸人饭碗,他都快要哭了。

郭蘅芜的眉头皱得越来越紧,抿了一口水含在嘴里咽不下去。打完了方星海的电话,她把杯子磕在了会议桌上:"今年的方案不用给美人贷这一块儿做预估了,我觉得这家公司也要完。别做完了方案,钱都收不回来。现在美工图片程序都要钱,他们家的和其他的平台差异太大,要是剩下来也不能替换给别家用,就成了废稿,先不做了。"

在她的心里,金虞是个十拿九稳的人。

方星海和金虞要过招,金虞稳赢。方星海输了,美人贷自身难保,恐怕就没有做广告的需求了。

郭蘅芜甚至都没有在自家公司人多嘴杂的会议上掩饰一下,直接把美人贷的方案给踢掉了。不过,她倒是对金虞这件事情的后续发展上了心。

神仙打架、凡人遭殃的例子多得不胜枚举。但是凡人打架、神仙围观的,却是少之又少。

天色越来越晚,捷爱催的人始终没有看到金虞进门的身影。到了晚饭的时间,他叫了外卖给二十多个大小伙子送过来,地上横七竖八地摆了一地的塑料盒子。方星海把手机玩得没电了,也没有看到金虞登门。

赵捷给金虞打电话,隔一个小时打一次,结果对方一直关机。

人呢?

赵捷又不敢让保安离开,也不敢自己走。他觉得金虞这种人,会在他一个人在店里的时候,或者是一个人出门的时候,带一群人把他套进麻袋里打一顿出气。

打一顿可能没多疼,但是这些年攒下来的声望就要被这个女人打走了。他不能掉以轻心,在寸土寸金的岚梧市,想要安安稳稳地坐着一条板凳,可不是一件容易的事。

他要一次性把金虞镇住,并晓之以利害,让她以后继续帮着捷爱催收账。至于店里的这二十多个人,完全可以裁掉一半,偶尔叫出来镇镇场子就行了。这么多人,虽然是几个催收公司联合起来雇的,但那成本也太高了。

一群大老爷们,像是大过年守岁一样地等着金虞。外面的店铺陆陆续续都关门了,路口一直有人轮流放哨,但是金虞始终没有出现。

随着时间的推移,金虞在有些人的心里,成了比年兽还要恐怖的怪物。也有些人觉得,这个妞就是虚张声势,八成是被吓跑了。

方星海打了个哈欠:"你们先守着,我去养精蓄锐。"说完,他就上了二楼,去了赵捷专门给自己留出来的小房间,舒舒服服地占了赵捷的地盘开始睡觉。

赵捷不敢睡呀。这么一个失踪了但随时会冒出来的妞,像个定时炸弹一样,谁知道什么时候会爆?因为懂得,所以恐惧。

这条不惜命的滑不溜秋的泥鳅,可是什么事情都干得出来。

此时此刻,金虞正在火车上,和麻旦旦两个人一人占了三个联排的座位,搭着厚厚的羽绒服,睡得正香呢。

呵,要是和那些人想的一样是去打架,麻旦旦早就溜了。

金虞在睡下之前,文绉绉地感慨了半天:"我觉得古希腊的神话故事和我国古代的历史故事都很有启迪意义。比如掌管智慧的神是女神雅典娜,但管力量和战争的神都是男的,说明我们女孩子就应该靠智慧而不是武力在这个世上混饭吃。所以我打电话吓唬吓唬赵捷,说我要揍他,他就把心思放在了怎么防着我揍他上。我哪能打得过这老流氓?但是一物降一物呀,我就不信我还镇不住他……"

第五十章
翻转洗如澄

鉴于城市拥堵，从租房子的地方到上班的地方大概隔着二十公里，使用一般交通工具的通勤时间在一个半小时以上。所以大部分公司会规定九点钟开始打卡，十点钟到办公室就算早，十一点能开工干活就不算迟到。

而小额贷款公司性质比较特殊，大家的早上都是从中午开始，晚上天擦黑，奔去上了一天班欠了一屁股债的人的家里，夜生活才算是开始。

这个点真有点太早了。

巴掌大的地方放不下这么多人，下半夜赵捷就让大家撤了，各回各家睡觉。就连鸠占鹊巢睡眼蒙眬的小开方星海，也被他一脚踹起来了。

嘿，他就不相信了，金虞这种混温饱的懒货能半夜加班爬来这里砸他的场子。赵捷是身经百战的流氓，决定在战术上重视，在战略上平视。

赵捷把门关了，上楼睡觉。

华灯之下，街道上看过去一片冷清，只有KTV和洗浴中心的牌子还亮着。

轮值的池清源也会调取监控看一眼附近街道的状况。金虞和白旗山之间的冲突已经升级了，一般的流氓都会通过火并来解决问题，不会惊动警察，但是会迅速完成洗底，实力较弱的一方会迅速地被淘汰。

这一次，到底会淘汰谁呢？

如果金虞出局了，那么布置的这一手就算是白费了。毕竟他和这个心思狡狯如泥鳅的人只签了一纸合同，而这一纸合同的违约成本并不高。如果这妞一言不合拍拍屁股走人，他还真留不下。除此之外，池清源的手里再也没有能够牵掣这个身无长物的年轻人的东西。

所有凭借，大概只有一颗红心了。

但是从金虞到目前使用的手段来看，这分明就是一颗乌黑发亮的心。

警方有定位的权限，金虞和麻旦旦两个人的手机都被定位了。看着两个红点一下子蹿出去几百公里，池清源的头皮有点发麻。

这小泥鳅不会是眼看着要挨打，放完狠话就溜了吧？无恒产者无恒心，别说恒产了，这妞在这个城市就连一个付了半年房租的屋子都没有。

顾非也在值班，他的反应平淡得很，只是扫了一眼，视线就飘向了别处。他的脑子里飘过两个和金虞不太相符的词语：

冲锋陷阵。

沙场点兵。

顾非笑了笑，眼角略带些复杂的甜蜜。

千杯不醉，言犹在耳。

她这样的人，就算是失信于天下人，也不会对她自己失信。她说想好了，就是真的想好了。眼下最重要的，反而是其他的部分。就连顾非，都觉得千头万绪，非常头疼。

另外三个招聘来的协警，随同外勤去了外地。担保公司虽然倒了，但是欠下的债务都还在，每一个深坑边上都有许多人在号啕。在人手不够的情况下，三个协警跟着外勤奔赴全国各地，从兄弟单位和当事人那里了解信息。

即使是短短一天的时间，发回来的信息也是海量的。打印成册，差不多每天都会有一本二十万字小说的厚度，彼此独立，并没有太大的关联性，枯燥乏味得很。就算是专案组的食堂专门在元宵佳节提供了甜咸两种汤圆，也没有让女经侦露出笑脸。尤其是白子玲，私下里和顾非抱怨：

"案子怎么那么多呢？我一开始看受害人被诈骗十万，觉得'哇，这么多钱'。到后来看百万、千万的，都觉得不过如此，只觉得案卷怎么那么厚呢，里面的人名我都记不住。挪用公款的和渎职的，一拖再拖，案子就是办不下来，我还弄错了两个地名，被罚写检查了……"新人的热情，在逐渐地被消耗。

白子玲一边说着，一边涕零如雨。职场新人，难保不犯错。顾非在她的水里多加了沉甸甸的一勺白糖，安静地站在这个新来的女孩子旁边，听着她小声地哭泣着。

白子玲问顾非："我觉得自己好失败，你输过吗？"

顾非抿了一口水，正色道："输过，输得我以为以后再也不会赢了。"

白子玲抽了抽鼻子，八卦地凑过来，一脸等着吃瓜的表情。年轻女孩子总是善变的，喜怒转瞬之间。只是别人都是精致如碧玉的气质，金虞却是大刀阔斧。

一遇到金虞，顾非按部就班平顺的生活，就会有一个不大不小的起伏，由衷畅快。

顾非嘴角微微弯起,靠在窗台的位置把水喝完,老成持重地卖了一个关子道:"等这件案子结束,我再告诉你。现在不讲故事,看案子。"

白子玲鄙夷地撇了撇嘴角,她一抹脸上的泪痕,然后脚步轻快地奔回值班室的办公桌前。

此时此刻,白子玲反而成了最不困的那个,脸上完全看不出刚才的难过。她坐在电脑前,正在将同事们从外地发回来的信息与数据资料库里的比对,进行交叉重叠,试图发现有用的信息。

美少女战士,明显认真多了。

顾非看了她一眼,这小姑娘甩了甩头发,眼神清澈明媚:"我们女孩子可是大出血七天都能不死的神奇生物,社会主义社会里的女人,决不能认输!"

警务单位气质阳刚,领导越是硬气,带出来的队伍越能扛。

池清源并不是一个严厉的上司,对于自己一手参与组建的经侦局其实颇为得意,对于手下一众青年才俊、人才辈出也深感欣慰。

"小顾,小白,说说,你们有什么看法?"在值班室,顾非的办公桌就在池清源的对面。白子玲和顾非看的都是当天发回来的资料,要经过整理作为第二天开会的内容。

"安庆泽去的是沿海直辖市鲊南市,原本就是经济发达地区,工厂和公司鳞次栉比,经济活动非常活跃。在没有担保公司跑路的情况下,其他的电信诈骗和网络诈骗、合同诈骗的案子,也是层出不穷。所以几家担保公司跑路的案件,在当地并没有引起太大的关注。

"根据安庆泽发回来的资料,他们现在已经成了侦办这个案件的主力。从嫌疑人的住所、公司,再到受害者的住所、公司,都要调查。还要对双方往来的人员进行常规询问,但不少房地产商和娱乐行业的人,都竭力回避这些问题,哪怕他们在这个案子上损失了几十甚至上百万……"

白子玲首先发言。之所以大家的工作量一下子变得巨大,不仅仅因为单纯的担保公司跑路案件,还因为要把其他的经济案件放在一起比对。

而现在经济犯罪案件的数量,已经远远超过了刑事案件的数量。

尤其是因为城市化进程中的拆迁和互联网行业的突飞猛进,立法的速度跟不上案发的速度。

"这个倒是在意料之中,原本大部分的娱乐场所就存在偷税漏税的问题。客人去消费,只要多送一瓶一百来块的红酒,就能免开一千多块的发票。而我国针对房地产行业,从去年的三月份一直到现在,一共发布了两百多条政策。船小好掉头,但是这庞然大物想要掉头可不容易,我们一介入,就会发现不少银行都存

在违约贷款……"

池清源把笔在桌子上磕了磕,有些习以为常的无奈。白子玲看着安庆泽发回来的资料,发现他们遇到的确实是这样那样的困境。

顾非拿的是吴刚和王子韦发回来的消息,这一对有着使不完的力气人,去了中西部的一个城市:"新经济政策下来以后,不少岚梧市的人背井离乡,去外地开设担保公司。他们给当地的经济建设做出了贡献,批不下来的政府拨款、公司之间的工程款,都能通过担保公司的运作拿到手,速度比直接和银行打交道快得多。走银行或者是小额贷款公司的渠道,借到的钱不光可以买材料,还能用来支付建筑工人的工资。

"但是现在由于担保公司的运作不当,经济问题频发,贷款去向不明,皮包公司又太多,给当地的经济造成了极其恶劣的影响。吴刚和王子韦通过当地的公安局和派出所了解到的烂尾工程,就有六七个。这些烂尾楼不能结算工程款,材料不能折旧,拖欠的工资不能发。担保人跑路后,他们在街面上的铺子被人砸了,家门口也一直有人守着要钱。和他们合作的包工头与工厂的老板,没跑的现在已经被当地法院起诉了,还有的已经跑了。有些要债人直接扛着骨灰盒上门去等,雇了当地的地痞流氓上门闹事。这种事接二连三不断发生。

"以前,人们有多喜欢这种民间资本加杠杆来进行贷款融资的方式,现在就有多厌恶。"

与后期发生的事件一对比,先期的那些好处,就有些微不足道了。

十年前,岚梧市的人去外地开担保公司,只要挂出岚梧市的牌子来,就有人提着合同和钱上门,认这样的合作方式。但是十年后,岚梧市的人在外面开担保公司的都被当成了骗子,被围追堵截,恐怕要十来年的时间才能恢复元气。

"泥沙俱下呀,大浪淘沙。"池清源看着这些发生在不同地方的不同案件,颇有些头痛。

主力部队在正面战场上又陷入胶着中。和金钱有关的案子,和其他的案件性质不一样。池清源对此早有准备,却仍想不到经侦在地方的工作,这么难以展开。

"既想要我们帮着他们破案,又害怕我们把他们那点破事都给抖搂出来。啥都想要,这世上哪有那么好的事情?"白子玲把一沓资料在桌子上抖搂整齐,分门别类地放好。

经侦做得最多的事情,就是调查整理财产和财产的转移情况,为公安局办案和法院审判提供证据。真正作为先头部队去打打杀杀的,少之又少。

"谁说不是呢。"池清源似乎对此早已习以为常,并没有太大的情绪变化。

倒是顾非骂了句脏话："既想当婊子，还想立牌坊。"

原本，他想说的是"宁可正而不足，不可邪而有余"。

池清源说，或许我们可以从催收途径入手，自下而上地去了解整个地下银行的运作方式。

说人话就是：我们搬个板凳坐这儿，看看金虞是怎么干的。

"给你老子开个门儿！你丫的想把老子活生生地冻死在外头吗？我告诉你，你今天要是不给我开门，我就把你的场子砸得稀巴烂，把你这鳖孙子摁大粪池上头！"

金虞的声音中气十足，一嘴的脏词不带重复和停顿。她从问候祖宗十八代到问候人体器官，抑扬顿挫，调子惹人讨厌，像是一打电话就来了一段"流氓有嘻哈"。

"老子撕烂你的嘴！"

楼下的门被敲得震天响，赵捷的脸上带着一种疯狂的笑意。呵呵，送上门的，天予不取，反受其咎。他早就用另一个手机联络人了，在群里吆喝了一声，附近大大小小的兄弟们都要过来当帮手。

他说要撕烂金虞的嘴，还真不是一句吓唬人的话。

赵捷已经在愉快地想，到底要砸掉金虞几颗牙的问题。原本他是想着各退一步，和金虞还有生意可以做，但是这个妞给脸不要脸，直接把脸伸上来讨打了。

谁怕谁？

赵捷估计着时间差不多了。底下的铝合金卷闸门一阵响过一阵，那声音听起来像是地震了。赵捷不厌其烦，奔下楼去用遥控器把卷闸门开了。卷闸门升了一半，他看到门外有一双腿，想都不想地飞起一脚，朝着那人的腰部直接踹了过去。

"看老子先撕烂你的嘴！"

那以后过了很多年，赵捷依然非常后悔：那大概是他人生中至关重要的一脚了。

倘若人生可以重新来一次，他宁可把自己的双脚放到铡刀底下剁了，也不敢踹出去呀。但是这世上从来没有卖后悔药的地方，时间也从来没有倒流的时候。

赵捷只觉得自己憋了整整一天一夜的恶气，终于给出了。

呵，被这么一根豆芽菜折腾得一晚上睡不着，带着一群人跟在后面暗戳戳地算计来算计去，这妞也配？这一脚出去，赵捷看着对方哎哟一声跌出去一米远，竟然有些空虚落寞。

什么以死相搏,什么打遍岚梧市无敌手,不过如此。

虚张声势的臭老娘们。

然而,在卷闸门彻底升上去之后,他才意识到,自己好像踹了一个老头。

再仔细一看,赵捷像是被人点了穴道,一动不动,手都不知道该往哪儿放,脚都不知道应该迈出去一步还是应该缩回来一步。直觉告诉他应该赶紧撒丫子就跑,但是脚底下好像有一块吸铁石,牢牢地吸着他就是动不了。

他的脸色比哭还要难看得多,痛不欲生。

这是一个可怕的老头!

他十几个赶来支援的兄弟,没有一个比得上这个老头的杀伤力。

老头这种生物,在街面上,已经成了碰瓷的代名词。新时代的炫富已经不是豪宅名车,而是路上见到摔倒的老人都有胆子去扶起来。

反正赵捷是从来不扶,哪怕是他自己在路上骑着共享单车把老太太撞倒了,也从来不扶。

明晃晃的天光有些刺眼,尘埃在阳光里跳舞。一大早起来的清洁工已经把街道打扫干净,并排的没有装垃圾的绿色塑料垃圾桶看起来赏心悦目。

远处的一溜早点摊子上人满为患,油条馄饨大饼方便面不一而足,升腾着一团团白色的人间仙气,散发着诱人的香气。

这是一个本该静谧的早晨。

赵捷在这片儿不耍流氓,他每一次吃油条和大饼都给了钱。

他的兄弟中已经有人骂开了:"你个老不死的,好死不死地来我们门上找死?"

方星海一大早上被吵醒,飞机头都睡歪了,没来得及吹出一个新的发型来,更是一身的火气没处发:"老不死的,回家照看你的小孙子去,别来找我们的晦气成不成?耽误了我们的工作,你知道要赔多少钱吗?"

"妈的,老贱人,赶紧滚!"

要不想被老头子给讹了,就得先把老头子吓唬跑。这老头要是真的被赵捷踹得不能动了,那再看看呗。

老头的头发已经全白了。他一脸的沟壑纵横,像是一块有些年头的老腊肉,披着一件上个世纪传下来的军大衣,穿着厚实得像骆驼蹄子一样的大棉鞋。

这老头冷哼一声,干脆盘腿坐地上了。

眼看着这老头没被踹出毛病来,就有人想要动手把他轰走了。方星海凑到了老头的面前,抬起巴掌想要拍一下老人的脸。

二十来个无业游民小年轻凑在边上看热闹:我们一大早上地离开了温暖的

被窝,你就让我们来对付一个半拉老头儿?

趁着早市来买菜买肉的大妈也围了过来,押着脖子,欣赏着这许多天里可能唯一的乐趣。

戏剧性的一幕发生了。赵捷又飞起来一脚,不过这次不是踹那老头,而是朝着方星海的侧腰。方星海直接摔了一个狗吃屎,正要骂赵捷是不是眼瞎了,就看到这个大块头的男人扑通一声跪下了。

"爹!"

方星海气急败坏:"嗨,你脑子是不是被驴踢了,叫谁爹呢?!"

老头冷哼一声:"我还以为你瞎了,不认识我了!"

第五十一章
风波复又平

赵捷,大汉,虎背熊腰,膀大腰圆,还有左青龙右白虎的文身,身高足足有两米,手指头一伸出来像是圆墩墩的胡萝卜。这么一个人,站着的时候是门神关公,窝下来远远一看,嘿,像地主家里养的大狗,寻常人根本不敢往旁边走动。

赵捷长相非常过关,搁其他行业里肯定找不到工作,再加上拳头真的够硬,才终于在岚梧市这片儿打开了门市。方星海揉着自己的老腰,心里有一万句怨言:为了讨好你老子踹了你爷爷我的腰,我呸。但是他怕再挨一脚,默默地退到了一边。

赵捷都给这老头子跪下了好不好?

金虞从早点摊子那儿奔出来:"嘿,你个收高利贷的,还想打死我不?"这才是真的看热闹不嫌事大,哪儿哪儿都有这么个小金鱼。

她凑赵捷的跟前挤眉弄眼,那表情特别欠揍。

当然,这么损的事,这么大的一个阵势,光凭金虞一个人肯定弄不出来。麻旦旦和王者都在后面不远的地方,正坐在早餐摊子上吃着油条喝着海鲜粥。之所以没有露面过来,理由很简单:他们觉得丢人。

尤其是麻旦旦,吃一口油条,做贼一样地朝着四周看半天,再把硕大的脑袋掉转回来,飞快地喝一口碗里浓醇带浆、胶原满满的海鲜粥。

两个人都关注着远处事态的发展。要是赵捷真下了狠心,几个人找个麻袋直接就能把金虞装走了。

王者问道:"以前倒买倒卖源代码的时候,我怎么没见你小子这么胆小?"

麻旦旦:"那能一样吗? 那时是躲在电脑后头,现在可是会挨揍的。你胆子大,怎么不去帮着那个妞讲道理?"

王者一摊手:"我是人民警察,怎么能去和群众吵架呢? 更何况,骂街真的很丢人呀。"

第五十一章

比骂街更丢人的是,一男一女当街打得滚起来了。赵捷当然忍不了这么一个妞在他脑袋上聒噪,聒噪就算了,还喷他一脸的口水,喷一脸的口水就算了,还伸手在他的脑袋上摸了一把。

面子,里子,今天就要全部丢干净了?

赵捷一翻身起来,像是一头老虎扑了过来,力气足足有千钧。他一巴掌狠狠地打在了金虞的脸上,围观者都能听到清脆悦耳且充满了力量的声响。这个坚强得从来不会对着人哭的妞,对着这多人,对着路边红绿灯前的摄像头,哇的一声哭了。

王者和麻旦旦两个人拍案而起,想要过去帮金虞一把,但是金虞好像演得更带劲儿了,明着像是吃了亏,暗着却是让赵捷他们下不来台了。

金虞一边哭着,一边扯着赵捷的衣服:"啊啊啊,高利贷要逼死人了,日子没法过了。我上辈子作了什么孽呀,这辈子要被高利贷逼到没法活呀!"

赵捷看着自己的手,明明是自己打的人,他怎么觉得自己比这个妞疼多了?

金虞叉着腰,一边号着,一边指着围观的那二十几个人:"你们弄这么多人,就是为了打我一个女孩子,至于吗?"

一般来说,哭哭啼啼是留不住男人的,只会让男人觉得特别烦躁。此时只要甩一个耳光,就可以达到让世界全部静止的神奇效果。

当然,美女除外。

当然,金虞不是美女。

赵捷第二个巴掌眼看就要落下来了——当然,他这第二巴掌是落不下来的。老头的愤怒值已经达到了巅峰:"给我停下!你是逼着我报警不成?"

赵捷一哆嗦又蹲到了地上,要把老头扶起来,但是老头只将粗糙的大手一下一下地摁在赵捷的头上。

"放高利贷呀!本事呀!"

"我家里三代贫农,就没有出过放高利贷的!"

"你不怕进派出所,我还怕被人戳脊梁骨呀!"

……

老头的一句句话,像是有了法力加持,说一句就能把赵捷往地上钉死一寸。他一连说了七八句,赵捷的脑袋都快被摁到地上去了。

金虞就那么抹着脸,委屈巴巴地站在一边。老头摁着赵捷的脑袋,一个借力从地上站了起来。金虞赶紧去把老头扶起来。

"父之过,父之过呀!"老头这才对着金虞说了一句。赵捷也从地上爬起来了:"爹,这死丫头破坏我的生意,您别听她胡说……"

然而，赵捷的话还没有说完呢，他这个英雄一样的父亲脱下大棉鞋来，直接朝着他的背上砸了过去。

"你当我瞎呀？你的字还是我教你认的，我不认识'捷爱催'这三个字？你当咱们村里现在还没有通网呢？你自己搜搜，捷爱催是个什么东西？"

年过八旬的老头精神矍铄，追着打人的技术绝对过关，一看就是长期练出来的。金虞看着他比电动小马达还要带劲儿的背影喟叹："不愧是全国最优秀的老教师呀！"

那些不知道什么情况的赵捷的兄弟们劝道：父子有什么事情不能好好商量，儿子赚钱不都是为了孝敬父亲吗？

老头理都不理他们："我靠他孝敬？我有国家的退休金！你们都给我让开，不然我就一起打了。"

二十、三十出头的小年轻，对大棉鞋和手劲十足的老父亲那是相当忌惮。他们自发地让出来一条路，让赵捷逃跑。老父亲在后面像是八路军追小鬼子一样，站在两边的汉奸们谁也不敢搭把手。

不一会儿，这一对"三观"分歧极大的父子就消失在了众人的视野里。金虞还伸着脑袋望了一眼，这才乐了，有些人凶巴巴地看着她，但大老虎都走了，她能怕这么一群小啰喽？

"看什么看？没见过美女呀？"金虞脸一横，凶相毕露。距离她近的方星海，被她跳起来在脑门上狠狠地捶了一下。

"再看把你眼珠子抠出来，当我养不起这么一帮子人吗？"

这帮人这才想起来，眼前这位是在岚梧市地面上声名鹊起的新流氓呀。虽然她收账的店面还没有开起来，但是生意已经做了不少。

金虞凶名在外，眼下动手又很利索，一看就不是一个讲道理的人。二十几个人骂骂咧咧也走了。笑话，他们也就只敢在监控底下吓唬人，真的打起来，不怕派出所吗？

王者和麻旦旦看得目瞪口呆，尤其是麻旦旦，嘴里的烧饼都不吃了，目不转睛地看着一场可能会成为岚梧市今年最大规模的械斗，就这么悄无声息地结束了。

结束了？

本来是两个收水势力的硬碰硬，只能留下一个来，结果硬生生地变成了父亲教训不争气的儿子。没有了人带领，又没有钱可拿的一帮子流氓就那么散了。

值班一晚上没有睡的池清源和顾非、白子玲，在看到了人潮朝着这个方向过来的时候，立刻从经侦局开车过来了。

他们眼看着人潮像海水一样散去，只留下还站在马路中间的妞眼神顾盼生辉，挑衅地看着捷爱催的招牌，似乎觉得摘下这个招牌也只不过是她一句话的事情。

这是白子玲第一次见到金虞。她也是警校出来的，说起来还是金虞的师妹。在警校要参加格斗训练，再加上每天五千米的长跑，她的体格算是不错的，和高中、初中同学们站在一起，身上有着出类拔萃的英气，一看就是正气凛然，带着其他行业的女孩子没有的气势。

但是眼前这个女孩令她望而生畏。

和这个女孩子相比，她简直就是乖得不能再乖的乖乖女。这个女孩子全身上下都像长了倒刺，剑拔弩张。

池清源给金虞打了电话，金虞沿着长长的街道走了过来，带着一股凌厉的气势。

白子玲没有顾非的脑子，记不住那么多案例，所以她把可以带出来的案卷打印成册，放了包里。她现在手上捧着的一叠，就是金虞帮霍连胜的案卷。

都能写成言情小说了。

她当时看到资料已经惊为天人，现在看到金虞走过来，只觉得女孩子如果帅成这个样子，靠着路见不平拔刀相助就能养活自己，那么要不要找一个稳定的工作去领那一份工资，其实是无所谓的。

顷刻间，金虞就已经过来了。她拍了拍车门，斜靠着轻快地吹了一阵口哨。看到放下来的窗户后露出一张女孩子稚嫩的面孔，她笑了笑，柔和如风，不带煞气。

金虞上车之后，颇有几分得意："我保证，捷爱催三天之内就会关门大吉，赵捷再也不会在岚梧市的地面上收任何一笔高利贷。我这技术不错吧。我就不信你们经侦局和派出所没有想过要取缔这非法催收的小公司，但只有我做成了。"

这辆单面透光的车缓缓驶离现场。池清源懒懒地打了个哈欠，心里吃惊，但是面上无波。说让人家关门就关门，比工商税务消防还厉害？

池清源问道："你把人家的老爹从千里之外请了过来，是不是赢得有点不太公平？"

呵，人才。

所有人都眼巴巴地看着她，以为她要靠实力赢赵捷，结果她靠关系。

"池局呀，你怎么一点都不心疼我？你看赵捷那身材，你看我的身材，他一拳就能把我的脸打骨折了。这都什么时代了，你还让我打架去？真要打架就能解决问题，你让顾非上不就完了吗？"

金虞语气中是浓浓的嫌弃。

白子玲诧异，还没有人用这样的态度和池清源说过话。

"那你给说说？"池清源毫不在意，脸上的笑容疲惫而慈祥，像是一个父亲在和调皮聪慧的女儿对话。

"我收了这么多账，知道在收账之前最重要的，就是知彼知己百战不殆。每一次出手之前，我都会通过各种渠道把双方的情况全部了解一遍，家庭结构、社会关系、经济状况、娱乐爱好什么的。只要把这个体系构建出来，我就能找到切入点，他怕什么就给他来什么。怕挨打的就揍他，帮李子璇要张金金的账，就是这样的套路。怕丢面子的，就把他的面子摁在地上摩擦，这次就是用这种方式。

"别看赵捷在外面嚣张得无法无天，其实他有一个自中华人民共和国成立之初就入党的父亲，他爸是一个人撑起一所希望小学的优秀教师，这么多年一直有人挖他去县城里教数学，硬是没有走。这么一个人，知道儿子是个在千里之外的大城市里欺行霸市的流氓，老头能忍？"

像是变魔术一样，原理摆出来的时候，只会让人觉得不过如此。从金虞的嘴里说出来，似乎也不过是平淡的剧情。

池清源捋了捋，表情是不过如此。

"说得容易，理论结合实践，其实都是纸上谈兵。你们谁能像我一样连夜跑几百公里，下了火车还花一千块钱租一辆黑车，差点被人家村头的大狗追着咬一口？你当老头傻呀，要不是看到那么多个头发五颜六色的家伙蹲在门口，要不是看到捷爱催大门里走出来的就是自己的儿子，老头肯定得给我一教鞭的。"

金虞不屑地撇撇嘴，负手闭目养神。她这一晚上折腾得够呛，现在一闭上眼睛，还觉得满耳朵都是火车哐当哐当的声音。

时机很重要，差一点都会造成不可逆转的损失。如果赵捷不在店里等着金虞，或者老头提前打了电话，金虞都会功亏一篑。

看起来简单的布置，并不是人人都能做到的。仔细一回味，就会知道这其中的变数到底有多少。但和往常的每一次一样，她都能稳稳地从钢丝上全身而退。

这不是运气，是实力。

"你是什么专业毕业的？"池清源问。

"侦查学，怎么啦？"金虞努了努嘴。

"成绩怎么样？"池清源又问。

"池局，你如果不问我学习怎么样，咱们就还能愉快地聊天。"金虞一摊手。

"接下来，你会做什么？"池清源一连问了许多个问题。

金虞眼珠子一转，手指头倒得令人眼花缭乱。她对倒手的游戏乐此不疲，对手机游戏倒是兴趣不大。

"如果我提前告诉你我把人家的老父亲搬了过来,恐怕池局你今天就不会纡尊降贵来这里问我原因了。"金虞像是说书艺人,说一半留一半,"让您出乎意料,是我不断努力的动力呀。"

金虞说得自信满满,把三个稍显刻板的经侦映衬得更无趣了。

话说得很满,但是实际上金虞自己也不知道下一步到底该怎么做。像赵捷这样的人,早已经靠着非法催收在这个城市里扎根了,要是仅靠老爹的教导就能走上正途,就不会到这许多年后了。

兵来将挡水来土掩,这件事,不算完。

路总会走完的。在下车之前,池清源肯定了金虞的工作,然后又对她谆谆教导:一定要遵纪守法,走正道,用旁门左道的方式赢了也不光彩。

看着车离开,金虞却是皱起了眉头。

"靠,经侦局这么不能打呀?那么多人居然一点突破都没有!"

这种仿佛看到天破了一个窟窿的感受,却是无人可诉说。在这个奔忙的城市里,金虞第一次感受到一种深深的孤独。

一开始,池清源并不是非常重视金虞。几次交锋,双方虽讨价还价,但成与不成,都无关乎大局。

后来,金虞在这片儿混得风生水起,池清源也只是在百忙之中抽空看看。

按照正常情况发展,经侦局的案子应该推进到了如火如荼的地步,应该是专案组与地方上百号人全员参与到战斗中,作为总指挥的池清源一方面要对省厅的领导负责,另一方面要对扫黑除恶的主力公安局和派出所负责。就算不是忙得焦头烂额,也该是连轴转。

但是现在呢,池清源不但没有忙得忘了她,还带了两个得力的下属过来。这不是他太闲,而是他们在正面战场上被人打了伏击,出师不利,暂时把目光又投到了金虞的身上,想要看看有没有其他的突破口。

金虞对着天竖了一根中指,呵,杂牌军要变成主力了吗?

她并没有思考多久。在这阴暗的小巷子里,几个拿着铁锹的人出现了。金虞见势不妙,赶紧要跑,一转头,却看到方星海叼着一根烟,把烟屁股吐在了地上。他拢了拢飞机头:"妹子,我那点钱要是没有赵捷,早就贬得不够用了。所以呢,你要是出来捣乱一次,我就只好打你一次。你那些临时凑过来的农民工,哪能和我们这些打了多少年交道的兄弟们比?"

大数据的时代,个人隐私已经被贩卖得再也不存在了。

金虞唯一输给赵捷的,就是积累。她找的那一群人,要是真打架,会一个跑得比一个快。金虞后退了两步，只觉得今天漏算了一招，可能要挨一顿打了。

方星海，是美人贷幕后真正的老板。

算好了这点，金虞觉得这顿打，也不会白挨。

几个扛铁锹的朝金虞凑了过来，金虞脑子里飞快地想着如何才能脱身。但是觉得经过之前那一场，她说什么都哄不住方星海了。

怎么办呢？

"等一下。"一阵好听的富有磁性的男声在巷子口响起，比这个男人更耀眼的是他身后的奔驰两座超跑。

男人深深地望了金虞一眼，双手插在长风衣的口袋里，缓慢地走过来。

他的眼神分明在说：呵，你也有今天？金虞在心里哀号，比落井下石更惨的，大概是填沙加水又把那些空隙塞满吧，今天真会死得很难看了。

又来一个和她有仇的。

金虞的气还没有叹完，这个人却挡在了金虞的面前："方总，这个人是我的朋友，可不可以放过一马？"

方星海的眉毛挑了挑，脸像是整过容了一样僵硬："燕先生会有这样的朋友？"

第五十二章
锦鲤龙门腾

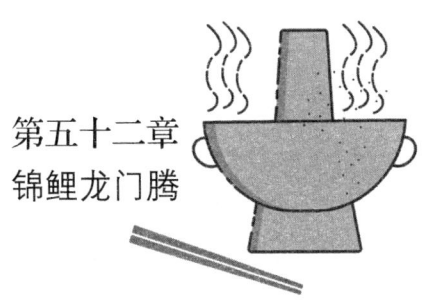

那超跑,那超跑里面正探着脑袋往外看的大狗,那坐在超跑里面大狗旁边的细腰尖脸风情万种的网红美女。

瞧这配置,金虞怎么可能有这种朋友呢?

金虞也是这么想的,但是她没有说话。抖机灵秀智商只适用于双方实力悬殊,或者拿捏住了别人七寸的时候。

金虞只能寻摸逃跑的最佳线路。

她可从来没有当烈士的崇高追求,也没有成为道德楷模竖起一道丰碑让后人跪拜的高级境界。必要的时候,把燕卓尔这个斯文败类扔出去当沙包,这种事情她是真的干得出来。

她和燕卓尔之间,谈不上什么交情。

金虞又退了一步,方便一会儿做出狮子搏兔的流畅动作。她才不相信燕卓尔会在这个包围得像洋葱一样的流氓圈子里,救她于水火之中。

英雄救美,燕卓尔不是英雄,金虞也不是美女。

燕卓尔回头,深深地望了金虞一眼,脸上依然带着高深莫测的笑容,似乎是觉得金虞这种小家子气的动作有些可笑。

其实燕卓尔和顾非都喜欢笑,两人都是帅气逼人的严谨,一丝不苟的洁净,很容易让人心生好感。但是顾非的笑,是真的平易近人,他会照顾人的情绪,一视同仁。

顾非的眼睛,漆黑如同点墨,沉静如水。

但是燕卓尔褐色的眼睛里,带着几分狂放不羁,看金虞的目光里带着几分挑衅的意味。

"我确实没有这样的朋友。"燕卓尔说。金虞的心又沉了一下,果然又来了一个敌人。

"难不成燕先生换了口味？"方星海望了望远处的美女，又问。

"不不不，我始终如一地喜欢着二十出头且体重不过百的白嫩美女。"燕卓尔说完，笑得更开心了。方星海也跟着笑。

确实，不管多大岁数的男人，都永远喜欢二十岁的姑娘。

"等我打这个妞一顿，咱们再说笑话？"方星海依旧不依不饶。金虞这种性子，不可能为他所用，但是赵捷现在肯定是被他那个英雄父亲给折了。

哗啦啦那么多的钱都没有了。方星海自己也在收账，但是美人贷这一块是赵捷一直在办。一时之间，上哪儿再去找钱？

打金虞一顿，以消心头之恨。

"我和这个妞，还有一笔账要算，可不可以先让我插个队？作为利息，我可以为方总搞一张美善金融公司年会的入场券，你看怎么样？"

燕卓尔始终是不温不火，手插在裤兜里。

方星海一副幸灾乐祸的表情："这么客气做什么？燕先生先请，先请。咱们之间的关系，哪还需要一张入场券呀。"

话虽然是这么说，方星海却是在听到了入场券这样实打实的好处后，才让人把铁锹给收了。

美善金融，全国排名第五的金融实体公司，盛传将会在今年上市，而美善金融的总公司一直在岚梧市，是当地最大的经济实体。

去美善金融的年会，意味着能打探一下原始股，能和很多人混个脸熟。方星海已经有一只鸡蛋碎了，急着想再去握住另外一只鸡腿。

眼看着方星海带着一群人离开，燕卓尔把手从裤兜里伸出来："走吧。"金虞鬼使神差的，居然把手放在了燕卓尔的手里。

他是个真正的金领，手上没有一点茧子，柔软修长，干净白皙。

燕卓尔的手一直放在口袋里，却还是凉沁沁的，像是刚从冰箱里拿出来的冷鲜肉。金虞甚至怀疑，燕卓尔伸手，就是想让她当个暖水袋给他暖一下手。

两座超跑里原坐了两个人，再加上一只大狗，车里挤得满满当当。金虞站在车外面，看着里面这个衣着清凉、只穿了一件白色皮草的网红美女。

在过来之前，燕卓尔在金虞的耳边轻轻地说："权利是争取来的，不是施舍来的。想坐车，打败那个女人。"

唯恐天下不乱？

燕卓尔和金虞已经到了车边，三个人看起来有些尴尬。这个脸尖得能把人戳死的网红美女年纪不大，漆皮高跟鞋的鞋跟和筷子一样，一看就不像是走路用的。

美女扫了金虞一眼，里面有浓浓的蔑视，但没有敌意。大概是在她的眼里，金虞还不够格成为自己的敌人。

燕卓尔点了一根烟，显然是准备欣赏一下两个女人为了副驾驶的位置打得天翻地覆的场景。呵呵，为了一个男人争得脸都不要，她还真有点不屑。

这人怎么就这点乐趣呢？

金虞本来是打算转身就走的，但是眼珠子一转，她想到了更好的主意。金虞一把戳在了燕卓尔的腰上。男人一时没有防备，烟一下子掉在了地上，他顾不上烟，只是用手迅速扶着金丝边的眼镜。下一刻，他的耳朵就落在了金虞的手里，一下子被揪住了。

网红美女显然是吓了一跳："你干吗？"

金虞不理网红，对着燕卓尔破口大骂："老娘给你生了俩孩子，成了黄脸婆，你就去找小三了？要不要脸呀，还敢把小三拿到我跟前来显摆？燕卓尔，你是不是活得腻烦了，皮痒了？"

街头巷尾，多的是吃瓜群众。

燕卓尔已经蒙了，这是什么操作？但是金虞下一刻把他的名言拿出来了："权利是争取来的，不是施舍来的，我不争不抢，就连自己家里的车都坐不上了吗？这还有没有王法了？"

金虞的嗓子破锣一样，理直气壮的。燕卓尔是个斯文败类，也就是说他并不擅长这种硬碰硬的现场扯皮。

网红美女急得下车拿着包就要打金虞："谁是小三？你才是小三！"

"没天理了！小三要打死原配了！我要流产了！"金虞立刻就倒在地上，捂着肚子眼看着只剩下了一口气。她对着围观的人群喊："大家赶紧拍下来呀！小三要把原配打死了，你们拍下来！我孩子要是掉了，好让法官看看，到底应该怎么赔……"

这战斗力，太凶猛了。

网红美女顾不上打金虞了，赶紧捂脸。

整容就是为了当主播在网络上亮相，要是因为当小三被打而火了，那这容不是就白整了吗？

金虞从地上爬起来，一屁股挤进了车里。大狗老老实实地趴在她的身上，好像金虞才是女主人一般。然后，金虞还霸气十足地横眉对着惊魂未定的燕卓尔，来了一句："老不死的，你还不赶紧过来开车？你不开让我开呀？"

燕卓尔顾不上管路边的网红，只留下一句"你自己打车回去。乖，别和她一般见识"，就赶紧颠儿颠儿地跑去开车了，吃瓜群众只觉得吃瓜吃得心满意足。

网红美女的眼睛都红了。但是燕卓尔除了一个神秘复杂的微笑,什么都没有留给她。

车开出去一公里,燕卓尔笑得前俯后仰,连连拍着方向盘。这人是不是有受虐的倾向?金虞伸手在燕卓尔的脑袋上拍了一下,只觉得这个同龄人可能心智不太成熟。

"你是不是拉皮条的妈妈桑,想把这姑娘往哪儿送呢?"

"她是我的女朋友。"燕卓尔终于不笑了,"同样的方式,我在其他女孩子身上也用过。谁打赢了,谁就是我的女朋友。"

脑残呀,这是金虞第一次给燕卓尔下定义。

"那我现在是你的女朋友了?"金虞做了一个呕吐的表情。

"不不不,你是第一个打了我的人。"燕卓尔翻了一个白眼,扔了一沓东西给金虞,"我又没有SM的爱好,不想天天挨揍呀。我唯一爱的东西,就是钱。"

金虞一手把狗头拨到一边,不让狗舔手,一边漫不经心地把燕卓尔给她的资料打开。在她看来,无非就是燕卓尔供职的美浩小额贷款公司有了拉不下脸面亲自去撕,又找不到合适的流氓去撕的账目,就寄希望于自己这样的亡命之徒身上。

但是,一打开这个文件,她迅速又给塞了回去。

脸上的漫不经心瞬间变成了忧心忡忡,她看着燕卓尔的眼光也变了。

这世上,从来就没有英雄救美的浪漫传说。不过是一个见色起意,一个谋其庇护,仅此而已。

倘若美人遇到的不是她心里的英雄而是一个路人,那她就会说:大恩无以为报,只希望来世结草衔环。倘若英雄遇到的不是他眼里的美人而是个丑女,他就会说:区区小事何足挂齿,我已经有了心上人。

燕卓尔找金虞,不只是要债这么简单。

前一刻,燕卓尔还可以和方星海称兄道弟,约着一起去会所见嫩模。下一刻,他交给金虞的资料里面,就让金虞把方星海赖以生存的美人贷折腾到下线,让方星海从颜值贷款的这个平台里卷铺盖滚蛋。

"我们手中的货币是信用货币,是一种国债的形式,本质上是以信用价值作为物质在社会上流通。但是事实上,信用在这个流通的过程中一直在不断贬值。比如十年前,一碗牛肉面的价格是四块钱,我存了一万块钱在银行,就相当于存了两千五百碗牛肉面。但是十年后,牛肉面在这个城市里的价格已经变成了二十五块钱一碗,我在银行存的一万块钱连本带利是一万三千五百,相当于五百四十碗牛肉面。那么,我的两千多碗牛肉面去了哪里呢?

"同理，整个社会的信用都在不断地被稀释，被贬值。你要习惯这是一个没有信用的社会。"

"那信用卡呢？"金虞是侦查学专业毕业的，对金融没有概念，最近一帮人在给她洗脑。

"信用卡这种东西，其实是最没有信用的东西，透支着人们不可预知的未来，让人们购买着现在不配享有的奢侈品。在不能偿还的时候，人就开始信用欺诈，前一分钟还上，下一分钟继续套现。货币的发行总量是有限的，但是信用卡却大幅度地把国民的购买力强行提升了，实际上是进一步稀释了社会的信用。"

燕卓尔在自己的行业内，有着无懈可击的诡辩思路。

"你和我说这些有什么用？我又听不懂。"金虞把那一沓资料扔到了一边。

资料里的东西丰富多彩，有她的一张薄薄简历，年龄、性别、籍贯、毕业院校，再加上填得密密麻麻的工作经历——从推销健身卡到卖保健品、保险，简直详细得不能再详细。

她二十九年的人生毫无亮点地被填充在了一张A4纸里面。然而，这不是重点。

重点是，燕卓尔花了很大的力气，把她三十万的借款来源和消费去处都给调查出来了。金虞自己都有点快忘了那纸醉金迷的二十天逍遥日子，那段时间平均每天都有上万的花销。

人均消费八百的日料店，她一个人去了好几趟。一晚上五六千的酒店，她也住了好几个晚上，还喝了两三千一瓶的红酒，醉得不省人事，差点在浴缸里睡着被淹死，还是房嫂把她救回来的。她在娱乐城玩电竞游戏，哗啦啦地输了五六万。

对了，她还回了一趟农村。在老家的麻将桌上，输了五六万，要不是她跑得快，肯定被派出所的人抓了。村里的人都在说，两个村霸生了一个傻女儿。

坦白地说，其实对于这一沓资料，她并没有太多的感触，只是那三十万的款子不好还。在岚梧市，何年何月才能赚出三十万来？每个平台欠了几万块钱，人家就疯了一样地给她打电话让还钱。手机号已经换了五六个，还是会被打爆，差不多每次一觉醒来，就会有无数个未接来电。她后来用别人的身份证办了一张卡，才算是消停了。

现在的那些创业公司和正规的小公司，招聘条件里都有一条：年龄不能超过二十四岁。她已经二十九岁了，再过五年，就是各大网络公司将要扫地出门的那一批人。

焦虑，让人自我放逐。一望可及的天花板，让人再也没有了积极向上的希望。

金虞要了一根烟,开始吞云吐雾。在尼古丁的芳菲里,她眯着眼睛,得到了片刻的宁静。她的表情像是教科书里那些抽鸦片的人。

她是个真正的亡命之徒。

"按照一千块钱一个月十块钱的利息来算,你这三十万,一个月的利息也就三千上下。但是因为你有贷款未还的记录,信用下跌,所以利息已经不是按照最低标准来算,而是扣除了将近六分之一的服务费,再加上无限接近于我国民间贷款的利息最高点,百分之二十四。

"你如果每个月不能还三万,滞纳金一天天加码,再加上各个平台不一样的违约金,恐怕这笔钱和你借出来的数目也差不多了。

"就算是方星海不打你,也会有其他人一波接着一波来打你。"

虽然开的是超跑,又是在十二道的路面上,但是燕卓尔开得极稳,甚至在不依靠导航的情况下,也能在各个测速仪下不超速。

金虞的脸上写满了疲惫,抽完一支烟又要了一支:"一步错步步错,要是毕业那年直接去支持西部大开发就好了。那样,现在也是有五六年警龄的老警察了,说不定都当了派出所的所长,还能嫁给当地的局长,生两个可爱的小孩子。那儿的工资高,房价低,攒个五六年,在市区全款买个房子很轻松的。"

"可惜人生没有那么多如果。你现在只有一条路,那就是跟我合作。"燕卓尔目不斜视,"你接的私人债务,几乎没有超过十万块的单子,一万块钱的单子落在你手里,也就能抽几百块。而超过十万块钱的风险高,成本多,二十几个人的出场费都要两千块,落在你手里还是那么几百块钱。"

"你为什么非要搞垮美人贷?"金虞把烟头扔了出去。

"因为我想把佳丽贷、靓丽贷这些贷款App上线。美人贷,太碍事了。市场只有这么大,蛋糕也只有这么多。不把现在在桌上吃蛋糕的人赶下去,我怎么上桌?"有人不文明超车,差点撞上来,燕卓尔猛地一拐。要不是有安全带,金虞差点被甩出去。

车毫无征兆地急刹,尖锐的轮胎摩擦声音震耳欲聋,眼看着快要撞上前面运送木材的车。横过来的木材从头上一厘米上下的地方擦过去。

金虞惊声尖叫。

靠,再低二十厘米,会割喉的!

她侧过头,恰好看到燕卓尔那张帅气沉稳的脸上露出疯狂又冷淡的笑容。

令人不寒而栗。

她要骂人,但是燕卓尔说:"如果真的撞了,就是交通事故,我们扯皮扯上两三个月，要那么几十万住ICU重症病房的医药费。其实我们自己知道亏大了。如果没有撞上去，你会不会觉得劫后余生，非常幸运？不会的，你只会觉得生气到了极点，想要和人打一架，但是偏偏证据又没有那么充足，对方只会用'精神病'这三个字不断地杠你。"

"歪理一套一套的。"金虞对燕卓尔的态度始终不怎么好。

同样从鬼门关走了一趟，燕卓尔神色如常，毫无变化。他灰色的眼眸，比这个季节的风还要冷。他把车停在了路边，随手抽出一个信封来，丢给了金虞。金虞拿过来，里面是三沓捆扎好的崭新的人民币。燕卓尔点了一根烟，幽幽地吐出一个烟圈，似乎他送出去的不是钱，而是艺术品。

或许，在他的眼里，钱就是这个世界上最好的艺术品。

"这世上，只有钱是好东西。"

超跑一骑绝尘。

金虞给池清源打电话，吞了几口口水，感觉喉间干涩，手脚凉凉的。手机在双手之间换了几次，才抓稳了。这是她第一次向池清源报告有用的信息，是她第一次向经侦局刷存在感："大鱼，上钩了。"

话音刚落，天空中轰隆一声打了个响雷，贯穿天地，天空向地平线压过来，天地间的气压，骤然降低。

第五十三章
隔山打猛牛

有些人是社会的螺丝钉,一钉一辈子。

有些人是社会的螺丝刀,负责把螺丝钉给拔出来。

很明显,金虞属于后者。麻旦旦就跟在她身后,肥胖的粗手指头在六寸大屏手机上飞速地操作着。手机把视线挡得严严实实,但是他的脚底偏偏像是长了眼睛,遇到狗屎就会自动跳过:"咱们不是说好要去健身的吗?咋吃了一肚子的烤鸡腿?"

"鸡腿是鸡用来跑步的,吃了鸡腿就相当于我们跑步健身了。"金虞手里还捧着一个鸡腿,一边走一边吃着,椒香麻辣,热气鼻涕一起呼哧呼哧的。

"有道理呀,我咋就没有想到呢?我们好不容易才爬到食物链的顶端,识食物者为俊杰,没必要还亲自健身呀。"

哪怕金虞说天上的月亮是卖鸡蛋灌饼的老大妈甩了一个煎鸡蛋上去,麻旦旦都会认为那是科学道理。

脑残粉,不解释。

麻旦旦原本是金虞的老板,雇金虞当个看门狗给他看着店,后来和金虞成了朋友,偶尔合作着从水很深的岚梧市催收这行里捞点生活费。

他是怎么变成金虞的脑残粉的?

燕卓尔送钱像是送艺术品,但是她视金钱如粪土,转手拿着三万块钱用来结交酒肉朋友麻旦旦。她先带着麻旦旦连续吃了两天,又去洗浴中心。她自己享受了正规鱼疗,叫了一个手法相当娴熟的中年老大妈技师按摩,然而给麻旦旦找了一个不正规的技师。麻旦旦当场就感动得要和金虞拜把子,两人差点桃园结义了。他一口一个"妹子",叫得那叫情真意切。

麻旦旦吸溜着鼻子,揽着金虞的肩膀:"我长这么大,就妹子你对我最好了,只有你最关心哥哥。你放心,不管你以后遇到什么样的麻烦,哥哥都给你摆平。

你要是看上了哪个明星,哥哥肯定千方百计地把他的裸照给你弄来。"

金虞一口水差点被噎住,哗啦啦地又数了十几张钞票,给麻旦旦点了一个风姿妖娆的美女技师。

这波操作,前无古人后无来者。

经侦局把金虞纳入重点考核对象范围之后,专门匀出来两个外勤,让他们远远地跟着金虞。池清源甚至亲自下令,金虞遇到过不去的坎,只要没有违法乱纪,他们在能帮助的情况下,可以搭把手。

但是金虞干的这事,两个外勤觉得自己发回经侦局的报告都不知道该怎么写。

难道要生拉硬拽,把去娱乐场所和非法催收结合起来分析吗?但是外勤就是外勤,不加修饰,看到什么就发回什么。

专案组里的人,瞬间凌乱了。

"什么?去咱们扫黄打非的重点整治单位消费了?"赵倩妮的脑子转了几个圈,才没有说出来:这是嫖去了?

谁不知道那几个洗浴中心,一听到整治风声,失足女就成了临时工消失不见,出来的都是年纪大得能当妈的正规技师。但每次前脚检查完,后脚这些人又一股脑地钻出来。

猫捉老鼠一样,是个永远不会剧终的连续剧。

"人才呀,带上我!"王者才把手机掏出来,司晴就意味深长地看了他一眼,他讪讪地赶紧坐远了一步。

白子玲默不作声,把信息看了又看:还能这么玩呀?当警察就是有意思呀,什么事儿都能看见。

池清源扯回正题:"关于李改平的案子,还有诸多的疑点。小司,关于李改平的两个情人和情人的财务状况,调查清楚了吗?其中一个人买的是当地的小产权房子,本身就不具备被法律保护的产权。银行告了,法院也判了,但是那房子不能进行上市流通,这个当地怎么处理的?"

顾非始终低着头,看不清表情,是天才正在加班的标准坐姿。

其实,他从来没有这么放肆地笑过:有意思呀,这妞是放飞自我了。恐怕是察觉到背后跟踪她的外勤了吧。她这个社会老油条只会为了利益撕,却不会为了原则问题去和人撕破脸。摆明了在说:你们不是想看吗?我让你们看个够。少儿不宜,看不看?

燕卓尔第一次觉得太长袖善舞了也不太好。他招揽这个岚梧市地面上风头正健的女收债人，向她示好，不是什么秘密。就像是名模会所的老板，突然想要资助一下因为经济问题可能完不成学业的困难女大学生，一个道理，就是换换口味。

这洗浴中心，恰好燕卓尔在里面投了一笔钱，是个不大不小的股东，方便用来招待自己的那些三教九流的朋友。

然而，他在单子上看到了不该看到的人。

这个妞，具有把人激怒的能力。燕卓尔一脚把一碗鱼食踹翻到了鱼池里，两条憨憨傻傻的锦鲤张着大嘴顷刻将鱼食吞了个一干二净，艰难地在水面上仰泳。

"又要换鱼了。"

燕卓尔的脸色铁青，顺手把传真过来的文件塞到了垃圾桶里。他给金虞三万块钱，有两万块钱都进了这家洗浴中心。

这钱，是他希望金虞精打细算去招兵买马，把方星海的美人贷给掀翻的，不是让她全给麻旦旦这头肥猪的。

这算什么？

取之于民还之于民吗？

算了算了。燕卓尔拿出两片维生素吃了下去。三万块钱，还不够明天叫花鸟市场的人来换两条鱼的。

燕卓尔给郭蘅芜打电话，希望这位美女广告商能和他出席一个内部酒会。不过这个做好了年度计划，暂时空闲的美女广告商却是直接拒绝了他："不好意思，我有约了。"

燕卓尔心念动了动，破天荒地问了一句："谁？"

"金虞呀。她说有个傻子给了她一笔钱，不花白不花，请我吃银泰大厦顶楼观光餐厅的法国餐。你知道的，如果不是商务宴请，我还真不怎么去这么好的餐厅。每次陪客户，又不能好好吃饭……"

燕卓尔："……"

燕卓尔花了一个晚上的时间一直在想，他当时是怎么脑子抽了，觉得这个奇葩的女人有着世界上最有趣的灵魂，能帮助他在金钱世界登顶？

北纬四十五度的回归线都不如她骂人绕的弯，居然通过郭蘅芜的嘴，骂他是个傻子？

难道是"博傻"多了，遇上了真正的傻子？

为了不在众人面前承认自己瞎了眼，但凡是在金虞身上投注了关注度的人，都默默地收回了眼睛。这第一手的资料，滚烫滚烫的，成了不可承受生命之重。

而真正的大动作如水草般潜滋暗长,水面上却是平静无波。在巨轮不曾踏足的地方,密匝匝地结出拦江的气势来。

麻旦旦肥腻的手指着六寸屏幕上赵捷的位置。他从前出工不出力,现在恨不得手指头上的力气能把屏幕里头的赵捷戳烂了。

这是麻旦旦的拿手绝活儿:确定一个人的位置,并向对方发送珍藏已久舍不得拿出来分享的激情小视频,再远程控制这个人的手机,读取通讯录,接着确定对方身边正围着几个常用联系人。

呵,众星拱月呀。

"咋办,告他一个聚众嫖娼?"麻旦旦是个人才,从定位上就看到了星星之火可以燎原的希望。赵捷在哪儿商量不好,居然在一个Bar(酒吧)里。

Bar,比KTV的档次高,比正儿八经的酒吧低。这地方,女性来吧台可以部分酒水免单,而男性来是必须买单。有人从中看到了商机,把金鱼缸的游戏从洗浴中心搬了过来,朦朦胧胧地玩出了新的情调。

赵捷大概是向老天借的胆子,老爹现在还在招待所里住着呢,就急吼吼地要抢地盘了。

这不是瞌睡递枕头,撞枪口上了吗?

金虞凑上来,本来还在想着再去找一个赵捷的破绽,没想到这个粗线条的大块头竟自毁长城了。金虞凑上来:"什么时候动手?"

麻旦旦再次发挥了自己作为一个技术黑客的卓越优势,果断打车来到了那家Bar的隔壁,蹭上了Bar的无线网络,通过入侵监控室的网络,就可以直接看到监控。

赵捷、方星海这些人,已经到了一小半。房间里如群魔乱舞一般,一人一根烟,烟雾缭绕。两个身姿曼妙的女孩子坐在赵捷的大腿上,正在喂他吃水果。

让金虞惊讶的是,一个身姿曼妙的少男正坐在方星海的身上,方星海的飞机头在模糊的光线里看起来有点弯了。

麻旦旦搓了搓手,正想和金虞商量一下,说自己就不去了,却看到这妞已经不在身边了。他掉转头一看大屏手机,发现这妞已经出现在了画面里。

金虞三步两步,穿过了扭着腰的曼妙身姿的男女,穿过了有着五颜六色头发的小青年,直接到了赵捷的面前。赵捷腾地从沙发上弹了起来,恨不得直接把这妞拍到地板底下去。

他都多大岁数的人了,当街跪了老爹,还被老爹揪着耳朵打。他跪了一晚上,现在膝盖还肿得厉害。

赵捷拎起一个啤酒瓶子,一脚踩桌子,冲着金虞抢了过来。

狭小的空间里,罡风流转,让人癫狂。赵捷一声怒吼:"还敢来?我让你竖着进来横着出去!"昏暗的光线里,众人的视线也被吸引了过来。

冲突,矛盾,复仇,都是时下最受欢迎的元素。

赵捷在等着金虞求饶,要在这个摔倒的地方重新把场子找回来。但是金虞怎么做的?她努了努嘴,邪魅狂狷地笑了一下,然后秀了迄今为止二十九年来最棒的表演。

她张开嘴,露出来两排白白的牙。在这个角度下,看起来清纯又可爱。麻旦旦捧着手机,高清像素下都没有看到金虞在做什么。他只看到赵捷有那么一秒钟的凝滞,接下来,他手起瓶落,酒瓶子直接朝着金虞的脑袋砸了下去。

那一瞬间,酒吧安静了下来。喝酒闹事的人多,但是在现代社会,大部分人都是因为压力大想要借酒消愁,讨一时嘴上的便宜,能把人脸打烂缝几针的,都能上热搜。

麻旦旦捂住了嘴,没有叫出来。

酒瓶子在金虞的头顶像烟花一样炸裂,玻璃碴子在霓虹下反射出五颜六色的光,酒瓶子里还剩的半瓶液体四处飞溅着。

金虞整个人被掀翻了,她先是倒在了一张酒桌上,酒桌被巨大的惯性带着倒了下来。金虞抓着桌布一角,也没能阻止摔倒的趋势。桌子压倒,直接砸在了她的身上。

往日高挑有力,看起来似乎无往不胜的金虞,此刻就像一尾失水的金鱼,在干旱的陆地上苦苦挣扎着。她动了半天,无论如何都没有办法从桌子底下钻出来。疼痛,使她全身微微抽搐着。

这时候,人群里才有人失声尖叫,女人的高音穿透力尤其强。

Bar的服务生忙不迭地跑去楼上叫老板,老板已经踩着梯子跑下来了。在他的地盘上打架,店还要不要开了?要是真的打死了人,他的店以后还有没有人来了?

这帮天杀的收高利贷的。

老板一边下来,一边赶紧打了120和110。只希望事儿没有闹得太大,不然他就得歇业了。

赵捷这才后知后觉地看了看自己手里的酒瓶子,那点醉意也烟消云散了。他没有想到,自己会这么冲动,居然真的用酒瓶子把金虞的脑袋开瓢了。

从他这个角度,能看到金虞转过来的半张脸上满是猩红的血。赵捷忍不住抹了一把自己的脸,觉得自己的后背心都已经凉透了。

金虞在对着他笑,那是疯狂的得意的笑容。

在赵捷砸啤酒瓶子的前一刻,发生了什么?

金虞两行洁白的小牙中间喷出来一股水,准确无误地喷到了赵捷的眼睛里。像高压水枪一样,还非常恶心,激得人不断地流泪。这妞明显是在嘴里含了一口带芥末油的水。

赵捷受到了刺激,手里的酒瓶子直接砸了过去。看着地上那个爬都爬不起来的人,赵捷只觉得被吓了一跳,半截酒瓶子还握在他手里,他赶紧扔到了一边。

目睹这一切的方星海,默默地后退了一步,只想装作和赵捷互不认识。从他的角度和距离,看不到金虞嘴里喷出来的掺了芥末油的口水。

他只觉得,自己的这个搭档是真的废了。

废就废了,还可能会连累了自己。

派出所的民警不到十分钟就来了,救护车来得稍微晚一点。人群早就散了,麻旦旦早就冲过去把桌子掀了,把地上的金虞给扶了起来。

这个妞的手上擦破了皮,血一滴滴地滴在地上。到了现在,她还不忘记对着赵捷竖了一根中指。血从中指上滴落,看起来格外瘆人。

哪怕喉头吞咽艰难,她还是勉力做了一个口型给赵捷:我,赢了。

赵捷从来没有见过这么硬气的女人。这个女人为了打垮他,真的是一点都不怕死。麻旦旦差点哭了,软萌的脸像包子一样缩成了一团:"妹子呀,你何必呀,何必呀?咱们惹不起,惹不起呀。"

金虞没有和麻旦旦说过,她到底要怎么做。但是之前两个人一聊起赵捷这个收水的来,就是"惹不起惹不起,怎么办呀"。

现在,这句口头禅正好全说出来了。派出所的警察相当气愤,他们和赵捷这种人渣打交道的时间太长了:"赵捷就是我们当地的四害之一,什么东西!"

金虞已经不能回答他们的问题了。

赵捷恶狠狠地看着她,然后木然地被带了出去。金虞终于支撑不住,她脚底下一软,向后栽倒。这一次,她是真的晕过去了。救护车刚刚到,医生护士冲过来把她抬上了车。

这一把,赢得无限风光在险峰。

金虞被赵捷用酒瓶子开瓢住院的消息,被放在了池清源的办公桌上。而另一份金虞自己整理出来的资料,也放在了池清源的桌上。

最后,她与赵捷进行了和解。赵捷把积攒了多年的和颜值贷相关的信息,全部转给了金虞。这里面包括完整的贷款App运作的过程,以及还不上贷款的女孩子偿还贷款的方式。

至此,黑色地带和白色地带,拼完整了。

这样的资料,在收账和借款的时候是分离的。只有赵捷这种在街面上混了多时的老流氓,才有这个人脉和需求,把两样合起来,用来连接上家和下家。

这些资料,不少都是欠了贷款的女性手写的,上面有各种信息。

池清源看着这份沉甸甸的资料,微微点了点头,又摇了摇头。他想要和金虞联系一下,却不知话从何说起。电话那边却是一阵叽叽喳喳,听起来相当热闹,金虞清脆霸气的声音像是一股风,迎面刮过来:"我现在忙着呢!捷爱催的牌子刚刚摘下来,这地方归我了,我正在换我的牌子!你猜猜,我给我的店起了个什么名?"

第五十四章
辣手摧杨柳

两个工人踩着梯子,用电锯把已经挂了三年的捷爱催的牌子从连着的钢筋上切割开,另外有两个工人在地面上用缆绳牵引着滑轮,弓着腰,把一人多高的牌子缓缓地拉下来。

"捷爱催"三个字落在地上,重心不稳,重重地扑在了水泥街道上,溅起一地尘埃。

这块牌子倒下来,也没有人搭把手扶一下。旁边早就站着一个收破烂的老头,正在和麻旦旦讨价还价,称斤算两。双方比画来比画去,唾沫星子横飞,最后这块由空心钢管拼接而成的巨大招牌被收破烂的老头在秤上称了二十五斤重,折算成生铁七毛钱一斤的价格。麻旦旦的手里拿着一叠皱巴巴的一块钱面值的纸钞。

两个踩着楼梯的工人没下来,在上面等着下面的两个工人把缆绳穿过新招牌,用滑轮升上去,再通过电焊焊接到一起。

金虞站在下面盯着。她的头上缠了一圈一圈的白色纱布,乍一看像是戴了一顶白色的帽子。她抬起手,挡住刺眼的日光,眯起狭长的双眼,用另一只手指着:"左边高了,稍微低点。右边又高了,左边再抬一下……"

这氛围,像是年三十家家户户贴春联,喜庆得不得了。

这妞还郑重其事地在超市里称了两斤花花绿绿的糖,周围铺子的老板围过来看,金虞就给每人撒一把糖:"希望你们以后照顾我的生意……"

"盼着你照顾我们生意呢。我们照顾你生意?哈哈哈。"说话的是个围着围裙又当老板又当伙计的四十多岁的壮汉。他在这里做了十六年的鸡蛋灌饼,从拉着小推车到租下店面,再到开成现在这样像模像样的饭店。

"就是,你这店,我们哪能天天上门。"另一个成衣铺子织羊绒的大姐抓了一把糖,打趣儿道。

金虞笑,看着自己的牌子挂起来:明日催。

"明日催"取代了"捷爱催",还是收贷的小公司。麻旦旦已经颠儿颠儿地奔过来了,手上捧着两杯热饮,软萌的脸像个大号的馒头,笑道:"捷爱催,就换了这么两杯奶茶。"

"哈,咱们可不能最后变成两杯奶茶。"金虞道。

"嗯?"

"咱们起码得变成岚梧市的两套房子吧。"金虞如是说,听上去霸气无匹,就指望着这家店面赚钱了。

麻旦旦眼睛一亮:朝阳行业呀,要努力奋斗。

金虞和麻旦旦两个人一人一杯,嚼着奶茶里面的粉圆。

捷爱催已然落幕,从现在开始,将会是明日催的江湖。方星海开着一辆宝马三系过来,西装和裤子都短一截,看起来长手长脚,再加上飞机头的造型,很有韩系潮流小开的范儿。

金虞多看了一眼这个貌似还化了淡妆的男士。

只觉得特别眼熟,她脑子里就连燕卓尔和顾非、王者都迅速地过了一遍,也不知道这股子熟悉感来自哪里。直到这个人走到了她面前,双手插兜,下巴上扬,她才发现:某宝爆款呀!

一心一意想要把自己捯饬成潮流的方星海,活脱脱就是一个某宝畅销款的男模。

在金虞收了赵捷的业务之后,方星海自然而然地成了她的老板。这家催收公司明面上的老板是她,但实际上她就是个过路财神,只赚明面上的佣金,这背后还有几个投资人。

方星海,是其中之一。

其他人,金虞现在还没有见过。

方星海皱了皱眉头:"明日催?"

"明日复明日,明日何其多。我生待明日,万事成蹉跎。"金虞点了根烟,配着奶茶,一股子的怪味。

方星海一笑:"你还挺文艺?现在贷款太方便了,手机充满电,下载十几个App,十几分钟就能贷出来十几万。大家在手机上付款下单,都像是不要钱的一样,手指头划一划,坐在家里等着收快递就行了。他们只知道还款的时间在明天的明天,以为还款的日子永远不会到来,实际上不知不觉就变成了今天。"

"贷款的,都是傻子。"麻旦旦插了一句嘴。他已经一口气把奶茶喝完了,捷爱催最后一点剩余价值,也被榨完了。

"我今年刚贷款买了三套房子,涨幅比房贷的利息可多多了。"方星海嘴角勾了勾,脸上是掩饰不住的得意。

"我还得起明天的贷款。"方星海把手插在了裤兜里,转身就走,留下一个潇洒的背影,"夜叉,记得早点开始干活,别拖到明天。"

方星海只顾着指挥金虞,没意识到自己的脚下有坨狗屎。他来不及躲开,两条腿扭股糖一样地绊了一下,整个人砰地摔倒在了地上。

金虞和麻旦旦没忍住,笑得很开怀。

金虞第一次请池清源吃饭,是在犄角旮旯的一个火锅店里。黑不溜秋的大深底砂锅放在炭火上,浓稠的红汤里煮着软烂的筋头巴脑。

热气腾腾。在这升腾的热气里,池清源看着金虞头上一圈一圈白色的纱布,筷子几次拿起来又放下,像一个忧国忧民的老父亲,看着自己祸国殃民的女儿。

这表情,很酸爽。

金虞心里暗自庆幸,还好自己不是池清源的女儿,不然每天看着这一张脸会少吃很多饭的。谁在家里还想再上几堂政治课?

"池局,你不会是年纪大了,牙口不行,已经咬不动肉了吧?"金虞说话始终带着几分挑衅,"我呢,就是把这些大块的肉切开的尖刀。有多少肉,我就能切多少。至于你的胃口有多大,能吃下多少,这也需要我关心吗?"

长条的大块牛肉被金虞从锅底捞上来,再用桌子上的食用长剪刀剪成小块小块的,放在碟子里,撒上小葱、香菜、芝麻粒,还浇了一勺小米醋,推到了池清源的面前。

池清源把碟子推回来:"还轮不到你来真刀真枪地流血。"

金虞笑,眼巴巴地看着池清源,颇有几分认罪讨饶的理亏表情。她是硬,但是硬得很有韧性。落座之后,池清源就想要立足于科学办案,落脚于大局发展,好好教育一下这个妞。

但是只要开口,都会被这个妞给挡回来。

"世界上哪有那么便宜的事情?我很早就明白了这个道理,想要得到什么,就要付出什么。你真以为赵捷在长街上对着他爸爸一跪,我就能高枕无忧了?他这人,阳奉阴违。我想要短期内取而代之,走自己的路,就得让他无路可走。"

金虞坦荡荡地看着池清源。

池清源一口气叹不出来。金虞又把碟子推了过来,他夹起一块肉来,混着那一口气,咽了下去。他询问金虞是怎么轻而易举地把这个人激怒的,赵捷催收的日子有些年头了,不至于一上来就把人往死里整。

当时的监控,池清源也通过其他渠道调过来看了一遍,他感觉整个过程透着一股子诡异。

"谁要是喷我一脸带着芥末油的口水,我肯定手里有什么就往那人的脑袋上砸什么。"金虞慢条斯理地吃着菜,"我爸妈是村霸,你以为把菜市场最好的店面和村里最好的地基争过来很容易吗?"

呵,流氓,这还能祖传?

"你的意思是,你在啃老?"池清源又放下了筷子,看着这个小妞吃得汤水四溅。谁娶了同桌的你,那人可真的是太倒霉了。

"不不不,我这叫继承家产。"金虞如是说。

"你注意安全……"池清源觉得他这个一言九鼎的经侦局局长,在省厅里都排得上号的领导,在和金虞打交道的过程中,总是有些婆婆妈妈的。

而这个妞,能直接把节奏带歪。

"知道了,我又不会怀孕。"金虞头也不抬。

池清源彻底地被堵得一句话也说不出来了,他本来是真的想要关心一下这个妞。但是这个妞最后和他扯皮扯到了转正以后的工资待遇方面,尤其是想让解决一下住房问题,说千万不能歧视她没有参加过考试,应该给的米面粮油不能少了。

这觉悟!池清源觉得自己满脸黑线,安慰的话一句都说不出来了。

在巷子口分别的时候,池清源多看了一眼金虞的背影。

虽千万人吾往矣。

他还是重重地叹了一口气。她到底是个女孩子。

明日催上线的第一天,金虞干的第一件事就是把那个前台大学生辞了。大学生一头雾水,看着这个坐在办公桌后头,正点着一根烟把穿着大头皮鞋的脚搭在桌子上的女老板。

为什么?

这个女流氓也太剽悍了吧?

前台咬了咬嘴唇,他听其他人说这个女老板和他的老板打了一架,把老板的爹抬了出来,但后来硬是被打到了住院。可是最后因为这个女流氓缠斗不休,老板现在已经没法在岚梧市的地面上混了。

老板前脚刚走,这个魄力十足的女人拿着他们公司的催款转让合同作为本公司的业务流水证明,从银行贷了十万块钱,交了这个店面一年的房租。

这事,他不但干不出来,还从来没有想过。

他一直觉得,赵捷这个人很厉害,这个行业也很厉害,而且前台这个岗位很舒服,能一直干下去。从这里到家,也就是一碗汤的距离,日子过得很顺心。

他从来没有想过,自己会被辞退。

"你走吧。"金虞看他不走,将杯子重重地放在桌子上,"我看了一下,劳务合同还有两个月到期,但是捷爱催已经倒闭了,工资我肯定不会多发的。你要是想去告我,工商局、税务局、劳动保障局,随时欢迎。"

金虞把烟在烟灰缸里碾了碾,飘出来一缕青烟。

前台吸了一口气,鼻子有些凉,抽了抽,抱着自己的箱子出了门。

麻旦旦问金虞,为什么不能留下这个人?金虞笑,笑起来很可爱的:"接下来我要做的事情,不知道有多少人会来砸场子,这细皮嫩肉的、一看连和人吵架都不会的人,挨了打受了惊吓怎么办?给我当前台,有风险呀。"

空荡荡的店里,就只剩下金虞和麻旦旦两个人。

金虞看着赵捷留下来的人事资料:这就是个火坑,她得在矮子里拔高个,在这些流氓里面找一个人过来当前台看着店。

挑来挑去,没一个满意的。

她索性把这些人的资料一扔,打开网页打算发个招聘广告找个老油条进来:"我这是千年的媳妇熬成了婆,居然也能当老板招人了。"

麻旦旦友情提示:在网上发布招聘的,不是招卖保健品的,就是传销窝招下线的。

悬。

这个当口却是郭蕾芜给金虞打来了电话,说张大发和孙简回到了岚梧市,联系不到金虞。她已经准备好了合同,让孙简直接入职做设计,张大发当库管。但是这两个人居然拒绝了,说要来跟着金虞混。

郭蕾芜有些无奈了,收高利贷有什么好的?捷爱催那么个小破公司,就是维持正常的营收,恐怕只够交个房租。

这哥俩是有多想不开,非要在这种不正规的催收公司干活呀?

电话还没有打完呢,张大发和孙简两个人就挤了进来:"小金鱼呀,我们俩可终于找到你了。早就说了你天生就是收账这行的,我没说错吧,还是干了这行……"

金虞:"……"

麻旦旦像是见到了失散的亲人一般,三个人之前交流过经历,都觉得遇上了对的人。麻旦旦倒买倒卖来历不明的二手电子产品,张大发在工地上偷人家的钢筋水泥卖,孙简刚毕业还不知道卖什么合适,就被家里轰出来了。

麻旦旦一拍大腿："现成的跟班和秘书呀，而且男女搭配干活不累。咱们自己人比那帮子人靠谱多了，起码咱们出事了会通个电话，要跑一起跑。"

金虞："……"

麻旦旦再一拍大腿，就把事情定了。孙简直接坐在了前台的位置，顶了那个大学生的缺。

方星海的电话一催再催，发过来的到期债务的信息比广告推送还多。金虞听着方星海的电话，觉得这就是个讨债鬼。

燕卓尔的电话一催再催，问饿不饿，用不用给你叫个外卖；问累不累，用不用给你订个度假村七日游；问缺不缺钱，用不用给你再送点过去。这是如同初恋一般的温暖，又绵又密，其实背后的意思是，你要是弄不垮美人贷，我就只好把你弄垮了。

燕卓尔说话，总会在黑话外面包上一层金灿灿的糖纸，典型的口蜜腹剑。

金虞从马路对面的那堵墙上抄了个电话号码回来，然后一甩手给了张大发：办证去，一天之内把结婚证、离婚证、土地使用证、献血证、残疾证、艾滋病证、乙肝证……都给办出来。

"这得办到何年何月？"张大发实诚。

"真证跑断腿，十年八年也办不下来，你办假的去呀。记得带个麻袋，打车钱给报销。"金虞转着笔，笑着说。

张大发眼前一亮，拿着电话号码就去办证了。这是个实诚人，他顺手拎了个店里装修完剩下没扫出去的麻袋。

万事俱备，草船借箭，东风将至，火烧八百里连营，即将开始。

金虞有些头痛，不知道是被砸了一啤酒瓶子留下了后遗症，还是被冷风吹的。

"下个月还的是本金，这个月还的是利息。你看你这么多年，读书都读傻了。"凶巴巴的男声，让人听着不寒而栗。

"我们是贷款公司，又不是慈善机构。我们来这里的目的，就是给你介绍一个好干爹。"另一个人的声音更粗一些，夹着过来。

"我真的想还钱，但是我没有钱了。我爸爸下个月肯定会把钱打过来的，你们能不能再宽限几天？就几天。"姚雪的声音期期艾艾。

"几天？你翻翻日历，这才几号呀？"

偶尔有路过的人小声地问一句怎么了，就会被吼一声："欠债还钱，天经地义。这小娘们欠了我们钱,你还呀?"

路人被吓得夹着尾巴狂奔而去。

胆大的还会吹声口哨:"都说欠债的是大爷,现今收债的也能当大爷呀?"

月如钩,似是勾起许多不平事。大学城外面的道路因为铺设下水管道和冬天的取暖管道,被挖得七七八八,又盖上了被打碎的混凝土,走起来那叫一个一言难尽。

传说,有穿着高跟鞋的人摸黑走完了这段路,结果双腿骨折。

眼看着这两个男人就要动手,越发地没有人敢上来。就在其中一个揪住姚雪的胳膊的时候,金虞喊了一声:"好事通知我竟然通知得这么迟?"

金虞拿了一个矿灯过来,一打开,三个人的视线都落在了她身上。姚雪看到金虞,一抹脸,像是饥饿的人看到了面包,朝着金虞的方向扑了过来。

眼看着一百多斤重的肉砸过来,金虞赶紧一闪,然后虚惊一场地拍了拍自己的心口:"我的乖乖,吓死我了。我真的不喜欢女人呀。"

两匹马对金虞的态度不怎么样,而金虞也不太分得清这两匹马。一个马实,一个马奋,真不知道爹妈是怎么给起的名字。

不都是马屎吗?

面对这两坨庞然大物,金虞无论如何都怕不起来。

"怎么要个账都要不利索,还得专门让我跑一趟?"金虞把矿灯丢给两头马里的马奋,一脸胡子像鞋刷一样的马奋不高兴得很。之前金虞是抢了他们的饭碗,现在是直接坐在他们头上拉屎了。

姚雪从地上爬起来,觉得自己要凉:这是什么画风?

蛇鼠一窝?

赵捷的人和金虞,不是应该打得天翻地覆吗?她打电话叫金虞来,说自己现在要还钱,其实就是想让金虞来挨揍。

完了,这是多叫了一个打手来揍自己!

第五十五章
细水要长流

金虞看到姚雪，像是饥饿的大汉扑到了美女身上，颇有些力不从心。

世界上怎么会有这么蠢的女人？

一般厌的人不会犯错，因为没胆子去做能力以外的事情。一般脑子不太够用的人，也不会犯大错，因为想象力没那么丰富。

但是厌货和脑子不够用结合起来，可以产生神奇的化学反应，活生生地把自己玩死。

就姚雪，还想玩借刀杀人？

马实和马奋两个人一摊手，颇有些幸灾乐祸："这妞没钱，我们能怎么着？"你有点石成金的本事你就自己上，使唤我们算什么本事？

方星海突然就和这妞勾肩搭背穿一条裤子，马实和马奋两个人觉得这个叫金虞的女人，肯定是和方星海有了一腿，靠吹枕头风上位的。

但是等到和这个妞打过照面，马实和马奋觉得这个妞可能是靠一双手上位的。方星海八成是在赵捷跟前的时候，也挨了打，被吓破了胆。

所以，他们做事出工不出力，暗暗地等着看金虞的笑话。

"她没钱，她爸妈总有钱吧？她爸妈没钱，她叔叔伯伯们总有钱吧？说你们笨，你们就是笨。"金虞又把矿灯夺过来，跳起来给马实这个肚子吃得结结实实的胖子一个栗暴。马奋后退一步，想要躲一下，但是这个妞的身手实在是太灵活，人猿泰山哪怕身高上占优势也没有躲过去。

姚雪站在一边，直接吓软了。

"我们不是给这个妞介绍工作嘛。娱乐城有兔女郎，洗浴中心有技师，都是钱多事少活不累的好工作，现在念大学都不包分配了，我们借钱还管就业，不是两全其美的好事吗？"人猿泰山马奋摸着自己鞋刷一样的毛，很不爽自己被这么个妞打了，他想动手，但是金虞已经飞起一脚踢在了他的小腿肚子上。

这妞下手都是死劲儿,眼角眉梢都能看见冷冷的杀气。他想不透一个女孩子,身上的杀气怎么会这么重。

笑话,金虞从小到大帮着爹妈杀死的猪没有一万也有几千,没点杀气才怪了。要是能穿上警服,她就是警痞;要是穿不上警服,她就是村霸。

"把个拉皮条的说得这么好听,不怕扫黄打非把你送进去养老?"金虞轻蔑道。

"那你倒说说,怎么办?"人猿泰山吹胡子瞪眼。

姚雪对于金虞反对她当失足女非常感激,只是她的"谢"字还没有说出来,就看到金虞狠狠地剜了她一眼。地上又湿又凉,她自己爬起来,缩在了金虞的身后。

"美人贷的市场份额并不多呀,既没有依托大金融App的小程序推荐,也没有大肆打广告。只靠着贷无可贷的人在应用和浏览器里面搜,不管是现在还是将来,都难成气候。我们就靠着从她们这几十上百个人身上薅羊毛,得到什么时候才能弄出一件羊毛衫来?"在这废旧的工地路边,听金虞这么说话,另外两个流氓不知道她是什么意思,姚雪也是一头雾水。

"女人爱美没有错,但是你一个穷学生,用贷来的钱买几百块钱的口红,几千块钱的洗脸仪,几万块钱的包,这就不在你的能力范围之内了。我建议你,自己去赚钱。我给你个推广提成,只要你做成一单,签下一份合同,就免你一天的利息,还有五千块钱以上逢一千块钱提十块钱的提成,怎么样?"

金虞手里拿着一沓纸,这是和郭蘅芜的御用律师唐律师逐字逐句弄出来的合同。

金虞看过美人贷的合同条款,是真的惨不忍睹。唐律师也说:"现代的这些年轻人呀,看再多的专业书籍,再多的小说和脑残剧,又有什么用?都不如把我国的刑法好好翻翻,找找里面这些发家致富的捷径。"当然,唐律师的意思是要学会钻法律的空子。

人猿泰山嗤之以鼻:"头发长见识短。"

大肚子马实眉开眼笑:"这是资源再利用?"

金虞都不理会:"和女学生要钱算什么本事,我有新的合同,跟我走?"

"这钱,会不会太少了?"姚雪拿着合同,犹豫着不想签。金虞劈手夺过来:"你不签,多的是有人想签。这合同多一个人签了,我也给你一百块钱。"

姚雪这下急了,赶紧又拿过来,她已经被贷款逼得没有办法了。

因为各种各样催收的人接二连三上门,宿舍的人暗示了好几次,不让她再继续在宿舍住下去了。而辅导员和班主任,也和她谈了好几次话。

辛辛苦苦考上的大学,眼看着要泡汤。

合同盖了骑缝签章,不但要骑缝签名,为了保证稳妥,还专门做了一份电子版。姚雪不光要在合同上签字,还要在金虞的手机上再把自己的名字签一遍,用两个食指都摁上手印。

签完之后,姚雪看着自己的手。鲜艳的印泥还带着一股潮湿的腥气,殷红似血,她已经写了四遍名字,摁了两次手印,心灰意冷,如坠冰窖。

她喃喃道:"要是当时借贷也这么麻烦,又要签名又要摁手印,我就不借了。"

"又把信用抵押卖了一次而已,你不是已经轻车熟路?更何况,这次的价格不错得很,起码卖的是你的口才,不是其他。"金虞笑,然后把合同随意地折了几下,装了起来。

马实这个肚子瓷实的胖子和马奋这个人猿泰山眼看着没有便宜可占了,只能跟着走人。临了还不忘吓唬一下姚雪:"躺在床上能挣钱的活儿,我这儿有的是。"

姚雪被吓得肝胆俱裂。

金虞一回头,脸上挂着不羁的笑意,跳起来又在人猿泰山的脑袋上打了一下。虽然她看着凶悍无比,姚雪的一颗心却是放下了。

金虞,才是这几个人中间的老大。

一时之间,美人贷的用户量,像是街头卖保险和卤蛋的一样,嗖嗖地疯涨。其中多半是以贷养贷的那些人,她们无处可贷,之前又不知道美人贷这种东西,眼看着自拍一张的素颜就又能换来几千、几万块钱的额度,都如久旱逢甘霖一样地跃跃欲试。

姚雪的三分心思虽然不能让她把美人贷这狗皮膏药扯下来,但是她在本地的贷款群和论坛里发个帖子,结果一呼百应,每天都能签下来几十单的合同。

就连姚雪自己都很惊讶,居然有这么多的人着急借一笔钱,拆了东墙补西墙。来和她签美人贷的人里面,大部分都有着七个以上的贷款项目,已经到了借无可借的境地。

姚雪甚至于表示自己要从里面再抽一笔服务费,这些人也只能乖乖地签字。

而她发展的另外三个下线,战斗力也相当惊人。他们学着卖保险的上门推销,一家一家的商场铺子走过去。

金虞从未涉足过这个领域,她也不知道自己的这一手会产生多大的影响,就跟了几天。

一个月底薪仅仅两千三的奢侈品店的员工,可能攒半年的工资,都买不起自己负责的专柜的一件夏装。当看起来清甜可爱的女孩子打着兼职推广的名义，一趟一趟地来劝说美人贷就是花明天的钱圆今天的梦时，这些人心动了。

人被逼急了什么瞎话都能说得和真的一样，姚雪对着矮墩墩的卖鞋的姑娘一直劝："人都是先敬衣裳再敬人。我看那些来买鞋的女人，长得也很一般，烧钱来保养，买衣服，加上去旅游、健身，再去品尝网红美食，才把格调生生地给提起来了。要不是有这些，怎么能嫁一个好人呢？

"只要你能嫁一个好人，以后要什么有什么，钱能随便花，坐在家里雇个人做饭享福。大家都是人，凭什么要在最漂亮的年纪过着最贫穷的生活呢？我看你穿这鞋子就很好看。"

金虞在试鞋子，反正她不会买打三折还要一千八一双的鞋子。

这话姚雪敢说，金虞可不敢听，只能拿来骗骗年少无知的小孩子。旅游、保养、名牌衣服，这些动辄几千上万，其实对气质的提升没有多大的帮助，统称为：瞎花钱。

真正的提升，是很累的。把自己的业绩做到无人能敌，把自己的专业课分数提升到奖学金谁也拿不走的程度，靠着超强的自律节食减肥健身锻炼身体提高体能。

前者比较容易，动动手指刷卡就能完成，后者太难了，可能努力个两三年都不得其法。

而人是惰性十足的动物，自然会毫不犹豫地选择前者。

但是那个一直弯着腰擦鞋的姑娘，抬头茫然地看了看姚雪，又低头看了看脚上的工鞋。哪怕是用心地擦过鞋油，还是掩饰不了内侧的胶已经松了的事实。

"这贷了款，真的能少还？"这矮墩墩的姑娘杏眼桃腮，虽然在奢侈品店工作，但是明显涉世未深。

"能呀。现在国家要扩大内需，拉动消费，借一千块钱一个月才还十块钱的利息，免手续费，而且美人贷现在正在做推广活动，如果选择先息后本的还款方式，前三个月还免利息，非常划算的。"

金虞已经又换了一双鞋去试。只有涉世不深的姑娘，才最好骗，她们会认为灰姑娘和王子结婚以后会过着幸福的生活。殊不知，灰姑娘本身是真正的贵族，身份足以和王子匹配。

世界上哪有那么多占便宜的好事呢。

"美女，你买鞋吗？如果不买的话，能不能不要再打扰我工作了？如果被巡查的经理看到了，会扣我工资的。"

矮墩墩的杏眼桃腮的姑娘略显无奈地看着姚雪，姚雪讪讪地拿回自己的

手机。

姚雪还不死心地又问了一遍："你真的不想贷款吗？凭什么你只能在这里擦鞋，而不能穿上这里的鞋子？"

这姑娘看着姚雪，宛如看着怪物，把擦鞋用的一整套工具收起来："美女，鞋子舒不舒服，只有脚知道。我会穿上这样的鞋子，但不是现在。"

卖鞋的服务员个子不高但是站得笔直，明显和姚雪在完全对立的两个阵营里面。

金虞看着有些想笑，又笑不出来。

午后商场人多，不适合继续推销，两个人出来了。

"越是干体力活的，比如食堂打饭的、图书馆擦桌子的、挤两个小时公交车去挣兼职一百块钱的这些人，越难上钩。"姚雪打印了一沓美人贷的合同，放在背包里，沉甸甸的。

金虞挑了挑眉毛，她还真的没有思考过这个问题："那什么人最容易上钩？"

"刚毕业在写字楼里上班的白领，她们最缺钱，又需要置办工资负担不起的衣服和化妆品。"姚雪顿了顿，"还有就是特殊职业者，她们需要买更好的衣服和首饰，来提高竞争力。"

"你还欠多少钱？"金虞问。

"我自己都不知道我还欠多少。"姚雪摇了摇头，拿着手机扫了一眼，眼睛瞬间亮了，"有个约我的，要签五个合同。我先走了。"

说完，姚雪就在路边拦了一辆出租车，紧赶慢赶地奔过去。

金虞心下恻然，低着头，踢着地上的石子。她觉得自己这一手，好像做得有点用力过猛了。但是，这一低头，她就看到了姚雪脚上崭新的粉色高跟小皮鞋。这双鞋金虞也试过。

今年的新款，不打折，四千三！

姚雪趁着金虞上了个厕所的工夫，居然就把那双鞋给买了。

金虞站在原地，盯着姚雪踩着那双鞋，利落地上了出租车。岚梧市本地的出租车分三个档次，起步价分别是十三块钱、十五块钱和十九块钱。档次越高的越舒适干净，十九块钱起步价的出租车上不光有空调，甚至配备了无线网络和小冰箱的饮料。

姚雪冲着金虞眨眨眼睛，微微一笑："女人嘛，就应该对自己好一点。我要去办业务了，回见。"

回见你妹！

这两天跑下来的业务的提成，也不够她今天的消费。

金虞把冻得凉沁沁的手放在口袋里,叼了一根烟,她抽的烟还是十块钱一盒的。金虞干笑了一下,略显无奈。人和人的活法还真是不一样。

"旧的不去新的不来,优胜劣汰,这是自然法则。你们两个好好看看,这妞的业务办得多漂亮,我都想给她干股了。"

方星海抖搂着手里的超薄笔记本电脑:"你们看看,这几天的成交量,有几百个。先息后本,这些傻大姐觉得贷款就是不要钱,到第三个月看到好几千好几万的账单,准保傻。等再过一个月,违约金和本金相当时,你们两个再出手。"

校园推广,最后一公里推广,网吧游戏厅推广,这些办法怎么那么好用呢?方星海觉得金虞就是个人才,这种网络贷款居然还能想到最后一公里的推广。

简直就是传统和现代结合,科技和人工的完美融合。

然后,他就觉得自己经常打交道的两匹马不那么漂亮了:"你们两个人,一天吃的饭光长个子不长脑子?怎么就想不到这么好的主意?"

前期,方星海靠着丽人贷也赚了不少钱,现在会所和游戏厅里的不少兔女郎,就是他这么连哄带骗地给忽悠过去的。

但是不如现在的规模大呀。

"我们又没有上过大学,哪知道学校里头是什么样子。"马实端着一个外卖盒子,里面装着锡纸小龙虾。这肥货正专心致志地舔着手指头,按照他的说法,既然好吃就要一滴不剩。

方星海有些嫌弃。现在是资本的春天,不是小龙虾的春天呀,真不知道在冰箱里冻了半年的玩意儿,吃个什么劲儿。

"世界那么大,我们派这个妞去看看。再说了,大头不都还在咱们手里吗?"人猿泰山马奋拦住了方星海的肩膀,被方星海嫌弃地扒拉到一边。

"也是,物尽其用嘛。现在有些事情,我还不太放心交给这个妞来做。"方星海也点了一支烟,"我查过这个妞的档案,年年考国考年年败,谁知道她是不是还有一颗红心,回头就把咱们扔派出所里头和警察套近乎去。"

"那您的意思是?"马奋一听到要折腾金虞,鞋刷一样的大胡子又硬挺了几分。

"不是有几个失足女上班不太积极吗?让金虞去。你们跟上,一定要把钱都给我弄回来。"方星海咂了咂嘴,"呵,这么大的盘子,我那点家底恐怕都得弄进去才转得动呀。"

两匹马像是在冬天的山坡上找到了青油油的草料一样,口水都快要流下来了。马实一口把小龙虾的汤喝了个精光,巴不得现在就把金虞推到火坑里面去。

人猿泰山和活动不便的球几乎是同时问:"啥时候开始?"

要是她拉皮条被抓了,那么他们就少了一个抢饭碗的竞争对手。

要是她活得好好的还把事办了,那么他们就多了一个能赚钱的好机器。

方星海拿起电话来,美美地吸了一口空气。他觉得空气里现在满满的都是人民币的味道,迪奥小姐和香奈儿五号比起这个简直弱爆了。他觉得自己的飞机头都吹得比昨天美丽了不少。

"就是现在!"

第五十六章
险途多缪缪

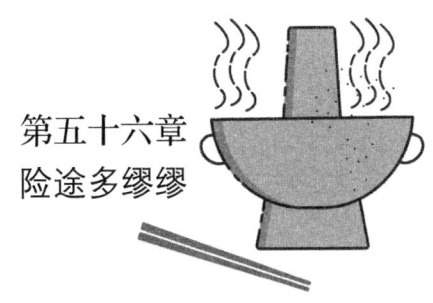

"嗯,嗯,没问题。我觉得你的想法非常好,欠了钱的人就应该赶紧去干活还债,怎么能懒洋洋地坐着呢?"

金虞微笑着,方星海说什么是什么。如果此时此刻方星海是台上讲话的领导,那么她就是在底下奋力带头鼓掌的小狗腿。

她难得清闲,把店里原本雇的流氓都遣散了,美其名曰:给方星海省钱。其实是她不想带着一帮子人像鬼子进村一样地去要账。扫荡一遍,人家家里还能过吗?

那不是她的风格。

留下马实和马奋看着店,金虞假公济私地和顾非喝了个咖啡。办了这么多恶心的事,她也很需要心理按摩的好不好?

现在尤其需要叫个赏心悦目的帅哥来洗洗眼睛。

"谁?"坐下之后,顾非一言不发,唇线紧抿,漆黑长眸里寒光闪闪。少年英气的顾非虽然老成持重书卷气很浓,但总是笑眯眯的,待人和气得很。

而现在很明显,顾非在生气,视线总是飘向别处。

喊,我和你个小破孩计较?

"上天又派了一个傻子来考验我。"金虞跷着二郎腿,手撑着沙发,被开瓢的脑袋上依然缠着一圈一圈的纱布,被她戴了一顶帽子遮盖起来。她的嘴里还塞了一根棒棒糖,说话有些含糊不清,神采奕奕地看着顾非。

金虞这样的人,从来不需要安慰。

池清源说,她不靠撒娇活,靠耍赖。

一杯咖啡喝完,顾非再没有说一句话。他叫了服务生付钱,但是被金虞抢先。顾非说:"原本就应该我来付钱。"

"但是是我想要,所以我应该自己付。"金虞把咖啡钱连同小费都放在了杯子

旁边。

"AA？"顾非不悦。

"这一次是我点的，所以我付。下一次你点，你付。有来有往才好。放心，我真的不是英雄，一个人付不起太多。"

金虞把钱塞给了服务生，服务生去找零，还说："姐，好嘞。"

姐，指的不仅仅是年龄，还指江湖地位。

服务生认为金虞的气场强大，理所应当地由气场强大的那个人来付钱。金虞微微点了点头。此时此刻，她已经不再是顾非很早以前遇到的那个为了一笔佣金在人家的商场里撒泼打滚，刁蛮得一眼看过去就是个女流氓的人了。

坐在这里的这个女孩子，隐约已经有了能够撑起一个场子的气度。现在，在这种消费档次的咖啡厅里，她目不斜视，还能吸引其他男性的视线，会好奇她所从事的行业。

相由心生，没有人能全天候伪装成另外一个人而不着痕迹。

顾非虽然一言不发，但还是端起杯子来，对着金虞举杯，一饮而尽。

他说："下一次，一定让我来付。"

顾非没走，金虞却留下一个笑脸，忙不迭地撒丫子就跑，还说着："你看我现在当老板了，业务忙得很，就不和你喝咖啡了。下次见，下次见。"

顾非已经凌乱了，没有问金虞接下来要做什么。当然，估计问了也是白问。但是，这不代表警察就没有办法了。

美人贷的用户增长得很快，靠着传销拉人头的方式扩大。这个信息让整个经侦局都很震惊，甚至于省厅的领导也过问了，暗地里提示：他们让经侦局的人打压高利贷，不是让他们添砖加瓦。

经侦局的人表示，自己都找不出表情包来表达自己的心情了。

金虞刚刚挨了打，就连池清源都不会去找她的麻烦，手里握着厚厚一沓资料，里面是历年来和捷爱催有生意往来的人的名单。盘根错节，很多不是金融行业的人，也参与了放贷。

资本乱象横生，和这些比起来，美人贷那单笔最多几万块钱的交易，根本不够看的。

经侦局选择，当没有看见。

王者蹲在麻旦旦的二手电子产品店里，展示着一大把令人眼花缭乱的游戏外挂，比如麒麟臂，能把在天上的飞机拽下来，比如拐弯子弹，打出去的子弹能追着拐进巷子口不见的人一枪爆头。

这都是有市无价的好东西，麻旦旦的口水都快要流出来了，比去会所里找技师还兴奋。

"旦旦哪,你也知道,我是个警察,最讲信用了。你告诉我,我就把这些市面上没有的好东西给你,怎么样?"

王者循循善诱。金虞的嘴和铁焊的一样,没有人能从她的嘴里套出消息来。并且她的行动太诡异了,想要从她的上一步推测下一步基本不可能。

一想到这妞不声不响的,就能把自己整得开了瓢,经侦局的人就觉得有点心肌梗死,比喝了三聚氰胺得了结石还难受。这种事情,坚决不能发生第二次。王者把令人眼馋的外挂一个个又演示了一遍,打算用这十个琳琅满目令人动心的外挂,来换取金虞这个狐朋狗友的信息。

王者觉得自己都快要变成卧底了,他操纵着M16的黑枪打得溜极了,敌人还没有反应过来,就倒下了。

这是玩枪战游戏的人梦寐以求的神仙外挂呀。

"你看你咋这么羞涩呢,直接去问金虞不就结了?"麻旦旦有些嫌弃,但是又舍不得这些外挂,他当着王者的面给金虞打了一个电话,"小金鱼,咱们晚上干什么去?"

"大保健呗,咋了? 我正要通知你呢,你的电话就打过来了。"

金虞脆生生的声音像是嘹亮的号子,王者觉得自己的耳膜被扇了两个脆生生的巴掌。金虞好意思说,他真的不太好意思听。他挑了挑眉毛,咳了咳,麻旦旦心领神会:"好嘞,晚上不见不散。"挂了电话,他就一脸兴奋像嗑了春药一样地和王者说:"你看,我也这把年纪了,一直单着,说不定就解救失足妇女改邪归正了,你可不许破坏我解决个人生理和心理问题。"

王者觉得头疼,摆摆手,打算出门:"你当我没有来过。"

麻旦旦一拍大腿,跳下床,一身肉甩着:"我的外挂!"

王者脚步不停,声音飘过来:"我说了,你当我没有来过。"

星光不问赶路人。麻旦旦特意换了一身衣服,到了集合地点。马奋和马实已经到了,马奋这个人猿泰山还带上了充电电锯,扛在肩上就是《德州电锯杀人狂》的翻版,配上那鞋刷一样的大胡子,看起来更凶悍了。马实拿了一叠口罩,见他过来特意给发了一个大号的。

生人呀? 不过麻旦旦不认生:一起同过窗,一起嫖过娼,一起扛过枪,就是兄弟了。他和两匹马握手,搞得和领导下基层似的。

两匹马明显和麻旦旦更臭味相投一点,起码他们三个人的体格加起来就能搞得地动山摇的。金虞往旁边一站,简直就是根电线杆子。

金虞拍着麻旦旦的肩膀:"哥呀,今天晚上就得靠你了。"

"那是当然,这种辛苦的体力活都交给哥。"麻旦旦自夸,相当得意。不过,在座的几个脸色都不太正常。

尤其是马实这个明显没有麻旦旦灵活的胖子,气倒是挺粗的,一口把脸上的口罩喷出去老远,大笑不止。人猿泰山扛着电锯笑得发抖。

完了,看来不是上床,是上了贼船!

麻旦旦眉头一皱,八成是真的要去解救失足妇女了。这种体力活,打死他都不想干呀。早就习惯了偷奸耍滑,麻旦旦见势不妙,脚底抹油就想溜。

金虞把他抓了回来:"一样的,一样的。靠着大保健赚来钱,再去大保健。"

"不不不,哥大姨夫来了。"麻旦旦像是拒绝王者一样地拒绝了金虞。警察和流氓,第一次在这个世界里做到了人人平等。

"别怪我有发财的门路不惦记你。咱们走!"金虞一跺脚。既然麻旦旦不跟上,她就不要了呗。

但是她这一走,麻旦旦又颠儿颠儿地滚了过来。这软萌的胖子是金虞见过的手脚最灵活的胖子,每次一夸,这家伙就得意忘形。

金虞这人什么都吃,就是不吃亏,什么东西都能在她的手里变成钱。

麻旦旦是真的怕自己错过发家致富的好机会。

"咋了,妹子你是真的想要去救这些欠钱的人?我告诉你,没什么用。苍蝇不叮无缝的蛋,她们要是早点儿有不瞎买的觉悟,根本就到不了这一步。老子对她们最大的同情,就是给她们心理和物质的双重资助呗。"

把包养女大学生说得这么正义的,也就麻旦旦一个人,别无分店。

"对对对,我最大的愿望就是能给她们精神和物质的双重关怀!"马奋这个人猿泰山像是遇到了知己一般和麻旦旦勾肩搭背。

"能靠着买买买把自己逼到这绝路上的,都是刹不完手的千手观音,我就算是如来佛祖也救不了她们呀。不过咱们倒是能发一笔小财。"

咋发财?

金虞把一众人聚一块,开始布置任务。时间紧任务重,咱们先干为敬。马奋的脸上露出憨厚的笑容,马实的脸上露出纯洁无瑕的稚朴笑容,麻旦旦的脸上露出猥琐的笑容。

他们的口径一致:"绝了呀!"

岚梧市一到开春,海边一排排的星级酒店和小旅馆就满了。成千上万的游客千里迢迢来看惊涛拍岸、卷起千堆雪的奇景。海上日出波澜壮阔,又有大江入海流的神奇景观,大江之上千帆竞发,海鸥云集,也是其他通商口岸少见的奇景。

只要有人的地方,就有最古老的职业:卖淫。

各种档次不一的会所、发廊数量不少,都潜伏在正规的招牌底下。金虞在地面上混了五年,每个月连两千块钱的固定收入都没有,当然不可能有进入这些酒店宾馆的渠道,但是她搭上了方星海的线。

夜幕重重,就是最好的掩护。

三个人从一辆破旧的面包车上下来,麻利地戴好口罩。马奋把电锯扛在肩膀上,麻旦旦挺着腰走在前面。马实留在车上,观察着四周的情况,给里面的人放风。

宾馆前台小姑娘裹着厚厚的羽绒服睡得正香,根本没有发现这三个人大刺刺地上了三楼。

楼道装着声控灯,三个人没有敲门引起不必要的声响。金虞用手机发了一条信息,标号302的房间门立刻开了一条缝,探出来一个岁数不大脸上却有两斤粉的女孩。

小姑娘胆怯地指了指浴室,里面的人正在洗澡。麻旦旦一屁股把门关上了,马奋将电锯一开,一脚踹开了浴室的门。这给力的电锯声音比装修用的还厉害。

赤条条的男人一下子傻眼了。

他拿着一块毛巾,不知道应该挡哪里,喊着:"你们是谁?我要报警!"

在狂悍的电锯面前,这威胁没有一点用。

隔壁的只会认为这个房间的战斗比较激烈,除非脑子被门夹了,才想要参与进来。

麻旦旦是个身强体壮易把别人推倒的胖子:"你把我妹妹怎么了?我告诉你,警察来了也没用。你把我妹妹拐骗来这里,想干什么?你给我出来。"麻旦旦不光嘴上厉害,手上也没有闲着,三两下就把这个人给拖了出来。

敢反抗?

马奋的手里可是电锯。这玩意被发明出来以后,原本需要一个伐木队才能解决的工作量,现在只需要一个人。

他的脖子比木头还结实?

这男人哀号着被拖了出来,腰上搭着一条浴巾:"我怎么那么冤哪!我保证,我这是第一次,第一次呀!"

"你瞎呀,看不到我妹妹QQ的资料上显示未成年吗?"金虞反手就是一个耳光。其实那小姑娘脸上敷了两斤粉,谁知道多大了。

但是趴在地上的这个家伙,真不冤。

"我们是真心相爱的……"

话没有说完,又挨了金虞一个耳光。这一耳光,看得马奋的脸上直抽抽:有这手劲的,绝对是真正的流氓,如假包换。

普通人,没这胆子呀。

马奋掂量了掂量,他和马实两个人加起来,也想不到这么损的招呀。他们只能想到把人带到会所里去做某些不能描述的服务,想不到还能跳大仙。

金虞能给他们带来钱,这是个真正的人才。

"我呸,认识够两个小时吗?还真心相爱。你看看你,手机里面还有讨论交易价格的记录。不行,必须报警。"

金虞说着,大义凛然地拿出了手机。她一说报警,就堵死了对方也想报警的念头。

"嫖娼,拘留十五天再加罚款。强奸幼女嘛,起码得两三年放不出来了吧?"麻旦旦煽风点火,胖子擅长变脸,一惊一乍地把这男人吓得差点哭出来。

"多少钱?我给。千万不要报警。我有老婆孩子,千万不能让孩子知道这事……"普通人除了缴纳交警开的罚单,连派出所在哪儿都不知道。

"多少钱?"金虞问。

"五百,五百行不行?"一问钱,这人也醒悟过来了。这是遇到了仙人跳,但是不管人家怎么跳,他都跑不了了。

"这够干啥的?"金虞抬手又要打,那凶神恶煞的脸,连人猿泰山马奋看着也觉得吓人。

"全给,全给。"

挨打疼,但是脸面上下不来心里更疼。这人不想再受辱,忙不迭地把自己的钱包抖搂了出来,里面有三千多。他又从微信里转了两万。

四个人拍拍屁股走人,扬长而去。出门以后又把口罩戴上,才进了电梯。

"现代社会好呀,实现了共同富裕。"马奋感慨着,一激动,把电锯的开关给摁开了。麻旦旦和马实两个人立马跳起来,对着他混合双打。到底是一个小时就弄到了这么多钱,打闹中都洋溢着欢乐的气氛。

马实和马奋两个人,已经把金虞当成了摇钱树,至于之前的嫌隙,在听到手机支付转账那一刻响声的时候,已经消失得无影无踪。

那看起来娇滴滴的姑娘凑了过来。金虞点了根烟,逆着风,随口问道:"你在美人贷欠了多少钱?"

"两万。"小姑娘低着头,不敢看金虞的眼睛。

"我查过你的履历。你爸做手术,你往家里送了两万,家里另外又借了三万的高利贷。"金虞狠狠地吸了一口烟,"还了吧。"

小姑娘忙不迭地赶紧把手机掏出来,手指发抖地进行操作。然后,她小心翼翼地问:"我能不能跟着你们去干活?"

眼看着另外几个人凑过来,金虞反手一个巴掌打在了小姑娘脸上:"有多远滚多远。再让我看见你在这行混,我见一次打你一次!"

小姑娘被打得有点蒙,不过她立马理解了金虞的善意。

"金姐。"这姑娘楚楚可怜地对着金虞喊。

"放心,这人衣冠楚楚的,一看就是在社会上有头有脸有地位的,你不用担心他找你的麻烦。他还怕你突然冒出去坏了他的名声。不过你也记住,如果没有我们,光靠你,毛都敲不出一根来,还会被人拐着卖了。"

"叫你回去你就回去,废什么话!"麻旦旦和马奋三个人聚过来,凶神恶煞得很,烟圈吐了她一脸。这妞吓得转头就跑。

金虞上车之前,看了一眼那姑娘。她是唯一一个在监控摄像头底下露面的,就算是仙人跳,也不能跳狠了。

金虞又摇了摇头。路很长,太长了,她自己的路都不知道在哪里。

"嗨,咋了?两万块钱都让她拿走了?"马实摸了摸肥厚的肚子,想要打金虞,但是一想到她扇人耳光的剽悍样子,又不敢打。

金虞像是后知后觉一样:"怎么,方总不就是让我带着这些人赚钱还钱吗?"

马实和马奋两个人像是心头肉被剜了一样。两万块钱,这得多长时间才能赚得出来?他们一左一右,痛心疾首地告诉金虞:这属于咱们的劳动成果,不能再白白给人了。

四个人挤上了小面包车,奔赴下一个战场。马奋把电锯放下之后,给方星海发了个消息。原本在睡觉的方星海看到了消息,兴奋地拿着手机亲了又亲。这人能用呀,比想象的还有用。

第五十七章
瓜前不纳履

市区的三星级酒店,其实比不过郊区的精品酒店,但是价格上贵了三倍。随手用酒店App看一下价格,都是千元起价。

"如果是在两百块钱的酒店里吃鸡,价格在一千块钱。如果是在一千块钱的酒店吃鸡,价格在三四千。现场是现金交易,我估计这人的兜里起码有五千块钱的现金。"麻旦旦搓着一双肥手,眼里闪着光,口水都快要流下来了。

对于麻旦旦的判断,二马深以为然。

"行家呀,原来你也是老嫖呀。"两个人像是找到了组织,激动地握住了麻旦旦的手。

"那是,哥是个玩数据的,对三围比例深有研究。那边照片一发过来,我就能看出来有没有修过。靠这个讲价,从来没有失过手。"作为一个倒买倒卖数据的肥宅,麻旦旦长时间混在网上,现实中认识的朋友还没有外卖小哥多。

三个人恨不得纳头便拜,桃园结义。

金虞满脸黑线。她把烟圈吐在三个人的中间:"社会的进步和发展,就是建立在对我们女性剩余价值的剥削和压榨上吗?"

"不不不,妹子呀,一看你就是个不会享受生活的。现在男女平等了。等忙完了这一天,哥给你点个帅哥,霸道总裁、青衫少年、风流公子,随便你选。今天晚上要是日收过万,哥给你点两个龙精虎猛的。"马奋说得手舞足蹈。

这话,金虞越来越没法接了。

她想起来,池清源和顾非一开始看她的眼神,充满了一种来自男性世界的歧视。她一开始是相当不服气的。

男人了不起呀?

你们的活儿,不还是靠我干嘛。换个人你试试,谁有我这效率?

原来是因为这街上捡的都是流氓呀,吃喝嫖赌样样全,一个比一个恶心。

车一停，四个人下车。马实把金虞和麻旦旦拦住了："方总不让你们去了，说我们更有经验。你们就在车上等着分钱吧。"

"喊，谁知道你们是拿了一万还是一千。"麻旦旦肯定不同意，好不容易找到在现实世界打劫的乐趣。他已经当了十几年的键盘侠，腻了。

"不不不，我们不带小金鱼，带上你。"两匹马已经把麻旦旦当成了自己人。

金虞抽了抽鼻子，对着两匹马打了一个惊天动地的大喷嚏："我呸！我才不稀罕那几个钱，方星海就是个混蛋。"

方星海还觉得金虞是个傻子呢，两万块钱全给小姑娘还贷款了，心疼死他了。

"哥帮你盯着他们，该你收的，一分钱都少不了你的。咱们分完剩下的，再给那些倒霉的穷鬼还账，毕竟还得靠她们的脸去骗这些男人。"

麻旦旦一听自己还能继续参与，爽爆了，已经颠儿颠儿地站在了两匹马的身边。金虞气得干瞪眼。

已经到这个年纪了，懒于吵架，除非有好处。

"滚。"金虞骂了一句，自顾自地拿出手机来，把座椅放下来开始玩。另外三个人，暗戳戳地从侧门进了楼。

金虞看着三个人进了楼门，吐出来一口浊气。

方星海，这人可真够损的。金虞托着脑袋想了想，跳到驾驶座上，一踩油门，一打方向盘，车在原地画了一条完美的弧线，利利落落地沿着大路一溜烟地跑了。

一边开着车，她一边哼着歌。

"妹子，你怎么把我们的车开走了？你不能为了尊严连钱都不要了呀。我们很需要你呀。"十几分钟以后，马实给金虞打来电话。

"我以为你们已经不需要我了。不说了，我自己去找个帅哥泻泻火。"金虞把手机一挂。

那边三个人也没有太生气，少一个人还少一个分钱的。这一百来块钱，就够从岚梧市的这边直接打车到对岸去。

"靠，方总从哪儿找来的奇葩？"马实这个胖子行动不灵活，但是打嘴炮溜得很。

"走走走，少带个娘们，大保健起来也不会碍手碍脚。"麻旦旦一左一右，带着两个哥们在路边拦车，准备奔赴下一个拿钱的地点。

后面跟着的那个水蛇腰的女人，早就溜得没影了。

方星海得到了消息，笑出了内伤。看不出来，金虞这狠人这么有性格。他很喜欢呀，只有这种人的脑回路才和一般人的不一样，能弄出来更多的钱。

原本已经睡下，有事享乐没事养生的方星海又穿好衣服爬起来，郑重其事地给金虞打电话。

此时，金虞正站在江边，给池清源发消息。

池清源在值班室，因为没有大事，也准备要睡了。国家部门八点上班，八点以后签到的，都算迟到。而社会上的私企九点以后打卡，十一点以前都不算迟到。地痞流氓晚上八点以前聚头，没来的不分钱。

原本，池清源准备养足精神，他要出一趟远门，赶第二天早上的飞机，出差去另一个城市。但是现在，他驱车前往江边去见金虞。

这已经超出了池清源的理解范围，他有些复杂地看着金虞："仙人跳？"

"池局，刑法我翻得也很熟。我知道你觉得我在违法，但是我没有办法眼睁睁地看着那些比我小很多的女孩子，被这些钻空子的小额贷款缠上。我手里有几百份美人贷用户的资料，其中一半人还不上钱，三分之一的人被方星海他们怂恿着进了KTV、会所、洗浴中心或发廊。"

金虞向来落拓，没个正行，但是她头一次在池清源的面前，站得笔直。

迎面而视，眼神锐利。这种自信和傲气，像是人中翘楚，没有因为池清源的质疑和他经侦局局长的身份就退缩半步。

这是她心里的坚持。

"可能在派出所的民警还有经侦局的办案人员的眼里，这些借钱的女孩子都是活该，虚荣自私，已经不是单纯可以形容了，而是蠢。但是我和她们直接打过交道，有过朝夕相处。不是所有人都纯白无辜，也不是所有人都罪无可赦。

"有些女孩子从很偏远的地方来，身上穿的衣服可能是哥哥姐姐或亲戚的旧衣服，在网络普及的现在还用着只能打电话和发短信的老人机。一个宿舍里有四到八个人，除非颜回那样的圣人，才会一箪食一瓢饮都可以悟道吧？"

池清源有些意外。金虞这种张嘴"尼玛"闭嘴"卧槽"的，还能说出这种话来？

"好歹我也是个大学生。"金虞翻了个白眼，人设这种东西不能立。颜回这个例子吧，也不是她从书上看来的，而是周雨彤这个学霸说的。

"池局，你没有在学校和年轻人聚集的群论坛里待过。你们这些体制内的单位，一年四季穿工作服和工鞋，再加上涂脂抹粉染头发都会被视作作风不正，不能体会这个越来越变化的社会，也不能理解学校里的贷款是怎么无孔不入的。

"食堂，厕所，连课桌上都贴满了广告。那些贷款平台大力发展学生作为学校校园贷的客户经理，其实就是利用了学生之间的信任，来拉一个宿舍、一个班、一个系、一个学校的人。学生之间的熟人数量远比社会上同事之间的多，而且之间的关系也要比社会上同事之间的单纯。这个空子很好钻的，就像我之前卖保险，说得云遮雾罩的，其实我自己也搞不明白出事后到底能赔多少钱，是个什么样的流程。只要送点床单鸡蛋水杯这些礼品，就会有人想要买。而学校里也是这样的套路。

"比如用五毛钱买五块钱的话费，比如用一块钱买九块九的棉拖鞋。你信我，学生比你想象的穷多了，现在吃食堂一个月也要七百块钱了，而家长一般一个月只给一千五上下。普通家庭出来的孩子，普遍也是喜欢占点能占的便宜，赚一点小钱。"

"在这样的情况下，很容易就会被这些贷款平台带到坑里去。"

金虞掰着手指头，一二三四五，全给池清源说了一遍。

"这些东西，没有真正体会过，根本就发现不了。你们坐在办公室里，看到的是已经被整理好的视频文件和纸质文档，无论多么一身正气，都没有办法感同身受。"

池清源听着金虞的话，看着波光粼粼的岚江水，一言未发。时代发展，泥沙俱下，现在的社会已经和二十年前他进入警察队伍时不一样了。

"我当警察的时候，比你的年纪小得多。那时候还去山区办案，多的是群众的牛羊被偷了，一家人哭天抢地。只要我们能把小偷抓住，群众就会敲锣打鼓地给我们送锦旗。后来，经济腾飞，我们的对手成了坐在办公室里渎职的官吏和国企的高层，调查的是被转移的资产。再后来，技术进步，我们办了不少网络诈骗案，要和派出所及其他部门配合，从网上寻找蛛丝马迹，再通过银行和储蓄单位找钱。"

"这么多年了，社会的巨变带来的不只是物质生活发展水平的变化，还有实打实的作案手段提升、办案越来越难的问题。但是这么多年，我们的公安队伍，也从来没有因为案子难就退缩过。"

说到这里，池清源也觉得自己有点像在开会，他嘴角不易察觉地弯了一下："人心太散了，队伍不好带呀。"

"那我让人仙人跳去，总比让这些小姑娘去会所里卖强得多吧？你当那些嫖客是什么好东西？我觉得这些小姑娘还能挽救一下。"金虞撇撇嘴，相当嚣张。她点了一根烟自顾自地拿在手里，没有给池清源发烟。

"蓬生麻中，不扶自直；白沙在涅，与之俱黑。"池清源缓缓地说。

金虞眼中一亮，了然于心。当官的就是害羞呀，一句肯定的话都不能说出来。金虞眉飞色舞，又恢复了嬉皮笑脸没个正行的样子。

"池局，我当你默许了我的做法。"

"不不不，你当我今天晚上什么都不知道。"池清源摆了摆手。这一次，笑意到达眼底。

反正一大摞的资料都在金虞手里，那些欠了美人贷的，都收到了短信，在工

作中收到了电子平台转账,优先还款。

能不能自救,能自救多少,就看她们个人的运气和本事了。

毕竟,在这个世界上,如果自己不想站起来,一群人都没有办法把这么一坨地上的软肉给抬起来。金虞自问头发都掉了一大把,才想到了这样的办法。

不用去卖笑,还能把这个通天的窟窿堵上。

合情合理,就是不合法。

"无所谓了。反正我从小到大,快三十岁的人了,除了幼儿班里人手一张的好宝宝奖状,什么表扬都没有得到过。我只要能得到吃饱穿暖的实惠就行了,说什么都是虚的。"金虞如是说。

麻旦旦发过来一条消息,说钱文雯还了一万三,是她欠美人贷款子的一半。

金虞展颜一笑,然后把消息删除了。

这大概,就是她披星戴月星夜而来最好的奖赏。一个人可以做错事,可以走弯路,可以年少轻狂年少无知,但是最终一定还会走回正途来。

"行,那我就不表扬你了。"池清源摸了摸自己兜里的烟,还没有拆口,是专门买来打算出差时发给外地同事的。

他拿出来,直接丢给了金虞。

金虞眼里一亮:"谢谢。"

池清源转身就走。仙人跳,解救失足妇女,还钱。这一环扣一环的,亏这个妞想得出来。池清源仔细地捋了捋这其中的关系。

呵,这小妞一共拿了那么几百块钱恐怕最后就算这帮人被端了,脏水也泼不到她的身上。

社会真是一所好大学,分分钟教人学做人。五年,还真没有白念。今天的这个情况,不管是王者、顾非,还是省厅其他部门的人,无论如何都想不到这样的解决办法。

池清源还是忘不了敲打金虞一下:"你可记住,想要当警察,就不能违法乱纪,尤其是不能在你的档案上留下黑案底。但是你办的这事,也很不光彩,别说给你送锦旗了,说出去也丢人……"

瓜前不纳履,李下不整冠。

把不要用非法途径搞钱和一定要和违法犯罪划清界限说得如此动人的,也就只有眼前这位经侦局局长了。

"那你什么时候给我发钱呀?"金虞的大眼睛一闪一闪的,长长了的头发被风一吹,柔软如初春的杨柳。

和池清源比起来,她到底还是个年纪小了许多的孩子。

池清源笑,指望这个妞能大义凛然地当盖世英雄,还是算了吧:"按期发放,你再等几天,就快到发薪的日子了。之前要走保密程序,你也知道咱们有关部门的办事效率,所以上个月的和这个月的一起发放。"

金虞高兴地跳起来,像是一尾鲜艳的锦鲤跃出了水面。

池清源意识到,认识这么长时间了,还是第一次看到这条滑不溜秋的泥鳅这么高兴。其实钱没多少,可能还不如她收账一次的收益高。

但是金虞高兴得像个孩子一样,反反复复地叮嘱池清源,一定要按时按量地把钱发给她,千万不要忘了,一分钱都不能克扣。这可都是她辛辛苦苦挣下来的血汗钱。

方星海一本正经地约了金虞,还专门吹了个飞机头,恨不得晚上敲定第二天一早就能实施。他说有几百万的大生意要谈一下,还要去找个嗨皮的地方。金虞也一本正经地拒绝了这个飞机头:"嗨什么嗨,我要睡觉!"

方星海还没有来得及说出"睡什么睡,起来嗨",金虞就已经挂断了他的电话。他对着镜子里的自己发了半天火,见过有人拒绝美女相邀,但是从来没有见过有人拒绝上门的钱的。

这妞,是朵奇葩呀。

池清源奇怪,明明目的就是接近方星海,把这些比电路板还错综复杂的资本线路搞清楚,为什么金虞要拒绝呢?

"人对于轻易得到的东西,从来都不会珍惜。你信不信,如果女人都同意裸婚,不要彩礼,不要房子和车子,离婚率要比现在还高?因为没有付出,就不会有人去珍惜婚姻了。"金虞如是说。

"我以为你要说刘备三顾茅庐,多走几趟才能让诸葛亮看到诚意呢。"池清源看了看表,已经是凌晨时分。

"不不不,解决问题的方式,一定要简单粗暴,才是最好的。"金虞摇了摇头,垂下眼睑,反复看着方星海的来电显示。她已经在想下一步的路数了。

至于池清源想知道,那就让他猜猜看吧,反正她是不可能说出来的。

有些路只能一个人走,才会被上天选中。

池清源离开的时候,脚步轻了许多,只觉得心里畅快。而他这次去出差,将要面对的是一个棘手的烂摊子。

岂曰无衣,与子同袍。

有金虞这样的人并肩作战,大概用不了多少时间,局面就会焕然一新吧。

星垂平野,月涌江流。

金虞把车停在巷子口，手里拿着一串钥匙，往里面走。窄窄的巷子里到处都是乱搭乱建的广告牌子，手机贴膜、十块钱理发、四十五块钱的电脑房，应有尽有。

弄了一口铁皮汽油桶改装成炉子，里面炭火通红，老大爷用这个烤红薯，双手缩在袖子里，在湿冷湿冷的空气里直跺脚。有下班的小姑娘停下来买一个，大爷掏出手机来，露出满嘴豁牙问："姑娘，支付宝还是微信？"

这片儿没有放出拆迁的风以前，家家户户都把房子盖了六七层，一层有十来个房间，每个房间收四五百的房租。自从听说要拆迁，新起来的房子只修到三层，上面空出来一大片做了一半的工程。因为在岚梧市，拆迁只补偿三层的面积，再往上只按市场价补偿工本费。

大部分房东已经在市区其他地方买了房子，不住在这里，所以楼道里堆满了垃圾，声控灯坏了都没有人管。

月租三百块钱的房子，只需要交一百块钱的押金，这儿几乎就是给穷人量身定做的好地方。邻居们三教九流都有，从失足女到备战考研的，从刚上班的小白领到肥宅老油条。而且，你永远想象不到下个月你的邻居是谁，更换的速度太快了。

金虞上楼的时候，没有用手机照明，她在心里默默地数着步子，在黑暗里准确无误地摸出钥匙来开门。有段时间交不起水电费，她就习惯了每天数着步子进门，然后躺在床上培养睡眠，连手机都不敢玩。

这以后，她每换一个地方，都能在闭着眼睛的情况下进出。

锁在钥匙的旋转下动了两圈，轻轻一推，门就开了。金虞的手有瞬间的凝滞，迈进去的脚步堪堪弯了一个不易察觉的弧度。

她不是想跑。

她是拉开了弓马，打算打。

金虞这种硬杠硬的人，遇到南墙只会想把砖头撞塌了冲过去，到了黄河边上只会想把黄河填平了踏过去。

杠到底，谁也不怕。

作为村霸的女儿，在黑吃黑这方面，有着天下舍我其谁的自负。

笑话，她不欺负别人就算不错的了，还有人敢来欺负她？更何况，这里是她的家呀，居然有人敢藏里头？要是现在跑了，她以后还能有勇气回来吗？

这么一群暗暗窝在她家里的人，肯定不是什么好人，闷坏闷坏的。金虞还真的不怕。窗户没有关，迎面扑来几道不同的气息。

第五十八章
舍熊掌取鱼

"哎呀!"金虞像是脚扭了,弯了一下腰。她扶着门框,楼道里还回响着其他邻居家电脑游戏的声响。

屋里的几个人没有动,却在等着金虞进门。

下一刻,金虞抄起鞋架上的扳手来,朝着里面扔了进去。只听见一声吃疼的"哎哟",一个壮汉的声音响起来。开灯的瞬间,所有人都被刺眼的灯光刺激得动作慢了半拍。金虞虽然早有准备,但是她的赤手空拳还是比卫生间里那个人拿的拖把杀伤力小了不少。

一个人一脚把门踹上,另一个人远远地拿着拖把从她的脚底横过去,还有一个人拿着椅子砸过来。

这相当于一个凡人和千手观音打架。金虞撩阴腿直接踹到了对方的裆下,对方拎着的扳手掉在了地上,人趴在地上像个大虾,弓着腰一句话都骂不出来。

再加上之前的一扳手砸在了另一个人的肩膀上,金虞已经干翻了两个。

但是这么小的屋子里,还有三个人。

门已经在身后关上了,退无可退。刚进门的优势也没有了,对方上来两个人,一个人打上面,一个人攻下面。金虞脚站不稳,一屁股靠着门坐了下来,另一个人拿着笤帚直接在她的脸上扇了一下。

火辣辣地疼。

金虞被这一下打得彻底没了脾气。

岚梧市冬天的风顺着自北边下来的岚江长驱直入,一点不比正宗的大西北风差。但是和这一笤帚刮脸上的痛相比,冬天能把人的大姨妈刮成毛血旺的西北风,真不算什么了。

金虞瞪着领头的那个人。

两个人把金虞的肩膀摁住,那个领头的小矮个拿起笤帚在她的另一边脸上

又扇了一下。

金虞一把抓住了笤帚，直接把小矮个拖过来，冲着他的嘴砸过去。

就算一头鲜猛的活猪她都能摁住，更何况是一个没有她高的男人。像她这种人，找男朋友就是为了在自己动手维修下水管道的时候，能有人递个扳手。

两个人见势不妙，赶紧把笤帚夺过来，但是那矮子一张嘴，血就流了出来。这矮子现在真的怀疑人生了，三个人围起来，对着金虞一阵拳打脚踢。

"靠，你个拉皮条的还敢袭警？"

"丫的活腻歪了？"

……

袭警？

打警察？

金虞被捞起来，又挨了一巴掌。那矮子把一个蓝皮的证件甩在了金虞的脸上，金虞非常不负众望地又喷了一口口水在那人脸上。

"我就喷警察了怎么着？"金虞瞪着眼睛，要不是被摁着，她还能扑过去继续打，"我就不相信了，警察还能把我这种守法的人怎么办了。你们闯进我家里来，还有理了？我要告得你们把身上的这身衣服扒下来。"

"招嫖有理？我们已经掌握了你聚众卖淫的证据！"那矮子嘴虽然肿了，但是不影响说话。

金虞觉得自己脚下有点软了。那矮子还拿出了不少她和姚雪几个人聚在一起的照片，还有几张，是几个女孩子衣衫不整穿着清凉地蹲在墙根。

金虞当时就觉得脑子轰一声炸开了。她也蹲在地上，一时之间只觉得血气上涌，头有点晕眩。这些照片让她眼花缭乱，一个字都说不出来。

池清源的飞机落地，立刻乘坐警队的专车，前往抓捕现场。因为是跨地区多警种办案，在会议室聚头之后，手机等通信设备全部被没收，负责抓捕的便衣、预备的特警以及在现场指挥的双方领导都已经摘掉了职务的警衔。负责采集证据的技侦、经侦和痕迹科人员都已经到位，所有参与人员配备了短程入耳式通信设备，外围拉警戒线的配备了对讲机。

外勤早已经蹲守多天，不断地把前方的消息发回来。

两辆无警务标识的北京现代轿车，四辆SUV警车，一辆押运车，迅速在大院里集合。一次性出动五十多个人，但现场依旧井然有序，气势夺人。

池清源作为晋西省公安厅直属经侦局过来参战的领导，和金泽市公安局局长文先勇同乘一车，共同指挥。指挥车里配备了电脑和无线网络，随时随地调取目标区域的监控画面,通过三个九宫格显示屏共二十七个画面,随时监视现场情况。

嫌疑人有任何异动,都会有人脸识别系统在三秒钟之内比对出来。

金泽市公安局局长文先勇和经侦局打交道不多,认为经侦的作用比较鸡肋,在抓捕嫌疑人的重要过程中,并没有和池清源提前商量,而是在他过来之后直接下了指令。

建制不同,信息流向的渠道和内容也有区别。理论上的共同指挥变成了旁观协助,池清源并没有面露不满,而是一言不发地看着眼花缭乱的监控画面。

技侦不无炫耀地介绍:"现在的系统,可以在嫌疑人化装的情况下通过面部骨骼的比对来确认身份,配合地面上装备的红外感光摄像头,可以满足大部分商场和学校、医院的需求,是目前应用最多的设备之一,可以节省很多的时间。"

"这个季节,如果嫌疑人戴着帽子、口罩一类的遮挡物,是不是人脸识别软件就失去了作用?"池清源反问。

技侦哑然。显然,他是刚过来的,实战经验不足。但是看池源清并没有刁难的意思,两个技侦松了一口气。

抓捕的地点在一栋商厦上面。这座商厦高四十五层,共有十二部直通的电梯,直通的电梯旁边有楼梯,前后共有六个出口,每个楼层之间还有两架手扶梯,每上一个楼层,必须穿过大半个商场。

最下面一层是手表、化妆品和珠宝的柜台,令人眼花缭乱,如果不跟着地板砖上的箭头走,一般男性在里面迷路简直就是正常现象。

现在的犯罪分子不仅爱躲在城乡接合部,只要是人多的地方,都能被他们用来藏匿踪迹。

商场和步行街这些地方人流量大,交通四通八达,自助银行又极多。曾经有一个犯罪嫌疑人,就是在商业街上藏了一星期。当时恰逢夏天不怕冻,他居然就在一个占地面积几十亩的公园里待了那么多天没有被发现。

在这里蹲守的经侦是王子韦和吴刚两个人。

嫌疑人被发现的原因也很简单。经侦局查到这个在逃嫌疑人向国平转移到其他亲戚银行卡里的钱在这栋楼里被刷了四万,用来租了一个办公楼的单间。

经过长达半个月的摸点排查,警方发现向国平在一个月的时间里没有出过这栋楼,白天也不经常在办公室里待着,而是在各个楼层之间晃悠。各个楼层的商铺格局复杂,有太多的监控死角,而向国平又是个有前科的,非常狡猾。

种种因素叠加起来,给警察的抓捕增加了难度。

向国平和李改平是同乡,两个人虽然没有业务上的往来,但是关系匪浅,在

李改平出事之前,经常在一起喝酒聚会。

同乡尤其是同乡至交好友之间的经济往来,大多数并没有合同,仅凭着各自之间的信任。

这两个人,几乎是在同一时间段里跑路的。在所有人都盯着李改平这边的时候,经侦局的几个经侦经过对李改平账目和社会关系的集中调查,把目光投向了正外出做生意的向国平。

警车停靠在这栋大楼的视野范围以外,技侦正在进行跟踪监控,同时通过对手机信号的定位确定向国平的具体位置。

便衣是最早上楼的。鉴于向国平曾经因为私藏枪支被判过两年的刑期,几个便衣配了枪。

"十一楼,七号电梯,正东方向,直走两百米的位置。"技侦通过短程通信给同事报位置,而池清源和文先勇两个人可以直接看到监控画面上的情况。

向国平手里拿着两杯饮料,喝得正美。饮料是时下流行的三层结构,最下面的一层是个夜光小玩意,中间那层是饮料,第一层是切好的芒果片。

文先勇是新升上来的市公安局局长,有着在派出所、治安大队、刑警大队、特警等多个部门工作的经验。他以手段强硬、作风干练著称,在本年度的调任中成了市公安局局长。

很明显,调用这样强势的人任公安局局长,就是为了和地面上的黑恶势力做斗争。

这样一个不苟言笑的人盯着视频画面观察了一会儿:"各单位注意,嫌疑人很可能会对女性不利,一定要防止向国平把女性作为人质,注意在抓捕过程中保护群众。"

下一刻,通信设备里传来十几声"收到"。

有两名便衣直接乘坐电梯去了向国平的办公室,另有两人前往目标电梯,另外一批人守在了向国平所在楼层的电梯口,还有几个人按照实时指挥进行抓捕。

意料之中,向国平在拐了两个弯后消失在了警方的视野里。立刻有技侦利用监控迅速跟进,但是在三个岔口,都没有发现向国平的位置。

文先勇的拳头在桌子上砸了一下:"哪儿去了?"

"调地图。"池清源说了一句,气息沉稳。

技侦立刻在另一个空闲的显示屏上把地图调出来,推到这一层的结构上,再拉近到向国平消失的路口。

"五米长的通道,没有监控,直通的第一家是小龙虾,第二家是避风塘餐厅,第三个方向是卫生间。现在还没到吃饭的点,两家餐厅分别安排了一个服务生在外面招揽顾客,而这两个服务生的脸色在这几秒的时间里没有变化,更没有移动,说明没有顾客进去需要他们服务。"

池清源一项一项地进行排除,最后把手指指向了第三个预估的位置。

"卫生间!"文先勇浓密的眉毛拧成了倒八字,像是两柄出鞘的锋利的刀子。他已经在通话设备里呼叫便衣赶往西北角的卫生间。

怎么抓?

"今天虽然是工作日,但是这栋商厦里面儿童用品店、玩具店和游乐设施很多,有很多带着孩子来逛街的顾客。现在卫生间里面至少两个小孩子,其他人数不能确定。池局,依您看,怎么抓?"

经过一来一往几个回合之后,文先勇放下了成见,向这个警龄比他长的经侦局局长求教。

便衣已经到位,按照文先勇的命令,有群众过来就疏散到一边,并向出来的群众了解情况。经过对出来的三个人的询问,都没有问出嫌疑人的位置,也没有问出卫生间里面还有几个人,反而是比预估的还多了一个小朋友。

抓捕的难度进一步增大。

尤其是随着时间的推移,到现在里面还没有人出来。外面有两个年轻的少妇已经快要忍耐不住了,必须尽快采取措施,否则就会引起骚动。

而警察办案和明星出街不一样,最不想引起的就是骚动。

"这个向国平,如果不是这次不显眼的刷卡记录,可能直到现在还很难找到他。这个人有着相当丰富的躲债经历,他虽然是岚梧市人,但是不是以放贷和担保发家。他是作为介绍人,给当地需要贷款的人和放贷的人牵线搭桥,从里面抽取更多的钱作为提成,连纳税都省了。因为借贷的项目五花八门,还不上的人居多,他这个介绍人也经常被连累,需要躲债。

"有一次债主在追他,他居然去学校把债主的女儿绑了,逼得债主把借条给撕了。因为是赌债,所以最后狗咬狗一嘴毛,庭外和解了。

"我们想要在出租屋里直接抓捕,在一个固定的地方把他摁住,几乎是不可能的。"

此时此刻,池清源想起了金虞。如果是那个妞在这里,又会用什么样的方式?哪怕是美人贷这种卑劣到一定程度的贷款,她都有办法扭转局面。

这种在大庭广众之下抓人的事件,她又会用什么样的方式快速收尾?

时间一分一秒地过去,通话设备里传来了便衣的报告声,说商场的保安过来了解情况了。再拖下去,就会惊动里面的嫌疑人。

池清源一拍脑袋,立刻给吴刚和王子韦下了任务。

从思考到决定,池清源只用了一分钟的时间。命令从池清源这里下达。吴刚两眼放光:"总算是有了我出头的机会!"

下一分钟,只听到卫生间里响起一阵惊天动地砸东西的声音,配合着吴刚的大嗓门:"拉完不冲,你想上天呀?"

"我要是不拉,你还能有工作吗?"王子韦的声音同样洪亮。

这两个人一吵起来,马上有人开了隔间的门盯着看。小孩的裤子都没有提,笑盈盈地看着外面的两个人吵架。真不是警察不想进来直接抓人,而是这种大型商场的厕所规模有点大了,如果嫌疑人和小孩都在最后一格里,会来不及。

"我的工作是我们经理给的,不是你个穷鬼给的!"吴刚又吼了一声。

吴刚和王子韦两个人叉着腰吵架,同时观察着四面的动静。一扇门打开,一个相貌普通的人映入眼帘,这人还背过身去,想要冲一下厕所。

吴刚的心刹那间跳到了极限,这是他第一次参与抓捕!

时间像是静止了一样,吴刚觉得全身的血液都逆流了。他几步冲过去,一脚踹在了向国平的后背上。向国平一时没有站稳,摔了一个大马趴。王子韦亮出手铐,直接反剪手背就把向国平铐上了。

笑话,这可是一个有绑架前科的犯罪分子,厕所里面有孩子呢,能和他好好地亮出警官证,再慢腾腾地商量戴手铐吗?

肯定不能呀!

两个小朋友愣愣的,像是被吓傻了。吴刚做了一个鬼脸,笑笑:"叔叔在和这个叔叔玩警察抓小偷的游戏呢,别当真。"

两个警察并没有给向国平闹腾的机会,而是就近找了部电梯,直接把他塞了进去。

整个抓捕的过程,不到十分钟。这栋四十五层的商厦里,大部分人都不曾意识到,在这短短的几分钟里,实施了一场抓捕。

文先勇擦了擦脸上的汗水。他调了这么多人过来,就是怕在大庭广众之下闹出事情来,没想到这么多的警务力量没有正面派上用场,抖了一个激灵竟然就抓捕了犯人。

"这个办法相当不错呀,声东击西。"

池清源摸了摸口袋,却没有如愿以偿地摸到烟,他想了一下,说:"这是用钓鱼的方式来剁了一只熊掌。"

第五十九章
颜色倾悍女

一想到自己刚才进门没有跑,金虞后悔得都想把自己给掐死。她现在只想从窗户上翻出去,但是这里是三楼,摔下去肯定会缺胳膊断腿。

大概脑袋被开瓢后有点进水了,脑洞就劈叉了。

她虽然热爱警察这个行当,但是也没有到可以心肝五脏四肢五官都不要的程度。金虞扫了一眼,边上密匝匝的都是人腿,像是被蜈蚣给包围了。

现在凉了吧?

那么多的词语,都找不出一个来形容她此时的心情。金虞双目失神,怔怔地看着雪花片一样撒在身上又落下去的照片,胸口剧烈地起伏着,嘴张了张,却是一言不发。

"交代吧?"

矮个子喝了一口水,吐在了金虞的脸上。那张一晃而过的证件上显示,他叫何小斌。长相毫无特色,唯一的特色就是矮。

如果个子可以取代房子成为谈婚论嫁的第一指标,这个男人肯定是娶不到老婆的。

金虞抽了抽鼻子,哇的一声哭了,她像动物园饲养的熊猫,一个前扑就抱住了何小斌的大腿:"警察叔叔,我是真的穷疯了呀。你知道一包泡面分成两顿吃是什么感觉吗?面吃完了汤不敢倒,要留着用来蘸下一顿的馒头……"

眼泪没有流多少,倒是鼻涕咻溜溜地蹭了人一裤腿,要多恶心就有多恶心。

金虞哭得如丧考妣。何小斌像是被狗皮膏药缠上了,甩都甩不下来。

这操作,厉害呀。

"我想要去卖保险卖健身卡卖保健品,但是现在刚过年,工作找不到呀。我只好去大街上卖我自己了。我欠了好多钱,再不还就有人要打断我的两条腿了。我真的是头一回上街,才问了问小姐妹们该怎么操作,结果就被抓了……"

街上的那三个惯偷都有十几年的作案经验,哪怕是看起来木愣愣的刘二峰都深知一点,那就是如果被抓了,不管是要挨打还是拘留,一定要一口咬定自己只偷了这一次,刚偷就被抓了。

如果警察没有人赃并获,另外两个小伙伴把赃物拿走了,那么就要拿出地下工作者的勇气,必须在各种威逼利诱之下什么都不能说呀。

"我欠了三十万哪!这么多钱怎么还呀?我在论坛里加了好多和我一样的人,他们都说要东挪西借,但是我怎么越欠越多呀……

"那么多钱,每天醒过来都有好几千要还,利滚利越来越多。警察叔叔,你们把我抓走吧,把我关起来就不用还钱了……"

卖淫未遂和当皮条客卖一大群人,这两个哪个判得重,用脚指头想想也知道。

这画风变得太快,何小斌一时之间不知道该如何招架。他揉了揉自己的嘴,觉得心里堵得慌。

金虞这号得其他人都快耳鸣了,她还把手机拿了出来。

"你们看呀,我这手机页面上,可全部都是贷款用的App,用的都是无抵押的信用贷款,但我现在已经贷不出钱来了。明天早上一睁眼,就有三千多要还。"

穷鬼!

何小斌已经不知道该摆出什么表情合适了。遇到硬气的,直接打就行,打不过就跑,但是遇到了泼妇,他基本上都是束手无策。他只能看着这个女人的表演,仿佛世界成了她的戏台。

其实金虞除了挨了两个巴掌,一屁股坐到了地上外,再没有其他地方受伤,而其他几个人却是结结实实地挨了这个妞的拳脚。

贼喊捉贼,恶人先告状。

那个被金虞攻击了子孙庙的家伙已经拎着扳手爬过来了。金虞就坐在地上,仰头号着:"你要让我赔医药费一分都没有,你打我一顿当精神损失赔偿吧!"

这惊天动地的响声,何小斌看了一眼自己的手下:呵,这还没有动手呢。

这画面,落在了一个人的眼睛里。

他捧着手机,眼里带着迷离的、冰冷的、疯狂的笑意。看着画面中的这个女人,不知道那张舌吐莲花、口若悬河的小嘴,亲上去又是何等的畅快辛辣?

想到这里,这人觉得索然无味,扣下了手机,透过窗户玻璃看着外面窄窄的一方天空。乡村里的小院子里,天空就是窄窄的,蓝蓝的,漫天的星星像钻石一样。

其实在城市里也一样,天空早就被林立的高楼大厦和街道切割成了碎片一样长短不一的方形,如果以一个脱离次元的角度去看,大概比乞丐身上的补丁还要恶心。

在这样的城市里,星光是一种很奢侈的东西,路灯和从居民楼里渗透出来的灯火会把星光完全遮盖过去。

谁说萤烛之火,不敢与日月争辉。

他很少思考这样那样复杂而感性的问题,只是因为现在思绪不受控制地神游在外。这种难以掌控在手中的东西,让人觉得茫然若失。

他很不喜欢。

而他的好恶,也很少会通过情绪表达出来。

"再约。"男人将一串钥匙扔在了旁边女人的胸罩里,女人微微战栗了一下。

他站在路边,看着自己的凯迪拉克喷了一口尾气,从破破烂烂的巷子里扬长而去。他在想,如果是送给楼上那个妞一辆这样的车,那个妞会不会有同样的欣喜?

何小斌放在胸前口袋里的手机突然响起来,他把手机从里面掏出来。口袋其实被剪了一个口子,正好能让摄像头穿过。

何小斌的"喂"还没有响起来,金虞就先尖叫一声:"燕卓尔,你这个大傻逼!"

在场的几个人,包括何小斌的四个小弟,同时惊讶了。他们可以确定金虞不认识在场的五个人,她也没有透视眼,不可能看到他的来电显示。

何小斌不知道自己的破绽在哪里。他的假证做得也挺真的,而且在街上看到便衣抓人的时候,也就是这个德性:乱打一通,铐起来带走。

燕卓尔不禁莞尔,金虞的声音从他的电话里传来,尖厉有趣,似刀子一样划破了这无趣的长空。

她,有趣。

"别以为我不知道,你们五个,连个协警都不是。两个地痞流氓,三个民工,不照照镜子看看自己是什么傻缺样,像个警察才有鬼了!"

金虞从地上爬起来,手指头一戳,指着这五个人的脸,一个个地戳了过去。

有一个人想打金虞,被她吐了一脸口水。除了拿着手机的何小斌,四个人都忍无可忍,又和金虞打成了一片。只听见玻璃、杯子、简易衣服架子倒了一地,玻璃碎了一地。

金虞一个折身到了桌边,抄起一把水果刀,在这五个人的面前横了一遍。

眼神凶狠,似乎哪个人敢动一下,她就能白刀子进,红刀子出,颇有一夫当关

万夫莫开的气势。她一个人横在那里,就是一个不可逾越的关卡。

一个眼神凌厉到锋芒毕露,就能让其他人望而却步。

她不能退,现在退了,就会被这些人吃得连骨头渣子都剩不下来。一个个都是流氓,比的就是谁更无赖,谁的耐心更好,谁更能在错综复杂的环境里第一个闻到钱的味道。

何小斌揉了揉自己的嘴,还有血丝渗出来。他的眼里同样渗出阴恻恻的光来。要不是有人盯着,他今天真能撕烂这个女人的嘴。

这妞凶悍到了一定的程度,手里又拿着刀。一想到她欠了那么多钱,如果自己不小心挨上一刀,就算是法院判了医药费,恐怕这个钱她也给不了。

一时之间,没有人敢上来了。

何小斌在电话里匆匆说了几句,对着另外几个人说:"钱到账了,我们走人。"五个人凶狠地看着金虞。在他们的眼里,结局应该是金虞被吊起来,让他们挨个打个痛快,而不是像现在这样一走了之。

被踹了裆的还捂着裆:"她打了咱们的人,咋办?"

"被一个女人打了,你还好意思说?"何小斌个子矮,但是明显是最小巧玲珑的那一类,现在他的火气也到了巅峰,只跳起来在小弟的身上打了一下,"燕先生给了医药费和精神损失费,走!"

这五个人恨恨地看了金虞一眼,把门甩得震天响,地上的玻璃碴子都共振了一下。金虞觉得自己挨了打的脸,火辣辣地疼着。

她把刀子放在桌子上,整个人像是上满了发条的机器骤然间松懈下来,在白晃晃的灯下看着一地狼藉。

地上已经无处下脚,她手一撑,直接坐到了桌子上。水杯和房东的花瓶全部落在地上碎了,椅子也碎了。

金虞只觉得自己四肢百骸的力气全部被抽光了,有一种劫后余生的庆幸。她拿了一支烟出来,打火机打了几次都没有打着,就看到门口出现了一个高大颀长的身影。

燕卓尔微笑着,从兜里拿出一个打火机,隔着两米远的距离直接扔给了金虞。

金虞没有去接燕卓尔的打火机,而是利利落落地从桌子上跳下来,冲到了燕卓尔的面前,扬起巴掌,打了两个清脆悦耳的巴掌。

怒气冲冲,怒不可遏,气势夺人。

两个巴掌打完后,金虞自己都觉得手掌火辣辣地疼。燕卓尔的脸像是上了一坨胭红,嘴角被打出了血,但这个一身书卷气的冰冷男人始终温文尔雅地笑着,颇有傲骨不摧的气节。他只是淡定地摸了摸双颊,好奇地看着这间只有十几平方米的陋室。

宛如闲庭信步,他光亮的休闲系带皮鞋踩着碎玻璃碴,心情并没因为挨打而改变分毫。

事实上,燕卓尔从来没有挨过打。

哪怕是少年读书年代,也从来没有哪一个老师用教鞭在他的手心里打过一下,他们都惊叹于他卓越的计算能力和记忆天赋,只觉得他惊才绝艳,无与伦比。

燕卓尔,卓尔不凡。

"恭喜你,通过了我的考核。"语气依旧平缓,他已经在金虞这里完全找回了自己的节奏,不会因为这个妞摆几个阴阳怪气的鬼脸就暴跳如雷。

考核,就是要确认在强压之下这妞不会把不该说的话乱说。

"你不怕我现在就去向方星海告状?"金虞问。

"不不不,他认为我们大家都是一条船上的。你说了谁会相信?而且你弄出来的仙人跳的法子,所有人都很满意。"燕卓尔依旧是气定神闲。

"你疼了就喊呀,不要忍着嘛。你这样我会不好意思的。"金虞揶揄道,手又抬了起来。她脸上挨了两巴掌,就想要在这个始作俑者的脸上也多打几个巴掌,不过燕卓尔反应这么寡淡,她就很难再下手了。

"我的火气,已经在进门之前泻完了。"燕卓尔揉了揉脸,真疼。不过没有比较就没有伤害,看到眼前这妞脸上也肿了一大片,脑袋上还顶着白帽子一样的纱布,明显比他惨多了。

"你嫖了?"金虞眼珠子一转。

"你猜呢?"燕卓尔无视金虞的探寻目光。

"沉没成本,不能计较。如果在每一次股价下跌之后都补仓,眼看着跌破底线就要被强行平仓都不知道退市,只会成为被资本市场收割的韭菜。很显然,你想要看到我狼狈,情绪失控,我偏偏不能让你如愿以偿。"

燕卓尔嘴角的笑意不曾减少一分,他提议开车去兜风,顺带吃个夜宵。在下楼的时候,燕卓尔询问金虞是怎么发现何小斌是个假警察的。

"我大学毕业那年,在这片儿的派出所实习过一个月。那时候,这里还是郊区,没有发展起来,很荒凉的。别看是在城里,经常有人偷群众的电瓶车和大棚菜。我当时记得很清楚,何小斌抢了一个棋牌馆,那老板的小舅子是我们副所长,我们一伙人去把何小斌给抓了。"金虞撇了撇嘴,似乎是意识到了什么,"他是我抓的第一个人,可能他不记得了,但是我记得呀。"

说完之后,她低下头,似乎是在和自己呢喃着:"我原本想要当一个很好的警

察的。"

"我相信你能当好一个警察,更能当好一个流氓。我对你这些天的表现非常满意,再接再厉。"两个人已经走到了北面巷子口的马路边上,这里没有小吃一条街,只有通往商业街的高架桥。

"你骗我?"金虞见势不妙,这不是开车去兜风吃夜宵。

一般人的想法是打一巴掌给个甜枣,这家伙是弄了一伙人群殴了她一顿,又侮辱她的智商!金虞觉得自己的脸在大北风里被吹成了筛子。

她已经凌乱了好不好?

燕卓尔随手拦了一辆车,自己坐上去:"和金融有关的,多骗局。"

类似的话,也有人说过。

"那你好歹再给我一笔钱呀!"金虞想要把燕卓尔扯下来,但是燕卓尔已经把窗户玻璃摇了上去,还循循善诱道:"给了你钱,你跑了怎么办?等你把事情干完了,自然有一笔丰厚的报酬。"

靠!

金虞眼睁睁地看着燕卓尔扬长而去,给她留下一个难以收拾的烂摊子。

燕卓尔坐在出租车上,拨了一个电话号码,那边似乎在睡觉,说话的语气里虽然充满了欣喜,但是掩盖不住浓浓的疲惫。

"调查清楚了,这个妞肯定不是警察。"

"你确定?咱们可是必须万无一失。"娇俏的声音里带着几分慵懒,就连打个哈欠的声音都让男人有些骨头麻酥酥的。

"我这十年,从来没有判断失误过。"燕卓尔说完,就自顾自地笑起来,扯动嘴角的伤,一阵火辣辣地疼。

他的判断,他选的路,什么时候错过?

"我信你。"怎么可能不信呢?她可是把全部的身家都押在了他这里,或者说,对于燕卓尔指明的路子,她从来都没有过任何怀疑。

不过,她似乎从来没有想过,燕卓尔和自己到底是不是走在同一条道上。

而另一边,金虞在空荡荡的巷子里奔跑着。这边的巷子之所以空荡荡的,是因为这巷子太窄,房子的门都不开在这边,白天走的人就少,晚上走的人更少。

金虞一边走一边骂,燕卓尔是觉得她长得特别安全吗?让她一个女孩子,大晚上地走一个人都没有却可能冒出一群恶犬的巷子。

金虞骂完了往后面看了看,空荡荡的,并无一人。

她拨了一个虚拟号码。这个虚拟号码又转了一次机,就算是有心人士想要查一下,也只能查到沿海的虚拟服务器。而那些虚拟服务器,被无数的诈骗案犯罪分子变换出无数的花样,这一个电话根本不会引起任何人的注意。

破案还是作案,技术本没有错,选择从来都是双向的。

池清源的声音略带兴奋,这是办案这么长时间以来从来没有出现过的。金虞来不及分析池清源为啥高兴,就把自己遇到的情况赶紧做了汇报:"我又被试探了,试探通过。"

她的语气里也夹杂着兴奋,隐隐带着一种打游戏通关的爽感。

啧啧,燕卓尔的皮肤保养得真不错,一巴掌打上去像是打了煮熟的鸡蛋白。当然,这话她是不可能和池清源说的。

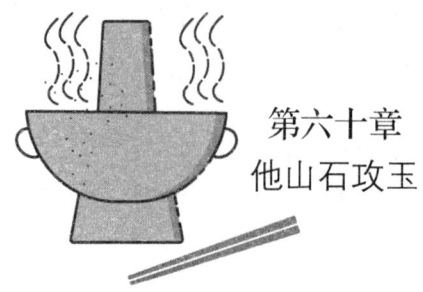

第六十章
他山石攻玉

　　黑白两道通吃,是所有流氓的终极梦想。
　　业务发展得如火如荼。
　　方星海告诉金虞:放手大干,有的是钱能往口袋里揣,多的是房子和帅哥能随便挑。
　　池清源告诉金虞:放手大干,有的是光明的前途等着她去走,组织就是她坚强的后盾。
　　金虞没有一点在危险边缘试探的感觉,原本只够钉个作业本的合同现在足足有一尺高,像是把全班的作业本都给收集了过来,而且还有逐渐上涨的趋势。
　　她一个人坐在店面办公室的二楼,足不出户,这些借款的合同像是雪花片一样地飞到了她的办公桌上。方星海对于现在的仙人跳讹诈策略非常满意,每天晚上只要有七八个人上钩,利润的回报率远远大于将那些妞送到会所里去。比很多苦哈哈维持经营的会所强多了,那些会所可能还在赔钱,因为房租和装修太贵了,而且挖个懂行的妈妈桑过来也很贵的好不好?一个会所得投入上百万,经营一年多才能开始回本。
　　这就是无本的买卖,一本万利。
　　两匹马干得有滋有味,尤其是马实,兴高采烈地提着牛奶给金虞:"赚钱就是最好的健身呀!小金鱼,你要不要跟着我们一块健身去?"
　　金虞淡定地摇了摇头:"不行呀,我头发一把一把地掉,我得早点睡觉好养生呀。有钱也买不来我的头发呀,我抽点技术上线的辛苦费就行了。"
　　"懒货呀,你就没有发财的命。"马实摸着圆滚滚的肚子,恨铁不成钢。其实是因为有金虞在,办事更周密。他们找监控死角就得花大半天,判断客人的身家也得花大半天,判断客人最多能出多少钱又得花大半天,还常常出错,这里面的损失,就很让人肉疼了。

这么说吧，金虞能一眼看出穿着手工布鞋的有钱大佬，张嘴就要两万，利利索索地拿钱走人，如行云流水一气呵成。但是他们只会认为戴大金链子的是有钱人，结果金链子拿起来才发现是塑料做的，结果要两三千块钱都磕磕绊绊，相当不痛快。

二十一世纪，最缺的就是人才。

他们现在才意识到，人才不是成本，而是财富。

金虞上下眼皮一翻就是个利落的白眼，上下嘴唇一碰就是逐客令。张大发拿着扳手在门口站着呢，马实忙不迭地下楼，差点滚下去。

跟你们去玩仙人跳，十赌九输。谁知道会不会要钱红了眼，被腿快的派出所民警一次性给端了？

这要是进去了，都来不及反思战略错误犯哪儿了。

池清源这位位高权重的经侦局局长肯定不会去派出所捞她。她不要面子的呀？为了几百块钱进去了。池清源不要面子的呀？捞不出来多尴尬。

方星海也不会去派出所里捞她，这两年派出所的民警正在满大街拿着放大镜扫黑除恶呢。方星海只会连夜坐飞机，有多远跑多远，只怕这帮嘴巴不牢的把他给供出来，大家欢欢喜喜一起去拘留所做伴。

眼皮子浅的才会盯着那一晚上几百块钱不放呢。金虞的目光，又投向了眼前的这些合同。她拿的钱，也就是印刷纸张的搬运费，搁哪儿都是合法的劳动者的收入。

沉寂不到一星期，方星海就沉不住气了。他梳了利落的飞机头，穿着一身骚气的小西装就登门了。

"新注册的人有的不借钱呀，还有的只借一点点，还有的还款速度太快。这么多新增用户，我的App维护成本也提高了，就算是和别人合伙租的服务器，那也很贵呀。这国外的业务模式在我们这里行不通呀，我们必须缩短将近一半的时间，创造出比他们的项目多百分之三十的利润，才能活下去。不然，本来是风口上的猪，还想马上变成独角兽，分分钟就能给摔死。"

在方星海的眼里，项目只要赚钱的速度比较慢，就相当于是赔钱了。

这种每天都能进上万的行业，是金虞从前不敢想的。她知道方星海肯定会登门来优化升级的，但是没有想到方星海会登得这么快。

贫穷限制了她的想象力。

但是没关系，胆量开发了她的想象力。

"我觉得你这个运营模式不行呀，钱少事多风险高。这何年何月才能赚到钱呀？一点都没有做大事的样子。就等她们逾期来收那点违约金？普通学生的花费也是固定的，多不了多少。那些能欠下几十万的和考第一名的一样，都是人才。就靠女性消费群体，会不会太少了？你也知道，目前我们的国情是适龄男性比女性多了三千万呢，那些光棍也应该引起我们的注意呀。"

金虞现在也能口若悬河。靠在老板椅上，当甲方爸爸的感觉，真心不错。

"我要是要听这些，就不用专门来这里找你了。"方星海的飞机头打理得相当不错，泛着亚金属的深沉光泽。

"我以前用垃圾手机的时候，手机总会卡。我以为是内存满了，就把软件卸载了重新安装，但是在卸载之后就会忘记重新安装。你说如果因为技术问题，软件不能正常打开，只能卸载，卸载以后有多少人会记得重新安装和还钱？如果反复安装，都没有办法登录，用户会执着地还钱吗？

"按照我的经验，用户只会把这件事情忘得一干二净。而我们只要按照合同办事，逾期的费用就能很快收回来。"金虞一本正经，拿着手机给方星海做演示。

方星海不得不重新看他面前的这个土包子。他还以为这妞只会打打杀杀耍无赖，没想到这种技术层面的问题都看得这么通透。

一般现实中的套路贷，也是这么操作的，只不过大家套路的对象都是智能手机玩不转的中老年人。

金虞的目光直接投向了大学生。

线上线下，一样的道理，但是同样的思路并不一定能在实际中找到可操作的方式。

这个操作的方式实在是太溜了。谁能想到在各大P2P、O2O、C2C这些平台削尖了脑袋要提高平台的运行速度时，有人却要反其道而行之呢？

这就像是一股逆流，等到大家都发现的时候，商机可就没了。

方星海急不可耐地拍拍屁股要走人，这可比炒股什么的麻溜多了。但是金虞喊了他一声："给我五万，我能给你出个好主意，把美人贷做成整个岚梧市大学城内最大的贷款平台。"

金虞敲了敲桌子，并不起身相送，甚至是懒洋洋地靠在椅背上。她一点都不像是方星海的员工，倒像是方星海的老板。

她端起一杯水，气定神闲地喝一口，眼睛看都不看方星海。

"五万？你怎么不去抢银行？就靠你说这么几句话，就想和我要五万？"方星海不自觉地搓了搓手，用余光瞥向金虞。

"因为抢银行犯法，卖给你个点子不犯法。你想想，我欠了那么多的钱，十几个贷款平台呢，我把点子卖给某个平台，他们会不会比你的出价更高？他们会不会赚得更多？我是就动动嘴，但你也知道现在的竞争有多激烈。说得好听，共享经济,有几个共享经济能赚钱？外面扔着的那些坏了的共享单车,收破烂的都不要,扔在地上像破烂一样,不但没有人骑,还嫌占地方。

"你如果动作慢了,就是扔在地上没人要的破自行车。"金虞优哉游哉地转了一下老板椅,双手交叉在胸前,痞气十足。

一句"慢走不送",呼之欲出。

五万块钱,其实也不多。方星海又折了回来,他还没有开口,金虞敲了敲桌子:"现金。我晚上再告诉你具体怎么操作。"

"没问题。"

方星海甚至都没有和金虞讨价还价,做了一个万事OK的手势,还扬了扬做得非常精致的飞机头。金虞看得干瞪眼,目送方星海的身影扬长而去。

呵,现在五万块钱都已经不当成钱了吗？

岚梧市是省会城市,比起一般的小县城,有更多的就业机会和创收途径,但是人均收入也就是三千多。曾经有一度,金虞觉得一个月只要有两千块的收入,她就能把日子过下去。

现在遇见的这些人,撒钱像是在撒冥币。

昨日种种,恍如隔世。

专案组,在我国是针对某一具体案件临时抽调不同机构的人员组成的临时性机构,几个机关单位联合办案,由组织直接调派,破案后一般自行解散,组内人员返回原单位。

专案专办,可以略过烦冗的审批手续,一道道命令可以直接从省厅下达,最大程度地减少内部消耗,提高办事效率。

通过晋西省公安厅和江南省公安厅的交涉,池清源的专案组可以把向国平带走。

在一般情况下,跨省追捕的犯罪嫌疑人,从刑事案件到违禁品案件,各地警方都希望案件能在自己的辖区内侦破,作为本机关的年度工作成果。

但是当手续下达后,文先勇直接签署,并没有过多为难或想要抢功的意思。后续的审讯结果以及对向国平的财产调查资料,几乎是悉数交到了专案组的手里。

作为兄弟单位,经侦局在交接的过程中相当愉快。白子玲这次随同池清源出差,作为前后忙活准备资料的小跟班儿,又是个长相清秀的女孩子,也受到了不少优待。但是因为级别低,她并没有参与到直接的抓捕过程中。

回程途中,白子玲松了一口气:"池局,我还以为文局长会和咱们争犯罪嫌疑人呢，没想到会这么顺利。我就奇了怪了，这么重要的犯罪嫌疑人，身上背着几千万的大案子，还有人命官司，他们当地怎么这么痛快地让我们把人带走呢？"

"你查过向国平的资料吗？"池清源问，语气平和，颇有长辈考查晚辈功课的意味。

"向国平，初中毕业，没有固定工作，开过熟食店、干洗店、承包过土地，后来和同乡一起做信用担保的业务。业务越做越大，家里老婆孩子的名下都有在岚梧市里购买的房产，贷款的和全款的都有，价值达千万以上。从他年过四十、出身农村、学历又低的履历来看，他已经是逆袭的成功人士了。

"池局，不怕你笑话，我觉得我努力工作大半辈子，都不可能像人家向老板有钱。"

池清源作为专案组的领导，一贯鼓励部下集思广益，原本在赵倩妮的部门底下工作的白子玲没有太多机会接触到这位警神领导。

进专案组之后，经过头脑风暴的会议，白子玲的胆子也大了许多。

因为她发现，在一线还有一个那样的女孩子在拼命地奋斗。

"不带地域偏见和学历歧视，你说向国平靠什么来打开金泽市？金泽市周边的几个村镇修公园、县城增设公交车这些项目，都是承包给了施工队和小公司的。而民营的施工队根本比不上国企的中铁、路桥这些大公司，工程完成之前资金都要前期垫付。现在峰会就在金泽隔壁的青石市举办，钢材、水泥、地价都在大幅度地涨。就咱们刚才路过的那栋商业高层，预算已经又追加了三个亿，贷款的审批合同正在上报。

"你说这种连工资发放都有困难的施工队，凭什么可以一举夺标？"

池清源原本是笑着在问的，问完之后却是叹了一口气。

凭什么？

"我懂了。向国平他们肯定和政府部门还有其他的交易，他肯定给上面送钱送东西了。不然政府部门凭什么把工程批给他们？"

白子玲一拍脑袋，眼珠子一转，觉得自己像是窥见了天机一般。

"经济低迷，文化搭台，房价唱戏。金泽市边上就是青石市和临水市，都是临江靠岸的大都市。金泽挤在中间，地域狭小，全市只有十几个拿得出手的公司，其中一半的公司都在炒房。向国平不是和某个官员在打交道，而是在和当地的房地产开发商打交道。

"比如公园旁边的房子，只值四千五每平方米，经过捂盘造势，可以在两个月内升到六千每平方米，再经过学区房和高铁、地铁将要建设的消息如东风一吹，房价就会像转基因的农作物一样，迅速地再拔高一截，从四千五到九千、破万也是可能的。"

池清源还给白子玲比画了一下。

"政绩!"白子玲的脸上茫然了一下,作为经侦,她知道这种倒手到底意味着什么。

地方政绩,不仅仅是某一个政府官员,甚至不是某一届领导班子的事。政绩关系到当地硬件设施的发展,关系到人才的引进,关系到经济、教育、民生的方方面面。

而公安局是在政府的领导之下。

文先勇一贯作风强硬,是在当地省厅领了扫黑任务后走马上任的,他虽然没有和稀泥的爱好,但是也不想和自己的领导班子杠上。

烫手山芋,确实是丢出去最合适。

案子可能简单,但是背后的关系就未必简单了。

池清源点了点头,脸色很淡然。白子玲年轻稚嫩的脸上,却有些不知所措了,原本对于抓捕向国平并顺利交接带回去,没有受到地方上的干涉,她是很开心的。

这是她入职以来的第一次出差,她以为是个非常完美的开端。

但是没想到这原来是个比二维码还要复杂的局面。

"如果把向国平留在金泽市,文局长恐怕就有得头疼了,还不如交给我们去办。"白子玲沉默了一会儿,才又说话。

"时代巨变,泥沙俱下呀。"池清源感慨道,"这些盘根错节的利益关系,如果一刀切可以解决,那就可以一刀切。"

"那这案子,我们怎么办?"白子玲问,挠了挠头。她在人情世故方面不如同年龄段的顾非,甚至不如王者那个技术宅。

"该怎么办,就怎么办。"池清源展颜一笑,"我们的手续合理合法。"

池清源的视线飘到了窗户外面。层云万里,晚霞千里,乌金西垂。看来,明天是一个不太适合出门的日子。

文先勇的办公室意料之中地热闹起来,不过这位冷面局长也是意料之中地把省厅的有关文件亮了出来,直接送客。

这位局长的刀锋眉毛竖了竖,呵,经济案件怎么比刑事案件还复杂?

他手上一点也不闲,案子也是和房子有关的,不过是一起"楼霸"的案子。在新开盘的小区里,楼霸和开发商、物业勾结起来,强占电梯,不交费就不允许业主的家具通过电梯,强行让业主高价雇用楼霸来搬运装修建材。有业主进行反抗,立刻被打得鼻青脸肿。

强买强卖,垄断保护,再加上殴打拘禁,是黑恶势力的典型。

这案子原本是被分到了当地的派出所,但是他经过了解以后发现这案子太符合眼下扫黑任务了。

新官上任三把火,先拿楼霸开刀,树典型。

在这紧锣密鼓的装备赛中,另一边的动作一点也不慢,大网已然撒开,正等着大鱼落网。

春雷滚滚,骤雨将至。

快到了考验城市排涝系统的时刻。

光鲜亮丽的西装之下,是穿着寒酸褴褛的底裤,还是根本就没有穿底裤,答案已快要揭晓。

第六十一章
草肥蛇出洞

　　"马克思在《资本论》中提到,资本如果有百分之五十的利润,它就会铤而走险;如果有百分之百的利润,它就敢践踏人间一切法律;如果有百分之三百的利润,它就敢犯下任何罪行,甚至冒着被绞死的危险。

　　"而购买力在货币的不断发行过程中,以每年最低百分之四的速度被稀释,正常投资的回报率在百分之十,超过百分之十四回报率的理财产品,都伴随着高风险。如果有人鼓吹风险不高,十之八九就是庞氏骗局的击鼓传花。"

　　顾非和司晴从审讯室出来,显得有些疲惫。

　　"股神巴菲特从十一岁开始炒股,人家炒了半个多世纪,也只有一年的利润超过了百分之二十四。也不知道这些人是怎么想的,居然还给咱们当警察的洗脑,让咱们去买他村里施工队的原始股,说买十万年底就能变成二十万。我怎么没发现现在工程这么赚钱了?"

　　司晴往椅子上一坐,办公室新买的椅子咯吱咯吱响了两下。这个临时的办公室主任一口气喝光了桌上一整瓶的冰镇可乐,打了一个心满意足的饱嗝,审问时候的郁气一扫而光。

　　"我觉得,除了体重和楼市,几乎没有哪个基金和理财产品能涨那么多。"

　　"银行是不是又降息了?我妈说存在卡里的十万块钱,这个月结算的利息,才三十块钱。以前是三十五。"白子玲扬了扬手里的手机。

　　"刺激消费,通货膨胀。早习惯了。"赵倩妮淡定地拿出一个U形枕安在脖子上,脸上是见惯了大风大浪的波澜不惊。按照赵倩妮的原话,她从小经侦做到现在,什么大事没见过。这种块儿八毛的小事,她眼皮子都懒得抬一下。

　　以前有一次,她和同事两个人一起闯进一个老总的别墅,别墅里放着两行李箱的钱,那老总直接拿了一个行李箱塞给她,扑通一声就跪下了。

　　白子玲最喜欢听这样的故事。赵倩妮最后总是淡淡地收尾:"那有什么,我

都上交给国家了。"宠辱不惊,扭一扭装着中草药的U形枕,像个扫地僧一般,静静地看着嫌疑人们犯蠢。

"这些非科班出身的民营金融掮客,我们和他们说政策,他们和我们说人情;我们和他们说案子,他们和我们说奋斗史;我们和他们调查财产,他们和我们哭穷。"

池清源的手指敲击着桌面:还有更难办的,地方黑恶势力正在介入。

这些社会闲散无业人员,无节操无底线,他们的所作所为严重影响了社会经济秩序,但是这些人偏偏避开法律漏洞,硬生生地把好好的市场搞得乌烟瘴气。

时至今夕,面对地面上的那些催收团体,派出所和配合当地公安机构联合办案的经侦局,还没有想到应对之策。

拉锯战,旷日持久。

赵倩妮调侃:"别人是千年的媳妇熬成婆,我是十年的警察熬成佛了。"

杨柳枝,芳菲节,一夕之间岚梧市的柳条就变得柔软,青芽吐出来一点。这个脚踏岚江两岸的城市略显尴尬,不南不北的,不少单位在发放高温补贴的时候把自己当南方,在冬天安装地暖和暖气的时候把自己当北方。

细雨蒙蒙欲湿衣,行人匆匆。

金虞站在路边,身量高挑。她轻轻一跳,就折了一根柳枝在手里,百无聊赖地拿出手机看了一眼时间,略有些不太耐烦。

一辆黑色的两头平小轿车驶过来,金虞拿着柳枝坐上去。在池清源张嘴教育人之前,金虞率先将他的嘴堵上了:"花开堪折直须折,劝君惜时呀,你们怎么来得这么迟?"

"下班高峰期,堵车了。"顾非略带尴尬。

池清源却是打量了一下金虞,初见面时的忐忑和拘谨已经全然不见,脸上一派泰然。五年的市井沉浮,再加上这两个月收债时和三教九流直接利益碰撞,她的眼界和心性已经和从前大不一样了。

或者说,她眼里的太多东西,已经藏得太好了。

在警方和那些深陷美人贷的女孩子的眼里,金虞的套路就是在帮助她们快速走出深渊。在方星海、马实和马奋的眼里,金虞就是在给他们提供发家致富的良策。

游刃有余,左右逢源。

金虞头上的纱布已经摘了,细软的头发中间露出星白色的头皮,恢复得不错。到目前为止,池清源还从来没有见过金虞唉声叹气,她甚至连推诿拒绝都没有过。

遇山开山，遇水搭桥，没有路也能硬生生地闯出来一条。

这光棍的性子倒是和刚抓来的那个向国平差不多。那家伙不光敢怂恿施工队去投标修房子都没有盖起来的小区门口的商场，还敢怂恿人去承包修村里的公园。

净是些赔本又不赚吆喝的买卖，居然还真有那么多人相信了，大把大把的钱和人力投入到了他的工程里面。

经济时代，泥沙俱下，这些骗子都是专业的戏精。

"我有个想法，已经开始布置了，可以把非法催收这一块的不少人都直接送进派出所去。赵捷手底下的很多人在催收的过程中，使用了极其不正当的手段，比如往人家里泼油漆，散发个人信息传单，吓唬人家孩子。其中有一户人家的孩子因此得了自闭症，两年多了还没有恢复过来。

"我有两个方案，其中一个比较温和，见效的时间比较长。另一个可以在一个月之内见效，保准让派出所扫黑除恶任务完成至少三分之一。"

金虞没有点烟，而是把柳枝在手里绕成了一圈，眼巴巴地看着池清源。

她的眼神就像是赌棍盯着摆好的麻将四方城中间的两个色子，蒙上了一层刺激人心的别样色彩。

"其实你根本没有两个方案，只有一个。"池清源皱了皱眉头。

"那池局你怎么选呢？"金虞又问，眼神斜飞，意思是"你是选择让我做，还是不做呢"。

这滑不溜秋的泥鳅，已经要成精了。池清源掂量了一下，如果是万无一失一本万利的好买卖，那么金虞肯定是先斩后奏。

比如，她用激怒赵捷把她脑袋开瓢的方式光速把人家挤走，自己上位。

比如，她用仙人跳的方式帮很多女孩子免去了坐台的惨祸，还顺利地还了不少钱。

做这些事情之前，她根本没有和池清源打过招呼。甚至在帮助霍连胜从那个男小三手里要三十五万出来的时候，她选择逆向撞车，可能会被撞得血肉横飞，也没有提前和池清源商量要过抚恤金。

那是因为她十拿九稳，知道自己肯定会赢。

既然会赢，就不需要任何保险措施。

这一次，她既然来询问池清源，那么即将要做的事情就是有风险的，需要有人给她兜底，需要有人和她一起承担失败的风险。

"做。"池清源语气坚定，带着长辈的仁慈和果决。

四目相对间,池清源一眼洞穿了金虞所有的情绪。她的眼里像是在清水里投下了一颗石子,涟漪阵阵,波澜乍起。

金虞并没有她表现出来的那么淡定。

柳枝在手里被折成了好几折。

就算是两只狐狸在斗法,金虞也是年轻的那一只。她怔怔地看着池清源,这位省厅的经侦局局长,在一正四副及十九个处级单位领导里,也有着超然的地位。不光是那些位高权重的同级处长会忌惮他,哪怕是厅长,也会给他足够的尊重。

早在金虞进入大学之前,池清源已然成名,许多和经济有关的大案里,写满了关于这位警神的神话。

十年前,金虞抱着沉甸甸的分析不完的案例时想,将来自己一定要比这个警神更牛才行,要让其他的学弟学妹跟在她身后吃灰。

十年踪迹,十年心。

十年后的今天,是她跟在这些学弟学妹的身后吃灰。

"成年人不拉钩,签合同。你的合同是我签的,我是你的直接领导。"池清源硬挺的头发竖起来,无论如何都梳不出官场常见的大背头。

他看着金虞的目光,带着自上而下的肯定和期许。

还有,包容。

雨帘如幕,细雨敲窗,车里车外被隔绝成两个氛围迥异的世界。外面的世界模糊成遥远的一团,而车里的世界就连呼吸和叹气声都清晰可闻。

金虞的杏眼瞪着,没有了往日飞扬跋扈的戾气,只有淡淡的雾气。

"不管发生什么事情,你是在我的领导下做事,如果出现了纰漏,我作为你的领导,肯定负责。"池清源又说。

"你是我选的人,我既然选择了就不会后悔。我知道你是个什么样的人,如果我会后悔,那就不会选。

"你是我的兵,我是你的领导。天大的问责,也是先问我。

"我说明白了吗?"

池清源和金虞这一对上下属之间,从未有过如此推心置腹的郑重。

于池清源而言,金虞要去摸清楚非法借贷资金的来源,非法催收人员的组成,以及非法催收的各种方式。

报酬是一个功成身退之后进入省厅的名额。

金虞像是池清源放出去的风筝,线被抓在池清源的手中。谁知道金虞会不会"小舟从此逝,江海寄余生"呢?

从力量和权限上来看，金虞认为自己属于弱势的一方。

她没有安全感。

"真的？"金虞像是在试探，舔了舔嘴唇，眼皮抬了抬。

"真的。"池清源点了点头，没有丝毫的迟疑。看金虞这么紧张，他补充道："你见过只有贼吃肉没有贼挨打？总不能让你一个人挨打。"

金虞嘟囔了一下："我卖保险时，上司明里暗里地要抢我的单子；我卖游泳健身卡时，卡才卖出去，领导就想拿着所有的钱跑路；我卖保健产品时，领导威胁我卖不完的就得自己买下来……"

池清源揉了揉脑袋，有些头疼："我还不至于踩着你捞官位。有所为有所不为！"这么一条滑不溜秋做事完全不顾后果的泥鳅，你当我不怕鱼死网破吗？

金虞粲然一笑，圆溜溜的大眼睛清澈可人，她调侃道："遇见的骗子太多了，谁还会相信真爱呀？"

"我可提前告诉你，不允许打着组织的旗号以权谋私，中饱私囊。那样我可保不住你。"池清源警告道。

"给根烟抽吧，不然那点香火情怎么算？"金虞嘴角一撇，笑得得意又落拓，还是街面上那个不可一世的女流氓。

顾非全程开车，方向盘越抓越紧，到现在手才松了下来。

池清源是他遇到的最有性格的领导，敢在当时的政治大环境下接下经侦局局长这个位置。那时候，社会环境刚刚开始变化，整个官场震动，这个位置大家避之如瘟疫。但这么多年了，池清源依然稳稳地坐在这个位置上。

而金虞是他遇到的最有性格的女孩子。这五年里，她不是没有发财致富的机会，但是在混够温饱之后，任何可能违法犯罪的事情她都没有做过。

隔着厚厚的案卷资料的尘埃，顾非曾比对过音频，当时举报游泳健身房诈骗的电话就是金虞打的。

在顾非的眼里，金虞和池清源的相遇，应该是千里马和伯乐的鱼水之遇。但是两个极有性格的人，必然有一段艰难而复杂的磨合期。

依目前的情况来看，这段艰难的磨合期已然过去了。

池清源丢了一盒烟给金虞，这妞拆开后献宝一样地问前面的顾非："顾警官，你要不要来一根？"

神游的顾非被这么一问，有一种被两个人精看穿了心思的尴尬，耳朵尖红了一下，张嘴结巴道："我……我不会抽烟。"

"小孩习惯不错嘛，抽烟有害身体健康。"金虞还凑过来，"不过我觉得我对你的健康危害可能比烟瘾更大。"

顾非满脸黑线,耳朵红透了。

池清源看着窗外,神游万里。除了这个妞,恐怕没有谁敢在领导的面前这般放荡不羁了。单位里新来的白子玲,每次在开口说话前都会加上"池局"二字。而工作多年的赵倩妮和司晴两个人,如果他不在办公室,会偷吃零食说闲话,但是只要他在单位,就是正襟危坐。

呵,这是个不怕班主任的小学生呀。

偌大的学校里,不怕班主任的学生,又有几个呢?

在单位里,顾非是年轻的男神,英俊潇洒,有一肚子的学问。但是这个妞一句话,他就成了茶壶里煮饺子,肚子里有货倒不出。

每次在路口分别,顾非总觉得自己没有发挥好。

他说"再见",其实是期待着下一次的再见。

"池局,您就不问我下一步怎么做吗?"下车之前,金虞又问。

"《刑法》你肯定翻过,知道什么能做什么不能做。"池清源淡定地摇了摇头。

"这一次我原本想告诉你的。"金虞一笑,开门下车,"既然这样,就当送你个惊喜。"

金虞的背影高挑瘦削,但是并没有普通女孩子弱柳扶风的娇气,反而英气笔直。池清源远远地望了一眼,将目光收回来看着前面的道路。

顾非从中视镜里看了一眼池清源,欲言又止。

"上帝用七天的时间创造了世界,然后用剩下的漫长时间去修复各种漏洞。"池清源本就硬挺的脸上,凝重非常。

但是这些隐藏在深处的漏洞,如果不在运行的过程中出现错误,又有谁能发现呢?

但凡是错误,就会有人要付出相应的代价。

选了就不要后悔,后悔就不要选。

这是他和金虞一起选的。

没有人会后悔。

五万块钱,厚厚一沓放在一个纸质的信封里。金虞把这些钱拿出来,一沓一沓地拆开,蘸着唾沫一张一张地数过去。

"一百两百三百四百五百……一万。"

"一百两百三百四百五百……一万。"

……

金虞数了五次。

这画面看得方星海干瞪眼。约在这么高雅的咖啡厅,他面前坐着的女人却像是一个刚刚秋收卖了粮食的老农。

可千万别遇上熟人,这场面,他实在是觉得有些丢人。

"不好意思呀,我真没有见过这么多的钱。"金虞的微笑尴尬而不失礼貌。她拿了一个黑色的塑料袋,把钱装在里面,叠得方方正正的,再捧到怀里。

方星海一点也不怀疑,如果这妞的罩杯够大,她会毫不犹豫地把钱放在胸罩里面。嘿,自己是从哪里找了这么一个货呀?这种人,能合作吗?

美人贷,在方星海的眼里,是一个高端大气上档次的App,不是五官清秀的人根本就通不过审核借不到钱。像金虞这样的人,恐怕在美人贷连一千块钱的额度都审批不下来。

"没事,你慢慢数,不着急。"方星海拢了拢自己的飞机头,他可是富二代小开的身份,来底层体验生活。

现在倒好,直接被这妞带到沟里去了。

"我数完了。"金虞明显是数得口干舌燥,又叫服务员续了杯,嘴唇上留了一圈棕色的咖啡渍,怎么看怎么像个男人。方星海在心里疯狂地吐槽。

"再拉一份投资。"金虞用指尖敲了敲桌面,"我们雁过拔毛。"

第六十二章
将军夜引弓

"这么做,相当于火葬场为了扩充业务,偷偷摸摸地打广告说,银行运钞车上押运安保手里的枪都是空的没有子弹吗?"

方星海每次一思考问题,就会揉一下他的飞机头。

金虞的这个建议不错,但是风险太高了。

"你难道要亲自去抢运钞车吗?"金虞反问。当她正襟危坐,把额角的碎发别起,手里的白瓷勺子轻轻搅动着奶泡的时候,也有了名媛淑女的贵气。

人靠衣裳马靠鞍,捧着一纸盒子的臭豆腐、穿着人字拖鞋蹲在墙根吃得挥汗如雨时,无论如何都让人感觉不到端庄。

方星海舔了舔嘴角,其实这个建议,确实很不错。

"值不值五万?"金虞又问,圆溜溜的大眼睛闪了闪。

"合作愉快。不过你既没有钱又没有人,我上上下下还得花不少钱才能解决。利润肯定没多少,就不给你分了。"方星海侧着身体,眼神一挑一挑的,短半截的蓝色西装让他看起来和日漫里的名侦探柯南有几分相似。

金虞把怀里的钱抱得更紧了,低头看看钱,然后又看看方星海,点了点头。她像是怕吃了亏一样,又让服务员续了杯咖啡。

方星海唇角扯起一个弧度,叹气道:"都说现在阶层固化,我以前还不相信,认识你以后我觉得确实是这个样子。你看你这么聪明,也只能在街面上混个温饱而已。而我家里欠了银行好几千万,但是一点不影响我还是个公认的富二代,一帮子人围着我给我出主意,帮着我赚钱。"

"方总,你知道什么叫教养吗? 就是在吃肉的时候,不要当着我这种穷人的面吧唧嘴,不然我这种光脚的不怕穿鞋的,可能会和你动手。"金虞摸了摸自己的头,"被赵捷砸的这一下子可真疼呀,不过他已经离开岚梧市去外地了。"

方星海立刻噤声了。

就算他手底下也有一帮可用之才,那他也怕金虞突然之间把咖啡杯子砸在自己的脑袋上。

所以,本次会谈在双方友好的情况下愉快地结束了。方星海出门之后开着那辆招摇的大奔离开,而金虞在路边拦了一辆出租车也离开了。

出租车司机看上去有点凶悍,在月黑风高下随口问黑塑料袋里装的是啥,金虞随口回答:"姨妈巾。"对方知趣地再也没有搭讪。

车开不进窄窄的巷子,金虞只能自己走进去。

她抱着钱,深一脚浅一脚地踩着泥水进去。突然之间,边上两个房子之间更窄的过道中冲出来几辆摩托车,轰的一声从她的身边擦过去。

"哧啦——"

她赶紧退两步,死死抱着怀里的黑色塑料袋,腰前的衣服布料开了个大口子。如果不是她躲得快,这一刀肯定见血了。

冷风从破了的地方灌进来,让人从头寒到脚。

明晃晃的刀子在月光下闪着寒冷的光。

金虞抱着钱,停下脚步来,看着五个人手上拿着刀子骑着摩托车围了过来。她深深地吸了一口气,然后弯下腰,从脚边捡起半块砖头来。

这五个人都戴着口罩,前面两个拿着在五金店买的菜刀,后面三个中一个拿着钢管,两个拿着砖头。

一击不中,五辆摩托车在这个巷子的十字路口上横排开来,颇有不给钱就不让离开的架势。车灯大亮,把本就不大的地方照得如同白昼。

金虞微微眯着眼,适应这刺眼的强光。前后不过数秒的时间,一阵喧哗声传来:"抓贼呀,抓小偷呀,抓强奸犯呀!"

呼啦啦地,从另一个地方冒出几个人来。

为首的是个胖子,拎着一根钢筋条就冲了过来,一下子朝着一个人砸了过去。后面一个稚气未脱的小年轻捡着砖头往摩托车上砸着,另外一个拎着扳手,力大无穷,一扳手就把一辆摩托车砸倒了。

金虞看了看手里的板砖,朝着面前这个想要借着摩托车的冲劲抢她包的人狠狠地砸了下去。

"啊!"

这人喊了一声,但是没有摔下来。

金虞听声的技术还不错,立马认出了这是高三烂。她还想再砸一下,但是高三烂踹了她一脚,迅速骑着摩托车跑了。

五辆摩托车上的人,除了被扳手砸倒的一个和被钢筋条打落倒地的一个,另

外三个都跑了。这两个被打落的人连摩托车都不要了,连滚带爬地往前跑,不顾自己后背被人追着打,硬是坐上了前面人的摩托车,扬长而去。

"靠,现在这治安怎么成了这个样子?女孩子晚上还能不能一个人回家了?"孙简把金虞搀起来,把她身上的泥水拍掉。

拿着扳手的张大发是个狠人:"哥给你报仇去,等着。"说完,他的两条腿像是安了电动马达一样,噔噔地就要跑上去把那五个半路上冒出来拦路抢劫的人给追回来。

另一个软萌的胖子一把把钢筋条扔了,扑哧扑哧地喘着气,恨铁不成钢地看着张大发的背影,又追上去喊:"傻呀你,回来把摩托车骑上!"

张大发一拍脑袋:"对呀,我两条腿怎么跑得过两个轮子?"他又跑回来,从两辆被打翻了的摩托车里挑了一辆,轰的一声蹿了出去。

软萌的胖子被这一波操作噎得翻白眼,但是奔过来打架就已经让他有些吃不消了,喘了几口才喊:"你现在出去,人早跑没影了!"

这胖子一屁股坐到翻了的摩托车上,对着金虞说:"我谢谢你呀,我一个键盘侠跑这儿给你行侠仗义来了。接下来怎么办呀?"

"报警!"金虞看了看模糊的路灯。

这黑恶势力的钱真难赚呀。

金虞现在还有点劫后余生的庆幸,要不是她提前打了电话让麻旦旦、孙简、张大发几个人过来接应一下,恐怕不光钱已经被人抢走了,还会挨一顿结结实实的揍。

那人可是高三烂呀。之前她把高三烂送到派出所去过年,现在过完年了,人家也出来了。

他和方星海一拍即合臭味相投,今天是来这里打击报复恶心她了吗?金虞揉了揉心口。

她能怎么办?她也很无奈呀。张大发骑着摩托车回来了,恨恨地把摩托车扔在了地上:"这帮孙子,溜得比兔子都快,追他们确实没用。"

不过,张大发的眼珠子一转,立马去和麻旦旦合计了:"贼把咱妹子打了,咱就把他的摩托车给卖了吧。我看这两辆摩托车还值个三四千块钱,总算没有白出来一趟。"

孙简插话:"我还挨了一脚呢。"

金虞一拍脑袋,把这三个人叫过来一番合计。三个人都觉得这个主意相当不错。古人诚不我欺呀,让他从哪儿来的往哪儿去,才是好主意。

"咱们能把他送进去过年,就能把他再送进去过植树节和愚人节,说不定这家伙一整年的节日都只能在看守所里度过了。这高三烂怎么不长眼睛,不看看自己把什么人惹了。他是想把牢底坐穿呢!"张大发觉得金虞的主意好。

"这比让他赔钱还解气呀。"孙简说。

麻旦旦兴奋地搓了搓手,键盘侠的双手已经饥渴难耐。

"本来我还在愁,怎么能让方星海无人可用呢。这是想瞌睡,就有人递枕头呀。"金虞想了想,"来来来,咱们先凑钱再买一辆摩托车。"

麻旦旦突然一下子变得很痛苦:"不!老子没钱!"

金钱,就像是大草原上一头受伤的羚羊,豹子狮子蟒蛇闻着味全追过来,天空中还有秃鹫盘旋不止。大家都想在这一场猎杀行动中分一杯羹。

没有一个人认为自己是韭菜,都觉得自己肯定会比镰刀跑得快。

此时此刻,金虞站在燕卓尔位于丰汇园的公寓里。

两条硕大的狗懒洋洋地窝在羊毛地毯上,甚至懒得抬起眼皮看一眼金虞。而燕卓尔只要拿起狗罐头,两条狗立刻伸出舌头,口水都快奔拉到地上。

金虞站在客厅中央,聚精会神地看着雪白大池子里的两条肥硕又慵懒的锦鲤缓缓游动着,水面甚至不起一点涟漪。

燕卓尔说:"我的狗一般寄养在宠物店,只有我回来的时候才会取回来逗乐。"

金虞不假思索地问:"那鱼呢?"

燕卓尔嘴角噙起一丝笑意,露出白森森的牙齿,狭长的眼里闪着冷酷的光芒,但是因为他和金虞背向站着,金虞看不到。

他说:"我有时候一星期回来一次,有时候一个月回来一次,有时候甚至半年回来一次。差不多我每次回来,都会换两条新的鱼。"

金虞心里一咯噔,寒意从背后袭来。

"你放心吧,美人贷用不了多久,就会垮了。"金虞一伸手,把一条露出头的鱼给摁了下去,沾了一手的水。

"否则,我就只能换鱼了。"

燕卓尔顺手把鱼食倒在了鱼池里。弱肉强食,鱼如果做不出什么能让他记住的事情,就会被清理出池。

对于金虞而言,是出局。

发酵需要一个过程。

金虞又买了一辆摩托车,连带着另外两辆摩托车一起停在了明日催的楼下。

不到一星期,三辆车全部被偷走了。

麻旦旦激动得不得了,盯着电脑上摩托车的定位,兴高采烈地给金虞打电话:"找到了找到了!这五个人骑的摩托车全部都是偷来的,老窝在新建设路上的一个二手摩托车超市,我现在就打电话报警去。"

"旦旦哥,靠你了呀!"现在节奏这么快了吗?高三烂居然这么沉不住气,偷来的摩托还这么着急地偷回去。

"哥是个键盘侠呀。保证明天一早起来,到处都是摩托车被偷的消息,在咱们岚梧市地面上肯定比狗仔队偷拍了哪个明星出轨还要劲爆。毕竟咱们大家没有见过明星,但都丢过自行车和摩托车呀!"

麻旦旦说着,胖手已经噼里啪啦地在键盘上开始动作了,还有人在远程帮忙。

"要是狗仔队有我这技术,去跟踪贪官污吏就好了,保准咱们国家的贪官问题能得到根治。"

"如果真这样,大概是狗仔会被根治吧?"金虞笑一下,心情一片大好。

麻旦旦的手速确实很快,警方根据举报人的线索,一举打掉了一个偷摩托车的团伙,抓到了十几个犯罪嫌疑人。

就算是打了马赛克,金虞也能从那体形相貌看出就是高三烂和他的一群小弟。

这么一群人,再也没有来打金虞时的嚣张跋扈气焰,反而都戴着手铐,蹲在墙根,成了记者采访警察的背景板。

张大发和孙简来来回回地把这段新闻报道看了好几遍,孙简懂法,说:"还好咱们没有把另外两辆摩托车给倒卖了,不然咱们不就和那些偷摩托车的一个德性了吗?"

"我说他们怎么能偷那么多的摩托车?"张大发看着那一辆辆摩托车,伸直了脖子,"真是人有多大胆,摩托车偷多少呀!"

一开始金虞提出再买一辆摩托车和捡的这两辆放在一起,然后等着高三烂来把车偷走,再报警抓他们的时候,麻旦旦、张大发和孙简三个人都觉得金虞是脱了裤子放屁——多此一举。

万一这些人不来怎么办?还平白无故砸手里一辆几大千的摩托车,不如把这两辆摩托车卖掉。

金虞力排众议:"高三烂一直跟着岚梧贷的高荣森混,但是高荣森一直想和这些地痞流氓保持距离。实际上高三烂的业务已经不多了,他这两辆摩托车如果是自己买的,值八九千块钱呢,结果车扔在地上就跑,说明这车根本就不是他们自己的,肯定是偷来的。

"自己家的车是怎么爱护的？台风来的时候,去挡着台风怕把车刮倒,结果人被台风刮倒的车给压死了。

"像高三烂这种地痞流氓,肯定还会把车偷回去的。"

这才短短几天,就验证了金虞的猜测,甚至都不用人专门跟踪,只需在新买的摩托车上安装一个定位设备,靠着麻旦旦跟踪吆喝,一步到位。

当地新闻立刻就被抓捕摩托车一霸刷屏了。

新闻上把这伙人称为"惊天摩盗团"。一时之间,社交平台上到处都是关于这些被捕的摩托车偷盗团伙人员的段子,聊天时不发几个以他们为蓝本的表情包,都会觉得自己是不是老了。

网络的狂欢盛宴,彻底把高三烂踢出了局。

不出意料,高三烂不能再出来蹦跶了。

金虞关注的是另外一个战场。

方星海的速度真快,低薪雇用了原本赵捷手底下的那二十几个人,又配合着姚雪这些借了又借没完没了的美人贷骨灰级用户,迅速把摊子铺了开来。

金虞给方星海的建议就是扩大业务,能创收多少算多少。之前做美人贷时已经垫进去一波钱了,接下去可以再找其他平台接洽融资,她觉得市面上的那些小银行和小额贷款公司就不错。

集结在论坛和各种借贷群里的人已经炸了:

"有人在我宿舍门上泼了一桶油漆,让我明天必须还钱,怎么办呀？"

"我今天还在上课,被两个人从教室里带走了。"

"我宿舍楼里面,撒满了我的裸照,那不是我的裸照,是拿我的脸和AV女优的身体PS出来的。"

……

此次事件波及的范围极广,在全市多个职高和专科院校里都有发生。金虞把涉事人的信息和手里的信息进行了比对。

之前不少人被逼去坐台,但是有一部分靠着和流氓配合做仙人跳还了一大笔钱,已经从"起视四境,而秦兵又至矣"的催收困境里走了出来,剩下的钱也在通过其他的渠道还。

而姚雪这种,是神仙也难救的人。

当姚雪的电话再次打过来的时候,金虞叹了一口气,直接把她拉进了黑名单。

神仙难救呀。

方星海的美人贷联合岚梧贷和程隆贷一起放贷,通过姚雪和雇来的社会闲散人员散播兼职信息,吸引校园现金贷款和消费。

利率比知名度高的那几个校园贷高几个百分点,以七天为一个周期计算还款数额和违约金,App上还提供少量兼职信息。

一般的学生拿到宣传单后就会直接丢掉,只有那些已经欠了一笔又一笔贷无可贷的人,才会把宣传单当成最后的救命稻草,牢牢地抓住不放。

饮鸩止渴,还是置之死地而后生?

这些催收的人野蛮而暴力。金虞设了仙人跳的局创收之后人手不够,马实、马奋又招了很多人加入到队伍里。

每天晚上,他们都会扇栽进局里的人几个大耳刮子,没几天一个个脾气见长,等到一个星期过完出现了违约情况,这些处理晚上仙人跳的流氓也加入到了白天的催收队伍里。

他们用对付嫖客的方式去对付欠了巨额债务的年轻女性。

声势浩大,黑恶势力完全浮出水面。

报警的电话明显比平时多了不少:当事人报警,当事人的舍友报警,当事人的宿管报警,当事人的辅导员报警,当事人的父母报警,还有租住在外面的当事人的邻居或房东报警……

事情的发展,已经超过了人为可以控制的地步。

一力牵头促成贷款的方星海,他的钱已经贷出去,收上来的钱又被贷了出去。另外两家小额贷款公司既要收回自己的钱,又要撇清关系,已经准备联名向法院起诉。

社会影响极其恶劣。

女孩子们的个人资料以几块钱的价格被抛售,无数心怀不轨的人眼巴巴地盯着那些身份信息和联系方式的压缩包,在夜深人静的时候将电话打出去。

之前的"惊天摩盗团"已经不算什么了。

警方,已经介入调查。

"这些乱七八糟的贷款就是房间里的大象,这个派出所抓到的是大腿,那个银监局握到的是尾巴,当地的工商局摸到的是鼻子,个子高的大银行摸到的是耳朵。一群装瞎的,现在谁都不能说房间里没有大象了!"

意气风发的白子玲干活的劲头明显足了不少,就连跟着领导去审那几个妖魔鬼怪一样的经济犯时,明知道是碰钉子,也碰得百折不挠。

"道高一尺魔高一丈,历来都是案件在前,立法在后。等你也有了十几年的警龄,就能明白了。尤其是在社会飞速发展的时代,各项法令的颁布速度比从前快多了。"赵倩妮抓了一把枸杞,搁在了白子玲的杯子里。

"我们国家早在清朝的票号,被称为最早的银行,分店不光在中国的港澳台有,就连欧洲的很多国家也有。票号的掌柜每年回来述职,把一条街压得像商业帝国。但是后来清朝廷借了不少银子,压垮了这些家族的家业。国外早期搞金融的人绕不开我们东方的华尔街。

"资本主义的银行后来居上,不光是业务扩展到整个世界,还把持着他们国家的货币发行和政治战争局势,已经远远超出了我们普通人对于银行借贷的理解。

"每一个时代都有每一个时代的特色,我们这个时代的信息传播更透明更迅捷,对于普通人的冲击也就更大。那些国外的银行和我们国家的正规大银行,都是靠着巨额的手续费来实现银行的盈利。但是这几年出现的网上支付App平台跨过了银行交易,手续费就直接被免掉了。

"而我们的平台在最早推出的时候,饱受诟病,也被国外的银行称为房间里的大象。"

司晴百忙之中抬起头来,她的案头上摆了一叠资料,是关于美人贷、岚梧贷和程隆贷的。房间里的这头大象,已经到了不容任何人忽视的程度。

"我通过运行程序,发现除了三十几家大型正规银行名下的App还能正常操作,其他App的页面有的已经打不开了,有的打开也不能登录了,好几家页面直接显示:系统维护中。"

王者的手指翻飞,几个手机摆在案头,迅速地切换着页面。

"不知道的还以为搞贷款的网站被有关部门扫黄了呢。"麻旦旦没有权限进入办公室,但可以和王者配合做远程的软件分析,他一边吃着豆子,一边抠着脚丫子,再一边把这么一句话给王者发了过去。

王者看到弹出来的消息,顺嘴念了出来,却没有一个人笑得出来。

第六十三章
诡谲风云涌

雄风起于青蘋之末。

大浪起于微澜之间。

雪崩的那一刻，没有一片雪花是无辜的。而山风呼啸而来，可以为这一场雪崩造势。金虞并没有留在办公室静观其变，而是撸起袖子也下水了。

她当起了键盘侠，不生产催收资料，只是催收的搬运工。目前的催收模式，很多都是把一群老赖放在讨论组里面，接单的人自己判断远近成本和难易程度来接单。

美人贷的这些欠款资料符合基本的运作，她把这些资料补充进去，那些社会闲散人员看到年轻女性的单子，就像是闻见了鱼腥的猫，扑着腥味一哄而上。

即使是不属于美人贷的债务部分，也被打包压缩在了里面。

一时之间，年轻女性被社会催收团体围追堵截的事件甚嚣尘上。到现在为止，已经不再是美人贷的催收合法不合法的问题，而是岚梧市地面上已然形成人人催收的盛况。

金虞曾经给方星海提过建议，不拘泥于雇用几个流氓来催收，可以广泛地调动大众积极性。比如像姚雪那类年轻貌美的老赖不仅有颜值，还有渠道，应该组织起来形成一个循环链：通过论坛和群，发布催收信息，让人人都能抢单。

这些案卷资料源源不断地被送到了经侦局，经侦局再经过精心挑选，送到专案组。白子玲瞪圆了眼睛："我只见过共享单车的，债务催收现在也能共享了？"

"都说自由贸易是天堂，但是谁都不想去天堂。"顾非看着这些五花八门的单子，也有些无奈了。

刚开始让人瞠目结舌的频频爆发的案件，只是开胃菜而已，现在岚梧市地面上炸了的催收现状，才是真让人始料未及。

从地面监控发回的信息来看，就连广场舞大妈都加入了催收的队伍里面。

那些穿着彩色广场舞服装、拿着扇子和长剑的广场舞大妈，直接把场子拉到了欠债人的小区里面，只要欠债人露面，四五个人就开始擂鼓助威。

催收，在广场舞大妈这里已经变成了一门艺术。

经过这些五花八门的方式，有些经典要账场景甚至被拍成了视频传到了网上。老赖破口大骂，拒不还钱的样子被做成了表情包，比如：

我凭本事借的钱，凭什么还？

你有本事要走，那是你的钱；我有本事留下，这就是我的合法收入。

老子就是不还钱，又怎么样？

要钱？要不出来吧？

白子玲在百忙之中偷偷上网逛了一圈，给司晴和赵倩妮看："主任，你看，现在又上线了几个表情包。现在还有人想要交换债务的，就是我去帮你要你七舅老爷不还的钱，你来帮我要我大伯家的侄子不还的钱。人才呀。"

赵倩妮也是哭笑不得："只听说过以前的人逃荒路上穷得吃不起饭，遍地饿殍，很多人舍不得吃自己的儿子女儿，就和别人家换了儿子女儿吃的。没想到债务这种东西，也能大家互相换着催。"

"我们已经进入各种新事物大爆发的时代。历史上上一个生物大爆发的年代，叫作寒武纪，很多地球上从没有出现过的生物都是在那个时候突然间完成了进化和生长。"

"但是我们要相信，这样的乱象不会持续很久。难以承受自然规律轮回的生物，会很快消失，成为以后的人研究的标本。"

司晴说完，揉了揉有些通红的眼睛。

有关部门只分为两种，一种是怕事的，一种是不怕事的。因为经侦局局长池清源比较剽悍，一手抓人，一手抓钱，硬是把一个配合的有关部门做成了身先士卒的先锋。

办公室里的人不多，放眼望去，阴盛阳衰。几个女经侦百忙之中聊几句，其他工位上都是空的。不用说派出所，现在恐怕就连四大国有银行在岚梧市的分行，再加上发放牌照的工商管理部门，还有始终高高在上的银监会，他们的楼恐怕也都是空的。

这种全民讨债的空前盛况，终于引发了连锁反应。

顾非和王者一起跟着派出所的人出外勤，去犄角旮旯的郊区。王者拿着手机看导航，眼看着行进的路绕成了个二维码，满脸黑线。一抬头，不知道此时此刻自己身在何方。

王者憋出了内伤。

当地派出所的民警和协警见怪不怪了。警棍不离手的转业军人马豆林耐心十足,一边安慰着快要暴走的王者:"路嘛,总会到的,有点耐心。"一边给开车的年轻民警支着:"左边走一下,如果没有封路就过去,如果封了路,咱们就换另外一边。"

王者无言以对。

"岚梧市东北向的郊区,偏向内陆,交通不便,从前是火力发电厂,又为了轻重工业平衡,开设了一系列的轻纺工厂。后来国家先关停了大部分的煤矿,接下来就是这些城市周边的火力发电厂。鸡肋的轻纺工厂也陆续被关停了……"

王者打断顾非这个两脚图书馆,他总是无时无刻不在科普。

"抓重点。"王者觉得这高低不平的道路快把自己的肺给颠簸出来了。

"从前地产商买不起也看不起郊区这么多废旧工厂的地皮。但是现在城市的地铁马上就要延伸到这里,所以附近开始了大规模的拆迁……"

顾非手里捧着杰西·利弗莫尔的书正在看,指尖哗啦啦地翻着,无视了王者的嘴角起泡。

自从出了经侦局的大门,王者觉得自己的嘴天天都在起泡。

"咱们可以抓重点吗?"王者有些无语了。

"城市建设中,道路规划不到位,你手机上的导航就更不靠谱了。"顾非把书放下了,理了理身上的警服。

经侦和技侦的警服制式、警衔,与派出所民警和刑警的有些区别。经侦和技侦偶尔也会出警,但是很少参与到这种穷乡僻壤的治安事件中来。

王者和顾非两个人,引起了其他人的好奇,比如他们会问顾非:经侦是不是福利待遇很高?你是不是认识很多省厅里的大领导?是不是很多区长或办公室主任的女儿都想要嫁给你?

比如他们会问王者:网警大队扫黄截留下来的片子是不是能自己留着看?程序员是不是真的钱多话少死得早?你们出门相亲要不要买一顶假发戴上?

戴个锤子。

我是出来办案的,不是出来耍猴的。

王者实在没有那么好的涵养,他突然觉得能坐在办公室里好好地敲键盘,本身就是一种莫大的幸福。风吹不着,雨淋不着。

叮一声,王者手机上的导航显示到达了目的地,但是一路过来的路线和地图上提示的最佳路线完全没有重合过。

顾非拍了拍王者的肩膀:"纸上得来终觉浅,绝知此事要躬行。"

王者无言以对,拿起了手中的防暴棍。

第六十三章

键盘侠在没有了键盘的那一刻,就像是剑客没有了剑,相当不趁手。出警两辆车,四个警察,其中副所长和指导员都配了枪,其他人也都配了防暴棍和防暴喷雾。

其实在之前本地还没有拆迁的时候,派出所里的协警数量都不多,而且出警的装备也没有这么齐全。自从开始拆迁,这个辅警、协警、警务室加起来不够二十人的派出所规模急速扩大,又招了三十多个辅警,调拨过来十几个民警。原本这个派出所没有食堂,和另一个单位搭伙,现在也单开出来一间,雇了两个大师傅。

"等会儿我们进去,一定要注意安全!"派出所一般很难来年轻人,年轻人都被安插在机关单位。转业军人马豆林对两个年轻的后生关爱有加。

王者和顾非不以为意。

两鬓斑白的王指导员一边带着人往楼上走,一边在后面给两个人解释了一句:"村民如果受伤了,有开发商赔;开发商的工人受伤了,有领导赔;咱们受伤了,只有一群点赞的。"

这是一栋六层高的老式单元楼,因为这片儿分批拆迁,还没有轮到。这家的主人居住在四楼,在火力发电厂和轻纺厂上班的两口子双双下岗以后,家里的经济情况一落千丈,倒腾了两三年到处打零工,后来才逐步稳定下来。

这家的丈夫张宝全在火车站卸货卖苦力,他老婆张英学了一手烙饼的手艺在学校门口卖早点。前两年岚梧市大规模拆迁,在城中村里的人如果有自家的独门小院,都会迅速地把院子修成房子,好在计算面积的过程中折换成住宅面积。

但是这种老楼的面积是固定的,这些人就没有修楼的欲望,反而是贷款买车,贷款赌博,贷款学着城里人开始搞投资。

结果这楼的拆迁合同并没有下来。眼看着前面几十栋房子都拆了,到了他们这里居然不拆迁了。从银行借的钱,从高利贷手里借的钱,他们自己哪里能还得了?利滚利,都到了要还的时候。这夫妻俩就算是把自己的骨头都敲碎了卖掉,也还不上利息的零头。

这不,现在小银行也想趁着地面上那些八仙过海各显神通的能人折腾的时候,把自己的呆账清理一下。

现在流氓就在里面围着夫妻两个要钱呢,是在外面买菜回来没有进门的大女儿报的警。

这老楼是木门,两个人狠狠一撞,门就开了。映入眼帘的就是一对愁眉苦脸的中年夫妻蹲在地上,沙发上坐了一圈大汉。

"咋的？欠债不还还报警，找了警察就能不还了？连本带利四十五万八千两百七十六，一个子儿都不能少。花钱的时候是大爷，还钱的时候还想当大爷？哪儿来那么大的本事？"

为首的是个大光头，但是明显脑子没有那么敞亮。这种场合，一般警察会当作民事纠纷，劝一会儿可能就走了。

这个大光头飞起一脚，踹在了中年男人张宝全的背上。男人脚下不稳，倒在了女人身上，女人张英头磕在了茶几上，鼻血一下子喷了出来。

市井混得时间长了的人，都有那么点悍气，此时又有了警察撑腰，张英爬起来拎着擀面杖喊："我拼了，不让人活了！"

流氓立刻亮出了刀子——某宝六十六块钱包邮，蛇芯子一样的刀刃还在微微晃动着。这大光头第一个冲了过来："不给钱还打人？警察同志，你们可是看着的，欠钱的人还打我们。不是我们动的手，我们在正当防卫……"

张宝全卖苦力的底子还在，一百多斤重的东西对他而言都不算事，他把冲过来要打他老婆的小个子像拔萝卜一样地提了起来。

一时之间，乌烟瘴气，这个不到二十平方米的客厅就成了战场。目之所及，所有人都贴在了一起。但凡是站在门口的，肯定都想跑。

警察不能跑呀，从一开始进来就在维持秩序，但还是被误伤了一下。面皮青嫩的两个警察现在都觉得肾疼了。

警察喊着"住手"，过来拉着，但是也架不住这么多人一哄而上打成一片。那个原本怯生生地跟在后面的十八九岁的丫头片子居然拿着半个南瓜，直接砸在了大光头的头上。两个警察把她提溜出去，这妞还扑腾着脚："敢打我妈！我揍死你！"

王者是拉着这姑娘的警察之一，衣服上被踹了两个鞋印子。另外的警察去制止其他人。顾非已经到了大光头的面前，他手里没枪，空手夺白刃。那大光头的刀子从顾非的腰侧横了过去，又沿着他的眉毛擦过去。

顾非躲的姿势非常奇怪，像是小姑娘在闹别扭扭腰一样，其实是因为左右两边都是在打架的人，他还得在百忙之中抽空清场子。

最后，他的手才抓到了大光头的腕子，另一只手夺了那把来回晃的刀子。

顾非的袖口被豁了一个大口子，外衣的袖子连着里面的衬衣都破了，血哗啦啦地流了一地。这大光头被转业军人马豆林和王指导员给摁住了。

大光头眼看着铐子铐上来，也不认输呀："凭什么？我要回的是我自己的钱！凭什么？我有艾滋病，你们敢抓我吗？！"

马豆林在还有三阶楼梯到楼底的地方摁了一下大光头的脑袋，这家伙跟跄了两下差点栽倒。

"上次扫黄的时候有你吧？你要说你得了淋病我信,我去电线杆子上给你找个资格最老的老中医。上次抓赌的时候有你吧？要不是我们警察到得早了一步,你的手指头就被人剁了吧？磨磨叽叽谁知道你哪儿被剁了,回去做笔录。"

马豆林那么严肃的人说出这么不严肃的话,关键还都是事实。这光头的脸一苦:妈的,洗浴中心还没有几个老相识呢,派出所里反倒都是熟人了。

不光男朋友吵架怕被翻旧账,二进宫三进宫的犯罪分子,更怕被翻乱七八糟的旧账呀。

被女朋友翻出一桩出轨暧昧的账,大不了换一个女朋友。

被警察揪到他多偷了一辆摩托,他就得在看守所里多待一年。

张宝全和张英夫妻两个,再搭上他们的女儿,一家三口哭哭啼啼地开始告状,好像刚才拎着板凳、擀面杖、啤酒瓶子和人打成一窝的人不是他们。

"等等,我联系一下信达贷、程隆贷,还有哪几家来着?"王指导员已经见怪不怪了,直接把话题岔开。

一行人上车,留下一群伸长了脖子想要看点好戏的吃瓜群众。这些人有的已经拿到了拆迁款,沾沾自喜:"我也欠了三十多万,还好分了两套房卖了一套,不然现在也天天被人跟着让还钱了。"

还有老太太站着说话不腰疼,两只手撑着拐杖,佝偻着腰,抿着一口掉光了牙漏风的嘴:"这两口子也是够蠢的,直接把那个十八岁的女儿抵押出去不就完了？老太太我有七个女儿呢,抵押出去还有六个。"

"你那最小的女儿比我还大,谁要?"有个汉子喊了一声,人群里爆发出一阵笑声。

笑声渐行渐远。在催款已经日常化的今天,这些人已经见怪不怪。

警车上的位子不够,好在这几个来要账的流氓是自己开车来的。一帮子都被塞到了车上,警察和一家三口以及四五个流氓都消失在了吃瓜群众的视线中。

"疼不疼呀?"在观摩了三场抓捕以后,王者已经把创可贴当成了居家旅行必备的神器。但是顾非的胳膊隆起,露出来发达的肌肉,血正一丝丝地渗出来。很明显,三张创可贴都包不住那个伤口。

顾非淡定地摇了摇头。

马豆林在开车,略显无奈。在正常情况下,只要没有发生激烈的冲突,警察都不愿意介入这样的私人财务纠纷里。

"最后一个纺织厂其实已经做到了流水线生产,是一家私人小企业,效益还不错,一个女老板开的。要生产就要购买原材料,还要给工人发工资,交厂房的

租金，购买做衣服的大机器，这些哪一样不要钱？但是在东西交货之前，买家是不掏钱的，都得这个女老板自己去银行贷款。前两年赚了些钱，这女老板还在岚梧市里买了房。纺织厂解决了这附近不少人的就业问题，女老板在这片儿的口碑也不错。

"但是后来经济寒冬了嘛，凭她的这点规模从银行根本就贷不出钱来。她一个搞小厂子的，能去找谁？总不至于为了一共三十万的贷款，就去找委托贷款的担保公司拿十几万出来吧？这女老板就借了高利贷。后来生意不景气，她的买家跑路了，她借钱也不够还高利贷的，最后房子都折里面了。前前后后报警报了十几回，那些流氓打她的耳光，在她的家里住着不走。每次我们到了，流氓就不动手；我们一走，流氓就动手。

"还有亲戚之间互相担保的，就咱们刚才路过的那个村。受害人核桃大的字认不了一筐，就给一表三千里的表弟担保贷了十万出来，一年多了还不上，她那表弟还跑了。非法催收的人就找到了她的门上，天天堵着要钱，她要敢喊'要钱没有要命一条'，那要钱的就真的敢冲进厨房去把菜刀拿出来剁了她的手。"

马豆林一连举了好多个例子。这个转业多年的老军人背影魁梧，但是抽烟的动作看起来有些沉重。末了，他还叹气："以前在部队，训练量大，时间紧，任务重，以为转业后生活就好了。但是现在每天看着这些糟心的事，想着还不如不转业了，就在部队上待着。"

"都说咱们国家的居民储蓄额高，但你看现在这乌烟瘴气的。尤其是这个月，都办了多少这种案子了？和钱打交道的，哪有扯皮能扯得清楚的？"王指导员也要了一根烟。

时代巨变，泥沙俱下。

顾非拿着笔记本已经写了三分之一的厚度，他停下笔，有些出神。

阵痛。

春雨贵如油，但是在这个钢筋水泥的森林里，领着工资的小白领和领着退休金的老人，再加上拿着分红的那一小撮资本家，都意识不到春雨的珍贵。

雨对于他们而言，仅仅是手机上播报的天气情况而已。播不播看气象局，信不信看他们自己，至于到底下不下雨，那就只能看老天爷的意思了。

休戚与共，息息相关，才会有最深沉的感情。

金虞掬了一捧水，又看着水在指缝之间漏下去。池清源看着这四面开花到处结果的局面，觉得有些意外，故而亲自来和金虞确认到底哪些事情是金虞做的，哪些事情是大势所趋。

到现在,他已经完全认可了金虞的能力。

"池局,鱼尾巴可是滑溜得很,您还想抓住呀?"金虞挑了挑眉毛,不为所动。笑话,谁干了那么多煽风点火的乱七八糟的事,都不想承认呀。

"肃清非法催收行业,仅仅是一个开始,在接下来的工作中,全市大概会投入七千人的警力完成扫黑除恶的任务。"

七千人,规模空前。

金虞是先锋队中的先锋。

池清源的脸严肃刚毅,没有开玩笑的成分在里面。但是只要和金虞打交道,节奏可能就会被带歪。

"我容易吗我,一边要为虎作伥,一边又要为虎添翼。"金虞掬着水的双手微微震了一下。欲语还休,欲语还休呀。

第六十四章 天地有大同

上帝欲使人灭亡,必先使人疯狂。

而在这之前,上帝曾经毁灭了人类造出来的巴比伦塔,使人类分化出了无数种语言。这语言,指的也许是思想,当每一个人的想法都不同的时候,说出来的就是不一样的话。

身在无间,脚踏正邪两岸,面朝阳光,背后洒满了阴影。

一边为虎作伥,一边为虎添翼。池清源咀嚼了一下这两个词,不置可否,脸上微微抽搐,不得已地牵起一个弧度来。

作伥,是说以方星海为代表的这些放贷人手里的钱急速增长着。不管是仙人跳还是非法催收,他们的银行流水量都是惊人的。

添翼,是说这些参与其中的人都冒头了。从刚刚挂牌的小银行到各大App以及他们在街面上的流氓代理人,都进入了警方的视线之中。

说得还挺贴切。不过金虞既没有获得利益,也不曾亲自参与其中,两项说出来都比较勉强。

万花丛中过,片叶不沾身。

"我只是提出了一个点子和实施的办法,自然有人看到这后面的钱,前赴后继。"金虞用食指戳了戳自己右边的太阳穴,显得有些为难了。

"池局是觉得我把池子搅浑了吗?"难得,金虞在说话的时候也用上了敬语。

"再接再厉。"池清源很少用溢美之词,这已经是他对金虞工作的最高赞赏了。同时他拿出一个信封来,郑重其事地放在了金虞的手里。

这姿势像什么呢?

金虞成绩不好,没有入党。她觉得像是读小学时第一次戴上红领巾,一帮七八岁的小孩围着红领巾,暗自惊叹着:都说红领巾是用烈士的鲜血染红的,这得多少人的血才能染成这么多的红领巾呀?

金虞搓了搓手,没敢接,脸皱成了一团:"池局,我这还活得好好的呢,您不至于现在就把抚恤金给我了吧?"

这次随同池清源来的人是白子玲,白子玲想要近距离地接触一下这位能在地痞流氓中间混得风生水起的大拿,沾点锐气。

结果呢?

一开始金虞还挺像那么回事的,让她心生向往:这可是将来的黑帮女老大呀。

但是这才几下,她就变成了小弟,连池清源给的钱都不敢拿了。

不过,作为金虞的新晋脑残粉,她看着金虞有点犯花痴:这是平易近人好不好?很萌的。

其实白子玲不知道,看到她进来坐下,金虞也仔仔细细地打量了她半天。一看就是出身优良的城市里的孩子,安安稳稳地读书,正正经经地上班,再顺顺当当地谈个恋爱,最后结婚生子。

每个人都活在别人的羡慕里。

"我们这些天抓到了一个跑路的担保人,再加上这些天抓到的流氓,掏出来一些事情。这是你的工资。"池清源强调了这一点,金虞才接过来。

她已然进到了这个门道里,赚钱可以像在秋天的公园里捡树叶一样。但是那些可能会让她身败名裂的钱,她一样都没有沾手。

劳动所得呀!

头一回领到了国家单位发的工资。

眼中,隐隐有些雾气。

池清源拍了拍金虞的肩膀:"再接再厉。"

白子玲也对着金虞做了一个鬼脸,满脸的胶原蛋白,眼里有着光亮的神采。金虞不禁感慨:年轻就是好。在这种人流如织的夜市,这三个人在坏了的灯泡底下喝着热奶茶,根本引不起任何人的注意。

两个人离开之后,黑暗中就剩下了金虞一个人。

身在无间,脚踏正邪两岸,面朝阳光,背后洒满了阴影。

方星海这会儿真的不忙,就算是忙,那也是忙着数钱呢。所以他现在还有心情把金虞约出来喝东西,金虞一边打着饱嗝,一边默默地觉得自己很饱。

当然,方星海现在终于看得起她了,约在了会所。

霓虹五光十色,每个人都穿得很清凉,让人怀疑现在不是春寒料峭,而是夏日炎炎。方星海点的那几个姑娘,胸前沉甸甸的,让人忍不住想去替姑娘分担一点。

　　有沟必火呀,方星海都快把脑袋埋里面了。当然,麻旦旦的脑袋太大,不太好埋,那瘦削的美女在胸前放了一个酒杯,一点一点蹭到了麻旦旦的面前,让他把杯子端下来喝下去。

　　隔着一米远的距离,金虞都能看到麻旦旦眼里冒着绿油油的光。他已经和方星海称兄道弟,说起用互联网赚钱的点子一套一套的。

　　"以前的贴吧,你知道不?我那时候倒买倒卖那个东西,三千人注册的贴吧,花两千块钱从原吧主手里买过来,再弄一堆僵尸号注册一下,倒手一万三四卖出去。前后也就一星期。那时候我年轻呀,不怎么懂事,觉得这就赚老鼻子钱了。"麻旦旦一讲到自己合法的英雄事迹,就激动得拍大腿。

　　而金虞正在把一个人放在她大腿上的手拍下来,一脸恶狠狠的表情,活脱脱一条大鲨鱼,吓得那皮白肉嫩的男人不知道自己到底做错了什么,像个兔子一样缩在一边。

　　"妞,你喜欢什么类型的?"方星海的记忆可能和鱼一样,只有七秒钟,他已经把给了金虞五万块钱又雇人抢回来的事情给忘了。

　　当然,"惊天摩盗团"只会承认自己偷了摩托,而不会承认五个人在路上想要揍金虞反而被金虞揍了的事。

　　"霸道总裁,能包养我的。"金虞自顾自地抽着烟,斜飞着眼睛,不怀好意地打量着面前的两个男人。

　　女人流氓起来,可是比男人强多了。

　　可惜,哥不好呛口小辣椒这口。

　　方星海心里有了个主意:"点得起牛郎的人,还稀罕去伺候霸道总裁?"然后示意周围的几个女人拿着一叠牌去给金虞灌酒。

　　"我妹子不会享受。继续说,我以为我就很挣钱了,没想到那个从我的手里买走贴吧的人更会挣钱。那人一直以吧主的身份在贴吧里发布小吃信息,有多牛呢?就是你看一下他发的几百条帖子,就想立马拜师学艺,凉粉凉皮钵钵鸡,红烧肉烤鱼烤鸭烤羊肉串,只有我没有吃过的,没有人家不会的。然后加上他的微信和QQ一看,空间朋友圈里更是各种小吃信息满天飞。

　　"你也知道这几年的失业人口有多少,随手搜一下小吃,有多少人感兴趣呀。

　　"加那人的韭菜也多了去,有人花一万两万最多五万的买他的小吃技术。作为一个吃货,我就不相信有人能一个人做出满汉全席来,特意把他发出来的所有图片都恢复了水印,才发现这孙子也是靠的百度。"

　　麻旦旦高兴,两个给他倒酒的美女忙得不亦乐乎。方星海也够大方,皇家礼炮都上了两瓶。

"百度的资料就能卖好几万？我放贷还得自己掏钱或者是去别人那里把钱借出来呢。这就是一本万利呀，雇几个人干这活儿，一个月轻轻松松也能有几十万呀。"方星海眼睛一亮，没想到这个胖子肚子里这么有货。

而且，两个人对美人的眼光是一致的，有着说不完的话题。

"以前能行，现在不行了。"麻旦旦重重地打了一个酒嗝，一口气喷到了面前女孩子的脸上。这女孩子也只是尴尬地笑笑，继续给麻旦旦倒酒。

"那是七八年前了，那时候智能手机还没有现在这样普遍，在大街上找十个人有五个人不知道用手机App转账，还有五个人认为网购就是骗子。那时候的搜索引擎，还不是AI模式，不会自动识别关键信息，把人最想要的信息排列到前面。

"说白了，那赚的就是一个信息差的钱。

"十年过去了，信息越来越透明，就靠着那几个直播平台，简单的小吃，谁不会照着葫芦画瓢？就看咱们隔壁的那几个矿业大省，他们的铲煤工人失业了，不也把那么多的大饭店都开到了咱们家门口吗？"

麻旦旦吃了一片奶油西瓜，整个人舒服地倒下来，但是旁边还有人在劝他喝酒。喝一口就能亲一口，娇滴滴的声音把人的骨头都给软化了。

麻旦旦肯定是舍命陪君子呀。

又过来两个风格不一样的帅哥，手底下摸着牌，酒一轮一轮地喝过去。

胖子倒在沙发上，头枕着小美女白嫩的大腿。金虞趴在桌子上，还扬着手里的牌，其中一个少爷喝太多了，想要去卫生间吐一下，结果被她脚上钩了一下，那么一个高挑细瘦的男人直接倒在了桌子上，撞了个鼻青脸肿。

金虞跳起来踩在茶几上哈哈大笑："谁和我继续打？"

不是打牌，是打人！

另一个要吐的，硬生生地憋了回去。三个少爷你看我我看你，都在心里把方星海骂了一万遍。平时他们只需要和女客人卖萌撒娇逗乐子就行了。

结果伺候这个主儿，已经不是扒一层皮下来了，而是要命呀！

方星海眼看着不行，用眼神示意旁边的兔女郎，又去换了一拨人进来，陪着金虞继续打牌喝酒。酒越喝越多，人的影子越来越模糊。

金虞拼命地揉着眼睛，想要看清楚手中的牌，但是她连皇后和骑士都分不清楚了，舌头也在软软地发麻。

酒，总有一个限度。

有人过来抢她手里的牌，她还是死死地捏着。就算是没有力气打人，那张牌也被一点一点撕成了两半。喝了酒张不开的眼睛翻了一个难看的白眼。

五颜六色的霓虹灯光下,有人手里攥着那半张牌,声音低沉:"都想要打出一张王牌,但是想要打好一局牌,只靠着一张王牌可不行。一张牌,怎么可能带得动一把烂牌?"

半张牌被扔在了没喝完的酒杯里,金虞被两个人抬起来带走,另外半张牌在她的手重重地磕到门把手的时候,也飘落在了地上。

那张牌到底是什么,再也无从得知。

金虞疼得闷哼了一声,指挥抬人的那个年轻男人甩手一耳光打在了抬人不当的属下脸上,在场的人莫不噤若寒蝉。

那人蹲下来,把金虞的手抬起来。醉得不省人事的人却是反手打在了那人脸上,还煞有介事地说了一句醉话:"燕卓尔,你离我远点!"

燕卓尔站起来,只是笑,笑得阴恻恻的,就连醉了一半的方星海都醒了。他不知道为什么燕卓尔对这个妞这么重视。

只要他把金虞灌醉了,背靠美浩小额贷款公司的程隆贷,就能撤诉。

"你到底醉没醉?"燕卓尔弯下腰,把金虞的眼皮掰开,煞有介事地看了半天,已经睡过去的眼里没有一点神采。然后他心满意足地挥了挥手,让人把这条鱼给抬了出去。

方星海的酒彻底醒了,燕卓尔没毛病吧?

光线刺眼,更刺眼的是眼前白花花的美女。麻旦旦刚睁开眼睛,迷迷糊糊地正想再温存一下,就被人一脚踹到了床下:"死胖子,你兜里居然一分钱都没有!"

麻旦旦的宿醉酒也醒了,他赤条条得像一头裸猪,但是美女穿戴整齐,正叉着腰指着门,一脸怒气地让他滚。

这妞挺辣,我想试试。

"我给你转还不行吗?哥身上没有带现金。"麻旦旦腼腆地说。

"你昨天晚上一直转到手机没电,换了十几张绑定的银行卡,都没有转出来一百块钱。看不起老娘怎么着?"这女人又抬腿,一脚把刚爬上床的麻旦旦又踹了下去。

麻旦旦后知后觉,先嫖后付钱呀?方星海也太抠了。

麻旦旦一边捡着衣服穿,一边回望着这个只能看不能上的美女,他第一次感受到了一分钱难倒英雄汉。

"看什么看?"失足女扫一个白眼。

"你长这么漂亮,不去拍片儿真是可惜了。"麻旦旦抽了抽鼻子。其实吧,在十多年前,他一直觉得,长这么漂亮的女孩子去拍片儿太可惜了。

现在他觉得,长这么好看,不去拍片儿太可惜了。

"我呸!"失足女上来劈手把麻旦旦的手机给夺了,"这房间是用我的身份证开的,你赶紧滚吧。这个给我用来交房费。"

"共享经济,独乐乐不如众乐乐。嫖是个人消费,看片儿就是共享经济了。"麻旦旦继续碎碎念着,他又把手机夺了回来,打了个电话但没有人接,才又正儿八经地问了一句:"金虞呢?"意思是"说了才给手机"。

"我怎么知道?"失足女面色不善,这是真的把麻旦旦当成穷鬼了。

"嗯?"麻旦旦把手机往前面伸了伸。

"她被人带走了,现在谁知道她在哪儿。是四个男人,我们方总肯定不会把她怎么样的,另外还有一个燕总,还有两个人……"失足女掰着手指头算了算。

但是麻旦旦已经不理人了,拿着自己的手机一个箭步冲了出去,打开门就跑,整个人像是一发圆滚滚瞬间被弹飞的炮弹了。

失足女在身后骂骂咧咧:"抓小偷!"

隔壁的男女只会认为这对昨晚玩得太嗨,早上又开始了。

事实上,麻旦旦一出门立刻给王者打电话:"不好了,小金鱼被人灌醉带走了,生死未卜!这么一帮放高利贷的,什么事都干得出来!"

王者先带着这个消息进了池清源的办公室。昨天没有轮到池清源值班,但是这位经侦局局长却是在办公室整整坐了一个晚上,熬得双眼通红。

顾非敲着键盘的手猛然一用力,绷开了贴在胳膊上的创可贴,殷红色的热血流下来,但他似乎完全没有注意到。

"我知道。"池清源说。

"那我们现在赶紧去救金虞呀!"王者的身手不行,整个人差点儿从椅子上弹起来。因为见过那些收高利贷的什么样子,他就不能容忍金虞落在那些人的手里。

那个贷款买车赌博做投资的张宝全,被剁了一个脚指头。

那个贷款开厂子赔了的女老板,被摁着喝过马桶里的水。

还有个欠了一百多万被法院强制执行卖房子都死活不执行的,被关在藏獒笼子里精神失常了。

……

不一而足。

顾非那么好的身手,弹簧刀也划开了他的制服,伤到了皮肉。还好不是在脸上，顾非还没有女朋友呢。

金虞，更不能落在那些人的手里。

"昨天晚上，在核实了近期的案子之后，我们联合当地的治安大队和几个派出所的力量，把娱乐城两百多号保安都逮了回来。这些保安平时是保安、领班、服务员，但是娱乐城之外的相似电玩网吧开业时，就会遭到他们的打击破坏或者是收以治安管理费为名的保护费，气焰嚣张，其中三分之一的人经过马实和马奋这两个人的招募，搞过仙人跳……"

池清源的声音，平和得一如既往，只是语速比平时慢了许多。说到最后，他十指交叉，喉结动了动，略显艰难，但是相当坚定："这是我们现在唯一能做的。"

"我记得，金虞的酒量很好，从来没有真正醉过。"顾非胳膊上的肌肉因为用力而隆起来，血落在桌面上，眉眼如刀如剑，锋利非常。

"她不会醉的。"

第六十五章
海上共潮生

"生时何必久睡,死后必将长眠。"

萝莉音说得霸气娇蛮非常,伴随着两个狠狠的巴掌,轰鸣的响声从耳膜冲进脑子里,像是爆发了一场百年不遇的洪水。一口唾沫在干涸的喉咙口呛着了,硬生生地憋得脸红脖子粗,开始剧烈地干咳。

那几分睡意完全没了,金虞转醒,还是觉得天旋地转。但是她的手被绑得结结实实,完全动不了。

一轮沉沉的夕阳落下去,红得通透,春日融融,春水初消,春风十里不如你。远处的归帆雪白如浪花,江上白色的海鸟纷飞。

金虞从来没有什么机会欣赏岚江的美,现在也没什么机会。

"你马上就能继续睡了。"

又挨了一巴掌,金虞总算明白为什么这一巴掌这么疼了。首先,打人的这个女人剽悍得很,水桶腰已经不足以形容她了。此时此刻金虞就站在一个塑料大桶里,地上还扔着三袋水泥,旁边站着两个看着她的男人,一看就是混社会的,脸上杀气腾腾。目测把她和水泥都倒进去正好能填满这只塑料桶,而操作肯定是这两个人来进行。

再然后,这个长相凶悍的女人是用平板打她的脸的,不是用手。

这个萝莉音壮汉身体的女人恶狠狠地瞪着她,似乎瞪一眼,金虞的身上就能少一块肉。

金虞疼得龇牙咧嘴。洋人技术,我国制造,这东西就是硬气呀,板砖一样,拍了人屏幕都没有碎。金虞发誓,她以后绝对不会再去买水果机。

当然,前提是她还能活着离开,还能有以后。

她没搭理这个长得又丑脾气又很差的女人。

视线所及,这是一个废弃的码头。不远处有个穿着休闲的人正优哉游哉地坐在马扎上钓着鱼，旁边摆着一瓶龙舌兰和一个玻璃杯。

他偶尔侧过头来，看着金虞的眼神里毫无波澜。

伴随着这落日熔金的背景，有一种繁华复古的沧桑美感，这人就像是从中世纪画卷里款款走出的王子，令人一见倾心。

除了燕卓尔，其他人还真没有这种气质。

全靠钱堆出来的。换成几十块钱的鱼竿和超市里十几块钱一杯的红酒，再加上地摊上五块钱的腕表、劳保店里的廉价用品，不会这么养眼。

燕卓尔提起鱼竿来，三个锋利的钩子银光闪烁。

反复看了几次，一条鱼都没有。

"我做错了什么，你们要杀我？"这是金虞的第一句说话，看着燕卓尔的目光，居然还有几分委屈。

"把你昨天晚上说的话，重新说一遍。"凶悍的女人这次换了手来打，但是金虞脸稍微错开一点，等这女人的手一过来她就张开嘴。

伴随着巨大的惯性，锋利的虎牙在这个女人肥腻的手背上撕开了一道口子。

"你再敢打我，我要是死了，第一个爬上去找你索命！"金虞吐了一口口水，颇有几分得意，三两下就把这个凶悍的女人镇住了。

"我确实不记得昨天晚上说了什么，要不你们帮我回忆回忆？"金虞眼睛斜飞，没有求饶的意思。

"填水泥！"这个凶悍的女人显然不想再继续和金虞玩这种语言游戏，她的耐心已经被用光了。眼看着金虞不怕，她只好不厌其烦地做科普，"水泥灰这种东西，你别看它现在还是灰，只要倒进去，再加点水，凝固后就会像石头一样坚硬。把你牢牢地用绳子绑好，再把桶盖子拧紧了，你说你是会和水泥连成一片，还是会剥离开来？"

这个凶悍的女人叉着腰笑着，张开血盆大口，看起来格外恐怖。

她说得出来就做得出来。

金虞笑不出来了。

旁边两个人得到了命令，嘻嘻哈哈地拿起弹簧刀来，在金虞的面皮上擦了一下，嘴上还吸溜吸溜着气儿，明显没少干这活儿。刀子又收回去，在水泥灰的袋子上划了一道，两个人把水泥灰抬起来，顺着金虞边上的空隙填了进去。

烟尘四起，尘土飞扬。

金虞闭上眼睛，扭过脸去，但还是被喷了一脸的灰。

"你个眼瞎的王八蛋，看把你们一个个小气死了，放屁蹦出来个花生豆还要洗洗吃了。我差点被方星海的人给捅死。方星海拿了多少钱，怎么拿的，我都没有沾手。但是有一点,我要是今天掉了一根毛,方星海就会知道是你们在搞鬼。"

金虞说完,三袋水泥灰已经倒在了桶里。这两个肤色黝黑常年被河风吹得皱巴巴凶巴巴的人对金虞说的话没有丝毫的兴趣,废弃码头边上有一个抽水上来的水龙头,有一个跑去弄了一桶水过来。

仲春时节,水浇下来透心凉。

比这水更可怕的是水泥灰逐渐凝结,直到变成一块硬邦邦的石头,就像家里楼梯和阳台上的水泥板。金虞拼命挣扎,但是捆着她手脚的是牛筋绳,韧性特别大,根本就没有挣脱的可能。况且,随着她剧烈挣扎,另外两个人还把另外两个已经硬化的塑料桶给搬了过来。

遍体生寒。

金虞的话对这个凶悍的女人并没有起作用,反而天灵盖上又挨了一平板,麻酥酥的痛感如同电击。

"我呸!还掉一根毛,老娘把你扔到水里去喂鱼,听说这两年江里的生态不错,螃蟹河虾这些东西也是吃肉的,你活着的时候我都不怕你,还会怕你变成鬼?"

凶女人满脸横肉,眉毛倒竖,催促着人赶紧继续加水。

但是同时,她却局促不安地看了一眼正在不远处钓鱼的燕卓尔,欲言又止。金虞所有紧绷的神经,顷刻之间放松了下来,狂跳的心脏和发昏的大脑也终于耷拉下来。

警匪片里的卧底的故事之所以能经久不衰,就是因为身份的互换刺激感官,再加上惊心动魄的试探。

在短期内蒙混过关是可能的。

但是长期的潜伏,从生活习惯,到文化背景,再到执念信仰,方方面面,哪怕有一项不在人设范围之内,都会被识破。

尤其是在这个多元化的社会里,一个人想要捏造一个全新的身份,从出生到上幼儿园再一路升上来,需要林林总总上百个单位的各种证明,只要有一样不符合就能把人的路子堵死。

想要卧底,心得红,胆还得肥。这动不动几十万上百万就像打水漂一样,试问哪个正儿八经的警务单位能有这么多钱。

恐怕抚恤金都没有这个数吧。

金虞吞了一口口水,神游物外,整个人反而完全镇静了下来。水泥已经淹到了胸前,冰冷的膏状物挤压着全身,衣服湿透了,就连说出来的话都是哆哆嗦嗦的。

"你求我呀,你求我我就放过你!"凶悍的女人挑了挑眉毛,专门找刺激。她记得以往,这是燕卓尔最喜欢的环节。

燕卓尔喜欢欣赏这些死到临头死不悔改的人求饶的样子,为了能活命,他们不光能把家里藏钱的位置都说出来,还能把和老婆一块拍的小视频也贡献出来,甚至能给他自己老婆的联系方式。

人到这一刻,丑恶毕现。

但是今天,燕卓尔一步都没有往这边走。

就像他从来都没有参与过这样的活动一样,这个凶悍的女人暗暗有些吃惊。

"日你大爷的,早知道这样,老娘跟着方星海捞一票,房子车子男人都有了。跟着你们鬼混个屁!我诅咒你下辈子还长这个丑样……"

凶狠的女人一点不辜负金虞的期望,抬手又给了她一个响亮的耳光。水泥星子四溅。金虞被冻得发紫的脸上留下一个鲜艳的巴掌印。

水泥,已经开始缓慢地凝固了,谁泡在里面谁知道。

终于,平静的水面溅起一阵水花,在落日下像是碎了一地的金子,让人忍不住想要捡起来。一条鱼咬钩了,一跃而出,水从金灿灿的鳞片上落下来。鱼剧烈挣扎着,拼命地想要挣脱鱼钩,但是偏偏越咬越紧。燕卓尔站起来,手上用了巧劲,鱼线一甩,鱼在空中转了一个弧度。

有几滴水落在了金虞的脸上,她打了一个哆嗦,感觉像是鱼的血甩在了自己身上。

鱼,在生死之间挣扎,落回到了燕卓尔的手里。

燕卓尔把鱼钩从鱼嘴里扯下来,把鱼扔进小水桶里,然后把鱼竿扔到了一边,朝着金虞的位置缓缓地走了过来。

看着燕卓尔走过来,其他人都自发地让开了一条路。

"你是不是给别人做嫁衣很上瘾呀?你把整张桌子都掀了,谁还能分到这块蛋糕?人人都想要做god,上帝,但是很不幸,大部分人都成了dog,狗。"燕卓尔欺身而下,俯视着泡在塑料桶里的金虞。

宛如上帝。

金虞无言以对,想要喷口水,但是燕卓尔伸出手直接堵上了她的嘴,根本不给她任何辩驳和求饶的机会。

"我知道你和方星海合谋了,而方星海现在正被警察调查,很快就会成为对付我们的工具。昨天晚上,你都说了。如果你现在还能帮我一个忙,我就留下你的命。"

金虞没有点头,脸上没有任何波澜。

燕卓尔笑了笑,示意那个凶狠的女人:"屠悦,帮我打个电话。"

很快,拨通的电话递了过来,燕卓尔肆意的神态里多了一点恭敬,他对着电话说:"麻烦马上就解决了。"撑着的双手提起,给两边的人示意:"扔进岚江里去。"电话那边似乎传来了一阵笑声,开着魔音,甚至连男女老幼都不能分辨,让人只觉得悚然一惊。

金虞挣扎着,但是塑料桶的盖子已经被盖上了。

那个叫屠悦的肥硕女人扶着盖子,凑过来问金虞:"你还有什么遗言要交代吗?只要你告诉我们方星海的钱是怎么转移的,我们就可以考虑放了你。"

"我要给我妈打电话。"金虞沉沉地吸了一口气,她只有两个电话记得最清楚。电话打通了以后,却不是她妈接的,一阵不耐烦的中年男人的声音传过来,普通话都说不标准:"不要用外地号打电话,漫游费不是钱哪?别想着要钱,没钱给你去霍霍,别烦我们了……"

金虞不死心,又把电话打到了她爸爸那里,这次传来一阵猪的哀嚎声,刺得人的耳膜都快破了。

"不年不节的,别回来,糟心。能结婚就回来住两天,结不了婚就别回来了,我丢不起那个人。"

金屠夫的声音嘹亮得像个破锣,比杀猪声还带劲。屠悦撇了撇嘴,赶忙把电话给挂了,不过无所谓,反正这个电话号码她也不会再用了。

她叹了一口气,犹疑了一下:"我挺同情你的。你放心吧,我会祈祷你下辈子投个好胎,可别再姥姥不疼舅舅不爱还混这么惨了。"

到现在,金虞的两行泪水才从眼里流出来。

她闭上了眼睛。

燕卓尔背对着金虞点了一支烟,正在刷着手机。

重物落水,砰的一声,水花四溅。

直到落水的那一刻,金虞都没有求饶,更没有想过要把和池清源签过合同的事情说出来。选了就不要后悔,会后悔就不要选。

"燕卓尔,我日你大爷!"

落水以前,闷闷的声音从桶盖的缝隙里飘出来。不过到了这一刻,已经没有人在意了,只当是这个妞死前过一把嘴瘾。

其中一个滚塑料桶的人啧啧称奇:"一个女人这么有骨气呀?还真不怕死呀?"

另一个人拍了拍手上的灰,回应道:"哪个进股市的怕死了?哪个上赌桌的怕死了?这算什么?"

燕卓尔回过头来，对着远处抬起手来，做了一个比较诡异的手势。屠悦从兜里拿出一根棒棒糖，撕了包装纸，慢条斯理地吃着。

反正总有些她搞不懂的东西，干脆就不想那么多了，仔细想一下晚上吃什么比较划算。是吃富林吉的云吞面，还是左三璐的虾饺？是回家里和家人一块吃，还是一个人吃王的盛宴？

真是一道难以抉择的人生问题呀。

金虞把眼睛闭上，水漫灌进来，她的脑子里一片空白。

隔着水面一线，她看到了天光。

海上明月共潮生。

"你从这里跳下去，我们之间就算两清了。"屠悦最终还是决定吃云吞面，不过不是在店里吃，也不是在家里吃，而是在方星海租来的别墅吃。

不要误会，就算是方星海的别墅是租来的，也不影响他富二代小开的身份。

只有大红本在手的一百平方米上下的住宅才值钱，那关系到落户、学区房和医疗等种种福利政策。而上千万的大别墅和只有四十年产权的商业公寓不在其中。

所以作为一个炒房颇有心得的小开，他早就把自己的钱换成了四环以内的房子，静静地等着还够两年贷款后，再倒手换一大笔钱，到下一个房价估计会涨的城市继续买进。

"咱们之间的情分，你让我跳下去可不好吧？"方星海坐在三楼的落地窗前，看一眼就闭着眼睛又撤回来。

屠悦哧溜哧溜地喝完汤，把塑料盒子一推，擦了擦汤水淋漓的嘴，又拿起一块炸鸡排吃着。

"别以为我不知道你的会所是怎么开的，雇一个农民工借用一下身份证就当了法人。扫黄的来了，就把农民工顶出去，反正没钱没露脸的，用不了两天又回来了。你当现在的警察傻呀，顺着经营款的流向，就能查出这里面的猫腻来。"

不见棺材不掉泪，现在的年轻人怎么都这个德性？

屠悦撇了撇嘴。

方星海还在危险边缘试探着，死活不愿意自己跳下去。屠悦叹了一口气，意味深长地看了方星海一眼，把两支筷子放在桌子上，把其中一支折断了。

"两支筷子吃饭，就算是独木，也未必难支。你以为我们怀疑金虞有问题？我们是怀疑你有问题。那么赚钱的美人贷，好好经营就行了，为什么突然之间像得了癌症一样爆炸了？你是想自己卷一笔钱，还是想让有关部门封了我们的相关账户？"

事情来得太快就像龙卷风，方星海的脸色从嬉皮笑脸变成了皮笑肉不笑，最后苍白一片。他抬起手来，摸了摸打理得很有范儿的飞机头。

"屠悦，咱们可是老相识了。你不能这么势利。"方星海说着，但是屠悦做了一个请的手势。

她凶狠的脸上带着微微的笑意，不容置疑。

重重夜幕里，只听到一声撕心裂肺的喊叫。方星海咬着牙，终于把两只脚都伸了出去。他嫌弃自己贪鹅卵石好看，非要租这个凹凸不平的院子，这下好了，跳下去，肯定会受伤，还可能会受重伤。前面两排夏威夷风情的别墅，院子里全是厚厚的黄沙，他原来嫌弃会被河风吹进来弄脏了地毯，现在却是羡慕得不行。

"我要是脊椎断了瘫痪了高位截瘫了，怎么办？"方星海还是不死心。

"跳楼有风险，你怎么没有想过出卖我们也是有风险的？这年头最不靠谱的就是稳定，你想要稳定，那就只能一辈子稳定地穷着。"屠悦靠着沙发，打了一个饱嗝，凶残的脸看起来更凶残了。

屠悦不耐烦了，问："要不我找人劝劝你？"

方星海抽了抽鼻子，螳螂捕蝉黄雀在后，谁知道燕卓尔那个变态明面上盯着金虞，其实暗地里玩他这么一手。

他容易嘛，起早贪黑的，哪个有房有车有存款的过得比他还苦？

"不用了不用了。"屠悦这个脑子不灵光的，只会收本金，换个人来那可就是连本带息的周扒皮了。方星海心一横，到底还是自己一脚踏了出去。

当然，为了壮胆，也为了事后应对各方问候，他提前喝了整整一瓶人头马，还仔仔细细地抿了抿梳得一丝不苟的飞机头。屠悦总开玩笑，他这飞机头比女人的头发讲究多了。

有人说，出来混迟早要还的，但是这还得也太快了吧。

伴随着一声划破长空的惨叫，方星海趴在了地上。屠悦凑过去看着，发现飞机头落得很慢，飘落到了几米以外的地方。

不是方星海身首异处了，而是他的飞机头本来就是假发，他趴着的后脑勺饱满如月，闪闪发亮。

屠悦惊讶得合不拢嘴，一边打120叫救护车，一边腹诽：这家伙居然是个秃子！

果然，搞金融的一个都不能相信。

第六十六章
生死一线撑

"你傻呀你？知道什么叫疫苗吗？疫苗不是治病的灵丹妙药,只是灭活的病毒,它不改变病毒的基因,只是通过注射到人体内的方式,引发免疫系统的抵抗,产生抗体。这样当真正的病毒侵害的时候,才能有备无患。"

燕卓尔坐在窗前,把四季常开的月季花一朵一朵地掐下来。红的白的粉的,开了的没开的,一共十几朵,在他手里抓了一大把。

那动作,矫情又惊悚,尤其是明晃晃的太阳正照着他一半的脸。

"你个采花大盗!"金虞对着燕卓尔做了一个鬼脸,白眼斗鸡眼轮番上。看燕卓尔一过来,金虞立马蓄势要吐他一脸口水。

一样的招数不能对同一个人使用两次,在金虞动嘴以前,燕卓尔首先发力,拿起两个花骨朵朝着金虞的脸砸过去。一边砸,一边走近,砸过去的力道更大。

那只塑料大桶被扔下去不到一分钟的时间,就有吊车伸长了双臂把钩子沉下去。那两个把金虞扔下去的汉子跳下去,把钩子和塑料桶上的锁扣搭在一起。

巨大的生锈的吊车臂把那个大桶提了起来,放回到了岸上。

几分钟以后,两辆车从江边离开,原地只剩下一个空桶和倒出来的一地水泥浆子。

人命,未曾消殒。

金虞脸上挨了一下,顾不上喷口水了,拿起枕头来赶紧堵脸。燕卓尔一把掀了她的抱枕,十几朵花劈头盖脸砸下来。

那滋味,酸爽得不得了。

但是她受了寒,软绵绵的没有多少力气,就连嘴皮子都不太利落。想要达到巅峰的战斗力,还真不太容易。

"我让你看看我是不是个采花大盗。"燕卓尔的手往皮带上一放,纤长的手指扣着普拉达的皮带上的金属钩子,发出清脆的响声。他穿着的西装裤和大街上卖保险的人穿的明显有些区别。那一双大长腿英姿挺拔，线条凌厉。

燕卓尔带着邪魅冷漠的挑衅笑容，欺身而下，弯着腰问金虞："你是想和方星海一样从窗口跳下去，还是想试试采花大盗？"

金虞一缩脖子，又把两条胳膊藏在了被子里，露出一张吸溜鼻涕的脸，似乎觉得这样还不够有诚意，很干脆地把被子掀了，把外套也脱了下来。

"从窗户口跳下去缺胳膊断腿多不划算，我就勉为其难地当是被狗咬了一口吧。"

燕卓尔满脸黑线，伸出一根食指，在金虞的太阳穴上戳了一下："世风日下呀。我得多饥不择食，才能看上你这样的货色？"

"想要你就直说嘛，这么含蓄多不好。"金虞伸手想要拉燕卓尔一把，燕卓尔像是怕被火燎一样，迅速地缩回了手。

大概是为了保持格调，燕卓尔退到了门口，抬起眼皮，笑起来凉沁沁的，带着居高临下的疏离感："方星海，就是你的疫苗。"

金虞垂下眼睑，用袖子擦了擦冒汗的鼻尖。燕卓尔嘴角微微勾起，对于自己的这一手非常满意。金虞可是眼睁睁看着方星海从三楼掉下来的。

当时金虞坐在车里，被吓得面如金纸，脸色苍白。

燕卓尔给金虞解释，方星海在做美人贷的时候，把美浩小额贷款公司投进去的部分挤兑稀释了，领导很不满意。现在方星海的现金量比较大，他们发现了方星海偷税洗钱的路子。

他如果不跳，那就拿上这些证据，举报了他。

"人为财死鸟为食亡，其实他的财产砸锅卖铁地拍卖后，完全够罚款。"燕卓尔说得云淡风轻，细长的手指在方向盘上轻轻拍着，欣赏着地面上的一阵骚乱。

金虞无话可说。

"真正年入几百上千万的人，有哪个没试过年三十蹲在别人家门口要债，要得像孙子一样就差跪下？又有哪个没试过年三十都不敢回家里吃顿团圆饭，就在外面躲债差点被人一刀砍死？你当钱那么好赚呀？既然要端着个金饭碗，就得有割肉的觉悟。"

燕卓尔像是在给幼儿开蒙，看着警灯闪烁的救护车过来，他就开着车扬长而去。跑车四面的窗户都是开着的。

金虞不知道自己是从哪里下车的，又是怎么睡着的，只觉得全身冷得像冰，又烧得像炭，整个人像是在人间地狱走了一遭，勉勉强强才被拉了回来。

春日融融，照在身上，一点也不暖和。

烧，还未退。

退烧以后,她就能去美浩小额贷款公司的前台当柜员,或者是在大厅当客户经理。

金虞扫了燕卓尔一个白眼,没答应也没有拒绝。燕卓尔幽幽地吐了一口气:"能年入千万的,都不是人。"

金虞瞪眼,那是什么?

"最没有底线的人渣,最异想天开的人才。"燕卓尔一笑,手插在裤兜里,满意地靠在了门上。

"那你是什么?"金虞挑了挑眉毛,难得没有动手。显然,燕卓尔对这样的相处方式也比较喜欢,终于能拿起架子来。

"我呀,是给没有底线的人渣当狗腿的打工仔。"

燕卓尔皱了皱眉头,但是对自己的定位相当准确。金虞笑得直拍桌子,你这么金光闪闪的出场方式,居然还只是个马仔?

金虞后背一凉:先锋,要走到纵深战场的哪里,才可以?

"那些文身、提刀砍人、满口脏话、在大排档上收保护费的,是傻子。西装革履、拿公文包、用法律保护自己、用金钱和权力攫取利益的人,才是真正的黑恶势力。"

能爬之后,金虞做的第一件事情就是去联系池清源。

而金虞在艺品园小区对面的三星级酒店住下之后,麻旦旦和王者两个人迅速地从登记资料里面找到了金虞。

然后,在月黑风高的晚上,顾非和池清源伪装成分发不可描述的小广告的不良职业分子,偷偷潜入这家三星级酒店。

麻旦旦策划这样的事情熟门熟路,堪称业界典范。

"我参加过扫黄行动中的抓捕,但是没有发过小广告呀。"顾非拿着那么一叠小广告是崩溃的。麻旦旦扫一个白眼,绝不废话,抬手就要把小广告夺回来。

但是顾非又夺了过去。

顾非和池清源离开之后,王者拿着一张卡片,看着上面的广告词和联系方式,下意识地打了个电话。那边响起娇滴滴的一声"喂,帅哥,需要服务吗",吓得他立刻把电话挂了。

"你玩真的?"王者问。

"真真假假,才是搞金融的嘛。"麻旦旦是一个适应性很强的狠角色,经过短短两个月的时间,他对这些套路已经烂熟于胸,摸到了形形色色的创收途径,甚至还想从顾非的电脑里找到办案官员的电话号码,来一场不动声色的诈骗。但是顾非的电脑防火墙做得太好,只好作罢。

王者气得干瞪眼。

"别生气呀,有提成的。你知道这么好的酒店叫一只鸡什么价钱吗?你知道一只鸡能给我多少提成吗?"

麻旦旦在后面跳脚,但是顾非和池清源已经走得很远了。

金虞的房门被敲响几次以后,底下塞进来一张卡片。金虞蹑手蹑脚地过来。卡片平淡无奇,一个穿着清凉的美女身上印着几行小字:一个温柔可爱的大美女,不要车不要房不和你闹别扭,一个钟头五百八,你就是她的高富帅,分分钟抱回家。你还在等什么?

金虞会心一笑,半个小时以后,她听到了楼道里一阵喧哗。高跟鞋踩在羊毛地毯上没有声音,但是莺莺燕燕的娇笑声不绝于耳。

酒店房间里有电话,金虞立马拿起来打了110,举报有人卖淫。

两个小时以后,麻旦旦哀号:"整点钱容易吗?全军覆没呀,这是在逼着小姐们抗议呀!"

十分钟以后,在一片闹腾声中,金虞穿着从储藏间拿到的房嫂的工服走楼梯,从酒店的侧门离开了。她对面那一间,就是燕卓尔的房间。

下楼之后,沿着马路走了两百步,就看到了一辆黑色的北京现代。金虞四面看了看,蹑手蹑脚地上了车。

从她的窗户一眼能看到这辆车:违章停在线以外,把其他车辆的出口都堵死了,特别碍眼,差不多是在身上写了"快看我"。而它也成功地引起了金虞的注意。

她上车以后简短地说了一遍这两天发生的事,池清源感慨良多。经济犯罪不像毒品和刑事案件那么明显,就像是温水煮青蛙一样,循序渐进,等到发现的时候,已然是千里之堤溃于蚁穴。

不怕流氓拳头硬,就怕流氓有文化。

往往让人措手不及。

"民间催收团体的问题甚嚣尘上,银监会已经下文件,关停数家App。不过这些社会闲散催收人员和App所在公司的本体之间,并没有相关的劳务合同和直接的经济关系……"

顾非在分析着眼前的局势。

"我知道,每一个捞黑钱的公司,都养着一群讼棍。他们最擅长的就是吃完一抹嘴,事不关己高高挂起。他们钻法律漏洞的本事,比一般人强太多了。"金虞眼中已经有了沧桑,哪怕是开着玩笑问"搂草打兔子,兔子又跑了吧?"也让人很难笑起来。

"扫黑除恶行动,原本就是要先解决街面上和老百姓息息相关的治安问题。这些不事生产的社会闲散无业人员,霸占着不少社会资源。有两个菜市场就是被这些人圈起来了,根本就没有建立起来的绿化带愣是被物业公司和这些地痞流氓合伙转租了,向摊主收一个月三百块钱的摊位费。不过现在这些人因为非法催收结伙闹事被抓了,那片儿的摊位费已经没有人收了。还有人居然敢把国家已经不再收费的高速路口拦起来私自收费,人要不交费,他敢开着私车追出去几十里,现在也得到了处理……"

这些层出不穷的小案子,看起来和非法催收的关系不那么大,但是当催收案件像雪花片一样纷飞的时候,公安部门的治安力度也会比从前大得多。

和要钱相关的案子,风声鹤唳,但凡有人报警,都得到了火速的解决。

池清源和顾非都没有说的是,这背后撑腰的人,袖手旁观。有人收高利贷,就会有人放贷,而普通人的收入只有工资,现在地方小企业又大多亏损,哪来的钱去放贷?

因为借款人跑路,做担保的人也跟着跑路,被抓回来的现在还没有把东西吐完,或者说,还没有吐出来对办案有决定性意义的消息。

"美人贷现在怎么样了?"这是金虞最关心的问题,但是顾非和池清源只谈了派出所和各个分局办案的情况,没有说到这件金虞亲自下场闹得天翻地覆的案子。

她不禁有些怀疑,当时为了能闹得大一点,她几乎是把全市的流氓们都发动起来了,拉帮结伙的全是搞仙人跳的。大部分人要脸,没闹出来。

更何况,她还把另外两家小额贷款公司也给弄进来帮着方星海掏钱兜底了。这么大的阵仗,能一片水花都没有?

还是真一片水花都没有!

金虞瞪大了眼睛,等着要这一份她拼命得来的奖赏,只有亲耳从办案的经侦嘴里听到,她才能真正相信。

她现在已经不相信新闻了,就算是关停又怎么样?涉事落马官员异地低调复出的新闻还少吗?

池清源说:"美人贷的法人完全没有回应,而几个员工分量太轻了,他们确实委托了人去催收,毕竟逾期很严重了,但是他们说不知道会发生这么严重的事故。他们委托给了一家催收公司,而这家催收公司再把债务打包出去。另外两家小额贷款公司,是先把钱贷给了美人贷App的法人,他们再把钱投入其中,他们只收取利息,不参与其中的运作……"

也就是说,所有人都已经推得一干二净了。

"美人贷的法人,不是方星海吗?"金虞现在也学会了抓字眼。

"不是,是两千公里以外的一个放羊的老头,普通话都说不标准,还用着十年前的诺基亚手机。我们问的问题,他都回答不上来。他只是在四年前来这里打过工,其间,曾经把身份证以一次两百块钱的价格借出去过。"

池清源也很无奈。这种事情见多了,已经见怪不怪了。各家捞钱的手法可能有出入,但是脚底抹油的功夫,一个比一个厉害。

金虞点了一根烟,被气笑了。她辛辛苦苦差点死在江里,最后得到的就是这样的效果,实在让人不能信服。

付出和收入,不成正比。

"我们原本从在金泽市抓捕回来的向国平的供述中得到了部分消息,决定对方星海进行调查,况且他也是美人贷的主要负责人。但是方星海醉酒从自家楼上摔伤,左臂粉碎性骨折,大腿骨裂,肋骨也断了三根,目前没有办法配合我们的调查。"

顾非补充道,语气平和淡定,金虞升起来的那点火气也没有了。

"咋不能配合调查?他就是为了逃避调查,自己把自己给玩残了。"金虞恨恨地把烟头弹出去老远,手上的劲儿没处使。

"法律是给知法懂法的人的规则,尤其是我们这样的警务单位,不能越过规则去执法。否则,依法治国就成了一句空谈。"

向来不苟言笑的池清源今天难得温和了许多,末了还给金虞加了一句:难为你了。

没有规矩不成方圆,但是许多人的方圆已经成了孔方兄。

"其实这个结果已经很不错了,这一股催债要债的歪风邪气,能刹住一段时间了。"顾非安慰金虞。

"也就我们警察这么容易满足。我要账也走了不少企业,哪家不是本该百分之五的KPI,硬生生地要做成百分之三十,本该百分之三十的,就要做成百分之百。"金虞又要点烟,但是发现没了。她没忘记询问一下燕卓尔的身份信息。

池清源居然对这个人没有太注意,顾非给出来的资料也很简单:美浩小额贷款公司的助理秘书,留学"海龟",规行矩步,没有不良记录。

金虞觉得恍惚,手段这么凌厉的人,真的只是一个简简单单的秘书?难不成是和他的总裁有一腿?

顾非和池清源开车离开,金虞站在萧瑟寒风里。池清源说要顺势而为,做不到的时候可以知难而退。但是金虞吸了吸鼻子,还是迅速地折身朝着小区里面走去。

　　站了这么久都没有见到燕卓尔出来,那家伙肯定是住不惯酒店,在方星海的家里。

　　前路未可知,倘若可知的话,也就不用这么费力地摸索到这一步了。

　　金虞觉得但凡脑子不够用一点点,她可能就会被对方拍死。她才不会相信一桶水泥只是为了吓唬自己,十之八九她如果情急之下说了什么不该说的,此时此刻,就是沉在江底的泥雕。

　　连排的两栋别墅中有一栋的灯亮着。燕卓尔在灯底下站着,穿着丝质的睡袍,懒懒地打着哈欠,眼神迷离得很:"酒店今天晚上不能住了,我刚打算去找你呢。"

第六十七章
扶摇为鲲鹏

感动,是这个时代最奢侈的感情。

听完了燕卓尔的话,金虞垂下眼睑,嘟起嘴,还抬起手揉了揉脸颊,正在想着怎么能挤出两滴鳄鱼的眼泪。燕卓尔就又打了一个哈欠,狭长的双眼像是在从门缝里看人,就差没有把鞋脱下来抽人脸上,直接把人的脸抽扁了:"蠢死你,不会自己再去找一家住下呀?"

金虞的脸像是面具还没有戴好就被人打了一拳,瞬间就垮了。

她见燕卓尔的第一面,就把这个大家推崇备至的小金童气得七窍生烟,死死地忍住才没有放狗咬人。现在一报还一报,金虞瑟瑟缩缩地想要上楼舒舒服服睡一觉,居然被堵在了门口。

换一般的女孩子,肯定掉头就走。

但是金虞不是一般的人呀,她有着和燕卓尔几乎一样厚度的脸皮,刀枪不入,防弹衣级别的。

"我睡你是给你脸,别给脸不要脸!"金虞叉着腰,然后打了一个惊天动地的大喷嚏。燕卓尔侧身,嫌弃地挥了挥袖子。

"以后你就会明白,很多事情不是你想怎么样就会怎么样。这个世界不是按着你想要的方向运转的,人这一生呀,就像是拿着长竹竿进门,应该直着进去,不能横着进去,否则就只能把一根长竹竿砍成十几节了……"

不等燕卓尔难得的长篇大论的鸡汤灌完,金虞像是一只被踩了尾巴的猫,忙不迭地跳脚就跑。她一边跑一边喊着:"救命呀,救命呀!"

燕卓尔只觉得自己赢过来一局,站在料峭春风里笑得格外开怀。

倒不是燕卓尔的鸡汤灌得有声有色让金虞怕了,而是燕卓尔养的两条大狗从门里嗖的一声蹿了出来,朝着金虞飞奔而来。

不到逃命的那一刻,你永远不知道自己可以打破多少项世界纪录。金虞觉得自己的肺都要跑炸了，那两条膘肥体壮的大狗体力怎么那么好呀？跑得像是一阵风。金虞觉得只要自己脚停下来一秒钟，脚脖子就能被狗啃了。

一黑一黄两条健硕的大狗，一边狂吠，一边朝着金虞迅猛追逐而去。

路上碰到晚归的行人，看到后吓得那叫一个肝胆俱裂，魂不附体，待在原地半天不敢动，等回过神后立刻撒丫子朝着相反的方向奔跑。而在车里本来要下来的人，更是待在车里半天没动静了。

笑话，那么大的两条狗，已经不是一支狂犬病疫苗可以解决的问题了，会真的当场毙命的。

但是有人看得格外开心呀。

燕卓尔看着金虞飞奔的身影，感慨道："养狗千日，用狗一时呀。"

跑了两条街后，两条狗的速度明显不行了。金虞回头一看，其中一条狗已经停下来了，慢悠悠地踱着步子，另外一条狗原本追得挺卖力的，但是看到同伴停下来，也不追了。

金虞跑过了红绿灯，和两条狗隔着马路遥遥相望，两条狗头也不回地掉头就跑。

她站在路边对着狗拼命地吹口哨："回来呀。"但是一黑一黄两条她叫不出品种的大狗颠儿颠儿地朝着高档别墅区跑了回去。

狗不理？

长街之上，冷风萧瑟。

金虞嘴角勉强扯起一个弧度来。这年头，什么东西都进化得鬼精鬼精的，就连这两条狗都知道要在主人看得见的地方出力，离开了燕卓尔的视线范围，出工不出力。

池清源不是没有办法把非法催收人员和乱象横生的贷款公司一网打尽，而是这些盘根错节的关系不是一刀可以斩断的。

很多东西并非流于表面，可以用简单的对错来分析。在成年人的世界里，没有对错，只有利弊。

在没有大型工业创收企业的大环境下，这些能够带来流动资金和创造就业岗位拉动城市发展的行业，就是当地各个部门的强心针。

如果池清源突然介入，会怎么样？

可能他会凭借着从前攻无不克战无不胜的经侦成果，直接升官。

可能会有其他的案子突然出现十万火急的情况，他被平级调任。

可能声势浩大的调查突然间就因为某个不知名的原因，雷声大雨点小地停止了。

每年摆在刑警队和各级公安部门案头的,有那么多没有办下来的案子,不差经侦局这么一两件不能破的案子。池清源既然要做,而且想立下不世之功,就只能循序渐进,从别人看不到的地方入手,徐徐图之。

哪怕一开始就陷入这种不可自拔的泥潭之中。

金虞遍体生寒。也可能,她会成为这不可自拔的泥潭里唯一拔不出来的人。过河卒,就要有不能回头的觉悟。

前后都看不到路,金虞站在路边拦车。酒店是不可能回去了,谁知道她的房间是怎么开下来的,连个证件都没有,回去问半天哪能说得清楚。她难道能咬燕卓尔一口,说他差点把自己摁死在水泥桶里吗?

不可能的,十之八九她会被当成精神病人送到收容所去。

兜里还有一百块钱,从顾非手里顺来的,金虞打算用这个钱来打车。顾非还想要给更多,但是金虞不要了,她笑着说:"我其实想要更多的呀,多得多,你给得起吗?"

顾非心下了然,洒脱一笑,不再在这种小事上争。

他的眼中,有更远处的星辰大海。

岚梧市的出租车起步价十三块钱,一百块钱其实走不了多远的路,甚至不够从这里到她租的城乡接合部的房子。

金虞在老城区下了车,手里还余下来十几块钱。她在路边的二十四小时便利店买了一桶泡面、一根香肠,再加两杯奶茶,端着往小区里面走。

这里是她和另外几个姑娘一起合租过的群租房。

短短两个月,像是隔了一个世纪那样漫长。楼道上到处贴满了小广告,堆满了垃圾。有开店的直接把楼道当成了仓库,摆得满满当当的。有的不嫌麻烦,硬是在下班以后把电瓶车和摩托车拖到了楼道里,抬到了楼上来。金虞当时就觉得这些人臂力惊人。

其实哪里是什么臂力惊人,是丢车丢怕了。

想到现在还在看守所里的"惊天摩盗团",金虞会心一笑。托那个被查抄的摩托车店的福,被摸出葫芦顺出瓢的一窝人,估计能消停了。

楼道里这几个老哥的摩托车,应该能保住了。

金虞掰着手指头算了算,周雨彤一般在机构的宿舍里住,公休时间才会回来。按照她的说法,机构里面就不是人待的,连监狱都不如。公休时候她要回来通宵刷剧,白天猛睡,才能满血复活开始下一个上班的日子。而叶希亚在休息日和同事去通宵达旦地搞团建,基本不会回来。其他几个年轻人和金虞不熟,来来往往还没有记清楚名字,就搬走去了更好的房子或者离开了这座城市。

至于张可可,张可可回家里结婚了。

已经到了门口,金虞敲了敲门,叫了一声:"周雨彤!给我开门呀!"这个点,熬夜玩手机的人就挤在客厅的沙发上,不影响在睡觉的其他人。周雨彤就是那个在沙发上玩手机的人。

果然,金虞喊了一声,就听到了隔音不怎么样的门内一阵穿鞋踢踏的声音。周雨彤欢天喜地地开了门,手挽着手把金虞拉了进去,嘘寒问暖,把零食一股脑地往金虞的怀里塞,像是在招待久不回家的远嫁女。

金虞扫了一眼桌上的外卖盒子,有些不解:"你几天没上班了?"

周雨彤月入两万,是几个小姐妹里面最早一批脱贫致富的,但是早期的消费习惯和经济基础对人的影响甚大,她依然保持着在某宝购物的习惯,不出入任何娱乐场所。钱一分一厘地攒下来,被投资到家乡的房产和她想要再办的公考机构上。

"别提了,我们上课上得好好的,天天都有一拨流氓来要账。好几个上课学生的学费,我们都给退了。这几天正在整顿,暂时不上课。你说那些学生家里没钱,报什么班呀?这些七天九千八、一月两万三、包过精品五万五的课程,是他们上得起的吗?居然都是贷款的。那些网上的信用贷,是那么好还的吗?贷五万块钱,起码要五千块钱的手续费,每个月还有本息。"

周雨彤的收入是奖金加绩效,不上课就没有月薪两万,可能连月薪两千都保不住。

"我就是因为没钱才没去上你的课的,你说他们要是不贷款,去哪儿弄钱呀?"金虞吸吸溜溜吃着泡面,出了一鼻尖的汗。

"和爸妈要呀。"周雨彤噘着嘴,仰面靠在沙发上。不能赚钱的日子,生无可恋。

"我爸妈不把我卖了就不错了,可惜没人要。"金虞抽出两张纸巾,打了一个惊天动地的大喷嚏,感冒有加重的趋势。

"你爸妈是个例外。哪家的父母不希望自己的儿女能捧上个铁饭碗,从此衣食无忧。那几万块钱是投资,拿得出来的。"周雨彤这话说得她自己也不太相信,所以声音不大。

"平均工资三千块,夫妻两人六千块,一年七万二,供个大学生一年学费五千,生活费一月一千五,一年两万三,如果两个一年五万。你说这两口子怎么把嘴挂起,才能供得起两个大学生念书,再拿出一笔钱给他们上动辄上万的培训班呢?"金虞一本正经,吹了吹面。

"挣钱去呀。"周雨彤把金虞拆开的卤蛋夺了过来。

"我都挣五年了,还只混了个温饱。没有技术含量的工作工资三千上下才是正常的。超过一万的,就可能是传销。还记得以前那个李文萍和郭二鹏吗?这两口子当时忽悠着咱们买一种比冬虫夏草还厉害的农作物,咱们当时没买,他们掉头就让他们全村的人买了。现在这两口子还在监狱里没出来呢。"

金虞喝完了最后一口汤,神清气爽。

"那时候咱们不是没钱买吗?刚毕业,就算是看到了商机,也没有那十万块呀。"周雨彤喝了口水,"幸好咱们当时没有那十万块。我当培训老师就挺好的,这是个朝阳行业呀。要是这家倒了,我换一家,要是公考倒了,我就去搞企业文化,要是企业文化也不行,我就去搞创业培训……"

"周忽悠,你好。"金虞笑道。

"听课不交费的,你给要账去。话说,你到底欠了多少钱?一开始我和叶希亚还想帮你还呢,后来你说不用,拉黑那些电话号码就行,能行吗?"周雨彤一想起要账的电话,就心有余悸。对方什么话都骂得出来,她一个靠嘴皮子吃饭的人,居然被噎得半个小时一句话都说不出来。

江湖险恶,常人不敢涉足,但是那已经是金虞现在生活的日常了。

她甚至亲自下手和流氓拉帮结派搞仙人跳呢。

"要不要和我去收账,赚点外快?"金虞笑着问。

"不要不要。我宁可穷一点,吃得差一点,用得少一点,也不想和流氓混混沾上关系呀。"周雨彤当了真,头摇得像是拨浪鼓一样,还劝金虞"苦海无边回头是岸"。

之前去找那个女人要两千,那是劳动所得,和收账是不一样的概念。

不管收账的抽水金额有多大,那钱也不能赚。周雨彤的态度极其坚决,在她看来,这就是一件特别没有前途的事。

金虞自嘲地笑了笑,一言不发。

原来,我已经距离正常人的生活这么远了?

还能再回来吗?

夜越来越深,金虞眼皮子直打架。她披着周雨彤的毯子,就在沙发上窝着睡着了。醒来以后,已经是天光大亮。她看着那些忙忙碌碌的年轻上班族排队挤着用卫生间,顶着一张张睡眼蒙眬的脸,用五分钟化一个妆,再出门往地铁和公交车上挤,像是一条条沙丁鱼。

曾几何时,她也是人潮中的一员,反反复复计算地铁和公交车的价格。为了一天省下三块钱,一个月省下一百块钱,每天早起半个小时,去气势汹汹地挤公交车。

金虞坐在窄小的客厅里,看着包括周雨彤在内的所有人忙忙碌碌,她懒懒散散地瘫在沙发上,像是穿越来的。

偶尔,周雨彤或者其他女孩子问一句:

"谁把我的粉饼用了?"

"谁用了我的眉笔?"

"我的口红不许随便用!"

其实,能在这些事情上斤斤计较,本身就是一种莫大的福气。金虞后悔过。困在水泥桶里被扔下江,直直地沉下去。那一刻,她真的觉得自己死定了。

水从上方涌进来,脑子都被一片白茫茫覆盖着。

但是一活下来,恐惧就消失在了九霄云外。

她还想继续折腾。

"当银行柜员这么简单呀?"金虞瞪着眼睛,不是看着手指翻飞的柜员,而是看着燕卓尔。

美浩小额贷款公司,在某种程度上执行小银行的功能,而在某些业务上,比较灰色。它也吸收社会上的存款,提供理财服务。

燕卓尔只用了十分钟,就教完了金虞怎么核对信息、录入、存钱、开票。

这就是柜员的工作。

"你以为呢?"燕卓尔略带不屑,"四大国有银行也好,华尔街银行也罢,柜台上的那点东西,十分钟就能学会。李开复说过,但凡是思考在五秒之内的工作,都有被取代的风险。柜员,无非就是小键盘用得更溜,盖章的姿势更帅。"

金虞难以置信,这可是多少财经大学毕业生都进不去的地方,而她现在就跟在燕卓尔的后面,堂而皇之地站在这里。

"那上十几年的学,意义在哪里?"金虞费解。

"即使是银行的管培生,刚入门的第一步也是做柜员。如果升到了经理,经手的贷款出现不良记录,还是会被降成柜员。"燕卓尔停下来,回过头告诉金虞,"看人,要学会看人。人脉对于小柜员而言,是一个伪命题。很多真正的大生意,不在柜台前,而是在柜台后面。但是所有人的第一步,都是柜员。"

金虞以劳务派遣的方式,以非金融系毕业社会人的身份,进入到美浩小额贷款公司,成为一个实习生。

柜员们和大堂经理私底下窃窃私语,都觉得可能是金虞和秘书燕卓尔有一腿,才能得到这么一个实习期都有四千五底薪的好工作。

金虞也问过燕卓尔为什么,这个在办公室里头都懒得抬的秘书懒得搭理金虞:"因为你有个别人都不具备的优点。"

"什么优点?"金虞两眼放光,觉得自己终于能有个优点被人发现了。

"死鸭子嘴硬。"燕卓尔说话一点也不含蓄,"去大厅里,从现在开始出现的第一个需要进VIP贵宾室的客户,你必须看出来并且把人领进来,不然你就给我滚蛋,回去收你那几百块钱的破账。"

现在收那几百块钱破账的是孙简和张大发两个人,他们赚不到什么钱,能维持运营就不错了。

金虞眼皮子一跳,马不停蹄地赶紧滚。美浩小额贷款公司的生意不错,宾客盈门,她要是不赶紧,可能真的就滚了。

第六十八章 金塘水失衡

美浩小额贷款公司，名字土得掉渣，没有一点高富帅的气质。岚梧市地面上，有上百家这种小贷款公司，几十家典当行，还有数量不少的担保公司。但是美浩小额贷款公司的排名非常靠前——不是按首字母序列或者笔画顺序，而是靠实力。

听说，业内人士听到美浩小额贷款公司的名号都会心驰神往，就像卖毛片儿的听到FBI，就像高考生听到省状元的名号。

如雷贯耳，肃然起敬，恨不得自己就是那日进斗金的美浩小额贷款公司的老板。

金虞嗤之以鼻。什么玩意儿！听说总部都没有舍得在金融街外滩那片儿租下一栋楼当办公室，而只是租了一栋楼上的广告牌虚张声势。

就这样，还好意思说自己有钱？

至于金虞现在上班的这家分店的地址，也算不上是风水宝地。左边是一家超市，卖得最快的是时令蔬菜，到了晚上打八折，无数家庭妇女和退休老干部拿着塑料袋趋之若鹜，只怕来迟了少占一两斤瓜菜的便宜。右边是一家连锁的大药房，大喇叭像是夏天的蝉一样，从早上十点到晚上十点不停歇。金虞站在门口看着堆积如山的壮阳药和保健品，心想：谁能吃这些东西像吃饭呀？

身处闹市街区，美浩小额贷款公司被夹在中间，也有了大隐隐于市的神奇观感。基本上，来来往往的人对其视而不见。

当然，真需要进来办业务的人，对药房和超市，那也是视而不见。

但是金虞已经在门口瞪了一天的金鱼眼，也没有逮着这位位高权重到可以判富贵的秘书所说的VIP贵客。她穿着一身黑色的工服和西装套裙，脚底下踩着一双五厘米高的黑色工鞋。单位置装，连个品牌名都见不到。

这是抠搜到了极点。

金虞觉得自己有点像耍猴的，她来回把衣服的袖口和领子闻了好几遍，觉得这是之前离职的人脱下来扔在仓库后没有洗过的衣服。

这事，她觉得燕卓尔这种人干得出来。

别看这位西装革履像个人物并号称点石成金的送财童子怎么看怎么漂亮，谁知道他的内裤上有没有个鸡蛋大的洞呢？

另一个和她一块当门神的财经大学毕业的高才生，本来是想和金虞套套近乎聊聊天的，但是听她恶声恶气地诽谤燕卓尔，也不说话了。

一直到晚上六点，店门关闭，都没有迎来一位高级VIP客户。

那些办理几万十几万业务的客户，都可以直接在柜台把业务办妥。

作为实习生，金虞要最后走，但是她又没有实质性的工作。地板被请来的阿姨全天擦得光可鉴人，安保有总部委托的安保公司派来的保安，就连大门的升降开启也有专人拿着钥匙。

金虞站在这里，其实并没有自己的位置。

"愿使架上药蒙尘，不见人间有病痛。"燕卓尔开着一辆非常低调的大众桑塔纳，并不引人瞩目。他站在金虞身边，抽着一支细细的烟，有了几分迷离的高冷气质。

金虞翻了个白眼，她现在已经不会用揣测正常人的思维去揣测这个小额贷款公司的秘书了。谁知道这家伙的突然感慨，是不是挖了一个坑等着她跳呢。

她今天没有带任何一位VIP高级客户进去，她希望燕卓尔的记性不太好，能忘了让自己滚出去这茬。

"银行不是药铺，这里只有利益，没有理想。"燕卓尔抽完了烟，"再给你一天的时间。"

金虞一言不发，但是眼睛突然亮了。她转过头来，看着这个比自己高了一头英俊潇洒的男人，突然眼里一亮。

身形微动，穿着高跟鞋的脚骤然发力，朝着燕卓尔干净昂贵的西装一脚踢了上去。

"燕秘书，我不干了！"

燕卓尔躲闪不及，手里的烟蒂还没有扔出去。像他这种西装革履的人，肯定是要把烟蒂扔在垃圾桶里的，不会像金虞一样随手扔在地上。

保持着完美形象的燕卓尔脚步踉跄，差点从台阶上往下摔个跟头，等回过头来再看金虞时，他的五官都快被气歪了。

和这个妞打交道，没有扎实的心理素质，还真不行。

而一直不言不语的金虞，却是眉开眼笑。如果这妞有一条鱼尾巴，现在肯定翘到天上去了。她一扫刚才的阴霾，手指头快要戳到了燕卓尔的鼻尖上，这是真正的咄咄逼人:"我让你装!这片儿连只鸟都不上门来吃食,你让我在这儿给你找个揣着几千万的贵客?梦着吧!想吃饭又不给米下锅,你看看你那讨吃鬼的德性!"

金虞一路骂骂咧咧,居然把燕卓尔逼到了桑塔纳的旁边。

好在这个点员工都下班了,又因为事情太少,这里就连开例会的规矩都没有,也就没有人看到这位总部的秘书被一个新来的大龄实习生撵得满街跑。

"好的员工,能把劣势变成优势……"燕卓尔如果没点灌鸡汤的本事,怎么给领导写报告?

"我怕变不成优势,要变成烈士了,还是买不起墓地的那一拨。你可真阔气,一个月四千五百块钱找人来给你看大门。这大门我不看了,谁知道什么时候才能把欠下的那二十六七万给还上。"金虞一边说着,一边把西装上的胸牌和脖子上的门禁卡,再加上头上的蓝色扎花一件一件取下来,扔骰子一样地往燕卓尔的手里扔了一堆。

然后,金虞头也不回地沿着大街就走。

"我给你五险一金,很快就能转正。"燕卓尔在后面喊了一声,金虞回过头面无表情地看了他一眼,他补充道,"还有房补、车补和饭补。"

"转你妹。"金虞没好气地回了这么一句话。

燕卓尔言笑晏晏,不动声色。

在这里上班的柜员和大堂经理都被燕卓尔画过饼:接待高级VIP客户。但是到现在为止,只有金虞一个人发现了这家分公司根本就不可能有高级VIP客户。

如果是四大国有银行和有政府支持的当地银行,还值得那些高级VIP用户纡尊降贵亲自跑一趟门面。但是小额贷款公司,老总们在电话和会所里就把生意谈了,合同也不会拿到这种小门店里面签。

其他的实习生和柜员们在长达一年的时间里,都看不透这一点。

眼看着金虞走远了,燕卓尔也不花力气去追,淡定地拿出手机来给金虞发短信。已经走出去几百米的金虞掏出手机看了一下,脚步迟滞下来,像是权衡了一下,又掉转头来朝着燕卓尔的方向走了回来。

"你膝下没有黄金呀?"燕卓尔眼神玩味。

"我向金钱势力低头,不行吗?"金虞态度恶劣,对于要重新回到老本行很不满意。但是她的态度,在形势面前,从来都不重要。

燕卓尔伸出手,以平等的姿态向她表示:合作愉快。

金虞一巴掌打落了燕卓尔的手。

"现在的行情,高收益意味着高风险,收益超过百分之六就必须打问号,超过百分之八就意味着很危险,而超过百分之十,就要做好丢失本金的准备。"

在经侦局内部也有了几个调查的方向,赵倩妮和司晴正带着经侦调查泛滥成灾的平台贷款,尤其是那些暂停运营的,肯定有猫腻。

已经被抓捕归案的向国平和另外三个关押人由王子韦这些办理刑事案件经验相当丰富的老警察审问。

而池清源带着几个锋芒毕露的年轻人,将重点集中在了另外的部分。

赵倩妮和司晴也换上便服,对照着网上和挂牌登记的资料,前往这些金融App的门店了解情况。

这是专案组在建组以后,首次直接面向这些App的门店。

"看起来全国有两千多个金融App,能贷款能购物,其实大的也就十家,监管起来还是挺容易的。只要这些大企业还要脸,我们的工作就很容易。往后的都是小鱼和虾米,顺出来一把也好抓。"

赵倩妮向来习惯从客观角度泼冷水,难得在地面上顶着风还能有笑脸。

"这些App真是不像话,在网上暂停运营,门店还是风生水起。咱们才进了一家,就给发了一沓理财产品和贷款的广告,比银行和超市加起来的花样还多。"司晴把车开出来,心情不佳。

"你当银行就正规了?去年冬天,我们家老太太本来是要存五万块钱到存折里的,结果拿回来的条子我一看,居然是买了五万块钱的保险理财。好家伙,临近过年,为了完成业绩居然对老年人下手了。我家那口子连着去银行找了好几趟,都说是规定,不能给退钱。我亲自去了一趟,还带了两个认识的律师,跑了好几遍,才把钱给退了。"赵倩妮一如既往,坐定之后把自己的U形枕拿出来垫在脖子后面。

"你看这和签卖身契差不多,身份证、户口本的复印件,配偶、子女、父母的身份证复印件和联系方式,还有视频签约。就算是在银行办理房贷,也没有这么麻烦吧?"司晴翻着从门店里拿到的表格,这个软萌女胖子严肃起来,也相当剽悍。

"银行的隐形门槛更多,比如咱们市里,要交够三年的社保才有买房的资格。贷款买的房子,如果想写两个人的名字必须有结婚证。现在的购物App说的是打白条,其实已经上了征信系统,那每个月几百几千的小额贷款会让银行直接怀疑贷款人的还款能力,拒绝贷款。"

"看起来是这些不怎么正规的金融公司的条条框框更多,其实在贷款人看来,审批周期更短,材料更好交齐,远比银行层层审批评估的更容易一些。"

赵倩妮这段时间又把案子捋了一遍,已经不知道该怎么去描述自己的心情了。泥沙俱下，现在的新事物已经不能简单地以对错来评价了。

"但是这些借出来的钱是从哪里来的？银行借贷，用的杠杆是国有的，能够承担起社会风险。这些小的金融公司，有能力承担这样的风险吗？它们普遍利息更高，看起来利率在百分之二十四以下，但是如果加上手续费呢？分分钟破了国家定的线。这些金融公司吸收的也是社会各界的存款，就是所谓的理财产品。"

司晴揉了揉眉毛，开车前往下一个门店。

岚梧市的小额贷款金融业发达，不光本地人和大佬们喜欢搞借贷，就连外地人也不远千里跑过来做生意。

之前还闹过笑话，说前后一条街上的两家小额贷款的门匾只差一个字，外地人不知道。买了理财产品隔了一年又过来，发现不能兑付，当场就把人家当成诈骗告到了派出所去。经过一番调解，才算是风波平息。

可见，放贷在当地已经到了什么样的地步。

炒房不如放贷，已经成了岚梧市金融投资业的一项共识。

司晴从吨位和长相来看，就像营养过剩的阔太太。这家门店的少东家可能眼神不太好，直接给司晴推荐了一款少见的合同。

"姐姐，你要是着急要三十万，就得和我们签两份合同，一份是明的借三十万百分之二十四的利息，另一份是借五十万百分之二十四的利息。姐姐，你也别生气，现在大家都在超前消费，贷款买房买车，各家的利润都不厚，能一下子拿出来三十万往上的，不是银行就是我们了。您跟谁能这么痛快地借出来三十万？大家都是小老百姓，紧紧巴巴地过日子，能不欠钱就算小康家庭了。

"您拿钱，我们降低风险。万一您拿着钱跑了，我们也好跟法院有个说法。这一下子拿出来三十万，也是有成本的。"

阴阳合同。

这种合同听说的多，真正见到的少。因为一般人很少会签。除非是在需要避税的特殊行业，比如影视行业，比如非法洗钱的。

现在阴阳合同这么见得光了吗？

当然，这阴阳合同拿出来任何一份，在法律上都找不到漏洞，但是放在一起，就很值得商榷了。

阴阳合同，又称大小合同。合同影印本直接摆在了金虞的办公桌上。

这办公室不是美浩小额贷款公司的分部，而是金虞自己掏钱租下来的明日催一个外包的催收小门店，因为没有雇流氓，就连公司都算不上了。

自从这家开了之后，金虞特意又找了一次郭蘅芫，请这位长袖善舞的大美人昏天黑地地吃了几天火锅配冰镇啤酒，上吐下泻差点吃到了医院去。

不等金虞开口，郭蘅芜就委托了好几个案子给金虞，让她催收去。靠着这几个案子，金虞才没有误了还款，顺带着给两位老哥们开工资。

郭蘅芜的话说得意味深长："以前我以为做广告就是简简单单地想几个文案，随手画几张图片，再请几个红得发紫的明星过来摆摆样子。后来才发现，是通宵达旦头发掉光地抠文案，画图快要画恶心地凑几张图片，求爷爷告奶奶地求明星安排出档期来。"

末了，郭蘅芜还问金虞："你明白吗？"有些感情了，就不舍得把金虞这么打包卖给燕卓尔了。就算是郭蘅芜从来没有收过账，她也能猜到燕卓尔的豪宅跑车那些东西是怎么来的。

总比她做广告来得容易。

金虞眉飞色舞地说谢谢，脸上没有一点波澜，痛快地把从前不愿意拿的收账业务给拿走。

郭蘅芜感慨，就没有这个社会调教不了的人哪。

"呵，找我们还省了一笔请讼棍的钱。"孙简拿着两份合同。那份小合同因为过了日期，已经作废了。那份大合同上的数字，是小合同上的两倍。

"这可是跟干部要钱呢！"张大发吞了吞口水，他可从来没有见过这么多钱。抽下来百分之十的劳务费，每个人又能得三万多。

这可比之前的案子都大。

"什么干部，就是个卖饮料的。"金虞暗戳戳地在心里问候了一遍燕卓尔的祖宗十八代。地方的官员经常出任国企的领导，国企的领导也经常会调任地方的官员。

月牙湖饮料厂勉强算是半个国企，貌似经营不善又被打包卖掉了，里面的事就不足为外人道了，不过没有改变的是这个吴兴发厂长现在依然是厂长，不但是厂长，还是明星厂长，他的秃瓢脑袋卡通Q版以后就印在饮料瓶上。

燕卓尔玩这么一手，是想让她再也不能参加公考吗？

一想到将来的面试官可能被自己追在屁股后面要过钱，金虞就觉得很心累。真是一言难尽呀，像是猪八戒又回到了天上当元帅，里外不是人。

但是火烧眉毛顾眼前，金虞从来不会瞻前顾后想那么多。燕卓尔敢给她这么大的单子，她就敢一口气吃下来。

"收，必须收！"小奶狗孙简率先表态了，这拍板的阵势还把金虞吓了一跳。

金虞一点也不怀疑，结果还是会把池清源和燕卓尔吓一跳。

第六十九章
一笔画先河

所有想要火中取栗的人,都要做好引火烧身甚至是玩火自焚的准备。

没有例外。

按照金虞自己的说法,她现在已经做好了被人泼一身大粪的准备。张大发憨厚的脸笑了笑,深以为然,他坦言:"我觉得我应该换个趁手一点的扳手。"

孙简长相青涩,胡子再刮一刮,直接扮成高中生也没有问题。他不解,拿着资料抖搂了半天,也没有看出蛛丝马迹来。

"Why(为什么)?"

"孩子还小呀,不懂人情世故呀。"张大发把他这个小弟的脑袋揉过来揉过去,笑呵呵地摆起老大哥的谱。

"这种有钱有地位的人,最怕的不就是丢面子吗?咱们以前怎么办的,现在还继续呗。"孙简不以为然。

"哥,你在哪儿找的这个活宝?"金虞把脚往办公桌上一搭,找回了意气风发的感觉。她觉得燕卓尔那种人天生就是个属二维码的,不把人绕晕了不行。

恢复了心境的金虞表示,她想送燕卓尔一千万头草泥马。

"捡的。"张大发松开了孙简。

孙简红着脸,憋着气,硬生生地没有继续自我介绍。金虞摊摊手,表示有点受伤。其实在接触过顾非、王者再加一个燕卓尔以后,她对孙简的身份有些好奇了。

王者是小康双职工家里养出来的天才少年,性格放荡不羁,敢折腾,不管怎么样回到家里还有一双筷子,还有一间卧室。

顾非家教严格,过年期间他的家人还在单位,但人家不是在加班,而是在慰问下属。顾非的性格沉稳而自负,自律又有信仰,即使在不感兴趣的领域也做得出类拔萃。这是王者不具有的素质。顾非并不贪财,钱在顾非的眼里打不起水花。

燕卓尔这个人嘛。斯文败类,不讲信用,怎么说呢——金虞莞尔一笑,和我一样讨厌——看不穿摸不透,不是好相处的货色,如果能不和他打交道的话,敬而远之为妙。

孙简年纪轻轻,初见面的那一身衣服价格不菲,但是后来基本上一直跟在大家后面吃灰。这孩子眉清目秀的,胆子倒是越来越肥,都敢拍板要账了。

金虞从来不喜欢对人刨根问底,孙简比金虞小六岁,比张大发小十来岁,因为教育年限的关系,又没有王者和顾非身上少年老成、成熟干练的气质。

这是个真正的孩子呀。

"滚。"孙简胆子确实肥了,都会吹胡子瞪眼了,不过是对着张大发。他还是很疑惑,为什么不能去和吴兴发这个秃头要钱。

"我摇滚。"张大发把孙简摇得像拨浪鼓一样。

"来来来,总结一下那些年咱们惹过的老赖们。开眼镜店的陈大东,学校的教授单树华,火锅店的老板娘,男小三儿,女老赖……"

金虞掰着手指头,把这些人都给数了一遍。

"开眼镜店的其实和咱们杠不起来,那些造价昂贵的眼镜和闹市中心的柜台,都经不起折腾,陈大东其实很愿意花点钱就跟咱们和解了;现在大学的老师明着都很要脸,怕饭碗不保;而不管是男小三还是女老赖,都是单枪匹马的,换句话说,咱们一窝蜂地上去群殴,确定了他们手里有钱,就能让他们心服口服地把钱拿出来。"

张大发和孙简深以为然。

"咱们每次都是人数上占优势,就算是人手不够掏点钱就地雇几个人,也能把人数给凑齐了。但是吴兴发手底下的大工厂有上万人,咱们得雇多少水军呀?就算是让麻旦旦把僵尸粉都弄来充数,那也不够呀?"

金虞笑得人比花娇。这样的姿态,让人觉得她不是在诉苦,反而像是在讲笑话。

"吴兴发在二十五年前被调任到这个饮料厂当厂长,当时这个厂可是欠了一屁股的债,就连厂房都给抵押出去了,可以说这个厂子已经不存在了。他奉命于危难之间,受任于败军之际,结果厂子不但活了,还养了一群高精尖的人才,有了自己的生产线和销售渠道,率先批下几块大地皮和房地产商合作,解决了自己员工的安置问题,是岚梧市不靠着小额贷款就能混得不错的企业。"

金虞说起来如数家珍,从对方的性格爱好到上位的路子,像是多年的至交好友一样了解得一清二楚。其实这些都是"百度"得来的,金虞和这个还顶着国企

干部身份的吴兴发,真的一点也不熟。

"不光是肉包子打狗有去无回,还有可能被狗咬呀。这水没法收了。"孙简有些垂头丧气。他还年轻,想问题一根筋。

但是张大发故作一惊一乍,拍着胸口,逗着孙简:"吓死你大爷了!"

"你知道怎么办?"孙简没好气地问。

"不知道呀,但是小金鱼肯定有办法。"张大发一摊手。两个人的目光都落在了金虞的身上,这个女老板优哉游哉地喝了一杯茶,一点也不怯场。

她接下来要面对的,可是万人阻挡了。

"加杠杆。"金虞敲了敲桌子。

杠杆,可以放大效果,不管最后是成功还是失败,最终的结果都会像是在显微镜底下看到的一样,丝毫毕现。

金虞的杠杆,是燕卓尔给的。

赌局越来越大,没有杠杆已经玩不转了。压着杠杆的那只手,到底是公平还是金钱?当金虞低下头思考这个问题的时候,突然发现,这个她自己问出来的问题,已经没有办法自己解答了。

刚刚松快一点的经侦局专案组又变得忧心忡忡,尤其是深谙人情世故的司晴,又格外偏心这个一步晚步步晚的将来的同事:"这不是在瞎胡闹吗?吴兴发可是个处级干部,而且还是个明星干部。不光咱们警务单位,就连城建局、国税局那些大单位开会时的饮料,可都是月牙湖饮料厂赞助的。这个赞助可是实打实的广告了,都快成了岚梧市的脸面。"

这是要金虞去打岚梧市的脸面吗?

那么多的部门都用着月牙湖饮料厂的水,可想而知,吴兴发和多少人都有关系。

只要这次的案子扛下来,她后期就有可能要参加面试。一战成名的话,以后还怎么参加面试?衡量一件事情到底难不难,先不看能不能做成,得先看看这件事情会造成的影响。

"况且,吴兴发这两年发达了,人经常在澳大利亚出差呢。这就是一笔烂账,她跟谁去要呀?"赵倩妮戴着眼镜,正在逐条对照从门店收回来的信息。

顾非不在办公室。他也知道了这个消息,但只是嘴角微微弯起,笑了笑而已。

吴兴发做饮料已经做腻了,原本买下的那几块地皮只是想要留住产业工人继续做饮料,但是没想到在实业走下坡路的过程中,居然正是那几块地皮救了生死存亡之际的企业一命。

这些不足为外人道也,不然多耽误人家上市呀。就算不能在美国纽约的纽交所敲钟,好歹也要上个新三板。

但是查过账就会知道,饮料现在只是这个庞大企业的一小部分。

月牙湖饮料厂,已经开始搞投资了。

人家的投资也是有讲究的,它借着家大业大,能从银行贷出低利息的贷款,然后再用这贷款去投资,赚一个差价。百分之六的收益减去百分之四的利息,还能有百分之二的利润。

当然,这些在明摆着的账面上根本看不出来。每年抽查账本,都只有一个结果,那就是贷款全部用来购买机器和投入生产。

当地也需要这么一个大企业来撑门面,有关单位都睁一只眼闭一只眼,毕竟没有造成太大的社会影响嘛。

这手法,已经很好看了。市面上曾经有做钢材的子公司亏损严重要被问责,母公司直接从它手里买了一个标价三亿的紫砂壶,避免了一场领导大换血的危机。

事后,只有人调侃说这家企业的会计不行。

"这家企业按照一个月平均进一个亿的利润来算,那点钱完全就是毛毛雨,都抵不过人家一天的收入。我怎么觉得,吴兴发都不会理小金鱼呢?"

经侦局最珍贵的东西有两样:一样是摆在案头比作业本还厚的案卷,里面涉及的案值的零头可能就是一个经侦一辈子的工资;另一样是抓回来的犯人,被拘留起来的和被"双规"的都有,而被"双规"的在查清楚有多少家底以后,基本上都会被拘留。

司晴、顾非这些人对这两样东西视若珍宝,王者却总是一句:"这有什么意思?一点成就感都没有。不如写代码,不如抓黑客。"

道不同不相为谋,王者继续干着他的老本行,开始一个个地测试那些App的安全性。

金虞这次的消息让他为之一振,这可是整个经侦局里最有意思的事情了。

不过,抬起头来,他却发现所有人都在叹气,似乎是并不看好金虞。王者埋头,手放在键盘上,却是停顿了一下。

每一次,金虞不都是在没有任何人看好的情况下逆转的吗?

按照经侦局的分析,金虞就连进入工厂区域都很困难,会引起轩然大波。毕竟这里的派出所就和人家看家护院的职业保镖差不多,再配合着安保队伍,十分钟之内可以抵达工厂和家属园区内的任何地方。

强行进入人家设有门禁的小区和工厂，估计会引发一场械斗。

真是让人忍不住捏一把汗。

然而，大家以为惊心动魄的环节就那么波澜不惊地过去了。

金虞去快递点找了份工作，靠着一张一看就特别能吃苦的脸，和老板搭档，就那么堂而皇之地骑着电动三轮车混进去了。沿途路过的保安难得遇到一个女性，都友好地同金虞打了招呼。

门禁，是不存在的。

保安和看大门的老大爷亲手帮着开了门。

至于天时地利之外最重要的人和，是金虞询问了长袖善舞的郭蘅芜，先确认这位老总现在就在国内，又让麻旦旦弄了一个无人机摄像头监视了一遍停车场，找到了吴兴发的车，确定了这位大佬现在就在行政楼里办公。

处级干部，金虞嘴角抽了抽。

能坐到这个位置的，都已然是江湖大佬。池清源就是个典型的例子，身上积威深重，哪怕是笑着，白子玲在他面前还是缩手缩脚，开口说话之前都会仔细地掂量掂量。只要池清源出现在办公室，原本窃窃私语的说话声都会立刻降下来。

时至今夕，金虞依然记得在城隍庙派出所第一次面对面见到池清源时的情景。

那时心情紧张激动不知所措，觉得池清源只要和自己对视几秒钟，她就能被这个声名显赫的经侦局局长秒成渣。

至于胆量，这是后来打交道多了，慢慢养肥的。

从一开始池清源搭理她她就满心欢喜，到后来跟他讨价还价，再到现在直接坐地起价，金虞摸了摸鼻子，真不是人干的活。

岚梧市的酷夏来得早，各单位不太讲究的会提前买二手空调。今天快递车上放着的就是行政楼几个办公室用的电器，死沉死沉，其实没几件。

这单位倒是会过日子的。

但是吴兴发自己签下白纸黑字的欠条，也是板上钉钉容不得抵赖的。

集约化生产的大工厂里，平时的行政楼并不忙碌，但是因为科室众多，在这栋楼里办公的管理人员和后勤人员多达四百多人，而这栋楼当时为了节约土地面积，最大程度地利用原有的老楼，修得有点奇怪，地形比较像迷宫，人员更替又太快，为了防止大家迷路，直接在楼底竖了一块地图牌子。

吴兴发是个相当务实的人，把整个工厂的方方面面都考虑到了，细节都做得很到位。那么他签下来的这张欠条，就很突兀了。

第六十九章

要账的精髓就在于，把对方手里不想给的但应该拿回来的部分拿回来，这个过程会让对方感觉到肉痛。但是直到现在，金虞还没有找到这次债务真正的突破口。

第一次，她自己亲自出马，直面欠款人。

第一次，不再是理直气壮地替天行道。如果对方手里有证据，证明金虞手里的这一份协议因为违法而无效，那她就白跑了。

以后美浩小额贷款公司的生意，也和她无关了。

隐隐约约，这个城市浮现出来太多的东西，金虞觉得自己能抓住，但是又没有抓住。像是冰山一角，像是盲人摸象。

直觉告诉她，这个机会必须抓住，如果错过了，就再也不会有了。

金虞用手机拍了地图，赶紧顺着楼道往上走了两层，又绕过去两个电梯，拐了一个大弯，坐双数楼层停靠的电梯，上了二楼。

原本阴暗的楼道豁然开朗，这是到了新楼的楼层。

金虞看了看表，她已经用了十分钟，几乎是用跑的速度在往董事长办公室冲过去。吴兴发，从照片和视频资料来看，是一个说话缓慢、神情严肃刻板的半拉老头，头发是典型的地中海，怎么换发型都遮不住中心的空白。

和他激进但左右逢源的管理手法，大相径庭。

上位者的心思总是不好猜，金虞放弃了从性格方面入手，准备单刀直入。她越过了秘书，象征性地敲了两下门，直接推开。

正伏案工作的秘书大惊失色：从来没有见过如此无理之人。她飞速地站起来拦："你谁呀？不能随便进我们董事长的办公室。"已经太迟了，金虞已经进去了。

有点推开了命运的大门的意味。

万幸，吴兴发在。

这个年过五十且保养得不太好的处级干部看起来比实际年龄老，面对外来的闯入者，他满脸怒意："快递直接送到楼下的传达室，不要随便进来。"

大佬的秘书和一般人的也不一样，吴兴发的秘书相当魁梧，在拉不动金虞的情况下，直接下绊子，再横着一劈，打算把这个妞直接扛出去。

金虞想死的心都有了。女人何必为难女人？这世道呀，女人当男人使，男人当牲口使。她用两只手撑住桌子，又往实木椅子另一侧靠住：

"吴总，您在美浩小额贷款公司欠下了一百万的贷款，不知道您什么时候有空能还一下？"

金虞的话音不重，但是在这个方寸之间的小办公室里，像是炸起了一颗雷。

秘书已经出奇愤怒了,从她来这里上班开始,就没有见过如此厚颜无耻之人。

居然敢跟他们董事长要账了?!

"我们在四大国有银行都有贷款,偶尔有逾期也是正常的,只有银行求着我们贷款的,从来没有来我们门上要钱的。你是觉得我们这么大的公司,能欠你那点小钱?"秘书说话粗声粗气,明显是见惯了大世面的。

"债多不愁,虱多不痒。您就先把我这个小虱子给解决了,如何?四大国有银行我不管,我只管我这里的一亩三分地。"

吴兴发的脸色更难看了,积威深重下竟带着一丝苦涩。

金虞扫了一眼他的地中海发型:这个吴董事长,可能这辈子都不会再长出头发来了。

第七十章
有失必有得

"年轻人,脑子是个好东西,要随身携带。"吴兴发显然坐的时间长了,不太灵活,站起来后软椅面上还有个坑。

他的年纪和身份不允许他口出恶言,但是金虞一点也不怀疑,如果需要动手的话,这个国企老板肯定能撸袖子亲自上,下黑手决不留情。

那个年代的创业者都是拓荒人,有的是手腕和力气。

吴董事长老当益壮,他不光是董事长,还一肩挑着总经理的担子,上可以和岚梧市各单位的领导打交道,下可以直接进入工厂和流水线上的车间工人称兄道弟。

金虞想要三言两语吓住人家,那是不可能的。

眼看着从容易模式进化到了困难模式,不但可能要不到钱,还可能被扫地出门,扔到人家片区的派出所去,金虞感到压力很大。

"但是您也不能说缺心眼,就真的在心上扎几个眼吧?"金虞一把甩开了魁梧的秘书的胳膊,这个穿着套装、踩着高跟鞋的秘书直接栽倒在了地上,恶狠狠地瞪着金虞。

那脸上明显写的是:我们欠的钱多了去了,你算老几?哪个要账的不是好言好语低头哈腰地排队,还没有见过路子这么野的。

"小钱,让你们家白老板等着。"吴兴发的脸色已经不是难看,而是出离愤怒了。

"我们白老板让我今天必须把钱带回去。"金虞针锋相对。

魁梧的秘书站起来,向吴兴发询问:"吴总,叫保安上来吧。"

不等着吴兴发发话,金虞嗖地奔到了阳台边上,把窗户边上的花盆搬走,自己站在了那里。她一副嬉皮笑脸没个正行的样子,说的话却让人觉得无可奈何:"你要是今天不给钱,我就从这里跳下去。"

这操作,把秘书惊呆了。

吴兴发怒极反笑,反而悠悠然地坐在了椅子上,还摆了摆手,把吓得六神无主没了词的秘书给赶了出去:"跳吧,我们公司有专业的律师团队,能给你商量出一个合理的好价钱。你不是岚梧市本地人吧?省市户口,城镇户口,农业户口的赔偿金额不一样。你自己算算。"

人家当年带着一帮工人创业致富的时候,什么阵仗没有见过,一帮人拿着刀,真不是吓唬人的花架子。

真打起来了。

"月牙湖饮品有限公司去年才上了新三板,入市开始收割韭菜,明面上扩大再生产,在岚梧市周边的县城里又租赁了几个葡萄园,做葡萄汁。实际上,还有其他的投资业务吧?吴总肯定握着不少原始股,赚得盆满钵满,但是您这手里怎么还会有这一百万的欠款呢?是不是公司经营不善,您打算引咎辞职了?

"我是个穷人,玩不起股票,但是我知道入市之后可就由不得人了。

"大明星出轨,热搜全是给他老婆新溪加油打气的,结果一晚上新溪乳业的股价涨了三倍,而新溪和新溪乳业其实没什么关系。而KTC快餐被爆出后厨的冰激凌机从来不清洗后,一晚上股价市值蒸发了将近三分之一。

"我跳下去,这里不高,顶多缺胳膊断腿,但是如果有人喝了您家的饮料中毒了,或者是产业工人给爆点什么见不得光的东西,再配合我手里的合同,月牙湖饮业这一晚上的股价,会下跌多少?我相信肯定不是几十万上百万,应该是几个亿了吧?您还能这么舒舒服服地坐在老板椅上吗?"

想要拿下这个家大业大的大佬,也就这三板斧。但是金虞思前想后,没有这么做。

"我们的生产车间是无菌化的,设备都是新的。你想要买通员工非法偷拍,不会给我们造成任何影响。"吴兴发对自己一手带出来的企业非常自信,"至于你说的有人喝了中毒,造谣生事是需要负法律责任的,我虽然不懂法,但是我的律师团队很懂法呀。再者,现在的热点,过个三天风头就会过去,不管是明星还是网红,过气得相当快,热词都是三天一个。你想掀起一个网络热点,你觉得多少人会关注,要投入多少成本?

"你如果有掀起这么一个浪头的钱,至于费那么大的劲儿,卧底在快递员里面混进来?

"年轻人,我劝你一句,洗洗睡吧。否则,我会让你付出你难以承受的代价。"

螳臂当车,不自量力。

在吴兴发看来,眼前这个不开窍的女孩子,就是美浩小额贷款公司派了一个傻子来恶心自己的。他甚至连问一下这个女孩子姓甚名谁的兴趣都没有。

一张垮下去兴致索然的脸上，隐隐约约只写了一个字：滚。

"如果，我只是有人派来试探底线的小喽啰呢。吴总，您还会这么无所谓吗？"金虞无奈地两手一摊，从阳台上回来了。

吴兴发的眼皮子跳了跳。

"我虽然做不到，但是有的人能做到呀。有个人给我讲过疫苗的故事，疫苗本身就是灭活的病毒，试探性地让人的身体产生抗体，这样，当真正可以引发机体病变的病毒来临的时候，机体可以迅速做出反抗。"

金虞把影印本的合同放在了吴兴发的桌子上："我走了，您随意。"

然后，她就真的拍拍屁股走人了。

一直到她出门的时候，吴兴发的表情都没有太大的变化，甚至直接当着金虞的面将留下来的影印本揉成一团，扔到了纸篓里。

意思是他完全不在意。

金虞的眉毛挑了挑，完整地想了一遍自己的台词哪句说错了。

没有呀。

其实在金虞看不到的时候，吴兴发把影印本的合同又拿了出来，反反复复地看了好几遍，眉头都快皱成了一团，再愁下去，他可能就连眉毛也要掉光了。

吴兴发在皱巴巴的合同上狠狠地拍了一下，没有控制好自己的情绪。

苍蝇，从来都不叮无缝的蛋。

而他这个蛋，已经千疮百孔了。

金虞骑着快递车，优哉游哉地转出来。吴兴发就在楼上看着，心累。他一个上市公司的老总，还没有一个送快递的大龄剩女的幸福感强。

让他换一下？

不可能的。

明日催灯火通明的办公室里，几个人正在热火朝天地商量着。

"咱们把钱要出来不就完了吗？为什么还要调查这个公司的财务状况？"天干物燥，人心浮躁，张大发是最浮躁的。

"就算是我们想查，也查不到呀。这可是在新三板上市的大公司，如果这么轻易地让我们查到了财务状况，还有没有商业机密可言了？况且，这种一个人说了算的企业，财务状况比一般的规模化的公司更复杂吧？"

孙简搞不清楚金虞葫芦里卖的什么药，难不成如果人家不还钱，她还能鸠占鹊巢去人家董事长办公室里帮着人家管理一段时间公司？

太异想天开了吧？

"以前我参加过一个应聘文员的笔试，题目是如何把一万个高尔夫球运到高尔夫球场。我当时刚毕业，只在卷子上写了三个字：用货车。"

这是一件比较久远的事情了，金虞现在想起来还觉得有些难以启齿，所以她是低着头，敲着桌子慢腾腾地说出来的。

她从来没有见过高尔夫球，也没有见过高尔夫球场，更没有和人打过高尔夫球。这种题目对于她而言，就像是天书。

"当时我交了卷子参加面试时，主考官看都不看我一眼，我直接就被扫地出门了。当时我们很多人都不服气，觉得这种题目就是随口问的，和工作没有任何关系。但是，主考官说一定会让我们心服口服。三天以后，我们每个落选的人都看到了那个满分的答案。"

时隔四年，金虞还能清晰地想起来那个答案。也就是那个答案，让她明白在看到问题的时候，不光要解决问题，还得想想怎么把提出问题的人给解决了。

首先要考虑高尔夫球的产地。东南亚地区的人工便宜，作为首选的入购产地，分批次杀价买入，多厂区竞标。而沿海地区水运比空运便宜，所以轮船作为交通首选。如果情况紧急，可以把空运和水运结合起来。广袤的高尔夫球场为了维持草皮的生长，肯定有湖泊溪流等水源，可以通过人工先把掉在这些区域的球捡回来重复利用。

从生产、采购、运输到可重复利用，多个角度阐述了怎么把高尔夫球运到高尔夫球场。

当时金虞就惊呆了，完成一个问题，需要这么多的步骤吗？

这个问题不是在考怎么把高尔夫球运到高尔夫球场，而是在考察一个人的眼睛到底能看到多远的利益。招聘，到底还是在衡量一个人的能力。

她输给了眼界和能力。

她不光记住了这个答案，还记住了写出这个答案的人：燕卓尔。

第一次见到燕卓尔时，金虞之所以没有任何好感，还吹胡子瞪眼地把这个身娇肉贵的秘书气得不轻，其实是因为她心理不平衡。

四年前，大家在同一个起跑线上，争同一个岗位。

四年后却天差地别。燕卓尔住着最贵的高档小区，牵着两条昂贵的大狗，一看就是传说中的成功人士。而她别说养那么大两条狗了，她连自己都养不起，就连温饱都没有混到，还住在群租房里，眼看着年届而立之年还是一无所有。

这种心理落差，没人能受得了呀。

所以金虞才一而再再而三地给燕卓尔摆脸色看。

所以她才能在这些花样迭出的问题里看穿层层迷雾直接找到燕卓尔画出来的重点。

"啊？"孙简和张大发两个人同时瞪大了眼睛，惊讶完了以后拍着大腿，笑得前仰后合。他们看着金虞的眼神也不一样了，张大发安慰金虞："不丢人，输给了燕卓尔。燕卓尔可是咱们郭总的座上宾，一般人谈生意，都得来咱们广业传媒亲自上门和郭总谈吧，但是燕卓尔，郭总每次都得亲自去见呀。你输给了精英，不丢人。"

金虞无言以对，这算是安慰人的话吗？

"衡量一个将军强不强，就看他的对手是谁。你想呀，四五年前，人家就已经有了这么前卫的全面统筹、可持续发展的理念，你输得不冤枉呀。"孙简不开玩笑，一本正经地安慰道。

金虞满脸黑线。

智商差距，无可弥补。

当然，笑得最开怀的是麻旦旦："都是九年制义务教育，怎么人家就那么优秀呢？"为了保证事情的顺利进行，他们还把麻旦旦也拉进了队伍。

金虞抚额。

"看不出来呀，小金鱼你和燕卓尔还有这么一段恩怨情仇。"有麻旦旦的地方，就有堆积如山的外卖盒子和高配置的电脑。麻旦旦一个人把一大张办公桌都给占了。

"咋了？不行呀？三十年河东三十年河西，这还不到三十年呢，说不定再过几年，他就成了我的秘书，天天给我端茶倒水，不行啊？"

只要能抬杠，金虞就能瞬间满血复活，她现在倒是很想念她之前的要账小分队。现在这些在地面脱颖而出的经侦、协警，都跟着地面上的派出所去了解其他案子了。

按照池清源的说法，纸上得来终觉浅，必须理论实践相结合。经侦局对经济犯罪敏感的老经侦，派出所了解当地环境的老民警，再加上深入了解过老赖的协警，配合起来的效果会更好。

池清源很擅长这种多方联动打外援的方式，四处开花，就等着结果。

这倒是抓住了现在的经济犯罪的特点，复杂且涉及面广。

金虞觉得自己的智商在这短短的几个月，被不同的高精尖人才猛补了一遍，真不知道这些人精里的尖子是怎么看上她这块顽石的。

"行行行，我先给你倒水。"孙简狗腿一般地给金虞冲了一杯奶茶，还用心理按摩的眼神温柔地瞧着她，"大佬，你还需要我给你提鞋吗？"

这样的态度,生不起气来。

燕卓尔,或者说燕卓尔的老板的目的是什么呢?

不在于要钱,在于敲山震虎。金虞拿着薄薄的影印件,看到了它背后的一层意图,但再深的她可就看不到了。

张大发去了工厂。咱们工人有力量,能省下一部分收买的钱算一部分。

麻旦旦从海量的网络信息里筛选出和月牙湖饮品有限公司有关的信息。

孙简看着明日催的铺面,把有需要的客户的资料给记下来。这么短短一个月,他手里分门别类地也记了不少信息。

至于金虞,突然得到了如心理按摩一样的馈赠,屁颠屁颠地出门去了,留下三个人错愕的惊讶的羡慕嫉妒恨的眼神。

这小金鱼难不成是要时来运转了吗?

还真的是三十年河东三十年河西呀?

出门之前,金虞还给吴兴发的秘书打了一个电话:"说不定今天晚上的酒会,咱们就会见面。说不定我这人脑子比较轴,会当着许多我不认识的人的面和吴总要一百万。吴总不会很尴尬吧?"

会尴尬得要死好不好?

这种明摆着是威胁的话,对方的秘书很有涵养地表示不会让吴兴发听到。事实上,秘书接完电话就奔吴兴发的办公室去了。

虱多不是不痒,而是痒得麻木了。

郭蘅芜请金虞去参加一个朋友搞的内部酒会,其实就是身份差不多的人在一块交流一下怎么赚钱的门道,互相融个资,投点钱,很正常。

当然,不是圈子里的人强行进来,就只能喝喝酒了。

郭蘅芜对于自己作为一个女人能不靠皮相跻身大佬之中,非常满意。虽然金虞现在有了自己的店面,开始动手干活,又搭上了美浩小额贷款公司,进入这个圈子是迟早的事,但她还是希望金虞是靠着她的关系。所以她特别热情地邀请了金虞,甚至亲自领着金虞去挑选衣服。

堪称金碧辉煌的店铺,二十四小时提供服务,必须本人持有高级会员卡提前预约。玻璃门里看起来只有冰山脸的店长和服务员,但是门口停着的寥寥几辆车都是百万级别以上的。

让金虞感觉良好的是她这一身风尘仆仆不加修饰的平民穿着,并没有引起店员的任何面部表情不适。妆容精致、衣饰考究的服务员鞠了个九十度的躬:"欢迎光临。"冰山脸上绽放出真挚的笑容,让人真切地有宾至如归的感受。

这不卑不亢的声音一直夸赞着金虞:"这位女士是第一次来吧？您的气质真好,英气勃发,是真正的女强人。"

　　金虞腹诽道:能把痞气说成英气勃发,能把一看就是单身剩女说成女强人的,这服务员也是人才。

　　不过,真的让人感觉如沐春风。

　　郭蘅芜提议先给金虞做造型,挑衣服。华丽的衣帽间四面都是镜子,各式礼服裙子摆满了衣架,这是金虞从来没有见过的阵势。

　　"这衣服也太贵了吧？买下来居然要三千。"金虞随手捞起一套裙子的吊牌来看。

　　"不不不,这是租一晚上的价格。"郭蘅芜莞尔,让服务员先出去。

第七十一章
辘辘远行辙

　　金虞咋舌,用看傻子的眼光看着郭蕌芜。在郭蕌芜的眼里,金虞伸出来又缩回去的手,瞪着眼睛偷偷地吐舌头,又把料子拿起来凑在眼底看半天,才是真的傻里傻气。

　　傻得可爱。

　　她第一次需要置装出席重要的场合,和金虞的反应不一样。

　　时至今日,她依然记得自己郑重虔诚得像个要出征的战士,背地里抓耳挠腮到了差不多失眠的地步。但是今天金虞看起来一惊一乍的,其实她的态度就像是在动物园里看猴子。

　　时代变了呀。

　　"现代社会,看不见硝烟的战场才可怕,真正出力气打架斗殴的地方,都很低端。"郭蕌芜手拎着衣架,一件件质地优良的衣服在金虞的身上比画着。

　　"那战争呢?"金虞是要账起家的,在这个小圈子里,有郭蕌芜和霍连胜两个人帮她背书,算是小有名气。收账公司的人也不是天天都有工作可做,金虞能在两三个月的时间里把十几个账目的款项要回来,已经进入到大家的视野里。

　　谁家还没有个傻不拉几不懂事的客户需要人去教训呀,这年头能开三年的公司都算长寿了,倒闭了的钱,找谁去要?

　　金虞这种人,算是趁势而起。

　　关键是金虞还比较懂事。之前有银行和收账公司合作催收信用卡项目。但是催收公司的人做得过火了,把电话直接打到了某上市公司老总的办公室骂街,催其公司某个部门的员工还钱,态度恶劣还骂人不重样,连续三天。老总大为光火,不光辞退了自家不靠谱的员工,还去和银行的老总商量了一下,不再和那家催收公司合作。

　　据说,那家催收公司因为惹怒了四大国有银行之一,之后再没有公司和金融机构敢雇用。不到三个月的时间,那个刚刚崭露头角的催收公司就地解散了。

像金虞这样快刀切豆腐两面光,不光能把钱要回来,还能让当事人双方都忍下的,也是神人了。

这神奇的程度,逼近能把同时落水的妈和媳妇救起来的传奇英雄。

郭蘅芜看待金虞的眼光和从前不一样,说话的方式也不一样了,眼角眉梢都带上了婉转的心思:"赚钱,就是我们的战争。"

郭蘅芜拉着金虞的手,往衣帽间更深的地方走去。两边的灯光光华璀璨,能看到镜子里自己年轻倾城的容颜。

看起来是那样虚幻不真实。

衣帽间极大,搭配好的装饰有几百套,弯弯曲曲绕了好几道。金虞猛地回头,发现来时的路居然已经辨认不清了。

"没有礼服,进不去酒会吗?"金虞回过头来,不再去看那些高贵冷艳明媚忧伤的大牌衣服,反而是很急切地问了郭蘅芜这样一个问题。

郭蘅芜皱了皱眉头,他们广告公司需要请模特的时候,她带着手底下的小策划来这里挑过衣服。刚出校门的小助理都会被惊得目瞪口呆,然后把能够拥有这样规模的衣帽间当成自己的毕生追求。

然而,金虞的眼里,从头到尾都没有闪过异样的贪婪的光亮。

"进不去。人都是先敬衣裳再敬人,你难道要穿着牛仔裤和连帽卫衣进去,端着高脚杯和人讨论区块链和金融生态系统吗?"

郭蘅芜笑着摇头。

金虞随手抖搂出来一套:"就这套。"

"喂,西装?有没有搞错?"郭蘅芜抓狂了,这是个什么样的女人?

"没有谁生下来就是穿裙子或者拿枪的,不要给我立人设。听过'金虞'两个字的,都知道我是个暴力催收的,再贵的裙子我也穿不出淑女范儿。"

金虞眉飞色舞,对着郭蘅芜抛了一个笑脸,让人生气不起来,而她本人已经扬长而去了。

郭蘅芜目瞪口呆,呵,真帅。

"贫穷限制了我的想象力,我以为酒会在酒吧里开呢。"金虞和郭蘅芜同乘一辆车,出示电子邀请函、扫描二维码、领取号码牌之后才进去了。

神秘而正规得像是地下党在接头,但是偏偏又都是豪车阔佬,把氛围搞得莫名热烈。所有人都是乘车来的,从进门到停车的地方还有一公里。

这是个旅游区,在从这个从来没有开过锁的大门进来的时候,金虞甚至怀疑，郭蘅芜会不会是百忙之中抽空出来旅游，顺带着大晚上的逃个票。

人工湖湖面微风涟漪，钩心斗角的廊桥飞檐倒映其中，美不胜收。

但是按照郭蘅芜的说法，这仅仅是土豪们的热身活动，不算是真正高级别的正规酒会。更高级别的酒会，她和金虞这样身份的人，很难进去。

金虞现在的身份，已经够得上郭蘅芜这样小广告公司的股东、总经理了。

"在一百多年以前，岚梧市就已经是国际大都市，有上百万的常住人口。外国人喜欢盖别墅，我们国家的人喜欢修庄园，作为最早展开对外贸易的城市的人，格外喜欢修中西结合的别墅园林。这片儿山清水秀，又有这么多的近现代建筑，成了文物保护单位。

"但是你也知道，现在的旅游景点，光靠卖门票维持不了景点的运营成本，连自家的员工工资都发不出来。就这么几个古建筑，谁天天没事来这里溜达呀？

"所以不少金融机构和有钱老板把这里的别墅和宅子租下来几套，重新修缮过，用来举行一些高端的酒会。"

郭蘅芜说得不无得意，这比租星级酒店的会议室要有格调多了。

高雅，底蕴，实力，无一不是现代大佬身份的体现。

"那现在租酒店会议室的都是什么人呀？"金虞问。

"搞传销的，培训机构的，中老年人的同学聚会，都是一些赚不了大钱的普通人，出力不讨好的夕阳行业。"郭蘅芜皱了皱眉头，"是我们公司广告服务的主要客户。"

金虞撇撇嘴，笑了，没搭话。

平民经济呀。

但是做平民生意的人，目标不是成为一个高级平民，而是成为这个城市的新晋贵族。

郭蘅芜穿着吊带小礼服，外面套着一件雪白的薄貂披肩，两条又细又长的腿踩在十几厘米的高跟鞋上，站在风中像是风稍微大一点就能被吹出去。

泊车小弟热情得让金虞有点不知所措，郭蘅芜性冷淡风格一如既往。走出去两步，她在金虞的耳边说："可别想不开找个泊车的，别看他们长得帅，一个月有六千块钱的工资，实际上都没有念过什么书，又找不到什么好工作。他们和这里的人，隔着阶级。"

郭蘅芜意气风发。

"哦？"金虞一头雾水。

"我知道一个流传很久的故事。很多年前的周润发发哥也是个泊车的小弟，当时被人羞辱一辈子买不起豪车，结果他发达以后一口气买了六辆劳斯莱斯。

"这个世界上,成功显贵的概率,比中彩票低太多了。"

酒保端着杯子过来送酒,郭蘅芜拿起来,微微点头示意,移开视线。金虞却是对年轻的小酒保说了声"谢谢",笑容温暖和煦。

目之所及,衣香丽影,穿着清凉华丽的美女和一些看起来就身价不菲的公子哥或者上了年纪的阔佬侃侃而谈。

金虞一走进去,就有人皱起眉头,窃窃私语。

没办法呀,这里面有被她逼到墙角差点引咎辞职的单树华单教授,有差点被她撒泼打滚送上头条的光明眼镜的陈大东……

对她面色和善的,也有一拨人,被她解决了男小三这个麻烦的软装公司老板霍连胜,就是其中之一。他对着金虞遥遥举杯,算是打了招呼。

金虞的出现,引起了一场诡异的骚动,不过转瞬而逝。

金虞刚进去,另一个人就出现了。他一出现,在场的大佬们像是领导纷纷下乡,大家排队给他送来了最诚挚的慰问。

"方总呀,您这胳膊腿儿咋了?"

"伤筋动骨一百天哪,不能这么快就下地吧?"

"轻伤不下火线哪,还继续出来卖理财产品?"

……

方星海是坐在轮椅上被推进来的,折了的胳膊高高举着,打着石膏,怎么看都像一只招财猫。尤其是被一帮人围着,更像是庙里一窝蜂人挤人在拜的财神爷。

金虞对他敬而远之,完全没有和方星海交流的欲望,打算到阳台上去抽一根烟。

他们讨论着区块链、新的虚拟货币,随随便便洒洒水,几百万的天使一轮投资撒出去,等着出现独角兽的迹象再撒第二轮,再等着独角兽成了真正的风口上飞起来的肥猪,用资本压倒性的优势进行第三轮投资。

在金虞看来,这些割韭菜的方式如同天书。

郭蘅芜乐此不疲,正在和一个大佬讨论着,巧笑倩兮,很有冰山美人的气质。

"您认为未来的区块链技术首先会应用在哪里?"

"这您可把我给问住了。区块链技术是虚拟货币比特币的衍生技术,本身就是为了私密性和去中心化的支付服务而诞生的,肯定是要用在购买私密的服务和更便捷的即时到账的产品上。"男人的头上发蜡明显打得太多,作为一个程序员出身的老牌小公司老板,张青维早就完成了从程序猿到开发设计的产品经理再到独立运作的老板的涅槃。

他眼睛时不时地往郭蘅芜小礼服的深处望去，心里正后悔着自己看电脑把眼睛看近视了，这么美丽的风景现在看不清楚了。

"那比如呢？"郭蘅芜是真的对这块投资感兴趣，靠着虚拟货币矿机发家的张青维，身家过亿，她急于重复别人的致富方法。

"比如，在夜总会消费完，可以用虚拟货币付账。比如，在网上买了情趣用品和毛片儿，可以用虚拟货币付账。绝对保证私密性。"张青维摸了摸下巴，确认没有口水。

"哎哟喂，我怎么记得区块链技术还有一个特点是不可更改的节点记录。用虚拟货币付账，是想要留下不可更改的账单让老婆发现自己在夜总会点了几个妞，在网上买了多少情趣用品，看了多少毛片儿吗？这技术会不会太水了？"

郭蘅芜的笑容更冷了几分，引起参与话题的人哄然大笑。郭蘅芜本来就是个冰山美人，但是偏偏又长袖善舞，在这样的聚会上如鱼得水。

张青维本来是想从专业角度开个郭蘅芜的黄色玩笑，没想到反而被郭蘅芜拿捏住了，一时之间脸上青白交错，找不出更合适的词语反驳，只能猛喝了一口酒。

呵，这就是大家嘴里的做生意做技术从来都一板一眼不掺假的老实人！

郭蘅芜莞尔，不置可否，端着酒杯参与到了下一个圈子。

美人贷已经被关停，有关部门介入调查，但是并没有实质上的证据链表明法人、催收、皮条客之间的直接关系。

最终的结果是金虞虚惊一场，在催收这行又多走了一步。

方星海全身多处骨折，这可不是天谴报应，而是燕卓尔幕后的金主早就看不惯这个吃独食的家伙，卡了他一部分渠道。为了保护既得利益，方星海不得不出此下策。

金虞看了一眼被众星拱月的方星海。法律的制裁，什么时候才能来？她还没有走到门口，就看到了燕卓尔。不过燕卓尔，是在"彩衣娱亲"吗？

他正端着一杯酒，到处和人称兄道弟。一杯酒端在手里，和十来个人碰完杯，还剩下一半。那些头发只剩下一半、面皮发皱的老头，看到燕卓尔时眼睛比看到美女时还亮。

金虞晃了晃手里的酒，就连霍连胜都没有大大方方走过来和她碰一杯呀，进门以后郭蘅芜也有意无意地拉远了距离。

人和人的差距，怎么就那么大呢？

燕卓尔走完一圈过来，保持着彬彬有礼的神秘微笑，他问金虞："被冷落的滋味，不好受吧？"

"人都是先敬衣裳后敬人。谁都知道我是个收债的,做正儿八经生意的人,不管是软装广告还是餐饮副食,都想离我这种人远一点,再远一点,像是躲瘟神。不像燕秘书,你可是菩萨身边的散财童子,大家爱你还来不及呢。"

金虞云淡风轻地晃动着杯子里琥珀色的液体,视线还投射在门口,脸上既没有哀怨也没有艳羡。

燕卓尔皱了皱眉头,一开始的打算不是这样的呀。

月牙湖饮品有限公司的吴兴发个人资产虽然可能和在这里的小老板有些距离,但是坐着国企领导的位子,实际上是位高权重,大家总会认为这个前辈的手里掌握着政策风向的信息,或者这位领导能影响当地的政策优惠,所以都将视线牢牢地投射到了吴兴发的身上。

燕卓尔也看到金虞的眼睛亮了。

金虞给了他一个意味深长的笑容,神秘而复杂。她穿着中性风格的浅灰色羊毛西装礼服,搭配着设计师精心打造出来的凌乱迎风观感的短发。

红唇如火,烈焰燃烧。

金虞一直晃着手里的杯子,还没有喝过一口杯子里的酒。

为表庄重,她穿了一双高跟鞋,越发显得身段妩媚伶俐。此时此刻,高跟鞋真的成了刀刃很窄的匕首,金虞飞速地转过身去,直接朝着大门口走去。

在转身之前,金虞对着燕卓尔说了一句让他满头雾水的话:"之前你给我出了一道我解决不了的难题,现在我就把这个难题还给你。你比我聪明,肯定比我答得好。"

既然有人想要找麻烦,那就把麻烦给他送上门。

春风拂面,金虞脸上的笑意正浓。

吴兴发看到了迎面走过来的这个女孩子,身量高挑,夺人眼球。尤其是她过来的时候像一把人形武器,眼神里充满了攻击性。

吴兴发现在有些后悔来了这里。他整了整表情,正准备和金虞说话,猝不及防,一杯酒直接从脑门上浇了下来。

正在和房产商商量新楼盘精装修软装的霍连胜惊在当场,一句没说完的话晾在当场,转头看向金虞:这个横冲直撞的妞知道她自己在做什么吗?

郭蘅芜的鞋尖朝着金虞这边转过来,想要走过来,却又停下来。她想要帮金虞挡一下灾,但是一时之间却不知道应该说什么合适。

陈大东和单树华两个人站在一起,颇有些幸灾乐祸。上天欲使人毁灭,必先使其疯狂。这妞现在已经疯狂了,那么离毁灭也就不远了。

吴兴发的脸因为愤怒而轻微地抖动着,原本酒保端着酒杯过来,他伸手正要拿,此时手还僵在空中。

一时之间,整个酒会的氛围尴尬到了极点。

所有思路正常的人都希望自己没有看到这一幕。在整个岚梧市的地面上,大部分领导都会给这位本地的实业企业家几分面子。他们总不能在全市开大会的时候,当着记者的面公开表扬小额贷款公司和房地产泡沫撑起了城市经济的半边天吧?

燕卓尔对着金虞怒目而视,手紧紧握着盛满了鲜红葡萄酒的高脚杯。这葡萄酒是为了这个酒会直接从法国空运回来的。他的手指关节因为用力而发白。在所有人都安静下来的刹那,燕卓尔这边发出砰的一声,不算很大的声音引起了所有人的注意。

高脚杯的长脚居然被燕卓尔捏折了,猩红色的液体顺着他的手流下来。

这就是金虞给他出的难题。

燕卓尔对于情绪的把控非常有水准,他常年练瑜伽,能把心跳和脉搏控制在自己想要的范围之内。他经手的理财产品哪怕一夜之间市值蒸发百分之五十,都不会让他紧张到彻夜难眠当场失态。

但是这个妞,做到了。

很好。

燕卓尔极度震怒,但是脸上看上去无比平静,甚至还有些微微的和煦的笑意。金虞却是眉飞色舞地回了他一个白眼,这对于已经有些吃不消的燕卓尔而言,无异于雪上加霜。

金虞不但没有后退一步、晚辈向长辈认错的觉悟,反而扬了扬自己空了的酒杯,挑衅一般地挡在了吴兴发的面前,拦住了他的路。

所有人都感觉到一阵恶寒,这妞是真的很欠揍。不过,在这样的公开场合,大概没有人会动手。大家都在窃窃私语,眼神在吴兴发、燕卓尔和金虞三个人身上来回移动。

方星海怎么能错过热闹。这个在他面前不可一世、拽不拉几的人,居然犯了这么幼稚且低级的错误,连他一根脚指头都比不上。

他迅速地加入热闹的讨论里,他倒要看看,燕卓尔怎么收尾。

"吴董事长怎么会和非法催收的人扯上关系?"

"美浩的贷款不是挺严,挺正规,号称岚梧市四大国有银行之外的第五大银行?多少人向他们借钱用来过桥,从来没有出事过,现在也雇下三烂的人催收了?"

"我看这小秘书和这催收的是想钱想疯了,不想活了。"

燕卓尔之所以被奉为座上宾，就是因为他是美浩小额贷款公司老总白坤杰的秘书，大家敬的不是燕卓尔，而是燕卓尔背后的白坤杰。

狐假虎威可以，但是当老虎罩不住狐狸的时候，就会一脚把狐狸给踹了。

金虞，这是个更野的草根，直接轰出去再报案，合理合法，能直接压得她喘不过气来。

这世道，容不得这么放肆的事情。

但是……

这短短几十秒，像是过去了几个小时。每个人的心念百转千回，默默地思索着事态的发展。泼完酒就算是这次无赖事件的高潮吗？那真是小看了金虞的心理承受能力。她回过头，笑眯眯地问燕卓尔："燕秘书，我可是照着你说的做了，但是问题还是没有解决，怎么办呀？"

金虞火上浇油，祸水东引。众人原本只是惊讶，现在直接张大了嘴巴，难以置信地看着这个斯文俊秀的秘书。

这可是年轻有为的商业金童呀，居然会干这种事情？

燕卓尔是聪明，但是他的聪明是高智商，而不是市井小人物耍无赖。一时之间，一个死局摆在了他面前。

如果可以，燕卓尔现在恨不得把金虞吊起来打一顿。

但是燕卓尔到底是燕卓尔，他跟跟跄跄地往前走了几步，像是不稳的样子，中间还扶了扶两个人的肩膀，勉勉强强终于走到了吴兴发的面前。

吴兴发的怒火，已经到了顶。不就是一百万吗？居然要当众这么打他的脸！吴兴发年轻时就是敢带着工人打架的狠角色，这几年坐的位子越来越高，影响力越来越大，脾气才好了起来。

但是这不代表着他就没有脾气了。

吴兴发抹了一把脸上的酒液。最近这十来年，他过得顺风顺水，别说被人泼一脸酒了，就连酒桌上敢劝他喝酒、敢在他夹菜时转桌子的人都没有了。

抽了一口气，吴兴发狠狠地抬起了巴掌。就连金虞，都咬紧了牙关。今天，可是在和真正的流氓耍流氓，能不能赢，可就只有天知道了。

令人惊讶的一幕，突然间发生了。

比刚才金虞泼酒更让人觉得不可思议。

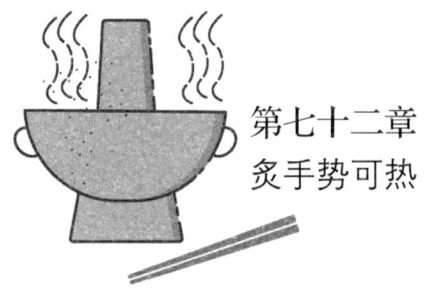

第七十二章 炙手势可热

金虞一脚把燕卓尔踹到了火坑里。

燕卓尔面前有这样几个选择：

或者亲自把金虞打一顿，狗咬狗一嘴毛，两个人一起沦为这个圈子里的笑话。这种男女当众撕扯最掉价，一个连自己的情绪都没有办法掌控的人不足以掌控别人的财富。

这在古老的银行界是一种约定俗成的默契，只有拿着陈旧的公文包的银行家，才意味着成熟稳重老辣，值得信赖。

业主们要旧公文包当然没用，他们看重的是拿公文包的人的素质。

或者叫保安过来，再报案，把原本私人性质的聚会搞得声势浩大，在众目睽睽之下给吴兴发一个交代。这种处理方式表面上看燕卓尔是把麻烦给解决了，事实上落在有心人的眼里，会觉得他戽包得很。自己想要收账，结果属下办事不力，就把属下献祭给了大佬。这个操作方式一点也不睿智，不过古往今来大部分人都是这么干的。

这件事情本身就像是拿着绳子拎软豆腐，拎不起放不下的。

之所以说不可思议，就是因为燕卓尔心理素质强悍，直接越过了以上两个最可能的方案，或者说，他直接跳过了好几个场景，实现了从兵荒马乱到握手言和的一步过渡。

燕卓尔脸上的震怒一闪而逝，低头看着自己手里已经碎裂的酒杯。他颇为无奈地弯了弯嘴角，就近喊了一个酒保过来。

"真想给宇赫旅游的老板一笔赞助，葡萄美酒夜光杯，但显然这水晶不太合格呀。"

燕卓尔一个人侃侃而谈，似乎看不到其他所有人的尴尬。而其他人或多或少都和美浩小额贷款公司有些牵扯，没有人敢在这个当口上强出头。

第七十二章

现在银行的银根都在收紧，很多贷款批复不下来，企业的正常运转和扩大再生产就只能依靠小额贷款公司。而一般的小额贷款公司的资金储备和风险评估准确度不够，只有美浩小额贷款公司在大家的眼里才是第五大银行。

就算是想要看燕卓尔的笑话，也没有人会去直接惹怒燕卓尔。

燕卓尔把手中还剩下一半的杯子放在了托盘上，余光扫过金虞。四目相对，金戈交碰，火花四溅。

金虞不知为何，脚居然往后退了一步。

直到现在，她都没有看过燕卓尔亲自出手。这个看起来身份不低、教养良好的人，始终用搬弄口舌的方式混迹于岚梧市的中上流社会。

燕卓尔重新端了两杯酒，在众人的视线里走向吴兴发。

杯中酒，轻轻摇曳着，殷红如血。

燕卓尔长身玉立，目不斜视，眼里像是看不到吴兴发的狼狈一样，把其中的一杯递给他："我曾委托明日催去办一些业务，但是显然金老板不太懂行情，误解了我的意思。不知道吴董能不能给我这个小秘书一个面子，您看，我先干了，您随意。"

燕卓尔一饮而尽，嘴角带着浅浅的酒渍。

在水晶吊灯的光亮里，金虞心里一阵恶寒。就算是在这个敏感犀利的风口，燕卓尔一力承担下来，把金虞划到了他这一拨，她依然觉得燕卓尔喝下去的是鲜血。也是，这些靠巨额利息活着的小额贷款公司，不就是靠着榨干那些走投无路的公司的血汗活着的吗？

金虞瞪大了眼睛，等着看她挑起来的这一场腥风血雨如何收场。她就不信了，这一盆脏水泼在了燕卓尔的身上，他就真的能毫发无伤。

有这么潇洒的人吗？

金虞等吴兴发手里的酒杯砸在燕卓尔的头上，从这个角度砸过去燕卓尔可能会破相，以吴兴发的力气，可能会开瓢。

吴兴发可是省政府领导的座上宾，燕卓尔吃不了兜着走，这就是板上钉钉的事情。

然而，更诡异的一幕发生了。吴兴发接过了燕卓尔手中的酒杯，没有把酒杯摔在燕卓尔的头上或脸上，而是端起来清脆地碰了一下杯。

就好像，吴兴发的脸上没有被金虞泼过酒。

碰完杯，燕卓尔和金虞有短暂的视线交流。燕卓尔的眼中，光芒四射，如星月浩瀚一般。金虞有短暂的失神，猝不及防。

他真的，就这么轻而易举地把这个尴尬的场面化解了。

看着燕卓尔和吴兴发把酒言欢，周围好不容易聚起来的人都散了。金虞深吸一口气，留在原地，一步也没有后退。

她如果退了，以后就再也没有走出这一步的机会。

"年轻人做事不能太冲动，要多想想，你现在不给别人面子，将来别人也不会给你面子。多给自己留一条后路，才是万全之策。"吴兴发看着金虞的目光，像是在下冷刀子。

吴兴发不能对美浩小额贷款公司的燕卓尔挑刺，但是能敲打一下这个无法无天的金虞。

可以这么说，如果今天不是燕卓尔走过来罩住了金虞，那么吴兴发不保证自己不会动用其他的关系，让这个无法无天的妞竖着进来横着出去。

太气人了。

"瞻前顾后，只会错失良机。吴董是当年受任于败军之际，奉命于危难之间，将月牙湖饮品力挽狂澜的里程碑式的人物。可以说，没有您就没有这家如日中天的饮品公司。"

金虞如数家珍，把百度上记下来的溢美之词不吝啬地说了一遍。

吴兴发显然对此比较受用。

但是金虞的话锋一转："时代已经变了，现在换我来力挽狂澜。"配上那红唇利眉，她薄唇一张一合，眉眼飘忽不定，整个人摇头晃脑，明摆着就是要把人激怒。

如果在事发的刚才，吴兴发打金虞，所有人都会认为吴兴发老当益壮，教训不懂事的年轻人，但是偏偏现在已经过了最合适的时间点。

金虞这么低着头，低声细语的，如果他打了人，大家只会认为他是在仗势欺人，以大欺小。

顷刻之间，风水局已经换了风水。

三足鼎立，而燕卓尔和金虞是一伙的，吴兴发独木难支。这个做错了事的女孩子并没有认错的觉悟，飞扬跋扈依旧。

吴兴发紧紧地抿着唇，狠狠地喝了一口酒。这么多年，他还是没有习惯外来的干红洋酒的味道，只习惯这种你来我往的唇枪舌剑。

金钱永不眠。

燕卓尔一言不发，只用眼神就控住了全场。金虞眉飞色舞，接二连三地挑衅，就差没有拿支笔直接在脸上写下：来打我呀！

各个小圈子相隔有些距离，中间还有各种影影绰绰的中式装修风格的包厢间隔开，这场轩然大波不声不响地结束，最终大家只看到了吴兴发离场的背影。

这位大佬的面子往哪儿搁?

这个用屏风薄纱隔出来的回廊包厢里,就只剩下了金虞和燕卓尔两个人。或者说,现在,到了他们两个人算总账的时候。

燕卓尔依然摇晃着杯中酒,英俊锋利的脸上笑容寡淡,给人一种成竹在胸的狠戾感觉。尤其是在面对金虞一个人的时候,那种感觉尤为明显。

"价值连城的战国水晶杯,打折两块五一个的玻璃杯,沙滩上一毛不值的黄沙,其最主要的成分都是二氧化硅。但是因其含量不同,价值有着天壤之别。"

燕卓尔又问:"水晶杯会被人供起来,玻璃杯碎就碎了,运气好的还能用个几十年,而沙子只能被踩在脚下,无声无息。你觉得你是什么?"

"我当然是人了。"

燕卓尔故作深沉,但是金虞偏偏不配合他的演出。这个包厢里只有一把吧椅,燕卓尔坐着,金虞站着,但丝毫不见金虞摊手怯场。

光脚的不怕穿鞋的,这整个酒会的人,除了金虞,都有着光鲜亮丽的身份。

呵。

燕卓尔也装不下去了,自顾自地喝着酒,看着远处其他人。

"美浩小额贷款公司是白坤杰白总最早牵头办起来的。白总当年从事银行信贷业,干了十几年。那时候的工作还是半分配的,进入像四大国有银行这样的单位,就是老老实实地当个螺丝钉,在自己的岗位上干到老死。

"白总从支行的小信贷员一直干到了二级分行的信贷部门负责人,月工资也从三四千涨到了三四万。在十年前的那个时代,白总的奋斗成果已经是普通大学毕业生的巅峰。

"那时候的经济形势极好,大宗贸易公司都能在银行轻松地贷下款子来,少则几千万,多则上亿。财务版面一片混乱,都在搞质押物一女多嫁,可能一栋房子在四大国有银行和街面上的其他贷款公司里都有存档。

"白总看到了商机,毅然辞职,办了美浩小额贷款公司。

"而当年混得最好的那些同学,也不过是在外滩有了栋房子而已,顶多值个一两千万,身上还有二三十年的贷款,指望着银行那一年几十万的工资过活。"

燕卓尔说得云淡风轻,一年挣几十万的工资,拥有一套上千万的房子,在他的眼里,就像是秋天在公园里捡树叶那样容易。

金虞眼珠子转了转。警校的群她还加着几个,在某些南方的大都市里,偶尔有人说自己升职加薪年收入过了十万,都会引来大家的一阵羡慕。

在体制里面,这已经算是高工资了。

当年考到首都的优秀毕业生,实习期每个月五千,转正后八千。

而这些,却只是这些玩钱的人的零头而已。

金虞想起顾非的脸来,他穿风衣的样子很帅,但是他风衣的价格可能还比不上自己今天租礼服的价格。那年轻犀利的顾非,又会后悔自己当初的选择吗?

"和你这种人,没什么道理好讲。因为贫穷早就限制了你的思维能力,影响了你的智商。"燕卓尔这么说话,金虞却没有反驳。这种无关痛痒的话又不会让她掉块肉,但是可以让燕卓尔爽一下,少找一点她的麻烦。

金虞觉得和这种实力压倒性的、嘴炮顶小钢炮用的、脑子核武器化的人正面硬杠,还是算了吧。

燕卓尔是第一个让金虞想要曲线救国的人。

"听君一席话,胜读十年书。"燕卓尔为人这么小心眼,多一事不如少一事,他都能把吴兴发干趴下,那收拾她还不是分分钟的事?

金虞在背叛者和狗腿模式之间切换自如,不过正主似乎完全不在意。

"继续逼他。"燕卓尔翻脸,对待吴兴发并不像表面上那样彬彬有礼。金虞已经不那么惊讶了,毕竟之前燕卓尔就是这么对待方星海的。

但是他接下来的一句话就让金虞惊讶了:"要出来的那一百万,归你,是你应得的。"

金虞愣在当场。

一百万呀!

从她这个角度看出去,那些三三两两举着高脚杯互相联络感情的人,在一片灯红酒绿里,显得不那么清晰了。

心里很多东西,却清晰起来了。

苍蝇不叮无缝的蛋,燕卓尔闻到什么味儿了?

方星海那个家伙,可是浑身都是破绽,但是吴兴发没有毛病呀。金虞泼完了酒,其实心里是相当愧疚的。

酒会到灯火阑珊,大部分人心满意足地离开了。燕卓尔在风波之后很快成为众星拱月的对象,不管是男人还是女人,似乎都有着和他说不完的话。

没有人搭讪金虞本人,却有很多人在暗地里打听:靠,这么缺心眼的打手,我需要呀。等遇到了搞不定的事情,掏个几万块钱,就能把这条疯狗放出去咬人,多美呢!

她红了,暗戳戳地红了。

金虞觉得那些人看她的眼光就像是在青楼里看花魁。呵,她确实能撑起一座青楼来,不过不靠颜值,靠身材,因为这上下差不多一般宽窄粗细的身材,像一根柱子。

然而，等到所有人都散了的时候，郭蘅芜望而却步，只给她发短信致歉，说不能带她回市中心了。

金虞不置可否，她也无意给任何人添麻烦。长街漫漫，只有金虞一个人是走到了大马路上，才用手机App约到了车。

长安回望绣成堆，但是坐在车上往回看，只觉得没有游客的晚上，那座古老的城池看起来鬼气森森。这座有着几百年历史的金融城市，能抵挡住接下来的一波冲击吗？

金钱永不眠。

你赢，那一百万归你。

这句话还不足以让人冒险。

可能怕金虞把这话当成了耳旁风，燕卓尔又给她发了一条短信：屡战屡败屡败屡战，我给你兜底。这可是实打实的实惠呀，金虞立刻将短信收藏起来，截图保存。

只不过，这一次她不是先在大街上招聘流氓，而是先联系了池清源。

到现在，她的地位水涨船高。为了防人盗取她的通信信息，王者研究了上百条诈骗信息的传播方式，再配合麻旦旦在外面搞出来的信号接收反射虚拟设备，可以完美地把金虞用软件发出来的信息捕捉到再神不知鬼不觉地放出来。

顾非曾经询问王者："这样的信息传播到底有多安全？"

王者头也不抬地说："基本上相当于百分之百减去你们经侦局全款追回地下银行洗干净的钱的概率。"

顾非满脸黑线。赃款一般数额巨大，没有正规银行和商铺可以消化得了，通常会通过背景复杂实力雄厚的地下银行、小额贷款公司这些民间金融机构来操作，手续费从百分之二十起步，收个百分之四十五都算是正常。

在严密的内外配合之下，它们像是在经侦的网络上开了一道口子，犯人逃之夭夭。

这些钱，在清洗的过程中就已经开始流散，即使是追回来，也不过是十之一二。所以王者说他的信息安全程度相当于百分之百减去经侦局全款追回被洗的赃钱概率，那就是百分之百。

这是金虞第一次真正意义上联络警察，寻求大后方的正面指导。

之前的每一次，她可都是堂而皇之地先斩后奏呀。甚至是为了能避开专案组的眼线，她还搞了带着麻旦旦一块去嫖的乌龙出来。

池清源去见了金虞。暗处的巷子里，金虞已经等候多时。

"想要从账面上知道一个公司的运营状况,是最不现实的。因为一个公司起码有三套账本,最真实的那一套账本,是老板自己看的,最能体现公司的实际营收。第二种是给工商税务部门看的,已经被专业做账的会计做平了,用来偷税漏税,很大一部分已经给隐瞒了起来。第三种账本是现在的公司流行上市套现,在排队IPO的时候,会根据券商的要求重新做的一套账本。改制、辅导、申报、排队的过程长达三个月到三年之久,这个账本就是根据证监部门的要求做出来的。"

池清源说完之后,怕金虞不懂,又举了一个例子:

"金融危机的时候,所有人都认为华尔街的银行和金融机构都是万年不倒翁。事实上,开了一百五十八年的雷曼兄弟就倒闭了,而高盛则实现了改组,次贷债券找到了新的买家才渡过了一劫。

"这在大面积爆发之前,完全没有预兆。

"而在雷曼兄弟的账户被冻结之前,欧洲的一家金融机构还往这个账户里打入几个亿的欧元,致使这笔钱在风雨飘摇最需要钱救市的金融危机里成了一笔不动产。"

对可以影响全球的公司的倒闭,都没有人可以做出预测,更何况是那些看起来经营不错的国有公司。

"那吴兴发,他真的没问题吗?"金虞抛开了现象,想要看到本质。

"没有调查取证,就没有发言权。"池清源主张,在没有找到现象的时候,本质不过只是一句空话。

"那我自己去查。"

金虞在黑暗里打了一下打火机,点燃一根烟。火光映着她的脸,有一种沧桑却年轻的利落的美感。

第七十三章
落井易下石

怪不得人人都想当老板,爽呀。

一星期不来上班也没人管,孙简看到金虞过来的那一瞬间,像是看到了观世音菩萨下凡,就差没有直接跪倒烧香了。

金虞这个甩手掌柜,直接把孙简扔在了店里,让做花样繁多的登记。刚毕业没多久的孙简分门别类,把各项账目都整理好做成了电子表格,按期发到金虞的手机上,再打印出来分门别类地放在金虞的案头。

孙简对自己的工作满意得不得了,哪个看大门的像他这么舒服,想玩游戏就玩游戏,想吃谁家的外卖就吃谁家的外卖。

工资嘛,金虞开得高:一万。

乍一眼看过去,金虞被吓到了。她的桌面上资料一尺高了,用颜色各异的曲别针分开的文件堆积如山,光看完这些东西,就得十天半个月吧。

原本捷爱催的账目和客户就掌握在金虞的手里,现在又放低了催收门槛,业务量明显上升了不少。

不过这些业务,金虞已经在平时用手机处理了不少。她会根据孙简的记录,从中把能够要回来又不会出事的账目发给张大发,再把执行的具体办法一并发过去,由张大发和之前在地面上招聘来的三个流氓去要账。

"真是难呢,干得好了,派出所的人觉得咱们是搅屎棍,一天到晚闹得鸡飞狗跳,就差没把咱们给提溜进去。"

金虞拍着胸口,勉为其难地看着自家的财务报表。

成本就是油钱、饭钱和房租,几乎相当于零成本。有人说她靠着一张破嘴就发家了,嘴上功夫相当不错。

"把人都叫回来,咱们要干一票大的。"金虞从堆积如山的文件里面挑出几份来,然后指着其中一份说,"把和月牙湖饮业有关的所有债务都弄出来,和他们打过交道的个人、小老板都算。"

苍蝇不叮无缝的蛋。

既然经侦局和美浩小额贷款公司都没有办法了,那她就自己来找缝。

如果真没有缝的话,她真不介意在这个蛋上面敲出来一条缝。

一百万哪!

张大发接到电话的时候,正在围追堵截一个卖保健品的。三个人把猴一样的拎着两盒猴头菇提取物的推销员,给堵在了巷子里。

"你说你都把钱收了,把保健品给人家老太太不就完了?你可是收了人家两万块钱,你这东西肯定批发价不值两千,成本超不过两百。抠搜个屁呀!本来是个卖保健品的,现在成了搞诈骗的,你图啥呀?"

此处就是张大发的个人表演赛。自从跟上金虞,这抱着扳手不撒手的家伙的戏路越来越宽了,以前是能动手就不开口,现在是能开口的时候就要摆出能动手的架势。

另外三个流氓——刘二峰、镊子和结巴堵住了其他的路子。对付老赖,从来不存在网开一面的说法。

因为老赖说好明天就还钱,你永远都不知道明天到底是哪天。

"我以为那就是个大字不识的小脚老太太,哪知道她有四个这么能打的儿子!"这推销员已经蔫了,熬出了黑眼圈,连带着身板都瘦弱了不少。

这是被四个凶神恶煞给吓的。

比如大晚上一两点他睡得正香,门口突然响起一阵敲门的声音。有人给他点了到付的夜宵,一晚上多达十几个,他都快要神经衰弱了。想着把手机关机就清静了,结果门被敲塌了。合租的舍友已经第三第四次委婉地表示不想继续和他合租下去了。

比如突然间他的电话就被打爆了,十几个猥琐油腻的汉子轮番炸他:"美女,多少钱一晚上呀?发张裸照呗。"这是他的信息被挂在了黄色网站上,还有人把他的信息挂在房屋中介、诈骗公司上。这一个月,他的手机就没有消停过,女朋友都怀疑他有外遇了。

不胜其烦哪。

"哥,我把钱还给你好不好?"再这样下去,他就真的要绝望了。

"不不不。我妈说了,要让你深刻地认识到自己的错误才行。"镊子动手能力比较强,每次都能把差点跑了的他给揪回来,胳膊上青一块紫一块的,到现在还没有消下去。

最绝望的是,人家目前根本就不想要钱了好吗?老太太只想让他好看。

"喂,有活儿了? 那我就不在这儿遛狗了。"张大发两眼一眯。金虞的电话呀,意味着什么? 意味着有滋有味的生活就要开始了。

推销员满脸黑线,呵,天天从他上班堵到下班,可不是像在遛狗一样?

"两万拿来。那两箱保健品,你留着自己吃吧,这玩意能补鬼脑子。"刘二峰已经把手伸到了推销员的口袋里去拿现金。

之前他也是从别人的口袋里拿钱,不过那是非法所得,被抓了是要坐牢的。

而这个是合法收入,掏出来一万六还给老太太,哥几个每人还能落在口袋里一千。

比起之前在街面上讨生活,这个叫作稳定收入。

原本像是狗皮膏药一样黏着的四个人一下子就散了,不再追着自己了。推销员还有些不太相信,眼睁睁地看着这四个人跑酷一样迅速地离开了这条巷子。这瘟神,送走了?

给这四个人打电话的是什么人?

财神呀。

当然,某些人的财神,可能是某些人的瘟神。

有了黑白两道大佬的睁一只眼闭一只眼,金虞的动作特别麻利。燕卓尔甚至亲自派了一个人过来,这个吨位可观的凶悍女人挤占了麻旦旦的沙发,还抢了麻旦旦的外卖。

麻旦旦一边敲着键盘,一边一脸幽怨地看着这个肥腻的妞。呵,肥宅不分男女呀,他头一回见到比自己还胖的人。

"想吃?"屠悦吸溜完最后一口麻辣烫,舒服地哈着气。香辣可口呀。

"嗯嗯,想。"麻旦旦可怜巴巴地瞪着圆溜溜的眼睛,吞了几口口水。

"梦着吧,不给你吃。"屠悦拿起一袋鸡米花,一颗一颗地倒进嘴里,还朝麻旦旦吧唧嘴,挑衅的意味非常明显。

这本来就是他买的好不好? 麻旦旦快要崩溃了。

头一次遇到这种想吃吃不着的挠心挠肺的时刻,麻旦旦一直盯着屠悦的脸,总觉得那张脸正在以肉眼可见的速度变得更胖。

金虞原本打算从屠悦手里得到更多的信息,但是屠悦和金虞就像是八字不合,除了寸步不离地跟着金虞,一点建设性的意见都没有给。

"吴兴发本人贷了多少款?"

"不知道。"

"月牙湖饮业贷了多少款?"

"不知道。"

一问三不知，倒是催着金虞赶紧动手，还建议金虞找找公安局的门路。这可把金虞给惊着了："我要是有公安局的门路，还用得着在这里讨生活吗？"

这个肥硕无比的女人继续待在这里，金虞都想向她收饭钱了。

不过，作为常年靠着揩油活着的金融暗处的人，也有旁人不知道的一手。屠悦可以在没有任何辅助工具的情况下，把月牙湖饮业高管们的姓名、地址、联系方式全部背了下来。

有多准呢？直接拿来填快递单，万无一失。金虞心念一转，立刻有了新的主意。

恰逢月中，是很多公司发工资的时间，银行里挤满了人。只看到一个肥硕的女人倒竖着眉毛喊着："贷两个亿怎么啦？又不是不还了！"

两个亿呀？

原本百无聊赖地坐在大厅里等着取可怜巴巴几千块钱工资的人都瞪大了双眼，看着银行员工和屠悦吵架。

屠悦心里也是郁闷得不行，强撑着一口气："我要投诉，你们正常的业务都不办。"

两个亿的业务，已经很不正常了好不好？

"对不起，这不符合规定，您带过来的月牙湖饮业的资质不够健全。"支行的副行长始终赔着笑脸。他现在还一头雾水呢，月牙湖饮业，他案头上就放着一箱这家厂子的饮料呢。

这个桃园区最大的支行也和月牙湖饮业打交道，但是没见过这个女人呀。

"我们月牙湖饮业，怎么就不能贷款了？你眼睛看不到我们的机器和厂房吗？我们一套纯净水的机器就值一百多万，果汁机可是德国进口的，一套两百多万呢，能省下流水线上十几个工人，国内总共都没有几家。你知道这些机器我们有多少台吗？市场能扩张到哪里吗？等我们的新品上市以后，借的这点钱就是毛毛雨，分分钟就能还了！"

金虞的那张破嘴，能把假的说得像真的一样。

屠悦就是从金虞那里学来的。在这银行大厅里，从高级VIP贵宾室里被人赶出来，一路像是耍猴的一样到了银行大厅——这么大的支行，大厅不亚于一个小型菜市场的面积。

屠悦想死的心都有了，但是来都来了，只能继续撑下去。

"对不起，我们不能给您贷款。"年长的副行长一再强调。拜托，一大早上起来遇到下属来报告，说月牙湖饮业要贷款，他可是从办公室下来亲自迎接的。

但是这女人连个身份证都没有拿,更别说实质上的抵押物了。

上哪儿贷款呀?

莫不是个神经病?

"对不起,我们不能给月牙湖饮业贷款。"两个大堂经理也过来了。不管这人是不是脑子有问题,他们现在的任务都是先把人推出去再说。

"月牙湖饮业怎么就不能贷款了?"屠悦两眼一闭,往地上一坐,喊起来了。不光是吃瓜群众,就连原本在办业务的十几个柜台上的业务员也面面相觑:月牙湖饮业现在已经贷不出款子来了?

不干这行的体会不到,岚梧市的实体经济不算发达,除去餐饮和旅游行业,撑得起门面的就是月牙湖饮业和光明眼镜等寥寥可数的几家企业。

月牙湖饮业呀,居然会贷不出款子来!

半个小时以后,屠悦心满意足地离开了这一家,然后坐在车上用手机搜了一下金融机构,直接又找到下一家。她还是之前那套做法,进去就要求贷款,视银行的大小决定数额。按照金虞的说法,去岚梧贷这种注册资金不足五千万的地方贷款两个亿,会被人当成精神病给轰出来。而去四大国有银行的区支行,贷一两百万出来,人家的副行长、主任经理会觉得这是在侮辱人家。

当然,结果都是一样的。刚进门的时候是高级VIP的待遇,然后被当成了智障给轰出来,再大吵大闹一遍,一定要选人多的时间点,恨不得天下皆知。

对了,还真不是屠悦一个人在战斗。金虞不但自己上手,还把另外六七个人全都撒了出去。

麻旦旦、张大发、刘二峰再加上屠悦,这些人自由发挥,只要闹出了动静就行,连KPI考核都免了。屠悦觉得,自己以后可能在岚梧市的银行都办不了业务了。

而孙简和金虞搭档,跑的是总行。孙简长得就像土豪家里的富二代,彬彬有礼,举手投足之间带着几分贵气。金虞跟在孙简的后面,当自己是个秘书。

当然,两人也是来贷款的。

四大国有银行的前台,几乎都被骗了过去。当然用不了多久,他们又都会被赶出来。

而结巴和金虞搭档时,金虞就成了黑帮女老大出街,结巴就成了她的保镖。两个人都凶悍非常,三米之内生人勿近,接待的小职员放下杯子赶紧走人。

他们拜访的不是四大国有银行,而是街面上林立的小额贷款公司。那些滚油里练过的眼睛何其毒辣,金虞也换成了神秘路线,只打听月牙湖饮业到底能贷多少钱,贷款是个什么样的流程。经理们都会一条一条地解释清楚。

短短一个星期,这些搞金融的大佬聚会时都会问一句:"月牙湖饮业是不是去你那里贷款了?"不讨论一下月牙湖饮业的财务问题,都不好意思说自己是金融行业的。

就连正常和月牙湖饮业合作的商场企业在和银行打交道,寒暄时都会问一句:"你听说了没?月牙湖饮业现在到处都在贷款,是遇到了什么问题吗?"

业内人士还会淡然地补充一句:"现在的企业,哪家不是在到处贷款?他们要是不贷款,咱们吃什么呀?不过这月牙湖饮业也太水了吧,怎么连那么几十万的贷款都搞不定?"

事实上,金虞在开始这个计划之前又打了一遍吴兴发的电话:要账。

但那人不但没有还钱的意思,还威胁上了:"你个丫头片子不要给脸不要脸,我忍你一时,不会忍你一世。年轻人,做事要懂规矩。"

"那我就用规矩,来教教你规矩。"

金虞当着几个人的面挂了电话,看起来气势相当惊人,硬碰硬,隔着年纪、阅历、财权、名利,但她毫不怯场。其实勇气这种东西,不是说说就能有的。打个简单的比方,有的人终其一生,都没有办法亲口对喜欢的人表个白,有的人工作多少年都不敢和上司要求升职加薪。

上位者的积威不只是官位和身份的高低,还有多年积累的气势。

屠悦自问不会像金虞这么去硬碰硬,就连燕卓尔同这些人打交道时也是绵里藏针机锋不断,一个搞金融的比和尚的说话方式还要含蓄。

但是金虞不玩这套,硬杠上去,几乎没有笑里藏刀过。

不到两个星期,整个岚梧市三百多家小额贷款公司和各大银行的总行、支行都被金虞的人马跑了一遍。现在凡是在这种地方上班的人,都知道了月牙湖饮业正在着急借钱贷款。

捕风捉影的谣言到处散播,并经过了加工和修饰——毕竟那些随处可见的饮料瓶子,让大家对这个企业熟悉得不能再熟悉了。

然而,当打开手机就看到月牙湖饮业资金链断掉的信息被推送过来的时候,吴兴发的第一反应不是同金虞握手言和,而是直接硬杠。他要召开新闻发布会,向社会澄清月牙湖饮业资金充足。他甚至还报警要告金虞造谣。

然而,包括他在内的所有月牙湖饮业的高管都收到了律师函。

金虞花重金让唐律师发出来的律师函,是另一封用法律外衣包装起来的威胁信,措辞严谨,内容丰富,而且考虑到社会传播效果写得并不晦涩。而且这些高管都是在自己的家里收到律师函,于是吴兴发欠了一百万高利贷的消息,在高管们中间成了一个公开的秘密。

这就是金虞所说的:那我就用规矩,来教教你规矩。

这别开生面、声势浩大的一手,不是从前泼粪威胁骂街那些小打小闹可以比拟的,甚至比之前把整个岚梧市地面上的收账公司老底都掀了的人人催收活动还要波澜壮阔。

那些文身、提刀砍人、满嘴脏话、在大排档上收保护费的,是傻子。

西装革履、拿公文包、用法律保护自己、用金钱和权力勾结攫取利益的,才是真正的黑社会性质流氓。

金虞的这一手,就是在朝着真正的流氓下手。

事态发展如同大河决堤,带来了一系列的连锁反应。和池清源接头的时候,这位经侦局长眼神复杂,颇有些难以下决断。专案组的职责是查清经济案件,挖出社会蛀虫,从而还社会一个海晏河清、平安天下,而不是推波助澜把整个岚梧市的经济搞得乌烟瘴气,在真正的大是大非前,池清源可以冒着仕途止步甚至丢了官帽子的风险护着金虞。但是在这种搅乱浑水的环境下,他有些于心不忍。

"如果你的判断失误呢?"

金虞咀嚼着口香糖,缓解压力。

因为顾非说过,人类只有在咀嚼的时候才会有安全感,彻底地放松警惕。一想到那张年轻的阳光的脸,金虞就会觉得只要闭上眼睛再睁开眼睛,这个世界还是美好得纤尘不染。

"覆水难收呀。"金虞莞尔,不置可否,"真金不怕火来炼。巴菲特曾经说过,只有潮水退去,才能看清谁在裸泳。"

碍于性别,金虞没说出来:我倒要看看,这个被捧到了神坛的企业家的内裤到底是什么颜色,或者说他到底有没有穿内裤。

"呵,经济可真够恶心的。"池清源破天荒地开了个让人笑不出来的玩笑。

"我以为你早就知道了呢。"到了收网的尾声,金虞反而是不那么着急了,"拭目以待吧,不会有韭菜跑得比镰刀快。我多年的社会经验告诉我,那些身家千万的人,可能都在银行里有着过亿的欠款呢。那些不能放在阳光下的东西爆发出来才更可怕。池局,您现在是不太相信我吗?"

你能接受一个瘪三在你的脸上泼一杯酒吗?

就连我也不能。

你能把六十万的小额贷款就那么眼皮不眨地换成一百万吗?

就连你都不能。

但是吴兴发都做了。

"不不不,按照你的想法做下去。"确认过眼神,金虞是胸有成竹。池清源笑着摇了摇头,这个社会,人人都想走一条终南捷径,甚至不惜涸泽而渔焚林而猎。

那最后,买单的人又是谁呢?

这期间,吴兴发亲自给金虞打了一个电话:"给我一个账号,现在就把那一百万还给你,怎么样?能不能辟谣?"

太晚了。

金虞甚至都没有和这个位高权重的企业领导多说话,直接把电话给挂了。

金虞没有在鸡蛋上找到缝,但是在猛烈的敲击之下,这个鸡蛋的缝比预期的大得太多了。没几天,就有另外一家不显山不露水的小额贷款公司起诉了月牙湖饮业。

当法院的传票到达月牙湖饮业的时候,一时之间,整个岚梧市的小额贷款公司风声鹤唳,连带着那些大银行也很快坐不住了。

传票和律师函,像是雪花片一样地被寄往月牙湖饮业的总部。

第七十四章
孽重难插翅

"太不公平了,我想要贷款买个房子都批不下来,这么多的银行和小额贷款公司,居然会排着队给吴兴发送钱去呀?"

白子玲愤愤不平,粘贴票据的手大开大合,只听着一阵哗啦啦的声音。

然而她一抬头,发现司晴和赵倩妮他们几个都是用看愤青的目光看着自己。显然,除了她这个工龄最短的,其他人早就已经对此见怪不怪了。

"在《圣经·新约·马太福音》里有个寓言,流传极广:国王交给三个仆人每人一锭银子,吩咐他们去做生意。等国王回来的时候,第一个仆人回禀说自己赚到了十锭银子,国王奖赏了他十座城池。第二个仆人回禀说自己赚到了五锭银子,国王奖赏了他五座城池。而第三个人说自己好好地保管着那一锭银子,怕丢失,未曾拿出来。于是,国王夺走他的银子,给了第一个人。

"凡是少的,就连他原本的也要夺过来;凡是多的,还要给他,让他多多益善。

"马太效应,赢家通吃。资本在流通过程中,不能用金钱来衡量。"

专案组里有很多非经侦人员,人心虽然不会因为财权浮动,但是接二连三的经济案件还是给办案人员造成了不小的冲击力。

池清源示意让顾非发言,顾非略作沉思,讲了这么一段大家耳熟能详的历史:

"月牙湖饮业在二十年前陷入危机,就连厂房都一块抵押卖了。工人们虽然顶着国企工人的名头,但还是有很多人都推了个小车去学校门口和火车站附近卖茶叶蛋去了。

"吴兴发当时一家一家地走访,把工人找回来,又带着人一趟一趟地去银行向担保公司贷款,又没有抵押物,就一趟一趟地跑政府,硬是靠着三寸不烂之舌打动了当时的领导,又靠着领导的斡旋,另外两家国企给他做了担保,才贷到了二十万的款子。这是月牙湖饮业起死回生的第一笔钱。

"当时月牙湖饮业打出来的口号是,立志做中国最好的饮料,要冲出亚洲,走向世界。"

赵倩妮对于这一段历史颇为了解,听到最后,还微微摇了摇头:

"二十年后的今天,这家曾经以饮料为主打的公司,居然也干起了左手倒右手套钱的勾当,甚至已经不是一双手在倒,而是千手观音了。大肆贷款,把贷款投入股市和房地产这些泡沫大的行业中去,政策有任何风吹草动,都可能会让他们的公司陷入绝境。"

赵倩妮拍了拍面前的案卷。到目前为止,发出律师函的金融贷款机构有八家,直接将月牙湖饮业告上法院由法院开了传票的,有三家。

眼看着吴兴发没钱到处贷款的消息满城风雨,四大国有银行也坐不住了,率先告了他,要求对其查封清点固定资产拍卖还债,冻结银行账户。

这个在岚梧市向来左右逢源、呼风唤雨的上一辈企业家,瞬间陷入四面楚歌、山雨欲来的尴尬境地。

二十年前,他靠着一腔热血和一身过硬的本事,再加上当时全国经济形势一片大好,顺顺当当地把月牙湖饮业做成了岚梧市最拿得出手的企业。

二十年后,所有人都觉得,吴兴发没有机会了。

长江后浪推前浪,前浪死在沙滩上。池清源已经批复递交了材料,正在安排拘捕,这已经不是常规对待国企官员先走"双规"的路子了。

"他怎么能贷出来这么多钱呢?"王者创过业,但是他也觉得这么空手套白狼弄出来八个亿太过骇人听闻。

"经济形势好的时候,各家银行的放贷政策很宽松,对于成规模的大公司的贷款审批更是宽松,质押物重复使用,贷款企业之间互相担保,银行都是睁一只眼闭一只眼。而大笔贷款都是短期流动贷款,基本上不会超过一年,而很多企业的投资都要超过一年才会回本。比如房地产行业,买地皮建房再卖房,三年时间轻易就过去了。

"大家都会选择多家银行衔接贷款,比如工行贷款快到期了去农行贷款还上。或者遇到审核时间长的,就从民间小额贷款公司贷一笔先还上,等银行的贷款下来,再把民间小额贷款公司的钱还上。

"一般银行的利率在百分之六上下,已经比百分之三上下的房贷利率高了不少。但是小额贷款公司的月利率在四分上下,平摊到一年能达到百分之四十八上下。

"光吃这个利差,就已经足以让所有能够到的人疯狂了。"

顾非说完,突然意识到,现在已经从街面上的流氓混混火并打架到了资本的硬碰硬。

但是在吃瓜群众看来,这种动辄上千万上亿元的合同,再加上一个走下神坛的国企官员,其中的娱乐性还不如之前那么多流氓混混因为少则几百几千多则几十万的钱,白刀子进红刀子出。

几十万和这上千万上亿比起来,就是毛毛雨。

欠钱不还,一拖再拖,属于经济纠纷、民事纠纷。

而质押物重复抵押,一女多嫁,重复套现贷款,这就属于诈骗了。

经侦局的电话一时之间差点被打爆了,各个企业各个银行的电话都打过来,有含糊其词询问进度的,有含糊其词希望经侦局谨慎行事的。

池清源浸淫官场多年,应对从容,但是一个上午下来也非常头疼。

如果是秘书一类的人打过来的电话,他姑且还能让司晴应对。但是这种负责人直接打过来的电话,他不得不亲自对答。

这才是本次办案最大的难处。

而现在,只揭开了冰山一角。

在这个当口,池清源并没有想见金虞一面的冲动。相反,双方之间已经达成了某种默契。

一方搅动风云变幻。

一方稳坐钓鱼台。

金虞正在热火朝天地忙着,一个办公室里摆了好几台电脑,一群人都成了键盘侠。麻旦旦苦着一张脸,他和屠悦的位置太近了,眼睁睁地看着鸡米花肉脆骨可乐鸡翅被那个长相凶狠的女人吃得一点都不剩。

是的,但凡咬得动的东西,都被嚼碎咽下去了。

麻旦旦看得目瞪口呆,只觉得咕噜咕噜响的肚子又瘪了几分。

饿得呀,还从来没有遭过这种罪。

屠悦还朝着他吧唧嘴,凶狠的大眉毛挑来挑去,不是勾引,是杀气腾腾,更让人觉得肠胃翻滚。麻旦旦不是没有尝试过打一架,但是他打不过这只更胖更凶狠的雌老虎,甚至连跑都跑不过她。

"你看看,出来混迟早要还的吧。有多大的胃,就应该吃多少饭。十个锅九个盖,还想要腾挪自如,可把他厉害坏了。"

屠悦不光吃得多,话也多,她似乎对这事格外上心,原本用电脑和人聊天都不怎么麻利,现在刷帖子的速度让人眼花缭乱。

键盘上满是油渍和零食碎屑。

"贫穷限制了我的想象力,原来能从银行、小额贷款公司套出来这么多钱呀?"金虞以为,一百万就已经是她能想象得到的大数字了。一百万呀,她得上多少年的班,才能有那么多钱呀。

这吴兴发随随便便搞了那么多的贷款,加起来多达八个亿,随随便便存起来的利息,就能让她一辈子躺着混吃等死了。

这么多的钱!金虞觉得自己摸在键盘上的手,都有些发烫。

"吴兴发只是运气不好而已。"孙简如是说,相比其他几个人一开始的震惊和兴奋,孙简反而是几个人里面最淡定的。

按照金虞的说法,孙简应该见过大世面:

"如果能熬到政策下来,银行的利率再调整,当地政府的扶持力度再松动,吴兴发还能有足够的腾挪余地,能够按期还上这所有的钱,根本就不会出现现在这么恶心的情况。

"其实一般的企业,都会欠银行很多钱,在亏损的情况下,会越欠越多。但是这些欠款根本不会对企业造成实质性的伤害,因为这些借款的担保方是其他的国企或牵头的市政府,而签合同的是银行的领导。时过境迁,领导升职了,政府成员变动了,国企之间有经济利益挂钩的都会互相扶持。

"永远不会有人去捅这个窟窿。"

天下太平。

"哟,借钱还有理了?你说吴兴发怎么就这么倒霉呢?我可是听说,他已经被约谈了好几次。难不成这家伙还能飞出来咬咱们一口?"张大发似乎有使不完的力气,领着另外三个流氓,已经搭上了告吴兴发的小额贷款公司的线路,成天在吴兴发的大门前堵着。

他对八个亿没有概念,那得多少个火车皮才能把钱拉完呢?天文数字,不关心。他最关心的就是这一百万到手之后分到的钱,加上他之前攒下来的,可以在十八线小县城里付个房子的首付了。多出来的,还能给家里买点像样的家具摆一摆。

这就能完成他全家三十年的时间都没有完成的任务呀。

他已经对现在的生活非常满意了。

"他命不好的地方就在于,向民间的贷款机构借了太多的钱。这些民间的贷款机构只盯着自己那四分利,根本不会顾及贷款方的企业是否良性发展。

"这么解释吧,民间的这些小额贷款公司都是吸血鬼,恨不得把企业最后一滴血都榨出来留着自己慢慢喝,它们才不会在乎到底是涸泽而渔还是杀鸡取卵,不会在乎法院的传票、律师函和上门闹事到底会给企业造成多大的影响。

"但是四大国有银行和政府牵头的银行贷款,就像是养牛的人,虽然也希望牛多挤奶不吃草,但是还不至于一下就把牛杀了吃肉。"

在大家都觉得挖出这么一条蛀虫大快人心的时候,孙简却表现出莫名的痛心。

大家都觉得吴兴发是罪有应得。

但是孙简觉得,这个企业家只是运气不太好。

金虞没有说话,她已经凌乱了好不好?所有人都认为这个局面是她一手造成的。事实上她也没有想到,这么一波很乌龙的操作,居然会给吴兴发带来这样毁灭性的打击。

经侦部门已经介入调查,很快,更细化的财务情况就会浮出水面,比如,月牙湖饮业在各家贷款的数额,比如贷款的去向,比如月牙湖饮业真实的财务状况。

曾经,吴兴发在她的眼里,是一个英雄。

他带领着全厂几十个工人发家致富了。

在金钱的引导下,道德的天平都加上了杠杆,对错轻重都变得扑朔迷离。每一个人都有着最充足的理由去抛头颅洒热血。

金虞并没有等太久,吴兴发再次给她打了电话。

从一开始不屑一顾的拒绝,到后来的有商有量,再到现在的几分悲凉,不过自始至终,吴兴发都没有给过金虞一点好脸色。

或许,在吴兴发的心里,金虞这种人才是这个社会上最不守规矩的流氓,扰乱了这个社会最正常的经济秩序,她这样的人才应该受到制裁。

"见一面吧,有些账确实应该了了。"

岚梧市步行街街心花园,人工湖旁边有一片连绵的建筑,红墙绿瓦,雕梁画栋,相当巍峨壮观。不过这里几乎很少有人进来。但金虞对此地并不陌生,不管是在大学期间还是毕业以后,她都常来这里。

不过,她从来没有想过这种看起来是个没有修缮好就对外开放的建筑,居然是私人的会所,居然有人能把对外开放的公园当成自家的后院。

确实,站在这古色古香的三层楼建筑之上欣赏波光粼粼的湖面,视角更佳。

草长莺飞,纸鸢翩跹,杨柳婆娑。金虞靠在栏杆上,等待着吴兴发的到来。她嘴角微微弯起,其实真正有能力站在这里的人,恐怕都不会单纯地去欣赏这桃花盛开、万紫千红的景色吧。

暴殄天物呀。

吴兴发的体格魁梧的秘书拿着公文包,对金虞一如既往地没有好脸色。金

虞一点也不怀疑,如果吴兴发给个脸色,这个秘书会立刻抄起桌子上的酒瓶朝着自己的脑袋砸过来。

吴兴发的头发似乎又少了一些,整个人的气色看起来不怎么样。看来,这段时间的传票和律师函,还是给他造成了不小的困扰。

这是金虞闹出来的最大的事。

也因此,她受到了规格最高的待遇。

她以为,吴兴发会像她之前遇到的所有事主一样,耍赖,群殴,不死不休。没想到对方居然约了她在中式的会所里吃西餐。

金虞就那么站着,本身就是一种挑衅。

"去年在法国拍下的红酒,忘了名字,一万八一瓶。日本神户的牛肉,澳洲的雪花牛排,新西兰的牛奶。"西餐中做,吴兴发用筷子夹了牛排,大口嚼着,貌似胃口不错,"是不是还不如一碗海鲜鱼杂面?"

金虞点了点头,面无表情。她没有必要和这老狐狸套近乎,她就是那只引起了飓风的蝴蝶,吴兴发可能会在盛怒之下把她这只蝴蝶给掐死。

但是于事无补。

"当初,我带着那么几十个工人,只想着人人能吃饱饭,开荤去店里吃饭时能点一碗海鲜鱼杂面不会手软,就够了。"

吴兴发忆苦思甜,但是金虞显然和他没有共鸣。他说了吃饭,金虞就真的自己倒酒用筷子夹肉,吃得满嘴酱汁流油。

鸿门宴的气氛,尴尬了。

吴兴发不得不省略了大量的形容词和铺垫,直接把一只银色的箱子摆在了饭桌上。

"能不能再借我一笔钱?只要能有四千万,我还上了城市银行的钱,就能打破谣言,成功上岸。利息你们开,四千万,半年内肯定还,行情都是四分利,我多给一分利,到五分利,行不行?我现在已经约不到燕秘书了,所以这件事情交给你去办,行不行?"

"这里是一百万的现金,你可以扣下来五十万当回扣。如果燕秘书问起来,你就直接说我只剩了五十万,你也只要回来五十万的款子。"

吴兴发一段话说得不带磕巴的。

金虞差点被虾壳割破了舌头,瞪着眼睛看着吴兴发,任由酱汁从嘴角流到了下巴上,接着胡乱地用手一抹。

恍惚间,她好像看到了姚雪的脸,还看到了方星海的脸,又看到了很多她打过交道的人的脸。这些人都有一个特点,那就是对自己的还款能力很自信,能一遍一遍不断地借钱,不断地去拆东墙补西墙。

"你放心吧,我的项目很快就能回来款子。六分,六分利息。"吴兴发尽力地维持着自己的形象,但是语气已经急了。

天下没有白吃的午餐,之所以没有弄一帮人来揍她,大概就是因为觉得她这里还能借出钱来吧。

金虞心里迅速地换算了一下,六分利,也就是说折合一年百分之七十二的利息。

倒吸一口冷气呀,什么样的行业能达到这么高的利润?

"项目回款的速度很快的,到时候连带着之前的欠款,一起还给美浩,怎么样?"吴兴发维持着他作为大老板的姿态。

金虞一言未发,但是在心里数了数。这种话,他大概对所有可能借出钱来的人都说过一遍吧?但到现在已经走投无路,隔了这么长的时间,才把视线重新放在了自己的身上。

可惜呀,她不是能救命的稻草。

连一根狗尾巴草都算不上。

第七十五章
水落鱼潜迟

吴兴发说得慷慨激昂,都快把自己给感动了。他一点都不怀疑,如果是自己站在金虞的位置,他恨不得跪下求人给这么一个发财致富的机会。

而金虞竟然无动于衷。对牛弹琴哪!

这小土妞像是没见过牛排龙虾似的,吃得狼吞虎咽旁若无人。秘书几次想要伸筷子拦下来,都被这妞的筷子直接敲在了手上,然后还被翻一个白眼,很鄙视人的那种。秘书气得拿筷子的手都在微微颤抖着,这妞也太不懂行情了。但凡是混这行的,谁表面上不是彬彬有礼,就算是打起来闹起来阴起来,那也是桌底下的事情,不会这么摆出来让人难堪。

没见过世面哪。

真不知道燕卓尔从哪儿找了这么一个傻子过来,要不是因为这人还有些用处,她真的很想替燕卓尔清理门户了。

吴兴发恼羞成怒,狠狠地在桌子上拍了一下:"别吃了!"

金虞嘴里嚼个不停,把筷子搁在了桌上,吹胡子瞪眼地看着吴兴发:"不让吃就不让吃了呗,看你小气的这德性。"

她才不会认为好言好语吃一顿饭就能化干戈为玉帛。

原本月牙湖饮业就欠了很多钱,十个锅九个盖,吴兴发把自己当成了千手观音,以为手快得令人眼花缭乱,就能把九个当成十个用。

事实上,只要有一家他没有按期还上,就要出问题了。

原本,这出问题的时间还可以晚一点,再晚一点,但是偏偏金虞推波助澜地造谣了,那些小额贷款公司中有一家信以为真了。

苍蝇不叮无缝的蛋。

一群苍蝇围着一个鸡蛋,总有那么一只苍蝇可以找到缝。

金虞和经侦局找不到这条缝在哪里,但是那些和吴兴发常年打交道的小额贷款公司,尤其是被拖了三个月利息的那家,是知根知底的。

"带我去见见燕秘书。"吴兴发的兴奋退去,这是他截至目前同金虞说过的最心平气和的一句话。

他终于看清了自己的处境。

看来,在见金虞之前,他已经来来回回见了不少人。

"想见他,也不是不可以,毕竟我们之间的关系摆在那儿。"金虞眨了眨眼睛,吹牛不打草稿。其实她和燕卓尔的关系就是没关系,如果弄死对方不但不会坐牢还能拿钱的话,金虞一点也不怀疑,她和燕卓尔都希望把对方给弄死。

这桌子上,看不到人,只能看到金钱在吞云吐雾。

拿出这一百万来,然后让金虞带着他找到燕卓尔,完成下一次的债务过桥,这就是吴兴发见金虞的目的。

"只要能见到燕秘书,我的款子就有着落了。"吴兴发拍着大腿,眼里意气风发,就像是又回到了许多年前,正带着几十个衣衫褴褛的工人发家致富。

撑死胆大的饿死胆小的,硬杠,反正会赢。

风尘仆仆,车上蒙了一层厚厚的灰。

顾非开车,王者上了副驾驶座,拍着一个刚刚封起来的沉甸甸的黄色档案袋,还有些不可置信。

"就这么个小动作,就能影响了大局?"眼看着局面开始一片大好,王者拿出电脑来,看着网上铺天盖地的消息。

这些消息不是水军放出来的,而是一大群人——很难判断是股民、厂里的员工还是竞争对手。一时之间,月牙湖饮业的各种消息占领了排行榜的前端。

最早能追溯到五年前的消息,此刻也位居榜首。

"金融行业和其他行业不太一样,就像雪崩,我们肉眼能看到在下雪,山顶的雪变得越来越厚,但是没有人能够预测雪崩到底会发生在哪个具体的时间点。美国的次贷风波引发金融危机的时候,就连高盛和雷曼都是在当天开会决定公司走向的。据说,活下来的公司都是在一夜之间临时拍板决定把那些烫手的次贷债券全部卖出去,而犹豫不决的都死了。"

顾非说完,王者皱了皱眉头。

王者曾经创过业,偏技术型,也拥有了千万资产。但是那个规模达不到上市水准,他还不能够体会这种突如其来的危机感。

"某信在几年前的春节晚会上推出了扫红包的活动,就在短短几个小时的时间里,用户量猛增。作为新起来的充当支付平台的社交软件,瞬间给某宝造成了不小的冲击力。毕竟一个人的选择就那么多，不可能同一份商品两次支付。

"当天晚上，某宝所有在国外度假的高管立刻起程，包机回到杭州总部开会，制定应对的办法。

"就是因为那一晚上某信用户量的增加，致使某宝的支付平台的用户量在未来几年里呈现出了缓慢增长甚至流失的趋势。

"而某信一夜之间也成了活跃在商场饭店各个区域的移动支付平台，并且又因为附带有社交软件的便利性，几乎分走了某宝三分之二的流量。"

顾非又举了个例子，来解释在金融行业一步快步步快、一步慢步步慢的残酷现实。

"今天很残酷，明天很残酷，后天才很美好。但是大多数人，都倒在了明天晚上后天黎明到来之前。最残酷的地方在于，赢了的人未必是因为努力，而输了的人也未必就是因为眼光不好人不聪明。"

顾非发动车，穿过熙熙攘攘的街道。车如流水马如龙，人人都光鲜亮丽，匆匆忙忙。

一眼看到街道的另一侧，王者有些恍惚，只觉得这世上所有人都像是长了一张相似的脸，上面写满了输赢和欲望。

欲壑难填。

而时代却扬鞭催着人不得不前进。

"你有没有想好买什么股票，我帮你看看？说不定能发家致富呢。"顾非好意问了一句。

"真的吗？"王者瞬间眉飞色舞起来，眼里闪现出走火入魔般绿莹莹的光亮，如果不是安全带把他给绑住了，他肯定会直接弹到顾非的身上。

"嗯。"顾非摸不着头脑，不知道王者的葫芦里卖的什么药。

"屁股算不算，你给我开个光？回头赚了钱我分你一半。"王者一脸欠揍的贱样，咧嘴笑着，像是一粒硕大无比的花椒。

顾非一拳拍过去，满足你。

然后，他从话痨模式调到了高冷模式，一张一直笑眯眯的英俊的温柔脸崩了，对着王者只面无表情地吐出："滚！！！"

在局势风云变幻的时候，氛围反而融洽了不少，专案组的人员在后面也出了一把力。比如顾非在抽查了部分账本之后，毅然开始调查吴兴发的移民信息。

一般这种账本，是很难看出端倪来的，因为已经被公司请的会计高手平了一遍。

这种目标明确的调查对专案组而言没有难度，他跑了出入境管理处，再加上几个可以办移民的机构，以及针对留学生的一条龙服务机构，很快就得到了消息。

从正面渠道得到的消息是，吴兴发一家五口都在加急办理移民加拿大的手续，催得很紧，甚至已经加了两次钱要插队。

而麻旦旦在网上也通过某些信息贩卖渠道，得到了吴兴发办移民的资料。

两者相辅相成，前者用来调查取证，形成接下来的经济犯罪的证据链，而后者用来和地面上的那些影子银行打招呼。小额贷款公司的钱也不是他们自己的，来源很复杂，有从银行低息贷款出来再二次放贷吃利息差的，有某些来源不明的钱想要继续升值的，有拆二代富二代搁在这里想要再抽一层的。

这些钱的主人，没有一个是小额贷款公司的人惹得起的，哪怕他自己赚不到钱，也绝对不敢把金主爸爸的钱折进去。

当麻旦旦的邮件发到小额贷款公司的公共邮箱里，正在清理邮件的贷款员立马就炸了。

为了保住钱，他们抢先给吴兴发寄了律师函，紧随其后的就是法院的传票。

金虞胡搅蛮缠作为虚张声势的前沿先锋，而后面专案组持续不断的支持，不会让地面上的动作变成一个笑话。

"这么一个大公司，怎么会倒呢？"白子玲之前想进月牙湖饮业上班的，但是没有通过人家的面试。

门槛很高，格调不错，福利更好。两口子如果都是里面的技术员，还能分到五十平方米左右的宿舍，附近还有学校。

"互联网的共享经济他们参与了，最火的区块链虚拟货币他们也投资了，都说是保本经营的房地产行业，他们也投了一大笔钱进去，前前后后有五个亿。因为贸易全球化，星巴克都开到了咱们家门口，高端饮料正在抢占市场，中低端的可乐果汁这些即时性消费品早就把自动贩售机搬到了小区楼下或写字楼里面。

"而这些全球连锁的大饮料品牌，直接授权给当地的小加工厂就地加工生产，能把制作成本和运输成本压下来。不知道你们有没有感觉，同样一瓶可乐，在咱们省的味道和在外省的居然不太一样，而且瓶子的软硬程度也有区别。仔细看一下生产地址，从省城到乡村的都有。"

池清源双手交叉，侃侃而谈。经济问题，涉及现代人生活的方方面面，只是螺丝钉化的生活环境和工作环境把这些给弱化了。

白子玲皱了皱眉头。司晴和赵倩妮已经见怪不怪了，她们经手的案子，哪个不是在破产清算的时候各种扯皮。一栋大楼就算是升值了能拍出天价来，那也不够各方债主们瓜分的。

习惯了。

风雨还没有真正到来。

池清源透过窗看着远处，庭院深深，绿意渐浓。他没有说完的话是：月牙湖饮业的销售额其实一直在降低，在这样的大环境下，病急乱投医，试图抓住风口飞起来的猪，继续成为行业的独角兽，成了所有企业唯一的选择。

只是有些人成功了，有些人失败了。

在这个风口上谁的电话也不接的燕秘书，通过一个新办的手机号码在联系金虞。一天一个电话，雷打不动，比热恋期间的男女还要黏糊得紧。

金虞甚至感觉，这位燕秘书一天到晚吃饱了没事干，就盯着关心她了。

吃饭没？

睡够没？

心情怎么样？

如果金虞都说不错，那么这位燕秘书就会立刻没了高级金领的风度，一句话吼出来，隔着电话都让人肝胆俱裂，绝对不会有谈恋爱的美感。

"滚去要那一百万去，不然我让你在岚梧市混不下去！"

那一百万当然不怎么好要，一时半会儿要不回来。但是，这不影响金虞现在能用吴兴发还想要贷款的事恶心燕卓尔一把。

可惜结果超出了金虞的预期，燕卓尔听完以后兴奋地问金虞："真的？他要贷多少钱呀？那我得赶紧带上合同去找他。"

金虞满脸黑线，这些搞金融的，没一个脑子是正常的。

她在给燕卓尔打电话以前，就已经询问过顾非。按照顾非的说法，我国公民每年可以兑换的美元数量，也是有限的。超过这个限额，就属于犯法。所以并不是所有人都能把钱搬到海外去，当然，这个条件卡的都是走正常渠道的人。

在这个当口，吴兴发继续借钱，肯定不是用于企业的发展，而是想要自己把钱卷了跑掉。

燕卓尔是不是傻？

肉包子打狗有去无回的买卖，他也做？他一个小小的秘书，能做得了四千万的主？金虞话到嘴边，还是说了出来。

"你是想用四千万买两台机器自己回家灌果汁？你眼瞎呀，看不到现在所有的小额贷款公司都不待见他了吗？还把钱往里面塞，你当你是印钞机呀？现在把钱借出去，那同一把火烧了的冥币没什么区别。你这是赶着投胎呀，自己给自己烧一把纸钱？可把你能死了，咱们的钱面额最大的是一百块的，你晓得冥币是多少吗？起码五千万开头。天地银行的,你那点小钱都不够打发小鬼的……"

金虞骂骂咧咧。她和燕卓尔之间的交流,基本靠吼,谁的恶心词汇量更丰富,谁就能占上风。燕卓尔学贯古今,心思敏捷,他的学问可能和顾非差不多,却从来不会像顾非那样去照顾其他人的心情。

也就是说,他的话杀伤力更大。

金虞难得能赢一次。

然而,他接下来的一句话却再次让金虞没了脾气。燕卓尔可能在抽烟,一口抽进去,再一口气慢悠悠地吐出来。

"白总回来了,我是跟着白总去谈。"

金虞瞬间原地阵亡了好不好?

美浩小额贷款公司的老总白坤杰,是最早从银行走出来办小额贷款公司的信贷员,在过桥和投资方面很有一套。这些小额贷款公司起起落落,有的已经把本赔光了,把金主得罪遍了,灰溜溜地散了。只有美浩小额贷款公司一直维持着低开高走的上升趋势,虽然在全国没有那么大的影响力,但是在本地被大家称为第五大银行。

白坤杰,就是这第五大银行的行长。

到了白总的地位,已经不需要经常露面,而大佬做出来的决定,往往也没有人质疑。倒不是对错的问题,而是即使白坤杰错了,以他第五大银行行长的地位,也能把错了的行情给扭转过来。

金虞能骂燕卓尔是个傻子,但是不能骂白坤杰是个傻子,人家可是财神爷。

"恭喜发财。"金虞堵了半天,说出四个字。

"白总给我发邮件了。他已经和吴总在谈了,我先准备一下资料。"燕卓尔说得云淡风轻,金虞甚至还听到邮件响了一下的声音。

但是这响的一下,在金虞的心头无异于一声惊雷,炸得她的心瞬间四分五裂了。

金虞挂了电话,怔怔地站了一分钟。在这个洒满了阳光的小办公室,原本应该是温馨惬意的,现在却觉得后背上寒意森森。

她抹了一把额头,就连额头上的汗水,现在也凉了。

局势,居然会失控?

按照金虞、麻旦旦、张大发、孙简、刘二峰这些人的想法,吴兴发马上就会在岚梧市混不下去,毕竟搅和进那么大的案件里了。

但是如果有新的资本进来,可就难说了。

金虞赶紧给麻旦旦几个人打电话,甚至赶紧开车去把他们给接了回来。

就如中东战场是欧洲、美洲的大佬世界资源市场因分配不均,从会议室的方寸之地最终波及世界的涟漪,聚众闹事也一样。

高层的几份文件,可以在转瞬之间影响接下来的大局,还有底下小人物的生死。

金虞紧急联系了池清源:"风头逆转,可能功亏一篑。我就不挥舞小锄头给自己挖坟了,池局,你的事情你先自己看着办吧。"

这挑子撂得毫不含糊,逃跑的两只脚健步如飞,一时之间,池清源都没有反应过来。

这妞咋了?

但是接下来的惊天巨变,让所有人都像是被人在冷水里涮了一把。

此时此刻,难得得了空闲的几个人都在外面放松,等着下一波的车轮战。因为事情太过顺利,他们甚至没有聚在一起商量后续的对策。

风云诡谲变幻莫测,吴兴发从来没有做过失败的打算。

金虞现在才发现,她也从来没有给失败留过后路。

于是,真就失败了。

第七十六章
面授双机宜

能让金虞如同惊弓之鸟的,肯定是大事。专案组的人紧急开会。事发突然,四千万的贷款,不管是谁都会大吃一惊。

在首都,一个由教授和北大清华四大名校的创业者牵头的健身项目,求爷爷告奶奶的首轮融资,也不过八百万;势如洪水猛兽的新媒体里爆红的最大平台之一,首轮融资也才五百万。

钱再不值钱,也不会这么瞎砸呀。

美浩小额贷款的这四千万,把大家都给砸晕了。完全不按常理出牌,打了所有人一个措手不及。

白坤杰亲自带着秘书助理去和吴兴发谈合同了。

只要吴兴发能还上其他家的利息,再把到期的贷款还上,就不存在违约。所谓的律师函和传票,就真的只是合法的威胁信而已。

那么金虞之前做的那一手,就会变成跳梁小丑的无知游戏,吴兴发可能会通过法律途径进行诉讼来维护自己的权利。

也可能,用他们自己的方式,一劳永逸,永绝后患。

后者的可能性更大。不管是早期面对来强收厂房的人,还是后来恶意拖欠货款,销售假冒伪劣机器的人,这个吴总的手段可谓是强硬至极。

赵情妮工龄长,对此深有印象。那时候小偷进厂,可是被打成骨折了拖出来。当时这事闹得轰轰烈烈,打人的十几个保安还上了报纸。

这么多年了,现在想起来赵情妮还觉得太阳穴跳得疼。吴兴发的手底下,也养着一群专业打手,金虞要是栽到了他们手里,理都没处说。

而现在警察不能出手,太敏感了,毕竟是金虞率先在全市的金融贷款机构闹事的。

专案组十几个人坐在办公室里,从外勤到经侦,从位高权重的局长到办公室主任再到制服上歪歪扭扭地写着"协警""辅警"字样的小警，这些人的警服制式不同，警衔高低不同，年纪也不同，池清源的警龄比王者、顾非他们的年纪都大。相同的是脸上焦虑的表情。

即使是天高任鸟飞，海阔凭鱼跃，现在海水也快要煮开了好不好。

办公室里的气压空前地低。经济案件和其他案件不一样，潜伏时间长，爆发时间短，性质极其恶劣。人为财死鸟为食亡，在狗急跳墙的时候，这些人什么事都做得出来。

吴兴发可能会拿贷款补齐之前的窟窿，也可能会拿着这些钱移民。

不管是哪一种，他都可能会打击报复。金虞和她手下的这一串糖葫芦，就成了首当其冲的目标。

池清源的拳头砸在了桌子上，他说："现在新兴行业发展得如火如荼，但是乱象丛生呀。月牙湖饮业明显是加了不合理的杠杆，大肆挪用了款项，亏空补不上，窟窿只会越捅越大。每借一笔款子，都如同饮鸩止渴。"

账面资料显示，为了扩大再生产，占地几十亩的厂房和办公大楼都已经被抵押出去了，就连机器都做了折旧评估，换成了贷款。其中还有从厂子里认购众筹的部分，多达上千万。

而应该用来生产的钱，却全部流向了其他的投资渠道。在不会产生资金链断裂的情况下，大部分企业都是这样操作的。所以在资金链断裂之前，吴兴发就还是个兢兢业业的企业家，而不是挪用公款的犯罪分子。

池清源说的静观其变，也是现在针对很多互联网P2P平台的处理办法。这些平台不到垮台跑路的时候，很难被定性为犯罪。

这里面牵扯的人和利益关系太多了。

警方力量不能这么明明白白地插进去，而金虞他们可能会坐牢。

赵倩妮表示："可以通过我们熟知的金融机构望风施压。"

司晴建议："把外勤撒出去，起码可以保证这些人的安全。"

气氛空前凝重，顾非一言不发地站起来，先把警帽庄重地扣在会议桌上，又把警服脱了下来。整个过程庄重得像是沐浴焚香的虔诚仪式，一丝不苟，神情肃然。

顾非站得挺拔英气，年轻的脸上没有沧桑，只有一往无前的勇气，让人不光觉得赏心悦目，还觉得气势夺人。

警帽和警服放在桌上，叠得整整齐齐，警帽上的警徽熠熠生辉。

恰如年轻人的心境，纤尘不染。

"我可以以私人而不是警察的身份去帮助她。"顾非的话音一落，其他人的眼睛一亮。

"我可以提供跟踪定位支持！必要时还能把对方的电子通信设备黑了,让他修都修不好。"王者一拍桌子。总不能让执法者被违法者追得满世界跑吧,他可是黑骑士,传说中网络世界里所向披靡的那一小撮高智商的程序员。

经侦局的案子本身就很复杂,办案过程中处处受到掣肘,难得像现在这样痛快一回。

王者都没有意识到,他一口一句黑了其他人的电子设备其实是犯禁的,而其他人也没有意识到,这名同僚情急之下的行为有点出格了。

安庆泽这个最能抬杠的傲娇货也站了起来,只是他的动作没有顾非那么风流潇洒,但是这又有什么关系呢？他只是想要去帮那个妞一把。

吴刚和王亚平立刻响应。吴刚这人比较二,他看着这氛围犹豫了一下,非常紧张,略带不忍地把帽子摘了下来。

"不穿就不穿了吧,大不了回去送外卖去,也不能让小金鱼被人欺负了呀。"

顾非和池清源的眉毛挑了挑,显然,吴刚误会了大家的意思。

他以为顾非是不当警察豁出去了,觉得自己是跟着顾非和王者一块豁出去了。在座的其他人也回过味来了,就连吴刚自己都尴尬地挠了挠头,但是没有一个人发笑。

金虞。

池清源不禁莞尔。金虞,这丫头片子,人还没有踏进公安局的门呢,先把这一把香火情给攒下了。这以后要是来了,还真就是无法无天了。

这个女流氓。

"去吧,注意安全。"池清源把自己的帽子摘下来,掸了掸上面本就不存在的灰尘。

几个人相视一笑,就差没有直接蹿出去了。

司晴犹豫道:"池局,这样会不会不妥？"在警务单位多年,公器私用、挪用公款,这一类的案子办得最多。而在经侦单位,因为和钱款打交道最多,经费和预算都是重中之重,所以纪律方面的要求远比其他单位更严格,甚至有其他单位的人来这里对调学习,都会觉得这些女会计实在是太吹毛求疵了,丁点儿大的小事都要上纲上线。

公权力不能为所欲为,要防微杜渐。

所以,司晴才会有这样的提醒。

池清源反而粲然一笑,又把帽子戴回到头上,警徽光芒闪烁:"警察当街殴打普通市民,这是黑警察,是我们的耻辱,必须严肃处理。但是,如果是我们的警察

在正常的休假期间,遇到了仗势欺人的流氓,不顾个人安危见义勇为了呢?换个思路想想嘛。"

司晴瞪了瞪眼,这样也行吗?

从前他们的经侦局局长可是严肃得很,一板一眼,就连材料的格式和签字的位置都有着严格的规定。池清源居然也会变通?

赵倩妮和司晴交换了眼神,同意了这种做法。

安庆泽把衣服挂起来的时候继续抬杠:"真是的,等你们商量好,黄花菜都凉了。就是个思路的问题,女大学生坐台,那是堕落,但是换个思路想想呀,坐台女赚钱去好好学习,是不是很励志?"

他说得云淡风轻不当回事,一屋子正儿八经的警察大眼瞪小眼:现在的年轻人呀,什么话都说得出来。

关键是,脑回路还这么清奇。

安庆泽傲娇地昂着头先出去了,用眼神鄙视这些还在权衡轻重的人。食肉者鄙呀,如果是金虞坐在这里,肯定早把各种方案摆出来,算一下哪个损失最小,立刻风风火火地就去干了。

不过如果是金虞坐在这里,他同样会嫌弃得不得了:没点大将之风,风风火火像个什么样子,也不怕把大家都带到沟里去。

他有些怀念讨债的生涯了,在大街上提着大粪疯跑的时光,居然比现在坐在舒服的办公室里看文件,比公费出差偶尔还能品尝点当地美食的生活更有意思。

顾非看了一眼这些意气风发的年轻人。

虽千万人吾往矣,于是一个人就有了千军万马。

王者风风火火地出了门,去联系麻旦旦。用他的说法,就是双剑合璧,所向披靡。但是每次麻旦旦都会拆台:双贱合璧?你算了吧。王者在一家足疗店找到了麻旦旦,这家伙一双肥腻的如同赤脚大仙的脚正搁在一个少妇的腿上,少妇的手正在对着他的脚拍拍打打。

麻旦旦舒服得一阵吸溜吸溜的,就像是吃了正宗的麻辣火锅一样。

"什么?你说吴兴发不但能死灰复燃,还能背地里捅我们一刀?"捅一刀算什么?事实上,这个和当地七八家小额贷款公司之间剪不断理还乱的企业家,差点被麻旦旦他们的乱刀给捅死了。

只不过,他们的刀子没刺中要害而已。

"不都说金融危机,杀人不用刀吗?"麻旦旦摸着自己肥腻的肚腩,撇了撇嘴。实在是不想动呀,毕竟躺在这里,只需要舒舒服服地享受,一抬眼还能看到赏心悦目的风景。

"不是说有钱的捧个钱场,没钱的捧个人场吗?你们就只能捧个人场了。"王者戳了麻旦旦的太阳穴一下,但是这个胖子只是舒舒服服地翻了个身,死活就是不想起来。

"嘿,你不是说了不会袖手旁观吗?答应好的,养膘千日,用膘一时呀。怎么这么不讲信用呀?"王者换了方向,用手戳着麻旦旦的胳肢窝和腰上,麻旦旦咯吱咯吱笑得眼泪都快要出来了。

"你不知道食言而肥吗?我这么胖就是因为不讲信用呀。"麻旦旦一骨碌已经坐到了地上,"不就是几个瘪三烂保安吗?容易!咱们一共也就八九个人,都躲到经侦局去。啧啧,经侦局食堂的饭菜是真的不错,还实惠。待上一个月两个月的,吴总大人有大量,肯定早把我们当个屁给忘了。"

王者满脸黑线,进度条都快撑不住了,麻旦旦还在这儿异想天开。

他现在体会到了金虞的可贵之处,那个傻大姐从来都不会逃避,向来是神挡杀神佛挡杀佛的气势,她能想到任何一种和对方打起来的办法,但是绝对不会想躲回老窝去。

嫌丢人呀。

"我说你丢不丢人?打不过就躲,能不能像个男人?"王者又问。

其实麻旦旦早就接到了金虞的电话,他只说让金虞放心,只要有风吹草动,自己就往派出所里躲,距离不远。

金虞也没有让他抛头颅洒热血呀。

"不去。"麻旦旦傲娇地把脸往边上一扭。

这时候麻旦旦的电话响了,张大发打过来的:"蛋蛋,赶紧躲起来,姓吴的那人居然真要报复咱们来了。"

什么?

电话那边传来一阵极响的汽笛声,不知道是火车进站还是轮船靠岸。

紧急状况。麻旦旦的眼睛都直了,放下一堆的软肉,一下子精神抖擞起来。

麻旦旦从地上一跃而起,拎着裤子就跑,一边跑还一边朝着王者招呼:"快点儿快点儿,再慢就赶不上趟了。"

王者也跟着跑,他发现自己居然还跑不过这个两百五十斤的胖子。

根据定位,顾非等几个放了假的警察已经朝着镊子、刘二峰、金虞几个人的方向奔了过去,做好了随时见义勇为的准备。

按照吴兴发的布置,不能再出错了,必须得打服这群人,敢在酒会上泼他一脸酒,那还了得?起码,现在不能再出错了。

他养的一群保安，现在也放假了。

如果从上帝的视角去看，这已经不再是猫捉老鼠的单线程厮杀游戏，而是螳螂捕蝉黄雀在后的较量了，后面还跟着拿着弹弓的人。

夜色重重，金虞的小面包车先把在门店里睡觉的孙简接上了。

"小金鱼，我觉得你就是草木皆兵。吴总呀，他能不要脸吗？人家那么大的摊子，怎么可能和咱们过不去呢？你知道虚拟货币值多少钱吗？人民币换美元，一直保持在最低六块最高不超过八块的汇率，但是比特币，从很早以前就是几十块钱一个了，涨到了现在，翻了不知道多少倍。人家是玩这个的，就算是被咱们黑了一下，也不至于手段这么下作呀。"

孙简懒懒地打着哈欠，只觉得自己的好梦被惊了。

"如果你有过亿的资产，被人诓了一遍，差点分文不剩，好不容易能卷土重来了，为了防着人捣乱，你会不会痛下杀手？"金虞反问。

"当然会呀。"孙简不假思索，立刻就回过味来了。

这签的不仅仅是四千万的合同，里面的门道还有很多呀。

金虞开着车，神色是前所未有的凝重。直到张大发的电话打过来，她暗叫不妙。但凡是她预测的事情，只有提前发生的，很少有延后的。

说来就来呀。

完全不给人喘息的机会。

只要她预测得晚了一个小时，恐怕现在都被人在自己窝里砍一刀了。

美女点烟，倒酒，衣香丽影，风姿妖娆。只不过她们都不太够分量，空有皮囊而不懂酒局的真正含义，算不得真正的妙人。郭蘅芜亲自攒局，从碎冰里面把红酒拿出来，冰山冷美人的脸上露出难得的笑容。佳人红袖添香，宾主尽欢。

"庙小妖风大，池浅王八多。我们公司的情况，你们又不是不知道。"吴兴发抽着粗壮的雪茄，一脸的戾气，"你们这是逼着我和你们签合同呀。居然弄出来这么一出，那丫头片子可真有能耐，差点让我被人给捉了去。"

美浩小额贷款公司的老总白坤杰轻轻晃着酒杯，酒香气逐渐地苏醒过来，凑在鼻子底下一闻，他忍不住多看了一眼郭蘅芜。

和美人的香气，相得益彰呀。

这觥筹交错间的惊鸿一瞥，颇有些闻香识美人的雅趣。

郭蘅芜不假辞色，但是唇角略微弯了弯。

同样是五十多岁的年纪，吴兴发给人的感觉就是老当益壮的师傅，连头发都保不住。而白坤杰的卖相极好,是能让不少女人动心的大叔,皮肤保养良好,衣着是浅色的休闲装,偶尔抬起的手上戴着价值四百多万的百达翡丽。

师傅和大叔,当然是大叔更得女人的喜欢了。

而且,这位白总极少在国内露面,据说业务广泛,但深居简出。哪怕是在谈判桌上,他也很少发言,如果说话,就是一锤定音。

低调的神秘呀,郭蘅芜都感觉到自己忍不住多看了两眼。

"我们后院起火,劳烦吴总给灭火。"燕卓尔的话说得恰到好处,一方面是说金虞不听话,需要吴总教训,另一方面也在说这事吴总可以自己随便处理来出气。

嗯,燕卓尔已经把金虞卖了。

他微微一笑,高冷而专业,就事论事,都是生意。

不过在手机开机之后,他发现金虞一个电话也没有打。燕卓尔端着酒杯,轻抿一口之后皱了皱眉头,觉得这酒醒的时间不够。

时间真的不够。

第七十七章
黑云压城摧

时间真的不够。

王者和麻旦旦两个人正在摆弄电脑的时候,门口聚过来一拨人,目测有六个,没有穿统一的黑西装或者文化衫,一水儿的路人打扮。

王者重重地吞了一口口水,有点发怵。这些就是吴兴发的保安了。这帮子人人数不多,但是眼神恐怖呀,眼睛里冒着绿油油的光,像是饿了好几天的狼,能一口把一头牛给拆吞入腹。

可怕。

他们的凶悍,不是练出来的把式。吴兴发许诺:断人一条胳膊一万块钱,断人一条腿一万二,要是植物人了偏瘫了,就自己坐牢去。口头协议,可以作数也可以不作数。

这就足以让一个月两千块钱都挣不够的人过来拼命了。他们看着王者和麻旦旦两个人,四条胳膊四条腿,那就是小九万块钱呢。

吴兴发放出风,说美浩小额贷款公司借给他四千万,三分利。瞬间,从银行到小额贷款公司,大大小小六七家的负责人又闻风出动,不知道的还以为他们是一下子从仇家变成了亲家,热络得不行,又恢复了往来,似乎之前一窝蜂地给他寄传票、发律师函的另有其人。

没有永远的朋友,只有永远的利益。

这拆台拆得也太快了,吴兴发根据银行大厅的录像,顺着葫芦摸出瓢来,一手就把金虞跟前的这些人都给摁住了。

"这是要关门打狗呀!"王者抱着电脑,后退了一步。这种玻璃制的门和店面大小一致,冬天为了御寒一般商家都会加厚门帘开地暖,这个季节麻旦旦不讲究,连个塑料门帘都没有挂,从外面能一眼望进来。那几个人气势汹汹,使劲把门一推,一扇门稀里哗啦地碎了一地。

"你才是狗,我是人。"都这个点儿了,麻旦旦还有心情和王者开玩笑。

"你的电子狗那些东西呢?"不爱好点刁钻古怪的东西,都不好意思说自己是个电子产品爱好者。王者和麻旦旦臭味相投,还真的捣鼓出不少好东西来。

眼看着那六个人就要进来了,王者抱严实了电脑。

撒手锏这东西,不是只有对方有,在这种风云莫测的环境下,不留一手都不好意思出来混。

麻旦旦一拍脑袋:"我想起来了!"在这个最危急的时刻,在这个可能失去一条腿或者一条胳膊的情况下,他毅然决然地举起了他的电脑。

王者想起来,麻旦旦也是个黑客来着。

"你拿台电脑出来,是想往他们脑子里种病毒吗?"王者觉得麻旦旦可能是被吓傻了,那六个人进来就扛了一把椅子,拿了一个废弃的路由器要砸过来。

麻旦旦一言不发,手指头在键盘上飞速地跳跃着。眼看着那人距离他越来越近,他且往后退着,退到了王者的身后。

王者的手里,也有一台笔记本电脑,重六斤,铝合金拉丝工艺,键盘有机械键盘的手感,内置光驱,属于古董中的宝贝疙瘩。

有个脸色不善的人朝着王者走过来,王者快速地举起电脑,决定把这人的脑袋给拍飞。

麻旦旦头都不抬,只是手指头飞速地运动着,噼里啪啦的键盘声不绝于耳,口中念念有词,不知道的还以为在这个关键时刻他想像道士画符一样把这六个人如打僵尸一样钉死。

六个人都挤进了狭小的店面里,麻旦旦也完成了最后一步,他的胖手在键盘上敲下最后一个键。他的脸上,有侠客拔出刀剑来的大气。

但是,他的嘴里喊的却是:"我他妈的弄死你们!"

王者一抬头,看到五架无人机从货架上缓慢地爬下来,然后朝着五个人扑过去。无人机只要抓住他们身体的某个部位,就像是吸铁石一样不动了,这些人的头发一下子竖起来,看起来像是受惊的猫。

有人用手去掰,砰地溅出来一股辣椒油,量还挺大,把整张脸都糊住了。

顷刻之间,六个打两个的局面就变成了两个打一个。

那五个人都趴在地上,和牢牢卡住自己胳膊的无人机做斗争。因为他们脸朝着无人机,无人机又带有面部识别功能,直接朝着脸喷辣椒油,这五个人现在连方向都搞不清楚了,只顾着用泪水洗脸呢。

地上一片哀号。

"在科技的面前,人数优势根本就不算什么。"麻旦旦对于自己的操作相当满意,"一群废物。就这水平,还想来我这里打秋风,我呸!"

一贯只有警察追着他满世界跑,他恨不得撒泼打滚卖萌来逃脱法律的制裁,现在他反而成了抓小偷的人。

呵呵,没想到还挺爽的。

"你这样会不会太残忍了?"王者其实想说的是,你能不能再残忍一点,这些人太不要脸了,居然敢这么堂而皇之地闯进别人的店里。

"小孩们的玩意,能有多大的杀伤力。金虞给的点子,卖给这附近的学生,销量相当不错,就是做起来费劲。吸铁石电流和无线拍照控制都好搞,就是辣椒油不好往里面装呀。一个月能卖出去四五十架,还剩下五架。"

地上躺着五个,剩下的那一个不想无功而返。在他看来,王者就是弱不禁风的萌蠢大学生,麻旦旦就是吃多了跑不动的肥宅。

在没有外力加持的情况下,他们两个人肯定走不了。

但是这人真的低估了麻旦旦和王者,他们对视一眼,沟通过以后一起冲了出去,麻旦旦的速度甚至比王者还快。麻旦旦的撩阴腿,王者的猴子摘桃,配合得天衣无缝。

"我靠,当这片儿没警察了是不是?"王者很生气,他的脸没有杀伤力吗?这一个人居然还想着干翻他们两个人。

"我最讨厌这种消耗体力的活动了。"麻旦旦大口大口地喘着气,抹了一把脸上的汗,不知道的还以为被打的那个人是他。

"走吧。"王者说。

不过,两个人走出去不到十米,又回来了。麻旦旦拎起一个已经能看清东西的保安:"吴兴发给了你多少钱的经费?拿出来!你看你把我的门弄烂了,买个门不得万把块呀。你要是不掏钱,我就报警,让你拘留去。我就不信万把块的门,判不了你两三年。"

王者头皮有点发麻,他怎么不记得麻旦旦有这敲诈勒索的技术?

一想到之前金虞在这儿上过班,立刻了然,不禁莞尔。真不知道那么个鬼精鬼精的妞将来当了警察会是什么样的光景,他倒是有点期待了。

原本气势汹汹来捞钱的保安泄了气,身上软绵绵的一丁点力气都没有了,到底没有麻旦旦这种人见世面见得多,直接原地阵亡了。

吴兴发给他们每个人五百块钱当经费,麻旦旦和王者再出来的时候,麻旦旦兜里揣了三千块钱。麻旦旦振振有词:"这钱可和你没关系,一分都不给你。你知道我那几架无人机多贵吗?现在买个智能手机,指纹识别、人脸识别像素能看的,都得三四百块钱呢。我那无人机一架也四百块钱呢,组装半天我手指头都细了……"

"不就是某宝上买的旧货改装的吗？要不要我给你弄点便宜的渠道？"王者自己也是玩电子产品的高手，那东西什么价格几成新，他心里有数。

废物利用，还挺好用。

王者不理会麻旦旦的聒噪，立刻给几方发消息报了平安。

其他地方，并不是都像这里这般有惊无险。

屠悦也接到了消息，但是她正在美甲店里做指甲呀。

"不行，我现在不能走。你知道指甲油必须用加热器烤干吗？你不知道！你知道一个完整的指甲盖长出来需要三个月的时间吗？你不知道！你知道我的指甲已经被砂纸磨掉了一层很疼吗？你不知道！"

这大姐接到金虞的会合电话以后，整个人是咆哮帝附体。

"但是你不赶紧出去打车和我们会合，你会挨顿打的！"孙简苦口婆心地劝。

"不用。我这人比较扛揍，挨顿打一个星期淤青就会消失，但是指甲坏了那可是要丑三个月。"屠悦振振有词。

孙简侧着头想了一下屠悦的长相，倒竖的大粗眉毛，脸盆一样的大脸，再加上比麻旦旦还大一号的体形。

目前国内的任何一款美颜软件，遇到这样的一张脸，都得认怂吧？

再怎么美颜都没有办法变成网红脸呀。

但是屠悦再三表示，既不需要人来救她，她暂时也不出来。金虞叹了一口气只好作罢，麻旦旦打电话过来问其他人的情况，尤其是屠悦。听孙简说完以后，这胖子就乐了。

"揍，往死里揍她。"

孙简表示，自己已经凌乱了。

"让她天天偷吃我的外卖，胖死她。哈哈哈。"

孙简无言以对。

"放心吧，那些菜鸟一个能打的都没有，她一屁股就能把那些人给砸成肉饼。"

孙简疑惑，还有这种操作？

挂了电话以后，麻旦旦看了看王者，似乎有些难以启齿："着急回去吗？"

王者摇了摇头，一头雾水，不知道这朵想一出是一出的奇葩还想干吗。麻旦旦立刻把电脑拿出来了："快，给我定位一下小悦悦的位置，咱们英雄救美去。"

王者一边把电脑拿出来，一边看着麻旦旦的脑袋："我刚才也没有看见你的

脑袋给人打了呀。"

麻旦旦表示,自己很忙,顾不上和王者嘴上扯皮。

二十分钟以后,麻旦旦和王者出现在美甲店。麻旦旦拎着一塑料袋的鸡蛋,朝着另一拨过来的四个人迎面就开炮。

那叫一个战火纷飞炮火连天,四个小保安哪见过这种阵仗,吓得抱头鼠窜。

冷不丁,从美甲店里蹿出来一头黑熊,把身手最矫健的那个保安撞开了两三米远,直接一屁股坐在了地上。三十出头的魁梧保安,抱着屁股,哇的一声哭了。

还真的是一屁股就把人砸成了肉饼。

这屠悦和麻旦旦站在一起,就是雌雄双煞。

张大发和另外三个人——刘二峰、镊子、结巴,正聚在一块玩牌,而那块地正好靠近工厂。张大发这种临时工没有宿舍,在附近的小区里租了一个地下室。老破旧的小区,平时连个广场舞大妈都没有,生活平淡如水。为了避免寂寞如大雪崩,张大发干脆把另外三个无业游民也给叫过来了,反而比和孙简更能玩到一块去。

得到了消息,他们放下牌就往外面跑,结果在楼道里直接就被人包了饺子。

外面汽车的鸣笛声格外刺耳,电话刚挂,就看到黑压压的一批人聚了过来。对方人多声势浩大,把个窄小的楼道里的白炽灯都震得左右摇晃。

张大发和结巴两个人挡在前面,护着后面的两个人往后退,一直退到了单间的地下室里。两个人一进去,就赶紧把门锁上了。

但是完全没有用,三合板的门直接被砸开了一个口子,十来个人就往里面冲。相比女流之辈和技术宅,他们更看得起扳手哥和在步行街小有名气的三个流氓。

来的这十个人在打架方面更专业,单从他们拿了钢筋条过来,就可见端倪了。

眼看着门被砸烂了,结巴率先踹出去一脚,把要进来的那个人给一脚踢了出去。楼道里响起一声绵长的惨叫声,叫得人心里一阵阵发毛。

没有一点花架式,不带吓唬人的,是真的要打架。

都是认真的。

结巴握紧了拳头,张大发赶紧把他的扳手从桌子底下抽了出来,顺带着问嘴唇哆嗦的镊子:"你的镊子呢?"

锋利的镊子,就是最好的武器。哥几个无聊的时候,见识过他能把内裤上别的针都偷出来的绝技。

"没带呀!"镊子的个子最矮,体力最差,一身的功夫都在一把镊子上。

"你咋能不带呢!"张大发恨铁不成钢,刘二峰已经拿起了塑料笤帚。

"我来你这儿玩牌的,又不是来偷你东西的,我带把镊子干啥呀?"镊子一紧张,也开始磕巴,往常只有偷了东西被抓到才会挨打。今天怎么啥也没干,玩个牌也会挨打呢?

敌人的第二轮进攻已然开始了。刚才门碎了一半,现在整扇门朝着里面倒了下来。双方面对面地杠上了。

结巴依然一马当先,朝着中间那个年纪最大的人扑了过去。

那人是吴兴发的保安队队长,张满。

结巴的力气很大,但是那个人的力气更大,一把就把结巴拉了过去,用手肘抵住结巴的肚子,两只手挡住了结巴的两条胳膊。

这个铁塔一样的汉子立刻就像是小姑娘钻到了汉子的怀里,动弹不得了。

张大发赶紧拎着扳手冲出了门,但还是听到了一声脆响,结巴痛苦得扭着一张脸,惨叫了起来。结巴被扭到了一边,后面的人立刻像吃腐肉的秃鹫一样围了上来,拳打脚踢。

这保安头子膝盖顶起来,硬生生地把结巴的胳膊给撅折了!张大发拎着扳手,朝着这人的胳膊砸下去,但是这人的速度居然比张大发还快。躲过去之后,他的两只手从一个不可思议的角度钳制住了张大发拿着扳手的手。张大发另一条胳膊根本使不上劲儿。

张大发疼得眼珠都快突出来,双目圆睁,就连喊疼都喊不出来了,张开的嘴里喷出来一口口水。

镊子和刘二峰脚都有点软了。他们两个人本来就不是很能打,而且已经很长时间没有挨过打了,这种折胳膊断腿的,太瘆人了。

"等一下!"

窄小的楼道里,传来一声女子的暴喝。不管是打人的,还是喝彩的,都震了一下。呵,这就是吴总说的那个不知天高地厚的女人?

张大发和结巴脸色苍白地一个坐在地上,一个靠着墙。

远远地能看到黑暗里走过来一个女人,这个女人高挑细瘦,算不上大美人,更算不上肌肉女,而她身后,居然一个人都没有带。

这在打人的几个人看来,根本就是羊入虎口。原本刘二峰和镊子欣喜之下,觉得有人来搭救了,看到金虞只是一个人,脸色立刻又垮了。

镊子鼓足了勇气:"你还不如不来呢,赶紧走呀。"但是金虞匀速的步子,完全没有受到影响。

谁给这个女人的勇气?

单枪匹马过来,脸上明明白白地写满了"我想挨揍"。

"我看你就是老汉的烟袋——欠抽呀。"保安队队长张满跟了吴兴发多年,手底下有不少功夫,相当能打。他朝着金虞走过来,脸上阴恻恻的,绝对不会因为对方是个女人就手下留情。

大块头的身体一看就具有压倒性的优势,尤其是他一边走着一边掰手上的骨头,发出令人毛骨悚然的脆响。

而这个女人,从头到尾都是一张平静的脸,穿堂风把她的碎发吹了起来。

"妹子,别过来呀。"张大发回过来一口气,朝着金虞吼了一声,笑得凄凉。

"我来,带我的兄弟走!"

金虞已经和这个保安头子近在咫尺,她的脸色没变,只冷冷地看着嚣张无比的张满。

她的身后,依旧空无一人。

第七十八章
金山漫天水

　　流氓之所以不好惹,是因为他们会以咬定青山不放松的姿态,用拳头和歪理把正常人折磨成精神病人——不是可以在家静养的那种,而是需要去医院里租个床位长期居住的那种。

　　所以都说流氓可恶,收高利贷的流氓更可恶。

　　刘二峰倒是期待满满,瞪大了眼睛,等着看金虞身后神兵天降。但是金虞走得那么慢,谱摆得足足的,眼看着到跟前了,还是只有她一个人。

　　镙子悲伤地看了刘二峰一眼,两个人眼里是同样的绝望,很忧伤呀。

　　这是猴子派来搞笑的吗?

　　认识这么长时间了,确认对这个妞还是了解的。她的功夫就靠一张破嘴,戳破别人的脸皮。但是人家保安队队长,那脸皮早就是防弹衣级别了。

　　这妞也就是挑子撂得干脆利落,逃跑跑得健步如飞。指望她打架,还是算了吧。

　　在这样的剑拔弩张下,靠不得任何表面功夫,大家还是想起了金虞是个女人。

　　女人,就不应该掺和到这样的暴力事件中来。张大发有气无力地摇了摇头,结巴趴在地上喘着气,张了张嘴,也是一句完整的话都说不出来。

　　这多来一个就是多在地上趴一个,不划算呀。这妞来之前没有算过账吗?吴总,秋后算账,一般人能扛得起?

　　她,偏偏来了。

　　只听风声越来越响,天空中爆了一声惊雷。金虞抬起头,看着这个健硕的保安队队长,眼神斜睨。三分挑衅,三分不屑,四分张狂,那是不把这人放在眼中的霸气。

　　"滚一边去,等着抬人。"张满翻了一个白眼,他才不会把金虞放在眼里。

　　"我拿你当人的时候,麻烦你装得像一点。凑近了闻见臭味,才发现原来不是人呀?"金虞的薄嘴唇上下一碰,先骂上了。

张大发嘴唇张了张：完了，火上浇油，张满不打得她满地找牙才怪。

"靠！我打烂你的嘴！"张满抬手就握起了钵大的拳头，朝着金虞的脸砸过来。金虞抬起手，想要挡下来。

另外的人都别过了脸，不太忍心看到金虞挨打的样子。

这妞，要面子，一贯就是他们这几个人中间的老大。

至于张满的人，则是一副看好戏的架势，吹着口哨，看热闹不嫌事大。

"求饶呀，求饶我们就轻点！"

"你个女人不躲远点，真不拿我们当回事呀？"

"你自己找打的，自己住院去。"

"我们满哥没对象，你要不撒撒娇呀！"

……

越说越不堪入耳了。

金虞赶紧抬起手，要挡脸。那一拳结结实实地砸下来，虎虎生风，带着男人强悍的劲道，挡了也是白挡，就算不骨折也够受的，起码金虞的右手一星期都很难再抓筷子了。

张大发和结巴都挨过，能预测到那一拳的力道。

然而，惨叫声却不是金虞喊出来的。张满闷闷地哼了一声，显然是吃疼。在楼道里的白炽灯下，大家眼看着一个沾着血、红得刺眼的小刀片弹到了墙边，落到了地上。

金虞在指缝里夹了一个用细棉线缠过的刮胡刀刀片，这种和纸片差不多厚薄的刀片在双方交手时，有着极强的杀伤力。

张满的手背，被开了一道不小的口子。

这一幕，看得人一惊一乍的。张满带过来的保安们惊呆了，他们还从来没有见过有人居然能伤到张满。

而张大发几个人倒吸一口凉气，张大发看愣了："金虞这么能打呀？"

镙子一脸喜极而泣的表情："这招，我教的！我教的！"

张大发、刘二峰，就连地上趴着的结巴，都鄙视了一下他。张大发不屑地翻个白眼："在你手里是见不得光的一手，在我们小金鱼手里，是正大光明的一手。"

其实，张大发心里在想：好的不学坏的学，学镙子开包倒是挺快的，考个公务员编制都五年了，面试都没有进去过。

才夸完，分分钟打脸了。

张满往地上吐了一口唾沫，凶相毕露，他是真正地被激怒了。显然，划拉的这道口子对他也没有造成实质性的伤害。他提起拳头，朝着金虞又砸了过来。

金虞没往后退，反而是朝着那一拳迎了上去。

空气瞬间紧张起来。

这一拳，十之八九要把这女人的脸打扁了，尤其是金虞的脸还不大，这一拳下去肯定是整张脸都要遭殃了，而张满确实也是这么说的："我要把你砸墙里面去，抠都抠不出来！"

张大发这种玩扳手的硬汉子，都觉得有点疼。

金虞面不改色，反而跳了起来。凭着女孩子身形轻巧的优势，她堪堪避开了脸，在那一拳打到她肚子上的时候，她的一双手往张满的脸上抹了过去。

大家眼看着金虞被打飞了。凑近挨打，损伤更重，只换来了那轻轻一抹，这在大家看来没什么意义。但是让人意外的是，金虞趴在地上，还能缓慢地爬起来。

她的一张脸惨白，整个人弓得像只大虾。

她好不容易站起来靠着墙，始终挑衅地看着张满，就差没说：再来呀！

而张满捂着脸，惨叫了起来："啊！"

金虞吐了一口唾沫，胃里涌上来一股酸水，直犯恶心。她心里暗骂了一句：他妈的，这条路比笔试还难呀。

她把麻旦旦剩的辣椒油都给涂手上了，只是在这种灯光下看不出来，而且因为楼道里有一股子潮湿的霉味，也闻不出来。

她把辣椒油涂在了张满的脸上，堪堪只涂了一只眼睛。

金虞还没有站直，张满就朝着她扑了过来要泄愤。这种疯了的老虎，更可怕。张大发急急忙忙地过去拦，又挨了一脚，受伤比之前还重。

"我靠，谁敢欺负我们老大？！"顾非清脆的声音响起来，介于少年和沉稳男子之间的独特音色，像是一阵春风席卷而来。有希望了！

金虞不敢相信，真的是顾非来了吗？

她转过头的时候，看到了顾非的风衣被风扬起来，从来都是笑眯眯的脸严肃得能滴水。神佛勿近。

他穿着一双雪白的运动鞋，一看就像是专门来打架的。

顾非拧了拧手腕，和金虞擦身而过，说："别怕，我在。"然后，他从金虞的身侧走过去，直面张满和他带的那十个特别能打的保安。金虞的身后，已经有人撑起来，没有挨打的隐患了。

金虞嘴角勾了勾，似乎挨打的地方都没有那么疼了。她从来没有想过去依靠谁，原来，可以依靠一个人的感觉也挺爽呀。

而顾非身后跟着的，是金虞已经很久没有见的另外几个一起要过账的小伙伴。

吴刚一双拳头对砸了一下，还把虎牙给亮出来，生怕那些流氓把他当成了软柿子。王亚平不知道在哪儿捡了一条桌腿,朝着向他冲来的保安就打了下去。这么一个老实人,嘴里喊的却是:"给老大报仇!"

安庆泽嫌弃地皱了皱眉头:"你说你,点儿怎么那么背?看哥几个的。"

其实,他们三个一直对于自己进了经侦局当经侦,参与到大案里可能转正,而金虞一个人被孤零零地扔到了大街上一事,颇有些愧疚。

尤其是他们都是男人,而金虞是女人,并且之前在街面上要账时大部分都是金虞在出生入死。

并肩作战的人,桃子却没有分到。他们三个有些为金虞鸣不平,所以在办公室里,吴刚才会冒着可能被除名的风险,也要来蹚这趟浑水。

因为顾非几个人的加入,双方人数上基本持平了。张满盛怒之下,力大无穷,而顾非也不是好惹的,两个人你来我往,打成了一团。

不过很明显,顾非比较占优势。

眼看着有个保安想瞅机会阴顾非一把,暗戳戳地把弹簧刀亮出来了,刘二峰和镙子两个人一个扣肩膀,一个夺刀,一气呵成,把那个保安摁倒在地上就是一顿胖揍。金虞一个女人都敢直接和张满打,他们对付个喽啰,还有什么不敢的?

因为空间狭小,大家都打得不太漂亮,乌烟瘴气的像是小孩在过家家。

顾非几个人毕竟是披着流氓皮的警察,以吓唬为主,还真不好把几个流氓怎么样。十来个流氓被撵到了楼道口。

张满因为眼睛不太好了,所以掉在了末尾。金虞还很有流氓气质,落井下石地朝着张满的后腰踹了一脚。张满一个趔趄,差点一头栽倒。

"都给我滚远点,不然我见一次,打一次!我小弟们很能打的!"

有人回头看,金虞竖了一个中指,吹胡子瞪眼的,握起一个拳头,意思是"谁要是不服,那就过来打呀"。

顾非满脸黑线,他本来是来给这小金鱼撑腰的,结果金虞是想把自己当成打手。

呵,警痞这事,是说不清了。

结巴被扶起来,一头的冷汗,来来回回就那么两句话:"不疼,真不疼。"

张大发咬着牙,也是一脸的汗水。

金虞低下头,歉疚不已:"对不起,是我来晚了。"

"哪里晚了,你就不应该来。"镙子在金虞的肩膀上轻轻地捶了一下,安庆泽几个人催着他们赶紧去医院。

山雨欲来,风雷阵阵。夜色下,太多的叵测正在酝酿发酵着。金虞几个人在大雨里狂奔着,在没有修好的泥泞路上留下一串深深浅浅的脚印。

曾经有人说过：在泥泞路上行走，留下的脚印才更深，更持久。

不到一星期的时间，月牙湖饮业就迎来了最严酷的寒冬。

香精勾兑果汁，甜蜜素一类的添加剂使用含量超标，用果葡糖浆代替白糖，完不成的订单外包给周边的小作坊……不一而足。

月牙湖饮业，是当地的面子工程呀，是为数不多存活超过了十年的实业企业。虽然税收还得靠地面上小额贷款公司和房地产公司，但是另外那两类，没有办法摆在台面上呀。

偏偏网上的信息有模有样，铺天盖地。

工商、质检部门的脚步，先后踏入了月牙湖饮业。

"这案子我有经验。一般出了问题，只要不致命，就是歇业以后整顿，向社会公开道歉，然后再给政府的一些部门捐笔钱，买通几个新媒体渠道造势，再拍点企业的宣传片，在当地的电视台播一遍。顺顺利利，有惊无险地度过你所谓的危机，可能人家的企业形象还会更上一层楼，被媒体和政府认为有大企业的担当。"

蚍蜉撼大树，可笑不自量？

指望着张大发从工厂里拍出来的照片，靠着麻旦旦披着黑客的外衣宣传造势，就想要搞垮一个企业，会不会太过异想天开？而且顾非没有看出来，这些和他们正在办的经侦案子有什么关系。

有关系的是月牙湖饮业和街面上七八家小额贷款公司都有经济往来，频繁且量大，拆东墙补西墙。民资拆借，法无禁止即可为。

在金虞没有向池清源面对面汇报之前，顾非先给金虞泼了一瓢冷水。

很多事情，在小老百姓看来是惊天动地的大事，但是在层次更高的人看来，波澜不惊，这些突发情况甚至不会出现在他们的桌面上。

能把厂子开那么多年的，怎么可能是让人随便拿捏的小脚媳妇？

金虞两只手肘撑着桌子，手托着腮帮子，笑意盈盈，一直看着顾非。至于顾非摆事实讲道理，金虞表示自己完全听不懂，只知道顾非说话的声音很好听。

这么帅的人，打架居然更帅。

英雄救美呀，这么有担当的人。

风衣来来回回就那么两件，持家有道呀。

"有问题吗？"顾非皱了皱眉头，他觉得金虞看自己的眼神似乎有点不太一样了，但是又不知道哪里不一样。

"没有。"金虞云淡风轻地摇了摇头。

只要颜值在线，年龄算什么？上下五千年也没有问题呀。

顾非垂下眼睑,睫羽纤长,端的一副岁月静好,现世安稳。

当金虞面对池清源时,池清源开门见山地说:"小顾的意思,其实也是我的意思。"池清源也没有看出来,金虞这一手到底想要做什么。

难道不是画蛇添足的劳民伤财吗?

"金融战争,杀人不用刀。我虽然不炒股不炒房不放贷,但是也看了不少案卷,因为债务问题跳楼的人可比因为失恋殉情跳楼的人多得多了。"

金虞两手一摊,自信满满。

池清源一笑,严父一般,却对金虞很少有斥责。

在他看来,这滑不溜秋的泥鳅如果钻营起来,还真没有她不能发家致富的路子。

"我还记得,股神巴菲特说过,没有人愿意慢慢富起来。"金虞一板一眼,引经据典,这在以往和她打交道的过程中是从来没有出现过的。

池清源看了一眼旁边的顾非,了然于心。

"办案虽然有现场还原的环节,但是不允许出现天马行空的想象,我们要的是证据链,不是科幻小说呀。"

池清源的手指敲击着桌面,意思是:上干货。

"鸡蛋不能放在一个篮子里,但是如果让人看到那篮子破了,或者是提篮子的那个人要带着鸡蛋溜之大吉,池局认为,会发生什么样的事情?"

金虞眼中的光亮不散,似乎已经看到了接下来会出现的场面。

金融战争,不光杀人不用刀,而且没有任何硝烟。当资金停止流动时,当账户上的钱不足以维持运转时,自然到了最后的时刻。

此时此刻,没有受伤的孙简和做了一手水晶指甲的屠悦,正拿着一份文件,把与吴兴发打交道的小额贷款公司一家一家地走了个遍。

他们逮住人家的信贷员,就神神秘秘地问:"你们负责人在不在?我有一个东西想要卖给你们。"

开价三万。

能帮助你们挽回几百万的损失。

山雨欲来,金山漫水。

第七十九章
潮水声声退

"现在就连银行都推出来储蓄一万送五个鸡蛋、储蓄五万送一袋洗衣粉、储蓄十万送食用油和大米的优惠活动了,你倒好,还收钱。"在知道了金虞的打算之后,池清源都不知道该摆什么表情合适了。

他看着金虞的目光,像是在看着一个奸商。

金虞坦然受之,她这个奸商还想和池清源谈点别的买卖,但是碍于顾非在场,不那么好意思,有点扭扭捏捏,欲语还休。

池清源不仅是官场的老油子,也是混社会的老油子,他觉得可以,大手一挥,让顾非去买杯奶茶进来给女孩子润润嗓子。

金虞眼里一亮,俏脸微红,池清源说自己是吃不胖的女孩子呀。

顾非欣然而往。

"你看你这样子,就像初恋女孩子等男朋友。"但是拍板先说话的居然是金虞,眉飞色舞,眼里有藏不住的得意。

明显是手里握着至关重要的东西,待价而沽。

呵,小人得志。

池清源瞪眼,反了天了,什么话?还从来没有人和他开这种玩笑。

"黑灯瞎火里等男朋友,既怕他不来,又怕他乱来。"金虞给了一个习惯性的挑衅的眼神,带着三分的散漫气,像是一尾慵懒的锦鲤,花哨调皮。

和这样的女孩子打交道,实在是让人生不起气来。

"我确实怕你胡来,更怕你不来。"

池清源微微摇了摇头,明明和金虞接头才是最紧张的一环,偏偏成了最让人心情放松的部分。

工龄太长,世道已经看不透了。

"如果我能帮着你把案子破了,蛇鼠一窝全都揪出来,你帮我办件事呗。"金

虞敲桌子,划重点,眼巴巴地看着池清源。

"嗯？"池清源问。

"我的那几个兄弟,他们可都是正儿八经警校毕业的。你看看安庆泽,处女座呀,完美主义者,给你的材料保证没有一个错别字。你看看王亚平,老实人呀,肯定不会瞎算账贪污仨瓜俩枣的趁着你不在的时候蒙你,还能帮你看着那些心思活泛的想乱蹦跶的。你再看看吴刚,你们经侦局,除了顾非,剩下的没一个能打吧？他的功夫,可是送了无数份外卖,和极品刁钻客户斗智斗勇练出来的,保准遇到什么样的犯罪分子都不会怂。

"我看你们经侦局,缺人哪,就把我们都给留下吧。"

金虞竹筒倒豆子,噼里啪啦,一气呵成。她说完不卖萌了,大马金刀地往椅背上一靠,打火机在连帽衫的光料子上一蹭,响声清脆,点了一支烟,美美地抽了一口。

不知道的还以为这是黑势力在接头,谈的都是几十千克的冰毒和K粉的大生意呢。

池清源哭笑不得。

呵,胃口还不小,也不怕把自己给撑着了。池清源摊了摊手："到现在为止,我可什么实质上的东西都没有抓到。虽然打黑除恶工作有不小的推进,但是离破获真正意义上的经济大案,还差太远了。"

为了敲打一下这个不知天高地厚的家伙,池清源反问她："就连公职都能倒买倒卖,你和那些地痞流氓又有什么区别？我们的工作意义又在哪里？"

池清源义正词严,充满了一个长者的威严。看起来严肃得可以辟邪的经侦局局长,对其畏惧者甚多,但事实上这位经侦局局长少有这种疾言厉色的时候。

粗黑的眉毛像是两把大刀,双目炯炯有神,似乎如果金虞下一刻违法乱纪了,他就能把金虞直接法办了。

眼前的这个妞正襟危坐起来,眼中的光芒汇聚不散,没有因为池清源的大发雷霆而畏缩,反而施施然地坐着,就像是寻常开会。

池清源想起这个妞的履历,她从小在菜市场长大,三教九流看了不少,见人说人话见鬼说鬼话。毕业以后在岚梧市地面上又混了五年,对于揣摩人的心思浑水摸鱼早就轻车熟路。

她大学学什么的？

侦查学。

倒是和现在的工作相得益彰。

"我们工作的意义,池局很快就会知道。我可以保证,我们每一个人都对得起将要穿上的正儿八经的警服。"

金虞毫不畏惧。

安庆泽、王亚平和吴刚三个人在休息时间经常跟局里其他人讲和金虞要债的故事,把一干坐办公室的女警听得一惊一乍的。不但可以把案子办得漂漂亮亮,还能收一笔钱,比枯燥乏味的办公室生活有意思。

具体的做法,金虞又不说。池清源思考良久,同意了。金虞只当池清源连带着转正一块同意了,恰逢顾非拎着三杯奶茶进来,金虞狗腿一般地拆了包装就要干杯庆祝。

"小顾,炒股炒房炒币,一个比一个赚钱,你怎么不去呢?"金虞见过顾非看那些脑电波一样的股票走势图,表示看不懂。

她是侦查学出身,不是会计出身的经侦。

"当局者迷,旁观者清。但凡是陷入这样的赌局里能全身而退的都成了神话,而我想要做个清醒的人。"

顾非哂然一笑,同金虞碰了碰杯子。

金虞敛目,吸了一口奶茶。做个清醒的人,不影响我捞钱吧?况且,我现在捞钱的姿势还那么霸气无匹。

屠悦手里的三万块钱扎成三捆,拿在耳朵边上搓了一遍。钱的声音让人如沐春风,屠悦眯着眼睛,享受着金钱带来的无上快乐,心满意足地和孙简坐地分赃。

"没想到呀,一句话就能卖三万块钱,是不是比那些演员的配音都贵呀?"

"贵不贵我倒是不知道,但是我能确定,如果是小金鱼来卖这句话,价格应该比咱们还高。"孙简收起一沓钱,没有屠悦那么兴奋。

其实一开始收账的时候,一天能拿三百块钱,他和张大发再加上金虞三个人,都能高兴得跳起来,必须吃个几百块钱的火锅庆祝一下。

而现在,拿一万块钱,他也只是平静地接下来,毫不手软。

"什么?价格还能比咱们高?"屠悦倒竖着的眉毛看起来更凶狠了。她一拍方向盘,整个车都在微微颤动着,引来众人的围观。

"对呀。小金鱼多大的单子都吃得下去。放高利贷的都是蚊子吸血,咱们劫富济贫,就是完成了政府一直倡导的精准扶贫任务,就是完成了派出所的扫黑除恶任务,是在为民除害。"

孙简说得一本正经,他不是在引经据典,而是在引用金虞的经典语录,有了这层心理暗示,要起钱来,就能毫不手软。

"我就不信了,这点捕风捉影的消息,就能弄来那么多钱。"屠悦扭了扭肥腰,一踩油门,奥迪嗖地蹿了出去。这个身高体重都比麻旦旦大一圈的凶狠女胖子笑得格外爽朗。

"要是金虞要钱能要得比咱们还多,我就请你大保健去;要是金虞要的钱没有咱们多,你就得请姐吃两只高端脆皮鸭。怎么样?"

孙简本来想说话,来一句"我怎么可能嫖呢,我就不是那种人",但是眼看着屠悦车技烂得放飞自我,一路上还嗖嗖地不遵守交通法规,连连被开罚单,他满脸黑线。为了保住小命,他临时改口,只怕屠悦一时不开心,车毁人亡。

"姐姐呀,全靠你关照了。"

此时此刻,他的另一位姐姐,正在小额贷款公司忙得不亦乐乎。

金虞搞起了神秘主义,本人不露面,用同城当日达的快递将东西寄到了五家小额贷款公司的门店。收到快递的前台莫不惊慌失措,脸上的粉都要掉下来两斤,不管踩着多高的高跟鞋,都火速奔向领导的办公室,而领导在看完之后,立刻给幕后的大老板打电话求助。

小额贷款公司的钱,来源非常复杂。一份受法律保护的合同,可能签订合同的双方连面都没有见过,而持有合同的合法方,可能并没有对大笔资金的处置权。

律师早就把这些合同做得滴水不漏,刀枪不入。

而能够撑起一家小额贷款公司的,混江龙地头蛇都有,不光有钱有势,还能审时度势。

他们拿到这份快递时,心情极其复杂。

快递的内容很简单——明日催催收债公司的负责人金虞的名片。名片简单到简陋,毫无水准可言,但是上面偏偏写了一行字:要是不想倒闭,就联系我。

这句话要是换个人来说,完全可以当成精神病的无聊之言,但是说这句话的人是金虞呀,是那个挤掉了捷爱催负责人赵捷并鸠占鹊巢的厉害女人呀。这个一夕之间声名鹊起的女人,她的名头甚至比工龄长达六年的老流氓赵捷还要响亮。

那是收账行业的扛把子。

广业传媒有限公司的郭总郭蘅芜和她关系匪浅,而郭蘅芜可是岚梧市多起币圈活动的负责人,很多身份不够的人想要入局,还得靠着郭蘅芜提携一二。

美浩小额贷款公司的白总秘书燕卓尔曾经和金虞把酒言欢,而在各大银行收紧银根的情况下,美浩就是大家的奶妈,想要不掉血地完成任务,谁也离不开这个奶妈呀。

收到快递的五家小额贷款公司的负责人拿不定主意,不约而同地先给燕卓尔打了电话,旁敲侧击,顾左右而言他,既不想试探得太明显,又不想惹了这个在收账行业炙手可热的女孩子,靠着自己丰富的想象力各自拼凑真相。

比如李经理问的就是:"燕秘书呀,那个明日催的金虞,和你是什么关系呀?"

燕卓尔淡定回答:"知己,无话不谈。"

李经理觉得,金虞的消息,很值钱。

比如张经理问燕卓尔:"燕秘书,最近的债务情况怎么样?坏账多不多?"

燕卓尔持续淡定:"多亏了有明日催,不然我就要焦头烂额了。"

比如胆子比较大的钱经理:"明日催的金女士约我们在茶楼见面,不知道燕秘书有没有空闲?"

燕卓尔语气平和:"荣幸之至。"

……

然而,挂完五个电话,燕卓尔整个人都不好了。呵呵,扯起他的虎皮做大旗,就这么招摇过市,这是想干吗?

出来混,迟早要还的。

金虞已经把燕卓尔卖了,准确地说,是把燕卓尔的脸卖了。

"你不怕吴兴发的保安吗?"麻旦旦搓搓手,心有余悸。

"不怕,他的保安们现在已经被打残了,总得一两个星期才能恢复元气。不然他们想来这里继续挨揍,把骨头都打成移动的,鼻子打成联通的,脑子打成电信的吗?"金虞粲然一笑,心情不错,"我想,吴兴发可能以后用不着他那群身强力壮的保安了。"

金虞坦然赴约。

只不过,郭蘅芜一直以来聚的都是酒局,而金虞比较接地气,换在了茶楼。在茶楼也不是因为顾非强调的要保持清醒的头脑,而是因为茶楼便宜呀,还能开一桌麻将,顺带着赢点小钱,愉悦身心。

燕卓尔真的被卖了。他坐在金虞的左手边,真正地成了陪太子读书的角色,保持着疏离而淡漠的姿态,一张张地把麻将摸起来,再一张张地打出去。

不过,什么牌都无所谓。一局两局,一直到三局以后,燕卓尔脸上的神色不变,手上的牌却是看也不看地就打了出去,让人以为他可能只是个甩牌的机器。

钱哗啦啦地输了几大千出去。另外五个人轮流上场,一样只输不赢,完全没有和牌的迹象。而金虞时不时地爆出来一句:

"哇,我又赢了。"

"收钱收钱,你们又被秒成了渣渣。"

"拿钱来吧。"

……

输的人心烦气躁。饶是这些做金融生意的,最能控制情绪的人,也在一局局的牌面里被炸出了一身的肝火。

钱经理总算是放下了搞金融的人最喜欢打嘴炮的习惯,直截了当地问金虞:"你到底要给我们什么样的消息?"

金虞把一张镂空雕花的麻将牌斜着压在桌子上,手扶着一转,牌立刻转了起来。

这张牌,成了斗室之中唯一还在动的东西。

"我的消息,值八万。"金虞话落,麻将也落。

燕卓尔已经在打完麻将的时候,抽身离去。企业不存在完全的透明化,关于工程数据和财务信息,是机密。

立刻有人开始给自己的秘书打电话,示意马上转账。

金虞感叹,燕卓尔这个形象代言人,真好用。如果只凭着她自己的一张破嘴,还真不能把这句话卖出这么高的价钱来。

只不过,上次金虞被燕卓尔卖了,还帮着燕卓尔数了一遍钱。

"美浩根本不可能贷款给月牙湖饮业,小额贷款公司,一贯都是把钱借给企业的法人,再由法人借给企业去使用。为的就是避免公司破产清算时,债务的清偿没有了相应的执行对象。靠着这一手,就算是收不回利息来,起码可以保住本金。但是各位,吴总要跑路了,他已经快办完移民手续了。"

金虞靠在椅背上,看着眼前五个人的脸上如冬天皲裂一般的表情,他们比吃了苍蝇还要难受,像是自己辛辛苦苦爱了很多年的人突然得了绝症。

"不可能!"钱经理借给月牙湖饮业的钱最多。

"他是老板,所以借助公司和当地的派出所办理移民材料更得心应手,想要瞒过一些人,根本就不叫事吧?"对于普通人而言不太好查的信息,公安机关只需要在内部网络上一查就知道。

办理像移民这种需要走正面渠道合法进入他国的文件,根本绕不开公安机关。

金虞拿出一张从网上七拼八凑下来的吴兴发的财务信息,以及摄像头抓拍到的吴兴发往留学机构跑的身影。在场的都是洗钱的高手,看得出来吴兴发真的是要跑路了。

一个要跑路的人,借了的钱肯定还不了了。张经理面白如纸,因为在得知美浩小额贷款公司还和月牙湖饮业保持着交易之后,他们又贷了四百万出去。

四百万,这已经是一个规模不大的小额贷款公司的极限。因为这些资金,是亲朋好友拆东墙补西墙撑起来的门面。

山雨欲来,大厦将倾。这五个负责人都不是矫情的人,起码没有人当场崩溃咆哮,再问一句:"怎么可能?"都在用最快的速度给下属打电话,恨不得自己现在能长出四条腿来,拼命地往回赶。

似乎每一步,都是踏在金砖上,每快一步,都能减少损失。

金虞捻着麻将牌,白板一张。但是这白板不是真的白板,而是刻上了四四方方的花纹。

她赢了,还在继续赢下去。

而这个时候,金虞的手机响了一声,燕卓尔的消息发过来:

"为了赢不择手段,你付给茶馆老板的钱,应该比你赢的还多吧?小聪明如果被人回过味来,将是你的灭顶之灾。"

金虞手一划,眉目皱起。

她到得早,全自动麻将桌被做了手脚。她以高价从茶馆老板的手中拿过了类似于车钥匙的遥控器,根据不同的键的选择,可以得到想要的牌。

而她选择了最难的模式:她一个人赢,其他人都输。

她一定要在气势上绝对压制,那样这五个负责人才会在心理压力之下全力去追回自己的款项,才会在整个小额贷款行业里引发一场雪崩。

资本,到底只是少数人的游戏,但波及了所有人。

燕卓尔看出来了。

第八十章
春风十八回

心情不可描述,自己埋坑里不知道怎么刨出来。

冷汗涔涔也就罢了,起码大敌当前还可以想御敌之策。这种坐地分赃又不得不分的流氓行径,最让人觉得恼火。

金虞把燕卓尔摆在桌面上卖了。

燕卓尔不帮着金虞数钱,他直接和金虞要钱了。

不光要钱,还要拿大头,如果不给,他就要自己卖去。人家手里有的是空白合同,随便PS一下,通过某种不负责任的小道消息流传出去,就能让金虞的布置功亏一篑。

为了避免麻烦,燕卓尔要现金,还给了截止时间,就差没有直接说"我就是欺负你了怎么着,保护费要是不交,看我怎么收拾你"。

有文化的人流氓起来,真正的流氓反倒成了良民。

金虞差点一口老血喷出来,骂骂咧咧,想把手机摔了,当作没有看到。这相当于当着燕卓尔的面端走了他面前的一碗肉,她以为灯下黑,结果人家喝令一声"还回来",她不得不用筷子夹出来厚厚的两片,恭恭敬敬地还回去。

偷吃的乐趣,瞬间全无。之前的好心情,哐当碎了。

她不得不从柜台取了十万,拿去给燕卓尔。红彤彤的钞票,拿在手里两叠,像是两块厚厚的砖。金虞把两斤多重的钱放在了经常背的旅行包里,一出银行门,看街上的人都像是小偷。

她抿嘴一笑,摇了摇头。

这是她第一次经手这么多的人民币,现金。她抬头看了看天空,要下雨了。天气凉沁沁的,湿气上升,脚底凉风往上灌,金虞跺了跺脚,抬头看了看天。

要变天了,很快。

这场没有硝烟的战争,已经推进了三分之一。

第八十章

岚梧市的冬天,随处可见光腿穿着裙子和单裤的年轻漂亮的女孩子。这是因为经济发达,这些女孩子可以从装有空调暖气地暖的房间出来,直接上有空调的车子,下车走不了几步远,就会进同样温暖的商场。

四季如春,生机盎然。

只是接下来,这里大概会迎来一个最严酷的寒冬。金虞把孙简在门店里收集来的登记资料熬夜看了几个晚上,也给顾非看过。

投资人贪的是高额利息,而对方贪图的是本金。

燕卓尔正在会所里打台球。

包厢空旷,燕卓尔像是隐藏在黑暗里的狙击手。木杆抵着大理石球的声音,清脆嘹亮,球迅速地撞击桌面然后落袋为安。金虞的视线紧随红橙黄绿的球,看得格外认真。

燕卓尔的准头相当不错,没有因为金虞出现在背后而产生丝毫的迟滞。

唯手熟尔,亦是心境卓然。

桌面上很快空无一球,机器自动把落在袋里的球收集起来,重新摆好,放置在桌面上。

一局结束,又重新开始。周而复始,有一种和谐的冷冰冰的美感。

"你看我帅不?"燕卓尔一转身,这个平时不苟言笑冷冰冰的金融秘书露出一个笑脸来,就像是太阳打西边出来,还破坏了那种美感。

金虞一打哆嗦,只觉得一阵恶寒,嫌弃地撇了撇嘴:"你说打篮球打台球踢足球玩排球的再加上打高尔夫球的,哪个最帅?"

"这取决于打球的人的颜值和身家,一个丑八怪就算是能盖过梅西和C罗,挥舞着高尔夫球杆,在女孩子的眼里,他也只是个铲屎的。"

一如既往,燕卓尔从来不会顺着字面意思去回答问题。随后,他去倒了杯红酒,加碎冰块,又抛出来一个问题:"你怎么想的?"

"我能不能给你八万,不给你十万?"金虞拿起一根杆,一杆势大力沉,白球疾速而去,挑得十五个颜色各异的球七零八落,大珠小珠落玉盘一样地散了一桌,还有两颗直接落袋为安了。

燕卓尔抚额,差点一口酒喷出来。

"有多少钱,办多大的事。你凭什么和我讨价还价?"燕卓尔反问。

"因为你需要我。"金虞直截了当,继续打球。一杆自上而下的挑球绷起,砸得另一个黄色的球滚到了洞里,顺势继续一杆,洞口的球落了进去。白球不知疲倦地长途奔袭,把最远的一颗球也打了进去,剩下的球散落在一边,金虞极有耐心,蚕食一般,步步为营,心里默默算计着距离。

她总是有办法,影响对手的心境。

"不,我不需要你。"燕卓尔负手而立,看着这位九球天后的尽情表演。

"投资需要造势,现在岚梧市的债务问题绕不开我吧?我总不能一辈子靠着几百块钱过活吧?"金虞持杆而立。

高息揽储,为的是创造更多的利润,捂着钱还真下不出金蛋来。

"可以。"燕卓尔点了点头。

金虞立刻把杆一扔,直接从包里拿出来两万块钱,往兜里揣着,眉开眼笑。燕卓尔满脸黑线,他还没有说到底答应金虞的是什么。

这妞,天生就是个做金融的好料子。

太不要脸了,心理素质也太好了。

燕卓尔眼睁睁地看着金虞揣着两万块钱扬长而去,就连那个半旧的包都不要了,只怕跑慢了被截下来。燕卓尔表示自己还没有反应过来。

他确实有个坑需要金虞去填,和这次的造势差不多。

但是金虞压根就没有搭理他。

燕卓尔感叹半天:"目光短浅。这只是开胃的前菜,就满足了吗?呵,女人,一点眼光都没有。"他还准备了一个打台球的赌局。

从十五张牌里,各自摸黑拿出来三张。轮流打,台面上没有谁的球,谁就出局。

原本,是想要交给天定的。

现在,只能人定了。

出局?

出局。

雨淅淅沥沥地绵延了一个月,月牙湖饮业没有熬过这一场大雨。这座大厦突然之间就倒了,在众人的瞠目结舌里,分崩离析。

美浩小额贷款公司根本没有借给吴兴发四千万的消息不胫而走,他之前欠下的几家小额贷款公司原本已经打算撤诉,等着拿过桥的款子。

但是现在大家联名起来,直接把月牙湖饮业告上了法院。各方背后的势力施压,司法的力量几乎没有出现任何内耗,联合经侦和派出所直接查封清点拍卖资产。

吴兴发这一次是真的山穷水尽。

当民事纠纷还没有升级成为刑事案件时,吴兴发约见了金虞。

恰如第一次见面，金虞飞扬跋扈地进入他的办公室，连敲带打地要一百万，这最后一次见面，也是在他的办公室。

一段时间没有见，吴兴发的头都快秃完了，整个人反而又胖了不少。

"为了一百万，你搞垮了一个大公司，你知道吗？"吴兴发的愤怒，难以掩饰。如果不是保安拦着，早就断了社保的工人能把这栋楼给砸了。

就像一个浑身长满了脓包的人，衣角掀起来，到处都是恶心的脓水。

"我是和你合伙经营了，还是偷了你的钱？别搞笑了好不好？"金虞这一趟来，是想挖出来点其他的内幕。

他打着公司的名义，以吴兴发这个法人的账户，在海外投资了个厂子，但是这个厂子在地图上根本就找不到位置。

厂子呢？

钱呢？

吴兴发悲愤不已，像是一个迟暮的英雄，已经不再指望东山再起。他想要的是临了的尊严。只是成王败寇，这个世界并不会给弱者太多的选择。

他找金虞来，并不是为了向这个女流氓诉苦，而是想要谈最后一笔生意。这前期的铺垫，未免有些长。

"你知道现在的生意有多难做吗？商户入驻的某团，在一开始拿了一千万去求KTC入驻，平台铺起来以后，就开始收入驻费用，利润抽成从百分之一涨到了现在的百分之二十。同期银行为了争付款的手续费，不惜铺设电网，安装了无数台POS机，但是都被干掉了。手机的移动支付打败了还需要刷卡输密码的POS机。

"我亲自参与过一部分入驻，但是我看出商机来的时候已经太晚了。

"你以为，大公司的运作都那么漂亮吗？多少互联网公司加班到凌晨两三点，他们只会留下最便宜的大学生，一年开的工资还不到二十万，而把年薪两百万上下、性价比不合适的中层给直接裁掉。你知道多少人被逼死了吗？股权这种东西，用最低的不合理的价格直接回购，根本没有商量的余地，否则会在履历上写下令人难堪的评语。

"你以为就我的公司财务有问题？那几家玩共享经济的，能没有猫腻？他们的单车比街上的人还多，利用率超级低。这些车一辆造价都在四五百，但是优惠券发起来像是不要钱一样，他们的利润在哪里？二三线的城市还在继续铺大盘子。

"有人爆料他们的押金账户被挪用了三十五个亿，你相信没有被挪用吗？

"哪个锅底不是黑的呀？"

吴兴发一连举了五六个例子，神情激动，后又归于平静，然后喃喃道："我这又算得了什么呢？怎么倒了的偏偏是我呢？"

金虞坐吴兴发的对面，姿势僵硬。

她垂下眼睑，十指相扣，轻轻敲击着，小嘴炮居然想不到一句话来反驳一下。成年人的世界里，没有对错，只有利弊。

不过仔细一琢磨，就尝出味来了。

"我就是个不学无术的普通人，要不是你们这些人拆东墙补西墙快要玩不转了，我现在可能端着碗在步行街上要饭呢。

"你知道催收公司一年能给国家上多少税吗？你知道现在市面上有多少家催收公司吗？现在岚梧市有三百多家抵押贷款机构，除去有四十多家催收的门店，还有将近一百个私人收债团体，不少直接被银行和贷款公司养着，以备不时之需。

"有一个行业的繁荣，必然会有另一个行业的衰败。

"我看你的房地产玩得挺不错的嘛，那么多的房子，卖了也很够本。你当你还是个干实业的？不，你是个搞投机的。赢了就嘲笑韭菜们，输了就自怨自艾，觉得上天不公。

"光想吃肉，不想挨打，会不会太幸福了一点？"

金虞可能是来拆台的，吴兴发干瞪眼，他觉得自己就不应该见这个无法无天的职业收水人。放高利贷的，根本就没有一点良心可言。

而在金虞看来，对抗歪理，就只能用另外一套歪理。

其实吴兴发是被房地产套牢了，在短短一年的时间里，政府下达了超过一百六十条针对性的政策。吴兴发手里的房子和地，可以保值增值，但是流通性已经大大降低。而银行的短期贷款，只有三个月上下的时间。

这是国家出台的反炒房政策，吴兴发运气不好，恰好被卡住了。

"哈哈，我给你的支票，我查过了，你到现在还没有兑付。我的钱，我的厂子，我的一切现在都已经被查封了开始拍卖，债主们是轮流拿钱的。可能不少债主会通过打点关系，把自己的位置排得靠前一点，你觉得你那一百万，能排到什么时候？我知道你欠了三十万，指望着这笔钱来还账呢。我想用不了多久，我就能在监狱里见到你了吧？！"

吴兴发的脸有些狰狞，当到了什么都做不了的时候，他不是选择鱼死网破或者亡羊补牢，而是想方设法地再找一个垫背的。他等着看金虞惊慌失措的样子，但是偏偏金虞从头到尾都很平静。

这脑回路比二维码还要复杂。

看来,那两笔投资厂子的钱的去向,是问不出来了。

"你能不小看我吗?你刚把支票给我的时候,我就知道兑现不出来。签名是你这个老总的,但是开票方是另一个地区的分公司的,那家分公司不过只是套着你们的名头好卖钱罢了。人家只是花钱买你们一个招牌而已,凭什么还要继续拿钱出来?"

"既然你给了我假的支票,我让我男朋友教训你一下怎么啦?"

金虞一摊手,对于一百万的损失,除了叹一口气,并没有其他波澜起伏。

从一开始,她的重点就没有放在这一百万上。

不知不觉,她又把燕卓尔给卖了一次。男女朋友这种称谓吧,不受法律保护的,但是能在吴兴发被经侦调查的时候,给燕卓尔增添一些麻烦。

她倒要看看,爪子看来很干净的燕卓尔,到底怀的什么鬼胎。这些身负巨资,被背后的人保护得很好的傀儡们,身上的秘密一点不比她这个受警察之托来调查的卧底少。

吴兴发气得不轻,他整个人从桌子后方腾空而起,双手紧握成一个拳头,狠狠地砸在了桌子上。他现在已经出离愤怒了,狠狠地盯着金虞,恨不得在金虞的身上盯出一个血窟窿来。

如果,他当时知道见不到白坤杰,肯定已经带着一家老小去了加拿大。那时还有时间,足够把所有的手续办通了。

但是现在,他已经不可能走了,下午还有刑事问讯,已经不是问询了。他身上已经没有光环了,接下来只有一项项调查。

"不要这么激动嘛,彼此彼此。"金虞撇撇嘴,觉得无所谓。

钱不够。

月牙湖饮业的资产拍卖,钱并不多,根本不够偿还那些小额贷款公司。月牙湖饮业看起来家大业大,其实大部分办公楼和厂房已经被反复抵押贷款,其中位于市中心的一处产业,在两家银行都被做了抵押,极其尴尬。

其实这些办公楼和厂房的数量也不多。后期为了扩大再生产,也为了节约成本,跟当地的村委会居委会签下来的不是购买协议,而是租赁协议。

拍卖出的几千万的款项,面对几个亿的缺口,杯水车薪。

第一张多米诺骨牌倒了,砸中的就是背后几家小额贷款公司。在收不回本金的情况下,这些小额贷款公司,眼看着也要倒了。

速度超乎想象。

经侦的人手都有些不够了。白子玲噼里啪啦地敲着键盘,录入着口供:"没想到,美浩小额贷款公司居然会全身而退,一分钱都没有借给吴兴发,可真神奇。谁能想到,吴兴发当成救命稻草的贷款公司,居然和他一毛钱的关系都没有。"

"塑料兄弟情。"赵倩妮冷哼一声,她觉得U形枕都不能保护自己的颈椎了,"这种事情,见得多了。现在的公司,还没有入职呢,要先签一堆保密协议。不到垮了挡不住调查人员了,谁都不知道真实的运营状况是什么样的。"

"之前小额贷款公司和担保公司的负责人跑路,都是突然发生的,而这一次就发生在我们的眼皮子底下。大家都打起精神来,这案子有眉目了。"池清源的话说得很严肃,但是脸上不再是愁眉不展。

到现在,方向才真正清晰起来。

因为,钱的去向要浮出水面了。

图书在版编目(CIP)数据

黄金链. 中 / 常书欣著. —杭州：浙江文艺出版社，2020.10
ISBN 978-7-5339-6224-1

Ⅰ.①黄… Ⅱ.①常… Ⅲ.①长篇小说—中国—当代 Ⅳ.①I247.5

中国版本图书馆CIP数据核字（2020）第176362号

策划统筹　柳明晔
责任编辑　张　可
装帧设计　仙境 WONDERLAND Book design
责任印制　张丽敏

黄金链 中
常书欣　著

出版	浙江文艺出版社
地址	杭州市体育场路347号
邮编	310006
网址	www.zjwycbs.cn
经销	浙江省新华书店集团有限公司
印刷	浙江新华印刷技术有限公司
开本	710毫米×1000毫米　1/16
字数	309千字
印张	17.75
插页	1
版次	2020年10月第1版
印次	2020年10月第1次印刷
书号	ISBN 978-7-5339-6224-1
定价	49.00元

版权所有　违者必究

（如有印、装质量问题，请寄承印单位调换）